Barney Brooks
Der tanzende Tod

Inhalt

Der Millionenschuß

Lisa McAllen genoß den Anblick ihres halbentblößten Körpers im Flurspiegel. Mit der Figur gab's nun wirklich keine Probleme.

Der Türsummer nervte sie. Mürrisch trat sie an den Spion. Draußen stand ein Mann im grünen Kittel des Unfalldienstes.

Lisa öffnete die Tür einen Spalt. »Suchen Sie jemand?«

»Wohnt hier ein Frederic McNarney? Verdacht auf Infarkt.«

»Ich kenne niemand mit diesem Namen.«

Der Mann im grünen Kittel starrte nachdenklich auf ein Formular. »Darf ich eben mal telefonieren?«

Lisa nahm an, daß ihn ihre Aufmachung in Slip und BH nicht irritieren würde. »Kommen Sie rein.«

Sie öffnete und ging voraus zum Telefon. Da legte sich ein Arm um ihren Hals. Ein mit Chloroform getränkter Lappen wurde Lisa auf den Mund gepreßt.

Lisa fühlte sich wie in einer eisernen Klammer gefangen. Der Trick, sich einfach fallen zu lassen, mißglückte. der Bursche hielt sie einfach fest.

»Genug, Joe!« sagte sein Komplize, der dem falschen Sani gefolgt war und die Szene amüsiert verfolgte. »Wir wollen sie schließlich nicht in den Wagen tragen!«

»Hätte nichts dagegen«, meinte Joe. Er genoß es sichtlich, die halbnackte Frau im Arm zu halten. »Aber wenn du meinst, Arthur ...«

Er ließ Lisa los. Völlig benebelt taumelte sie durch den Flur. Arthur fing sie auf und geleitete sie ins Schlafzimmer, wo sie aufs Bett fiel.

»Wirf endlich den Lappen weg!« mahnte Arthur. »Hier stinkt's schon wie im OP! Gleich schlafen wir auch noch ein!«

Joe sah sich um, sah aber keinen Abfalleimer. Er schlenderte in die Küche und warf den Chloroformlappen einfach in den Ausguß.

Als er in das Schlafzimmer zurückkam, hatte das Mädchen schon die Augen auf.

»Hör zu, Süße«, sagte Arthur, »wir möchten, daß du ohne Aufsehen mit uns kommst. Wir kennen die Anweisung deiner Behörde, daß ihr bei Androhung von Gewalt keinen Widerstand leisten sollt. Wenn du Theater machen willst, kriegst du noch 'ne Ladung Chloroform und hinterher das große Kotzen.«

Lisa schüttelte sich. »Ich soll mitkommen? Was wollt ihr von mir? Und wohin mitkommen?«

»Keine Angst, Mädchen! Wenn wir was von dir wollten, könnten wir's hier haben. Aber da gibt es jemand, der sich mit dir unterhalten möchte. Das ist alles. Wir bringen dich in einem schicken Wagen hin; du hast nichts zu befürchten. Klar?«

»Überhaupt nichts klar«, gab Lisa mißmutig zur Antwort.

Sie raffte die Decke um sich, aber Arthur zog sie ihr wieder weg.

»Zieh dir etwas an, Mädchen! Wir haben nicht mehr viel Zeit, wenn wir im Plan bleiben wollen! Los! Zier dich nur nicht! Wie eine nackte Frau aussieht, haben wir schon mal gesehen!«

Lisa überlegte. Der Kerl hatte von der Anweisung gesprochen, es nicht auf Gewalt ankommen zu lassen.

In Fällen von Kidnapping, Erpressung und Gewaltandrohung hatte sie tatsächlich nachzugeben und alle Auskünfte zu liefern, die von ihr verlangt wurden. Die Zentrale nahm das an und änderte notfalls alle Pläne.

Achselzuckend tappte sie ins Bad. Dabei mußte sie dicht an Joe vorbei. Sie roch seinen Atem und meinte, noch einmal seine Finger auf der Haut zu spüren. Angewidert schüttelte sie sich.

Joe grinste. »Empfindlich, die Puppe!« sagte er. Arthur widersprach nicht.

Lisa zog ihr blaues Kostüm an. Wo es hinging, wußte sie nicht. Aber sie wolle auf jeden Fall mit ihren ureigenen Waffen arbeiten, und dazu gehörte die passende modische Aufmachung. Also verzichtete sie auf die hochgeschlossene Bluse unter der spitz ausgeschnittenen Kostümjacke, schlüpfte aber in die schicken Pumps mit etwas höheren Absätzen. Falls es wider Erwarten über Stock und Stein ging, konnte sie die immer noch ausziehen.

Die Tür des Badezimmers wurde aufgerissen. Joe steckte seinen Kopf herein.

»Fertig?« bellte er. Lisa schüttelte den Kopf.

»Nein, du Affe! Verschwinde, sonst werde ich zu nervös, um mir die Lippen zu malen!« Sie war auf einmal sehr mutig, seit sie wußte, daß die beiden nur den Auftrag hatten, sie irgendwohin zu bringen. Murrend zog Joe seinen Kopf zurück und spuckte auf die Fliesen.

»Wisch das weg!« befahl Lisa und zog sich die Lippen nach.

»Was?« fuhr er auf.

»Natürlich! Irgendwann wird man mich vermissen und nachsehen kommen, wo ich bin. Man wird die Wohnung nach Spuren durchsuchen und deine Spucke auf meinen sauberen Fliesen finden. Hast du noch nichts davon gehört, daß man da die Identität eines Menschen genauso feststellen kann wie aus seinen Haaren oder einem Stück Haut?«

Erschreckt riß Joe ein Papiertuch aus der Packung und wischte weg, was er ausgespuckt hatte. Lisa tupfte sich etwas Puder auf die Nase.

»Das waren noch Zeiten, als es genügte, die Fingerabdrücke zu beseitigen, was?« grinste sie den Verbrecher an.

Sie ging an ihm vorbei, nahm im Wohnzimmer ihre Tasche auf und blickte Joe und Arthur herausfordernd an.

»Moment!« sagte sie plötzlich, bückte sich und zog den linken Schuh aus. Sie schüttelte ihn, als hätte sie darin ein Steinchen entdeckt. Dann stellte sie ihn auf den blanken Fußboden, fuhr mit dem Fuß hinein, als hätte sie Schwierigkeiten, auch die Ferse im Pumps unterzubringen.

»Alles okay. Gehen wir, wenn es unbedingt sein muß!«

Joe ging voraus. Lisa folgte ihm. Arthur schloß hinter ihnen ab und steckte den Schlüssel ein.

Das sah nicht danach aus, als würde Lisa so bald in ihr Appartement zurückkehren. Sie biß sich auf die Lippen und drückte ihre Tasche fest an sich.

Jo Walker hatte den Freund noch nie so aufgeregt gesehen. Pat Hollister rutschte nervös auf seinem Stuhl in »Musie's Bar« herum und fingerte an seinem Glas.

»Versteh doch, Jo! Sie ist weg! Lisa ist verschwunden! Im Amt weiß niemand was, und wir waren verabredet! Lisa hat doch nie eine Verabredung versäumt!«

»Wo wart ihr verabredet?« fragte Jo gelassen.

»Bei ihr! Ich hatte gesagt, daß ich heute abend noch mal bei ihr vorbeikäme. Ich habe vorher bei ihr angerufen, weil ich fragen wollte, ob ich noch etwas mitbringen sollte, und sie nahm nicht mal den Hörer ab. Also bin ich hingefahren. Sie war nicht da, aber das Bett war zerwühlt, die Kaffeemaschine eingeschaltet, im Bad brannte noch das Licht ... Du, da ist etwas oberfaul!«

»Du sagtest, im Amt wisse niemand etwas. Irgendwann habe ich einmal mitgekriegt, daß Lisa bei einer Bundesbehörde arbeitet. Was ist das für ein Laden, wo man sich sogar abmelden muß, wenn man mal weg will?«

»Das Schatzamt. Lisa leitet die Transportabteilung in der New Yorker Filiale. Sie organisiert die Geldtransporte. Verstehst du, warum ich so aufgeregt bin?«

Jo legte das Geld für ihre Drinks auf den Tisch und zog den Freund am Arm hoch.

»Wir fahren hin! Vielleicht finden wir in ihrer Wohnung einen Hinweis. Ich habe Lisa bisher erst zweimal gesehen. Aber sie ist nicht das Mädchen, das leicht in Panik gerät. Oder?«

»Verdammt, nein!« stimmte Pat Hollister zu. »Deshalb hat es mich ja so gewundert, wie sie die Wohnung verlassen hat! Gar nicht ihre Art!«

Sie hatten es nicht weit bis zu Lisa McAllens Appartement in einem Hochhaus an der 70th Street West, halbwegs zwischen dem Sherman Square und dem Central Park. Es war ein ziemlich gepflegtes Haus mit einer freundlichen Halle und einem kaum beschmierten Lift, fast ohne Brandlöcher von Zigaretten im Bodenteppich. Pat Hollisters Hand zitterte ein wenig, als er den Schlüssel ins Schloß stieß. Jo schnüffelte, als sie eintraten. Der Kaffeegeruch war beherrschend. Daneben haftete ein angenehmer, leichter Parfümduft den Räumen an. Jo nahm das Appartement in Augenschein. Sehr sauber alles, sehr gepflegt.

Das ungemachte Bett allerdings und die volle Kaffeemaschine paßten nicht in das Bild, auch nicht die Strümpfe, die achtlos im Bad weggeworfen worden waren, und der Slip, der zerknüllt am Boden lag.

»Na?« fragte Hollister. Jo sah auf.

»Heb mal ein Bein!« verlangte er.

»Was?« fragte Pat entgeistert.

»Du sollst mal einen Fuß hochheben, damit ich Sohlen und Absätze sehen kann!« wurde Jo deutlicher. Verwirrt gehorchte Pat. »Danke. Das genügt. Wie gut, wenn ein Mädchen so auf Sauberkeit hält!«

»Wieso?«

»Weil außer dir hier zumindest noch ein anderer Mann war. Und nicht nur im Flur und im Wohnzimmer, sondern auch im Schlafraum.«

Hollister riß die Augen auf. »Das ist nicht wahr!« stieß er hervor.

»Doch! Du brauchst ja nicht gleich ans Schlimmste zu denken! Das alles findet eine natürliche Erklärung durch den Kratzer auf dem blanken Linoleum. Siehst du?«

Hollister beugte sich hinab, um den Fußboden im Schein der Stehlampe zu inspizieren.

»Da ist ein Kratzer«, gab er zu. »Und? Führ dich nicht auf wie ein Sioux, der aus einem geknickten Zweig einen ganzen Roman liest!«

»Darüber sind wir längst hinaus, mein Lieber. Hast du nie Steno gelernt?«

Hollister warf sich in die Brust.

»Was soll ich mit Stenographie? Als Anwalt muß ich mich in Gesetzen und Verordnungen auskennen. Für alles andere habe ich eine Sekretärin. Nein, sogar zwei!«

Jo nickte. »Deshalb bist du auch hilflos, wenn es um die einfachsten Dinge im Leben geht. Meiner Meinung nach ist der Kratzer kein gewöhnlicher Kratzer, sondern ein stenographisches Kürzel, das Lisa unbemerkt mit dem Absatz auf den blanken Boden geschrieben hat.«

Hollister riß die Augen auf. »Teufel! Und was bedeutet es?«

Jo grinste. »Ich habe zwar keine zwei Sekretärinnen, sondern nur eine Assistentin, und in Steno ist Bondy nicht mal besonders gut. Aber so viel habe ich schon von ihr gelernt, daß dieser Kratzer die gebräuchliche Abkürzung ist für ›Nach Diktat verreist!‹. Verstehst du?«

Hollister griff sich an den Kopf.

»Verdammt, verdammt! Was bin ich für ein Idiot! Darauf hätte ich selbst kommen müssen.«

»Reichlich schwierig für jemand, der kein Steno kann«, tröstete Jo. Hollister wehrte ab.

»Nein, nicht deshalb. Aber vor einiger Zeit haben wir uns darüber unterhalten, was eine Frau in der Gewalt von Gangstern tun kann. Und da sagte Lisa, daß man immer irgendwie eine Nachricht hinterlassen könnte, auch ohne Papier und Kugelschreiber. Mit dem Nagel in die Wand ritzen, mit dem Absatz auf den Boden kratzen, mit Spucke auf eine blanke Fläche schreiben! Und ich bin auf die einfachste Lösung nicht gekommen! Nach Diktat verreist ... das sagt wirklich alles! Diktat ist soviel wie Zwang, und verreist ... Man hat sie fortgebracht. Ganz klar!«

»Du hast wahrscheinlich recht, Pat. Ruf das Amt an! Das ist doch auch nachts besetzt?«

»Die Alarmzentrale mit der Notbesatzung immer.« Pat Hollister ging zum Telefon. Jo sah sich weiter in der Wohnung um und hörte ihn den Fall aufgeregt schildern.

»Na? Was haben sie dazu gesagt, daß ihnen die Transportleiterin abhanden gekommen ist?« fragte Jo, nachdem Pat aufgelegt hatte.

»Sie haben es ziemlich gelassen aufgenommen!« schnaubte Pat. »Als käme so etwas täglich vor. Ich solle mir keine Sorgen machen und ruhig abwarten. Wahrscheinlich würde ihr nichts passieren.«

»Damit können die Leute recht haben«, stimmte Jo zu. »Intelligente Gangster vermeiden Gewalt oder sogar Mord, wo es nur möglich ist. Dann haben sie eine Chance, eher wieder aus dem Knast herauszukommen, wenn sie erwischt werden. Vermögensdelikte werden weniger hart bestraft als Mord und Totschlag.«

»Wem sagst du das?« grollte Pat. »Aber meinst du im Ernst, das wäre mir ein Trost? Weiß ich, in welchen Kellern sie jetzt schmachtet?«

»Du solltest mal ein paar andere Bücher lesen«, lachte Jo. »Die Gangster, die Lisa entführt haben, wollen etwas von ihr. Sie müssen sie bei Laune halten. Ich nehme an, daß Lisa in einem bequemen Sessel sitzt.«

»So?« entgegnete Pat giftig. »Vermutlich bei leiser Musik und mit der Aussicht auf ein Dinner! Komm, ich halt's hier nicht länger aus. Das ist eine der Situationen, in der ich mir eine Winchester wünsche und ein Pferd!«

»Ein Fahndungscomputer mit Satellitenfunk wäre besser!« meinte Jo nur.

Joe und Arthur schienen völlig darauf zu vertrauen, daß Lisa keine Schwierigkeiten machte. Sie saßen vorn und hatten Lisa die ganze breite Rückbank überlassen. Das Autoradio dudelte einschläfernd alte Hits.

Lisa gähnte. Der Tag war anstrengend und lang gewesen. Warum fuhr sie eigentlich hier durch New Jersey? Und was wollten die Entführer von ihr?

Es war warm im Wagen. Sie öffnete einen Knopf ihrer Kostümjacke. Mochte dieser schmierige Joe im Rückspiegel ruhig einen Streifen ihres weißen BH erblicken! Er hatte den Auftrag, sie irgendwohin zu bringen, wo wohl sein Boß wartete. Aber was versprach sich dieser Boß von Lisa McAllen?

Sie überlegte. Ganz zweifellos war er nicht hinter Lisa McAllen her. Er wollte was von der Leiterin der Transportabteilung beim Schatzamt. Fahrpläne, Einsatzlisten? Oder Details über die Fahrzeuge, die für das Schatzamt der Vereinigten Staaten über die Highways rollten?

Da wußte Lisa natürlich genau Bescheid. Aber was würde ihm das nützen.

Lisa war eingeschlafen. Ein paarmal wurde sie auf einer Abfahrt gegen die Seitentür gepreßt, aber ihre Müdigkeit war so groß, daß sie erst nach ein paar Stunden wieder erwachte. Jetzt fuhren sie nicht mehr auf einem Highway, sondern über eine schmale Straße durch dichten Wald. Die Scheinwerfer holten dicht stehende Bäume aus dem Dunkel und ließen sie hinter dem Wagen wieder verschwinden.

Joe trat auf die Bremse und schaltete herunter. Er schlug das Steuer scharf ein und lenkte den Wagen auf einen Waldweg. Es ging ein Stück hügelan, dann durch verfilztes Unterholz.

Lisa mußte an das Stenokürzel denken, das sie auf den Fußboden gekratzt hatte. Ob Pat es fand und deuten konnte?

Plötzlich stoppte der Wagen. Lisa wurde nach vorn geschleudert, gegen die Rückenlehne des Sitzes.

»Verdammt, was ist los? Warum haltet ihr mitten im Wald?«

»Wir sind da, Mädchen!« sagte Arthur schmunzelnd.

»Was heißt das: da?« fauchte Lisa. »Soviel ich sehe, ist hier nichts, was mich verführen könnte, auszusteigen!«

Arthur stieß die Tür auf. Nachtluft drang in den verqualmten Wagen.

»Steig nur aus! Du wirst schon sehen!«

Lisa schwang die Beine aus dem Wagen und zog sich hoch. Sie brauchte einen Moment, um ihre Augen an die Dunkelheit zu gewöhnen. Dann erkannte sie die niedere Hütte zwischen den Bäumen.

Arthur ging ihr voran und zog die Tür auf. Helles Licht fiel heraus. Zögernd folgte sie ihm und trat ein. Die Lampe an der Decke war der einzige Komfort. An der Wand stand ein Schrank, ein Tisch war da, und es gab drei einfache Stühle.

Auf einem davon saß ein grauhaariger Gentleman. Seine Kleidung stach merkwürdig von der primitiven Umgebung ab: dunkler Anzug mit weißem Einstecktuch in der Brusttasche, fein gemustertes Hemd mit hellgrauer Krawatte ... Er blickte auf und wies auf den Stuhl.

»Nehmen Sie bitte Platz, Miß McAllen! Ich hätte beinahe gesagt: Nett, daß Sie gekommen sind! Aber seien Sie versichert, daß mir jeder Hohn fernliegt. Ich bin Ihnen wirklich dankbar, daß Sie offenbar keine Schwierigkeiten gemacht haben.«

Lisa setzte sich. Der Ausschnitt ihrer Kostümjacke stand ziemlich weit offen, aber sie glaubte nicht, daß der kühle Mann damit etwas anzufangen wußte. Er nahm einen Kugelschreiber aus der Tasche und ein Blatt Papier, das er sorgsam auseinanderfaltete.

»Wir machen es am besten kurz«, schlug er vor. »Es geht um Ihren Transport N14. Er ist seit heute mittag unterwegs und sammelt bei den Banken an der Ostküste alte Geldscheine ein, die vernichtet werden sollen. Ich möchte den genauen Fahrplan des Wagens und die Route. Als Leiterin der Transportabteilung dürften Sie das im Kopf haben.«

Lisa kniff die Lippen zusammen und sagte nichts. Der Gentleman beugte sich vor.

»Ich kenne die Anweisung Ihrer Behörde, bei Nötigung oder Erpressung einfach mit der Wahrheit herauszurücken. Wenn ich Ihnen einen guten Rat geben darf, Miß McAllen: Folgen Sie dieser Anweisung! Es wäre sonst nicht auszuschließen, daß wir Druckmittel einsetzen müßten, um die gewünschten Informationen von Ihnen zu erhalten. Und Sie können ganz sicher sein, daß Sie am Ende der ... Prozedur reden würden. Meine Männer haben Erfahrung darin, Frauen zum Reden zu bringen. Besonders Frauen! Nun?«

Lisa spürte, wie es sie kalt überlief. Im Grunde hatte der Kerl recht. Es gab diese Anweisung. Für den Fall, daß ein Angestellter des Schatzamtes in Gewalt von Verbrechern geriet, war ihm völlig freigestellt, auf irgendwelche Fragen zu antworten.

Die Behörde hatte die Möglichkeit, ihre Pläne sofort zu ändern. Beispielsweise Fahrpläne ... Nur lief der Transport N14 schon. Die Fahrer nahmen aus Sicherheitsgründen keine Weisungen mehr an, die Route zu ändern. Gleichgültig, woher ein solcher Befehl kommen mochte. Sie fuhren stur nach Plan, und nichts konnte sie jetzt davon abbringen.

Wenn Lisa redete, würde dieser Gentleman in den Besitz, des Fahrplans kommen, wie er bestand und eingehalten wurde. Aber konnte sie etwas anderes tun? Daß Arthur und Joe sie notfalls foltern würden, stand für sie fest.

Lisa wußte selbst, welche Methoden es gab, Frauen zum Sprechen zu bringen. Eine Gänsehaut überlief sie!

»Nun, Miß McAllen?« Im Tonfall des anderen war leichte Ungeduld zu spüren.

Lisa nickte. »Was wollen Sie wissen?«

»Wo sich der Transport morgen früh befindet, und wohin er auf welcher Strecke um welche Zeit fährt.« Er schob ihr das Blatt Papier hin und den Kugelschreiber.

Noch einmal zögerte Lisa. Aber dann warf sie mit zusammengebissenen Zähnen den Fahrplan auf das Papier.

»Bitte. Das ist es. Ich hoffe, unsere Männer zielen gut, wenn sie Ihre Leute vor der Mündung ihrer Schnellfeuergewehre haben.«

»Das ist kein sehr frommer Wunsch, Miß McAllen. Aber ich kann Sie verstehen. Seien Sie nicht zu guter Hoffnung! Es wird nicht dazu kommen, daß sich Ihre und meine Leute bekriegen.« Er stand auf und steckte das Papier ein, nachdem er es überflogen hatte. »Und jetzt ziehen Sie sich bitte aus!«

»Wie?« Lisa glaubte, nicht richtig gehört zu haben. Aber der Mann nickte.

»Ich sagte: ausziehen. Völlig. Wir müssen verhindern, daß Sie uns folgen und gar Ihre Behörde informieren. Nackt werden Sie kaum durch den Wald laufen und in der nächsten Stadt nach einem Telefon suchen. Verstehen Sie?«

Lisa stand auf. »Nach Ihrem Äußeren hielt ich Sie für einen Gentleman. Wie ein feiner Anzug doch täuschen kann!«

»Finden Sie? Immerhin gebe ich Ihnen Gelegenheit, sich selbst auszuziehen, ehe Ihnen Arthur und Joe die Sachen vom Leib reißen!«

Lisa sah ein, daß ihr nichts anderes übrigblieb. Sie knöpfte die

Kostümjacke auf, zog sie sich von den Schultern und ließ sie achtlos zu Boden fallen. Der Büstenhalter folgte. Dann stieg sie aus dem Rock und schleuderte die Schuhe quer durch den Raum in die Ecke. Sie stemmte beide Hände in die Hüften und blickte den grauhaarigen Mann herausfordernd an.

Der schüttelte den Kopf. »Alles!« forderte er.

Da zerrte sich Lisa auch noch den Slip herunter, knüllte ihn wütend zusammen und warf ihn dem Mann vor die Füße.

»Kommen sie mir keinen Schritt zu nahe!« fauchte sie. »Mag sein, daß Ihre Gorillas wissen, wie man Frauen quält. Aber ich habe auch gelernt, was man mit Männern machen kann, die einem auf den Leib rücken!«

»Setzen sie sich dort hinten auf den Boden! Neben dem Rohr an der Wand!« befahl der Erpresser. Lisa gehorchte verwundert. Sie hockte sich auf die Erde und verschränkte die Arme vor ihren Knien.

»Arthur!«

Die Tür flog auf; Arthur kam herein. Mit einem gierigen Blick stierte er auf die zusammengekauerte nackte Frau.

»Binde sie fest, Arthur! Mit den Haaren, verstehst du? Und ansonsten läßt du die Finger von ihr! Verstanden?«

Arthur nickte stumm, schluckte und schlich heran. Er ließ sich neben Lisa auf die Fersen nieder und griff ihr ins lange Haar. Lisa spürte, wie er einzelne Strähnen zusammenraffte und um das Rohr verknotete.

»Gut so!« sagte der Gangsterboß.

Arthur stand auf. Seine Hose war ausgebeult, und er wischte die schweißnassen Hände an seinem T-Shirt ab.

»Tut mir leid, daß wir Sie so zurücklassen müssen!« behauptete der elegante Kerl. »Aber ich bin Psychologe. Selbst wenn Sie splitternackt loslaufen würden ... Ehe Sie sich um Ihr Haar bringen, bleiben Sie lieber hier sitzen, nicht wahr? Keine Frau reißt sich die Haare aus, um ein paar Stunden zu gewinnen. Ich nehme an, daß morgen gegen Mittag die Waldarbeiter herkommen und sich ihr Essen wärmen. Dann sind Sie frei.«

Lisa bewegte vorsichtig ihren Kopf. Es ging nicht weit. Die verknoteten Strähnen ließen zudem ihre Kopfhaut schmerzen, daß sie es kaum aushalten konnte.

»Ich habe Durst!« sagte sie mit zusammengebissenen Zähnen.

Der Mann nickte und nahm die Wasserflasche vom Tisch. Als er sich hinunterbeugte und sie neben Lisa auf den Boden stellte, nahm sie ein exotisches Parfüm wahr.

»Das wird Sie wenigstens vorm Verdursten bewahren. Gute Nacht!«

Er raffte ihre Kleidung zusammen und nahm sie mit hinaus. Die Tür schlug hinter ihm zu, und Lisa hörte, wie, der Schlüssel herumgedreht wurde. Wenig später brummte draußen der Motor des Wagens auf.

Dann war es ganz still um die Hütte. Lisa spürte das Blut in ihren Ohren rauschen.

»Es ist ja lieb vom Schatzamt, daß sie dir so freundlichen Trost spenden«, sagte Jo Walker zu Pat Hollister. »Aber ich halte dies für einen FBI-Fall. Will doch mal hören, ob die überhaupt schon etwas davon wissen!«

Er wählte die Nummer, die er auswendig kannte, und verlange Miller zu sprechen. Wenn jemand Bescheid wußte und ihm auch eine verläßliche Auskunft geben konnte, dann war es die graue Eminenz beim FBI in New York. Und er hatte Glück; Miller saß selbst zu dieser späten Stunde noch hinter seinem Schreibtisch und nahm den Hörer ab.

»Hallo, Jo!« sagte er aufgeräumt. »Lange nichts von dir gehört. Wie geht dein Geschäft?«

»Kann immer noch nicht klagen«, gab Jo im gleichen Ton zurück. »Im Augenblick bin ich hinter einer Sache her, die nach meiner Meinung in euer Ressort paßt. Entführung einer Beamtin des Schatzamts. Genauer gesagt: der hiesigen Filiale der US-Geldsäcke. Die Gangster haben sich ausgerechnet die Leiterin der Transportabteilung gekrallt. Das nette Mädchen, weißt du, das die großen Autos mit den dicken Geldbündeln über Land schickt.«

»Darauf habe ich eigentlich schon lange gewartet«, sagte Miller. »Wenn ich ein Gangster wäre, hätte ich das längst schon mal gemacht. Weiß das Schatzamt schon von seinem Verlust?«

»Der Freund der jungen Frau hat angerufen. Aber man hat ihm geraten, sich keine Sorgen zu machen. Morgen wäre sie vielleicht schon wieder zu Hause, munter und vergnügt.«

»Ich fürchte, das wird sie nicht sein«, brummte Miller. »Ich höre mich mal um, ob hier im Laden schon etwas bekannt ist. Moment, Jo!« Ein paar Minuten vergingen, dann war Miller wieder in der

Leitung. »Jo, wir wissen offiziell noch nichts. Das Schatzamt ist sehr zurückhaltend mit Informationen. Vielleicht schickt man uns morgen eine Vermißtenmeldung mit der Post, vielleicht sogar nur als Second Class Mail. Sie unterhalten eine eigene Sicherheitsabteilung. weißt du. Da fürchtet man wohl unsere Konkurrenz.«

»Ich denke, man sollte auf alle Falle eine Fahndung herausgeben.«

»Drei-Staaten-Fahndung?«

»Im Augenblick läuft ein Geldtransport durch die Ostküstenstaaten. Vermutlich haben es die Entführer darauf abgesehen.«

»Gut. Lassen wir an der Ostküste nach der Frau suchen. In diesem Fall brauchen wir ja wohl nicht die üblichen 24 Stunden zu warten, ehe wir loslegen. Gib mir mal die Beschreibung, Jo!«

»Ich gebe dir Pat Hollister, den Freund der Frau.«

Er gab Hollister den Hörer, und der begann ohne Umschweife: »Also, Officer, sie ist etwas kleiner als ich, hat eine mehr als aufregende Figur, nußbraune lange Haare, eine niedliche Stupsnase, ist am ganzen Körper südseebraun, ihre Lippen ... Was sagen Sie? Damit wäre keine Fahndung zu machen? Hören Sie, jeder Mann wird sich nach einem solchen Mädchen die Augen wundschauen! Der Name? Ah, natürlich! Lisa McAllen! Sonst noch was? Was sie anhatte? Das weiß ich doch nicht! Wenn ich am Abend zu ihr komme, hat sie meist einen weißen Bademantel an. Aber für ein Kidnapping wird sie sich bestimmt etwas mehr anziehen. Vielleicht ihr schwarzes Kostüm.«

Er horchte mit hochgezogenen Brauen in den Hörer, dann gab er ihn Jo. »Weiß gar nicht, was der Knabe will! Ich habe Lisa doch gut beschrieben!«

»Hallo?« fragte Jo. Miller kicherte.

»Verschone mich bei einer Fahndung mit Verliebten, Jo!« sagte Miller. »Ich schicke die Fahndung mal auf gut Glück hinaus. Viel verspreche ich mir nicht davon. Wenn die Gangster das Mädchen wegen eines laufenden Transports kassiert haben, werden sie es kaum freilassen, ehe die Sache über die Bühne gegangen ist. Kannst du nicht versuchen, mit dem Schatzamt zusammenzuarbeiten?«

»Wenn die ihre eigene Sicherheitsabteilung haben, werden sie nicht gerade darauf warten, mit einem privaten Schnüffler zusammenzuarbeiten.«

»Hm. Wie du willst. Ich lasse von mir hören, falls wir eine Spur der Frau finden. Bye, Jo!«

»Bye!« Jo legte auf. Hollister sah ihn schräg an.

»Und was jetzt? Warten?«

»Natürlich.«

»Bis Lisas entstellte Leiche irgendwo ans Ufer gespült wird? Oder bis man sie in irgendeinem Müllcontainer findet?«

Jo ging wortlos zum Schrank und goß dem Freund einen Bourbon ein.

»Hier! Trink das, und beruhige dich! Wenn wir bis morgen früh nichts gehört haben, versuche ich, Transport N14 irgendwo aufzuspüren. Dann fahren wir hinter dem Wagen her. Bis etwas passiert, das uns auf Lisas Spur bringt. In der Nacht hat der Versuch keinen Zweck. Da steht der Wagen gut bewacht im Hof einer Bank, irgendwo an der Ostküste.«

»Gott geb's!« seufzte Hollister.

Die Worte des gutgekleideten Gangsters klangen in Lisas Ohren nach. Er hatte sich als Psychologe bezeichnet. Nur weil er meinte, eine Frau würde nicht nackt durch den Wald laufen und ein Telefon suchen! Da kannte er Lisa McAllen aber nicht!

Die Haare für die Freiheit opfern? Natürlich war Lisa stolz auf ihr langes, braunes Haar. Sie pflegte es und ging regelmäßig jede Woche zum Friseur. Aber wenn es um ihre Freiheit ging?

Suchend sah sie sich um. Da war nichts, was ihr als Werkzeug dienen konnte. Ausreißen konnte sie sich die verknoteten Strähnen nicht.

Ihr Blick fiel auf die Wasserflasche. Mit der ausgestreckten Hand konnte sie die Flasche gerade erreichen. Sie nahm sie am Hals und schlug sie kräftig auf den Boden. Sofort zersprang sie in mehrere große Scherben. Das Wasser floß auf den Boden. Die größte Scherbe nahm sie in die Hand und prüfte mit dem Daumen die Schärfe der Bruchkante. Das mußte genügen! Vorsichtig setzte sie das primitive Werkzeug an die erste Haarsträhne, mit der sie an das Rohr gefesselt war, und begann zu sägen.

Natürlich war es keine richtige Schneide. Immer wieder blieben Haare darin hängen, und das spürte sie sehr schmerzhaft. Lisa biß die Zähne zusammen.

Sechs Haarsträhnen, über den ganzen Kopf verteilt, hatte Arthur um das Rohr geknotet. Es dauerte eine schmerzhafte Viertelstunde, bis Lisa mit ihrer Selbstverstümmelung fertig war.

Sie ließ die Hand erleichtert sinken, hob sie aber gleich noch einmal an ihren Kopf und strich über die mißhandelte Frisur. Stellenweise mußte sie einem Stoppelfeld ähnlich sehen.

Es würde lange dauern, bis ihre Frisur wieder nachgewachsen war!

Sie stand auf und achtete darauf, mit ihren bloßen Füßen nicht in die Glasscherben zu geraten. Lisa blickte an sich hinunter. Sie hatte kein Fädchen auf dem Leib. Sollte sie wirklich so loslaufen und nach einem Telefon suchen?

Sie zauderte. Zu Hause lief sie oft genug so herum, und sie fühlte sich pudelwohl in ihrer Nacktheit. Aber hier, in dieser fremden Umgebung, genierte sie sich.

Ihr Blick fiel auf den Schrank. Vielleicht ...? Sie tappte hinüber, zog die Tür auf.

In den Fächern lagen, ordentlich zusammengefaltet, dicke graue Schutzanzüge! Und auf dem oberen Brett sah sie drei Rauchhelme, wie sie die Feuerwehr trug! Hatte die Forstverwaltung hier für Waldbrände vorgesorgt?

Lisa nahm einen der Anzüge heraus und hielt ihn vor sich. Für ihre Figur war er natürlich zu groß. Aber wenn sie die Beine und die Ärmel hochkrempelte, mochte es gehen. Dennoch zögerte sie, den Anzug über den nackten Körper zu ziehen.

»Dumme Gans!« sagte sie sich und stieg in den Overall. Das rauhe Zeug kratzte auf der Haut. Sie schlug die Hosenbeine und die Ärmel so weit hoch, wie sie konnte, und ließ den Anzug über den Brüsten weit offen. Das Jucken hätte sie sonst bald verrückt gemacht.

»Okay!« murmelte sie. Zum erstenmal war sie glücklich, daß sie sich nicht in einem Spiegel sehen konnte. Sie ging auf bloßen Sohlen zur Tür.

Die Tür war natürlich abgeschlossen. Aber die Kerle hatten das Fenster vergessen. Lisa hob den Riegel an, zog, und die beiden Fensterflügel schwangen auf.

Sie wollte schon hinaussteigen, als sie zufällig zu dem offenen Schrank hinübersah und eine Stablampe erblickte. Es gab nichts, was sie jetzt besser brauchen konnte! Noch einmal kehrte sie in ihr Gefängnis zurück, nahm die Lampe und kletterte endgültig hinaus.

Es hatte wohl ein wenig geregnet, denn der Boden war feucht, an manchen Stellen sogar schlammig. Da sie weder Schuhe noch Strümpfe anhatte, konnte ihr das egal sein. Probeweise leuchtete sie mit dem starken Lichtstrahl der Lampe umher.

Vom Dach der Blockhütte zogen sich Drähte der elektrischen Freileitung in den Wald. Wenn sie einen Kurzschluß verursachte ... Irgendwo mußte man das doch merken! Aber Lisa schüttelte den Kopf und verwarf den Plan. Niemand würde sich darüber aufregen, daß es tief im Wald in einer unbenutzten Hütte vorübergehend keinen Strom gab. Vielleicht schickte man in den nächsten Tagen jemanden, der nachsehen sollte.

Für Lisa war das zu spät. Ihr Geldtransport lief, und eine Gangsterbande war dahinter her. Bis zum Morgen mußte sie ein Telefon gefunden haben und handlungsfähig in die Zivilisation zurückgekehrt sein!

Sie richtete den Lichtstrahl auf den Weg und lief los. Es machte ihr Spaß, durch den Schlamm zu patschen. Wo eine Pfütze stand, lief sie hindurch und anschließend durchs tiefe Gras, damit ihre Füße wieder sauber wurden.

Lisa kicherte beim Laufen. Der rauhe Anzug rieb an ihrer Haut. Auf den Schultern brannte sie schon. Gab es denn wirklich nichts dagegen? Fast war sie versucht, den Anzug wieder auszuziehen, aber da kam ihr ein besserer Gedanke. An der nächsten Regenpfütze schöpfte sie beide Hände voll Wasser und schüttete sie über ihre Schultern. Das grobe Gewebe des Schutzanzugs sog die Feuchtigkeit sofort auf und wurde weicher.

Auf dem Waldweg lief es sich besser, als sie gedacht hatte. Wohin er führte, wußte sie aber nicht. Lisa hatte nicht einmal eine Ahnung, ob sie sich in der richtigen Richtung bewegte. Aber irgendwo mußte dieser Wald zu Ende sein!

Beinahe prallte sie gegen einen Holzmast. Was machte ein Mast im Wald? Sie leuchtete an dem glatten runden Stamm hinauf, und plötzlich schlug ihr das Herz bis in den Hals.

Sie erkannte die Drähte an den Isolatoren als eine Telefonleitung! Gab es hier in der Nähe Telefon?

Die Leitung folgte nicht dem Weg, sondern zog sich schnurgerade durch den Wald. Lisa kletterte die niedere Böschung hinauf und folgte den Drähten, die im hellen Schein der Stablampe matt schimmerten.

Es ging einen Hang hinunter und unten durch einen Bach. Das Wasser stieg ihr bis zum Bauch, als sie hindurchwatete und war kalt. Aber das kümmerte Lisa nicht.

Sie stürmte den Hügel auf der anderen Seite empor, wand sich durch dichtes Unterholz, sprang über gestürzte Baumstämme und prallte beinahe gegen die Hütte, in der die Leitung endete. Heftig atmend blieb sie stehen. Ihre Füße brannten, die Haut juckte. Sie tastete sich um die Ecke des kleinen Blockhauses zur vorderen Tür.

Auf einem Schild stand, daß es sich um die Waldbrandstation VIII im Bezirk 71 handelte.

Die Tür ging ohne Widerstand auf. Drinnen war es dunkel. Dafür leuchtete ein altmodisches Telefon im Strahl der Lampe. Mit einem Sprung war Lisa bei dem Apparat. Sie riß den Hörer an sich, suchte nach den Wählknöpfen oder einer Wählscheibe, aber die gab es nicht. Also hieb sie ein paarmal auf die Gabel und lauschte. Es summte im Hörer. Lisa wollte schon auflegen, als es plötzlich knackte und eine mürrische Stimme verschlafen »Hallo?« sagte.

»Hallo!« antwortete Lisa erleichtert. »Wer ist da?«

»Das Forstamt natürlich. Wen erwarten Sie, wenn Sie mitten im Wald ein Telefon finden und den Hörer abnehmen? Haben Sie sich verlaufen?«

»Nein. Können Sie mich mit einer Nummer in New York verbinden?«

»Wenn Sie in den Vereinigten Staaten herumtelefonieren wollen, müssen Sie zum nächsten Postamt fahren und warten, bis es morgen früh öffnet. Was machen Sie überhaupt da? Sie benutzen ein Telefon des Waldbrandwachdienstes. Ist Ihnen das klar?«

»Hören Sie, Mister, mein Name ist Lisa McAllen. Ich arbeite für das Schatzamt der Vereinigten Staaten und wurde von Gangstern in diesen Wald verschleppt. Ich konnte mich befreien und muß sofort mit meiner Dienststelle Kontakt aufnehmen.«

»Und das ist auch wahr?« fragte der Waldmensch. »Wissen Sie, über dieses Telefon hat man mich schon aus dem Schlaf geholt, weil ein paar Verrückten der Gin ausgegangen war.«

»Rufen Sie an«, sagte Lisa.

Dann biß sie sich auf die Lippen. Sie wußte, wer in dieser Nacht Notdienst hatte: Nancy Williams. Wenn Nancy erfuhr, daß Lisa halbnackt in irgendeinem Waldgebiet aufgetaucht war, würde das morgen das ganze Schatzamt wissen. Angereichert mit Nancys anzüglichen Kommentaren, was die beteiligten Gangster betraf und die Tatsache, daß Lisa bei ihrer Rettung nicht einmal mehr über einen Slip verfügte … Sie holte tief Atem und gab dem Forstmann Pat Hollisters Nummer.

»Okay. Ich ruf den Burschen an. Soll er herkommen?«

»So schnell er kann. Wo bin ich überhaupt? Das Schild an der Tür sagt nicht viel darüber.«

»Nicht einmal das wissen Sie? Dieses Waldgebiet gehört zu den westlichen Ausläufern der Appalachen. USA, wenn Sie es noch genauer wissen wollen.«

»Zauberhaft! Rufen Sie gleich an? Übrigens ... ist es von hier aus weit bis zur nächsten Straße?«

»Bleiben Sie, wo Sie sind!« knurrte der Mann. »Im Wald würden Sie sich doch nur verirren. Ich komme mit dem Landrover und hole Sie ab, wenn ich telefoniert habe.«

Damit legte er auf. Lisa ließ den Hörer auf die Gabel sinken und atmete durch. Plötzlich war ihr kühl. Sie knöpfte den Schutzanzug zu und rieb sich die Beine.

Als Pat Hollisters Anruf kam, entschied Jo Walker, daß sie ohne Hubschrauber mit Sicherheit zu spät kommen würden. Er legte auf und wählte die Nummer Scotties. Auch der war wach, wie es sich für den Inhaber der kleinsten New Yorker Charterfluggesellschaft wohl auch gehörte.

»Mach deine kleine Mühle klar, Scottie! Ich muß sofort in ein Nest in den Appalachen!«

»Du hast nicht nur die merkwürdigsten Flugziele, sondern auch ganz aparte Abflugzeiten, Jo!« antwortete Scottie. »Muß das wirklich jetzt in der Nacht sein?«

»Es muß. Ich bringe noch jemand mit. Wann können wir starten?«

»Sobald du auf dem Flugplatz bist«, resignierte Scottie und hängte ein.

Das schätzte Jo an dem weißhaarigen Burschen so sehr: daß er zu jeder Stunde einsatzbereit war. Mit seiner Cessna und mit dem Hubschrauber, den er irgendwann einmal billig aus Beständen der Air Force gekauft hatte und nun unter härtesten Bedingungen flog, wenn es sein mußte.

Jo fuhr mit dem Expreßlift hinunter, sprang in seinen 230 SLK Kompressor und preschte zu Pat Hollister. Den hatte es schon nicht mehr in seiner Wohnung gehalten; er wartete auf der Straße.

»Hoffentlich hast du den Tank voll!« rief er, als er sich in die Polster warf. Jo startete, daß der Mercedes die Nase hoch nahm, und schüttelte den Kopf.

»Nicht nötig. Ich habe uns einen Hubschrauber bestellt. Denk daran, daß die Gegner einen hübschen Vorsprung haben!«

»Ich denke an nichts anderes, seit dieser Waldschrat angerufen hat.«

Sie hatten es nicht weit bis zu Pier 426, dicht bei der Brooklyn-Fähre, wo Scottie seinen Helikopter stationiert hatte. Sein weißes Haar leuchtete schon von weitem über dem roten Overall. Das Triebwerk der kleinen Maschine lief bereits.

»Hallo!« grüßte der Pilot und hielt die Glastür zum Cockpit einladend offen. »Ich hatte mir den Abend eigentlich ein bißchen anders vorgestellt. Aber ich weigere mich ja grundsätzlich nicht, ein paar Dollars zu verdienen. Und bis in die Appalachen ist es ein ganz hübsches Stückchen Weg!«

Er warf sich auf seinen Pilotensitz, schnallte sich an und zog die Tür zu. »Wohin soll's denn genau gehen, Jo? Mir wär's ja egal, aber die Flugsicherung stellt immer so neugierige Fragen!«

Jo wandte sich fragend an Pat Hollister.

»Der Forstmensch sagte, Elmington sei die nächste bewohnte Ansiedlung. Irgendwo am Westhang der Appalachen.«

Scottie suchte eine Karte heraus und faltete sie auseinander. »Elmington? Da hab' ich's schon! Nach meiner Karte liegt das mitten im Wald. Na, notfalls muß ich auf der Main Street landen. Auf geht's!«

Er ließ den Rotor anlaufen. Schnell drehten sich die Flügel; das ganze Gerät vibrierte und schüttelte sich im kritischen Drehzahlbereich, dann wurde es ruhiger. Als Scottie die Maschine abhob, fühlten sie sich wie in einer bequemen Luftschaukel, die nach oben schwang.

Pat Hollister blickte hinunter auf die hellen Straßen. »Hubschrauber bin ich noch nie geflogen«, meinte er. »Aber ich glaube, daran könnte ich mich gewöhnen!«

Als die weit geschwungene Talbrücke vor ihnen im Scheinwerferlicht auftauchte, hob der immer noch untadelig gekleidete Gentleman die Hand.

»Stopp, Arthur! Fahr rechts heran. Ich glaube, wir haben eine gute Stelle gefunden. Sehen wir uns die Gegend einmal an!«

Arthur gehorchte wortlos. Er hatte es noch nicht überwunden, daß ihm diese Klassefrau im Wald entgangen war. Splitternackt hatte sie vor ihm gehockt, und ihm waren die Hände gebunden gewesen! Als ob es etwas geschadet hätte, wenn ihn Mr. Backman ein Viertelstündchen mit der jungen Frau alleingelassen hätte! Aber mit Backman konnte man nicht handeln, wenn es um einen Job ging.

Er fuhr den Wagen zwischen die Büsche und stieg aus. Arthur reckte sich und schnüffelte die kühle Nachtluft.

Auch Backman verließ den Wagen. »Joe! Aufwachen!« rief er ins Innere der Limousine. »Lagebesprechung!«

Backman strich sich über die Revers seines dunklen Anzugs und betrachtete seine Schuhe, deren Glanz im Wald ein wenig gelitten hatte. Irgendwo würde er sie putzen lassen müssen oder selbst in einen Automaten stecken, damit sie wieder richtig strahlten.

»Die Brücke!« sagte er zu seinen beiden Kumpanen und wies auf die leicht geschwungene Fahrbahn, die sich auf hohen Betonstelzen über das enge Tal spannte. »Der Wagen wird von hier kommen, wo wir stehen. Joe, du postierst dich drüben, am besten hinter dem Betonklotz, wo das Geländer beginnt.«

»Verdammt dunkel, Boß!« maulte Joe. »Ich kann nichts sehen!«

»Wirst langsam alt, mein Lieber!« spottete Backman. »Aber wir fahren nachher hin, da kannst du dir deinen Platz in aller Ruhe aussuchen. Jedenfalls hast du von dort das ideale Schußfeld. Wir werden einen Fetzen Plastikfolie als Markierung ans Brückengeländer binden. Wenn der Wagen die Stelle passiert, machst du den Finger krumm.«

»Okay. Aber es kommt darauf an, welche Spur der Wagen fährt! Benutzt er die rechte, ist alles klar. Aber ...«

»Natürlich fährt er auf der rechten Spur. Mann, das ist ein schweres, gepanzertes Fahrzeug! Auf dieser Straße wird es kaum etwas Langsameres geben. Selbst wenn er die Überholspur benutzt, schadet das nichts. Dann geht er eben ein paar Yards später über die Kante.«

»Und wenn ein zweiter Wagen ins Spiel kommt? Wir haben keine Ahnung, wie stark diese Straße bei Tag befahren ist!«

»Gering!« behauptete Backman. »Sie haben die Route deshalb so gelegt, damit der Wagen nicht über die Highways muß, wo er in einen Stau geraten könnte.«

Arthur meldete sich zu Wort. Er verdrängte mit Gewalt jeden Gedanken an Lisa McAllen, indem er seine Phantasie auf das vorliegende Problem richtete.

»Nehmen wir mal an, Boß, es kommt alles Pech zusammen, das

wir haben könnten, und ein Polizeiwagen begleitet den Transporter. Was dann?«

Backman strich sich abermals über seine Rockaufschläge und richtete seine Krawatte.

»Joe hat zwei Läufe an seinem Elefantentöter«, sagte er gelassen. »Und in jedem Lauf wird eine Kugel stecken, die auch einen Streifenwagen vom rechten Weg abbringen kann. Joe muß gut zielen und im richtigen Moment abdrücken. Aber wozu haben wir einen ehemaligen Großwildjäger mitgenommen.«

»Wieso ehemalig?« grunzte Joe. »Der Transporter ist vielleicht nicht besonders wild, aber auf jeden Fall groß genug!«

»Richtig, mein Freund!« nickte Backman und seufzte unhörbar. Joes Witze gingen ihm unglaublich auf die Nerven.

»Was ist das für ein Licht da unten?« fragte Jo und wies durch die gewölbte Scheibe der Kanzel hinab in das Dunkel. Scottie beugte sich vor.

»Elmington kann das nicht sein. Ich bin den Highway 81 entlanggeflogen und dann nach Richtung Lewistown abgebogen. Aber der scheint uns zu meinen! Ich geh' mal hinunter!«

Was da blinkte, konnte ein starker Handscheinwerfer sein. Scottie senkte den Hubschrauber hinab, flog eine Schleife und schaltete seinen Landescheinwerfer ein.

Der Lichtkegel schalte ein kreisrundes Stück Straße aus der Dunkelheit, dann einen Station Car, der am Rand geparkt war, und einen Mann, der geblendet die Augen schloß. Scottie ging tiefer, dann setzte die kleine Maschine auf.

Jo schob die Kabinentür auf und sprang hinaus. Der Mann mit der Handlampe hatte auf Dauerlicht geschaltet und richtete den Strahl jetzt auf seinen Wagen. Dort ging die Tür auf. Eine merkwürdig aussehende Gestalt wurde sichtbar.

»Hallo!« rief der Mann. »Sind Sie aus New York!«

»Natürlich sind wir die Leute aus New York!« gab Jo zurück. »Wen erwarten Sie denn, wenn Sie uns vom Himmel holen?«

»Ich habe vorhin mit einem Typ namens Hollister gesprochen. Der wollte herkommen und seine Freundin abholen!«

Jo ging näher an den Man heran. Es war ein eisengrauer Kerl in Parka und hohen Stiefeln, dessen sonnenverbranntes Gesicht von hundert Fältchen durchzogen war.

»Hollister ist tatsächlich an Bord. Wie sind Sie darauf gekommen, daß das unser Hubschrauber sein könnte?«

»War nicht schwer. Habe ich mir halt zusammengereimt. Die junge Frau vom Schatzamt hatte es verflucht eilig, jemand von New York herzuholen. Und das kann wirklich nur ein Hubschrauber sein. Damit Sie in dieser finsteren Nacht nicht wer weiß wohin flogen, habe ich ein bißchen mit der Lampe geblinkt. Sonst brummen hier nämlich kaum Helikopter herum. Da ist sie übrigens!« wies er auf die seltsam gekleidete Gestalt.

Jo trat ein paar Schritte auf sie zu, und jetzt erkannte er Lisa McAllen. Sie kam ihm entgegen und fiel ihm um den Hals. Er spürte einen rauhen, größtenteils durchnäßten Overall und darunter Lisas Rundungen, er sah die borstig abstehenden Haarstummel ...

»Lisa! Wie siehst du aus? Das ist nicht die Dienstkleidung des Schatzamtes, oder? Und auch nicht die neueste Frisur für die Sommersaison?«

Pat Hollister hatte sich aus dem Hubschrauber befreit und sprang herbei.

»Lisa!« schrie er auf, als er die junge Frau erkannte. Sie sah ihn an und grinste matt.

»Ich sehe scheußlich aus, nicht wahr?« fragte sie. »Aber ich hatte nichts anzuziehen als diesen Waldbrandanzug, und die Haare habe ich mir auch abschneiden müssen, um freizukommen!«

Wenn sie erwartet hatte, daß sich Hollister nichts daraus machen würde, wie sie aussah, dann fand sie ihre Hoffnungen bestätigt. Er riß sie an sich, und Jo blickte ein Weilchen diskret zur Seite.

Lisa schien nicht daran interessiert, einen dramatischen Bericht zu liefern. Sie machte sich von Pat Hollister los.

»Wir müssen weiter! Daddy Ohlson ... irgendwann komme ich noch einmal her und bedanke mich für die Rettung aus dem Wald. Aber jetzt haben wir keine Minute mehr zu verlieren! Ist noch Platz für mich in dieser Mühle da?«

»Natürlich! Und wenn ich auf den Kufen mitfliegen müßte!« sagte Pat großspurig.

Lisa winkte dem Forstbeamten zu, dann lief sie geduckt unter den Rotoren hindurch, die sich immer noch drehten, und kletterte in die Maschine. Pat folgte, dann stieg auch Jo ein und quetschte sich neben den Piloten. Der musterte Lisa erstaunt.

»Sieht ja ganz hübsch aus«, meinte er. »Aber kratzt das Zeug nicht auf der Haut?«

Lisa raffte den groben, imprägnierten Stoff über den Brüsten zusammen. »Haben Sie was Besseres?« fragte sie.

»Im Notfallkoffer hinter Ihnen liegt ein Reserve-Overall. Ich kann mir zwar nicht vorstellen, wie Sie sich hier umziehen wollen, aber vielleicht geht's. Wo soll's denn jetzt hingehen?«

»Richtung Trenton«, entschied Lisa und zog schon den Reißverschluß auf. »In Trenton übernachtet mein Transport N14. Vielleicht kann ich ihn dort stoppen. Andernfalls müssen wir bei Tagesanbruch hinter ihm herfliegen. Bis halt irgend etwas passiert.«

Scottie gab Gas und hob ab.

»Was ist eigentlich wirklich los?« erkundigte sich Jo.

Lisa nahm den Notfallkoffer von der Ablage, öffnete ihn und entfaltete einen nagelneuen roten Overall.

»Na, das ist doch fast was Richtiges zum Anziehen«, sagte sie befriedigt. »Rück zur Seite, Pat! Ich muß aus dieser Kluft heraus! Die armen Feuerwehrleute, die darin einen Waldrand löschen müssen! Und naß ist das Zeug auch, weil ich durch einen tiefen Bach spaziert bin! Junge, beim Schatzamt erlebst du vielleicht Sachen! Zur Post hätte ich gehen sollen!«

Unbekümmert streifte sie sich den Overall von den Schultern. »Ich habe den Gangstern den Fahrplan von N14 aufschreiben müssen. Jetzt, wo der Transport läuft, läßt sich nämlich kaum etwas ändern. Die Fahrer reagieren auf keine Anweisungen und fahren strikt nach Plan.«

»Und du hättest nicht ein bißchen schummeln können?« fragte Pat.

Er konnte den Blick nicht von Lisa wenden, obwohl ihm wohl kaum Neues geboten wurde, von einer Schramme auf der Schulter und einer völlig ruinierten Frisur abgesehen.

Lisa schüttelte den Kopf. »Dieser nachgemachte Gentleman wußte zuviel über das Schatzamt und interne Dienstanweisungen. Ich muß damit rechnen, daß er auch über N14 Bescheid wußte und nur ein paar unbekannte Details von mir erfahren wollte.«

»Was für ein nachgemachter Gentleman, Lisa?« fragte Jo.

»Keine Ahnung, wie er heißt, Jo. Seine beiden Kumpane nannten sich Joe und Arthur. Ihn redeten sie nur mit Boß an. Er trug einen dunklen Anzug, weißes Hemd mit Krawatte und blank geputzte

Schuhe. Sogar ein Einstecktuch hatte er in der Brusttasche. Sprach einigermaßen vornehm, höflich und gedämpft. Dabei ist er ein knallharter Gangster. Was er mir alles angedroht hat…«

»Was denn?« fragte Hollister. Lisa zog sich den roten Overall über die Hüften hoch und blitzte ihn an.

»Davon verstehst du nichts, mein Schatz! Aber mir reicht es! Hilf mir mal in den Ärmel!«

Bei dem umständlichen Striptease auf den hinteren Sitzen hatte Scottie genug zu tun, die leichte Maschine halbwegs ruhig in der Luft zu halten. Dennoch grinste er, und Jo fand schnell heraus, warum: Die gewölbte Frontscheibe der Kabine spiegelte im Nachtdunkel, das draußen herrschte, recht gut, was hinter ihnen vor sich ging.

»Scottie!« sagte er mahnend. »Auf diese Weise fliegst du uns noch gegen den nächsten Hügel!«

Scottie schüttelte den Kopf. »Bestimmt nicht! Ich schaue zwischendurch immer nach draußen!«

Als es im Osten hell wurde, erwachte Backman aus seinem leichten Dämmerschlaf. Er sah seine Kumpane an, die in den Polstern des Wagens schnarchten, öffnete leise die Tür und stieg aus. Der große Parkplatz, auf dem außer ihnen nur ein Wohnwagen stand, war still und scheinbar ohne Leben.

Backman runzelte die Stirn. Der Wohnwagen paßte nicht in seinen Plan. Er stand halb verdeckt hinter hohen Büschen. Sie hatten ihn nachts nicht bemerkt.

Wenn ihr Coup über die Bühne gegangen war, würde es in der Gegend bald nur so von Polizisten wimmeln. Und sie würden jeden, den sie in weitem Umkreis trafen, nach verdächtigen Beobachtungen fragen. Drei Männer, die mitten in der Nacht auf einem Parkplatz auftauchten und am Morgen weiterfuhren, mußten einfach verdächtig sein! Wenn die Wohnwagenleute auch nur einigermaßen die Augen aufmachten, konnten sie eine Beschreibung der drei Männer geben. Dann hatte Backmans fein ausgetüftelter Plan schon ein Loch.

Langsam spazierte er zu dem Wagen hinüber. Innen waren die Jalousien heruntergelassen; die Bewohner schliefen noch. Er sah, daß der Trailer auf leicht abschüssigem Boden stand.

Interessiert ging er ein paar Schritte weiter. Am Rand des Parkplatzes fiel das Gelände stark ab. Es gab keinen Zaun, der vor einem Sturz in die Tiefe bewahren konnte.

Backman zauderte, dann kniete er nieder und blickte unter den großen Wohnwagen. Seine besondere Aufmerksamkeit galt den Bremsleitungen. Von allen vier Rädern führten sie zu einem kleinen Druckzylinder, und von da ging ein etwas dickerer Schlauch durch den Unterboden zur Bremsanlage.

Es half nichts – er mußte sich auf den Rücken legen und sich trotz Anzug unter den Trailer schieben. Fast schmerzhaft spürte er den Straßenschmutz, über den er sich bewegte. Backman haßte Staub und Schmutz und Flecken jeder Art.

Backman hatte stets ein Taschenmesser bei sich, ein hübsches Spielzeug in silberner Hülle, mit Perlmutt eingelegt. Ächzend nahm er es aus der Tasche und setzte es an den dickeren Bremsschlauch. Aussichtslos, ihn damit durchzuschneiden!

Aber da war auch noch eine winzige Sägeklinge aus Chrom-Vanadium-Stahl, die er ausklappen konnte. Dabei brach er sich einen der sorgfältig manikürten Fingernägel ab. Aber nicht einmal das konnte ihn ablenken.

Die winzigen Sägezähne fraßen sich in den bewehrten Schlauch. Und dann spritzte ein haarfeiner Strahl Bremsflüssigkeit hervor, wurde beim Sägen dicker und traf ihn voll an der Schulter. Ein paar Spritzer bekam er ins Gesicht. Einen davon leckte er sich aus dem Mundwinkel, aber er spie den üblen, süßlich schmeckenden Schmier sofort aus.

Mühsam schob sich Backman unter dem Trailer hervor wieder ins Freie. Die Bremsanlage war jetzt ausgeschaltet. Vielleicht gab es auch eine Handbremse, aber die war nach allen seinen Erfahrungen unwichtig. Den voll beladenen Wohnwagen würde sie nicht halten.

Lautlos huschte er nach vorn. Der Trailer hing an einem betagten Ford Falcon. Backman löste die Kabelverbindungen, dann die Kupplung. Dabei spürte er schon, wie der Trailer zog.

Backman stemmte den Fuß gegen den Kasten an der Vorderwand, in dem die Gasflaschen für den Küchenherd und die Heizung waren. Das dünne Blech der Verkleidung knackte und beulte sich ein. Aber der Trailer geriet ins Rollen, langsam zuerst, dann zunehmend schneller. Und er rollte schräg auf den Abhang zu.

Backman trat ein paar Schritte zurück, damit ihm der Falcon nicht die Sicht versperrte. Die Vorderräder des Trailers sprangen über die Parkplatzbegrenzung. Wenn die Bewohner von dem Ruck nicht wach wurden ... Aber selbst wenn sie jetzt aus ihren schmalen Betten hochschraken, war es zu spät.

Das Vorderteil des Wohnwagens befand sich schon über dem Abgrund. Von hinten schob die ganze Last nach. Mit dem Boden rutschte er durchs taunasse Gras, neigte sich, das Heck hob sich in die Luft, im Wagen polterte und krachte alles durcheinander, und dann kippte der Trailer fast senkrecht in die Tiefe.

Backman hörte ihn ein paarmal aufschlagen. Vorsichtig näherte er sich der Absturzstelle, hielt sich mit einer Hand fest und spähte hinunter. Der Trailer lag merkwürdig verbogen und zerknittert im steinigen Bett eines Bachs, der sich unten durch das enge Tal zog.

Er lag auf dem Rücken, und die Räder drehten sich noch. Kein Leben war mehr zu erkennen. Backman glaubte nicht, daß jemand den Sturz und vor allem den Aufprall überstanden hatte.

Er wandte, sich ab und rieb sich die Hände. Sein dunkler Anzug sah nicht mehr gut aus. Sollte er sich jetzt schon umziehen oder erst, wenn alles gelaufen war? Er ging zum Wagen zurück.

Arthur lehnte an der Kühlerhaube, rauchte eine Zigarette und blickte mißmutig in den jungen Morgen.

»Na?« fragte Backman. »Ausgeschlafen?«

»Nein.«

»Nein?« fragte Backman ironisch. Arthur holte tief Luft.

»Als ich sehr klein war, hat mich meine Mutter schon an ein anständiges, weiches Bett gewöhnt. Wahrscheinlich tut mir deshalb jeder Muskel weh.«

»Wenn wir mit unserem Job fertig sind, kannst du jeden Morgen in deinem anständigen, weichen Bett liegen, so lange du willst. Aber jetzt fahren wir erst mal los. Ich möchte nicht, daß wir an der Abschußstelle ankommen, und der Transporter ist schon durch! Weck Joe auf, ja?«

»Und wo frühstücken wir, Boß?«

»Hat dich deine Mutter etwa auch an ein regelmäßiges gutes Frühstück gewöhnt?« grinste Backman.

Arthur zog die Schultern ein und beugte sich in den Wagen, um seinen Kumpel zu wecken.

»Hey, Joe!« raunzte er ihn an. »Wenn du Frühstück willst, dann ist es jetzt Zeit, daß du es dir verdienst!«

»Hinterm Holiday Inn von Trenton soll ein Landeplatz sein. Jedenfalls nach dieser Karte«, sagte Scottie. »Wird auch allmählich Zeit, daß wir zum Auftanken runterkommen.«

Unter ihnen lag die Stadt, die sichtlich schon aufgewacht war. Scottie zog den Helikopter dicht über das leere Baseballstadion hinweg, knatterte über ein Industriegelände und folgte der Ausfallstraße, die sie zum Holiday Inn brachte. Vorsichtig setzte er die Maschine auf die kleine Betonfläche mit dem aufgemalten weißen Kreuz.

»Warte hier, bis wir uns wieder melden!« befahl Jo.

Er stieg aus und half Lisa und Pat Hollister auf den festen Boden hinunter. Lisa fröstelte in dem dünnen Overall, spürte den kalten Beton unter den nackten Fußsohlen und blickte sich suchend um.

»Da hinten ist die Autovermietung, Jo!« sagte sie.

»Hab' sie schon gesehen. Kommt!«

Sie liefen über den Platz. Jo mietete einen Camaro, der ihm passend erschien. Fünf Minuten später saßen sie darin, und Lisa stellte die Wagenheizung auf full power.

»Vielleicht hat schon irgendein Laden auf, wenn du dir etwas zum Anziehen kaufen möchtest«, schlug Pat vor. Lisa schüttelte den Kopf.

»Das hat Zeit. Wir müssen so schnell wie möglich zur Bank. Die Jungs starten gern früh mit dem Transport, damit sie sich abends eine hübsche Bleibe suchen und in Ruhe essen können.«

Jo fuhr an. Wenig später steckte er mit dem Camaro im Berufsverkehr, aus dem es kein Entrinnen gab.

»Tut mir leid«, sagte er achselzuckend. »Zu Hause kenne ich natürlich meine Schleichwege. Aber hier in Trenton muß ich mich nach den Wegweisern richten. Das machen wohl alle, die heute morgen unterwegs sind.«

Nur langsam kamen sie in die Innenstadt. Dort mußte Jo ein paar Blocks mehrmals umrunden, ehe er einen Parkplatz vor der Bank fand.

»Meinst du, sie lassen dich in diesem Aufzug da rein?« fragte Pat Hollister zweifelnd. »In einem viel zu weiten roten Flieger-Overall und barfuß?«

Aber Lisa war schon ausgestiegen.

»Phh ...« machte sie. »Ich bin Lisa McAllen vom Schatzamt! Ich war's auch, als ich heute nacht durch den Wald lief.«

»Sicher. Die Frage ist nur, ob sie's dir auch glauben!«

Lisa warf den Kopf mit den Stummelhaaren in den Nacken und eilte die Treppenstufen zum Eingang hinauf.

»Was für eine Frau!« murmelte Jo voller Bewunderung. Pat sah ihn schräg an.

»Ja. Sicher. Aber glaub nur nicht, daß man es mit einem solchen Energiebündel immer leicht hat, mein Lieber!«

»Sicher nicht. Aber dafür entschädigt dich vermutlich, daß sie obendrein so verflucht hübsch ist!«

Pat nickte gedankenvoll. Zu weiteren Erörterungen des Themas kamen sie nicht, denn Lisa erschien schon wieder, nahm die Treppe in langen Sätzen und warf sich neben Jo in den Camaro.

»Los!« keuchte sie. »Der Transport ist vor einer halben Stunde gestartet! Sie wollten aus der Stadt sein, ehe der Berufsverkehr einsetzte. Hätte ich wissen können. Steht unter anderem in den Vorschriften, die ich mit ausgearbeitet habe.«

»Gern!« nickte Jo. »Aber wohin, bitte?«

»Die 31 in Richtung Lamberville! Auf halbem Weg geht es rechts ab. In Hutchinson gibt's eine kleine Bank, die sich bisher geweigert hat, sich an ein größeres Filialsystem anzuschließen. Deshalb muß der Transport extra einen Umweg von 60 Meilen machen, um die zu bedienen. Go!«

Aber Jo fuhr nur bis zur nächsten Querstraße, wo eine Telefonzelle stand.

»Muß Scottie Nachricht geben, daß er wieder nach Hause fliegen kann. Sonst wartet er beim Holiday Inn bis übermorgen und berechnet uns jede Stunde zum vollen Tarif!« sagte er, stieg aus und telefonierte.

Als er zum Wagen zurückkehrte, fehlte Lisa. »Wo ist unser Boß?« fragte er verwundert.

Pat Hollister wies nur mit dem Daumen auf einen Store zwei Hausnummern weiter, von dessen Fahnenstangen ein Dutzend Jeans wehte, während sich auf dem Bürgersteig die Regale voller Schuhe und Stiefel aneinanderreihten.

Jo lehnte sich in seinem Sitz zurück und steckte sich eine Zigarette an. Wenn Frauen einkaufen, hatte er gelernt, hat man als Mann meist viel Zeit.

Aber Lisa sorgte auch hier für eine Überraschung. Sie erkannten sie erst, als sie neben dem Wagen auftauchte in hautengen Jeans und

Cowboystiefeln und einer Lodenjacke über dem karierten bunten Hemd.

»Das hast du alles in der kurzen Zeit eingekauft und auch noch angezogen?« wunderte sich Pat. Jo fuhr an.

»Es hat etwas Aufsehen erregt, als ich aus dem Overall in die neuen Sachen umstieg«, gab Lisa zu. »Zumal ich ja nichts darunter hatte und im ganzen Laden weder Slip noch Shirt aufzutreiben waren. Aber ich denke, sie erholen sich wieder von dem Schock. Geradeaus, Jo! Nicht über den Highway-Ring. Das wäre ein Umweg!«

Jo drängte den Camaro durch drei Wagenreihen, die alle nach rechts abbiegen wollten. Die meisten anderen Fahrer hielten das Manöver für etwas unverschämt und teilten das durch ein wildes Hupkonzert mit.

»Na, endlich kommt Leben in den Laden!« lachte Lisa. »Übrigens haben wir kaum etwas zum Schießen an Bord, nicht wahr?«

Pat Hollister erschrak sichtlich. Jo nickte.

»Ich habe meine 38er Automatic, aber nur ein Magazin. Wollen wir im nächsten Ort halten und ein paar Rüstungskäufe tätigen?«

Lisa überlegte. »Ich habe einige Befugnisse und könnte ein Polizeiaufgebot anfordern«, meinte sie. »Aber das hilft nichts, wenn der Transporter unbehelligt über die nächste Countygrenze rollt. Da ist ein anderer Polizeichef zuständig, und dem muß ich die ganze Geschichte erneut erzählen. Ganz abgesehen von dem Papierkrieg, der anschließend fällig wird. Wieviel Schuß hast du dabei, Jo?«

»Acht.«

»Das müßte doch reichen! Oder?«

»Wofür, Lisa?«

»Na, um irgendwelche Angreifer in die Flucht zu schlagen, wenn sie unseren Transporter überfallen!«

»Wenn es nur die drei Mann sind, mit denen du letzte Nacht zu tun hattest, vielleicht.«

»Okay. Versuchen wir's. Notfalls brechen wir uns einen soliden Knüppel vom nächsten Baum!«

»Letzte Überprüfung!« ordnete Backman an. »Joe, das Gewehr?« Joe hob die schwere Büchse ab, verzog dabei keine Miene.

»Munition?«

Joe öffnete den Verschluß. Die beiden dicken Patronen lagen

offen. Backman nickte. Joe machte seine Waffe wieder schußbereit und hängte sich den Gurt über die Schulter.

»Die Entfernungsmarke?« fuhr Backman fort.

Joe wies auf die Brücke, wo ein heller Plastikstreifen am Geländer im Wind flatterte. »Hängt!« meldete er.

»Gut. Arthur?«

»Aye, Sir!« meldete sich der Ganove grinsend. Backman zog die Augenbrauen zusammen.

»Werkzeug?«

Arthur schlug auf die Umhängetasche, die er auf dem Rücken trug.

»Sprengladung?«

Arthur grub in seiner Hosentasche und zog ein mit Klebestreifen verschlossenes Päckchen heraus, an dem ein kurzes Stück Zündschnur hing.

»Das ist verdammt kurz!« äußerte Backman Bedenken.

»Ach wo, Boß! Ich habe die rauchlose genommen, die brennt langsamer ab. Außerdem habe ich keine Lust, mir die Beine in den Bauch zu stehen, bis die Ladung hochgeht. Ich kenn' mich damit aus, Boß! Das können Sie mir glauben!«

»Na, gut. Glaub' ich's eben. Dir fliegen die Brocken um die Ohren und nicht mir. Weiter! Der Wagen? Habe ich selbst schon drüben in Gegenrichtung geparkt. Der Aufzug? Joe?«

»Sobald die Schüsse Wirkung gezeigt haben, hole ich den kleinen Aufzug und bringe ihn am Geländer an. Lasse den Haken hinunter und warte, bis Arthur fertig ist«, murmelte Joe verdrossen.

Der militärische Ton bei ihrem Unternehmen paßte ihm nicht. Aber er hatte sich in Backmans Marotte gefügt.

Fast war er versucht, auch noch die Hand an den Mützenrand zu legen und dabei seine lässige Haltung für ein paar Sekunden aufzugeben. Aber soweit ließ er es denn nun doch nicht kommen. Dann hätte er ja gleich für die Army arbeiten können. Die suchten auch Leute, die schießen konnten ...

Backman blickte auf die Uhr. »Man weiß nicht, wie der Transporter aus Trenton herausgekommen ist. Theoretisch könnte er in den nächsten fünfzehn Minuten auftauchen. Alles auf die Plätze!«

Arthur rückte den Gurt seiner Werkzeugtasche zurecht, zog sich die Mütze in die Stirn und machte sich an den Abstieg, am Ende der Brücke die Böschung hinunter.

»Eine Frage noch, Boß!« murmelte Joe. »Woran erkenne ich überhaupt den Wagen? Vielleicht sind zufällig zwei Werttransporte heute morgen unterwegs, und ich erlege den falschen?«

»Genügt, daß ich ihn kenne, Joe! Und ich gebe dir dann das Kommando zum Feuern. Beantwortet das deine Frage?«

»Völlig!« nickte Joe und ging zum Ende des Brückengeländers, wo er seine Stellung bezog.

Wenn er ehrlich war, hatte das militärische System auch seine Vorteile. Es legte die Verantwortlichkeiten eindeutig fest. Schoß er nachher auf den falschen Wagen, lag die Schuld bei Backman. Und wenn der sich im richtigen Moment verschlucken und gar kein Kommando geben würde, dann schoß Joe eben nicht. Er war dann nicht schuld an der Pleite.

Joe ging in die Hocke und legte sich die schwere Waffe auf die Knie. Wenn diese Sache in die Hose ging, konnte er sich ja zur Armee melden und die Donnerbüchse mit einem Sturmgewehr vertauschen. Abdrücken hatte er ja gelernt.

Goody Herbert hatte es sich bequem gemacht und die Beine hochgelegt. Durch die kleine Windschutzscheibe sah er das graue Band der Straße.

Lambert Wouk fuhr den Wagen konzentriert und aufmerksam. Das Musterbeispiel eines Werttransportfahrers.

»Was meinst du, wie viele Millionen wir jetzt schon hinten drin haben?« fragte Goody unvermittelt.

»Keine Ahnung. Vielleicht zwei oder drei?«

»Hm. Wäre doch ganz interessant zu wissen. Da fährt man ein paar Millionen durch das Land, paßt auf, daß ihnen nichts geschieht, trägt die ganze Verantwortung und kriegt am Monatsende seinen Scheck, nicht viel höher als bei einem Wäschefahrer oder bei der Müllabfuhr.«

»Kannst ja Wäsche fahren oder Müll!« gab Wouk zurück und bremste vor einem Sportwagen ab, der die Spur wechselte, um eine Ausfahrt zu erreichen.

Goodys Blick wanderte automatisch zu dem Schnellfeuergewehr in der Halterung. Aber der Sportwagenfahrer hatte es nicht auf ihre Millionen abgesehen und verschwand.

»Sicher könnte ich. Aber irgendwie komme ich mir in diesem gepanzerten Stahlkasten doch anders vor. Besser, weißt du. Es ist ein klein wenig Nervenkitzel dabei. Obwohl ja kaum noch etwas passiert.«

»Na, ich weiß nicht. Bei L. A. haben sie neulich einen Werttransporter angehalten. Mit einem Bulldozer. Mitten in der Stadt. Und dann kam von hinten ein schwerer Radlader, hat ihn auf die Gabel genommen und in einen Truck geladen. Ab ging die Post.«

»Und?«

»Den Transporter hat man zwei Wochen später auf einem Schrottplatz gefunden. Von den beiden Fahrern fehlt jede Spur. Weiß der Henker, in welchem Kanal ihre Leichen schwimmen.«

»Hm.« Darüber mußte Goody Herbert eine Weile nachdenken. »Dagegen war ja wohl kaum etwas zu machen. Hatten sie keinen Funkalarm?«

»Weiß nicht. Aber was nützt dir der Funkalarm, wenn als erstes einer aufs Dach springt und die Antenne kurzschließt oder abbricht?«

»Nichts, vermutlich. Aber wie soll uns hier jemand aufs Dach springen, Lambert? Von einer Brücke? Dafür haben wir zuviel Tempo drauf. Tempo ist überhaupt gut, sage ich immer.«

»Kann schon sein«, nickte Lambert Wouk. »Außer, es knallt dir jemand eine in die Reifen. Hat's auch schon gegeben.«

»Aber wir haben doch Spezialreifen!« wandte Goody ein. »Da prallt jede Kugel ab!«

»Jede nicht, Goody.«

Es ging eine lange Gerade hinunter. Unten war eine Brücke. Dann schwang sich die graue Straße in einem weit gezogenen Bogen den nächsten Hügel hinauf.

»Na ja! – Mit 'ner Bazooka kriegst du jeden Reifen kaputt. Aber wir sind ja nicht im Krieg!«

»Manchmal doch!« antwortete Wouk.

Er überlegte, ob er zurückschalten sollte. Sie waren schon etwas über der Höchstgeschwindigkeit. Andererseits konnte er den Schwung brauchen, wenn es drüben wieder hinaufging. Er ließ die Hand auf dem Schalthebel liegen, tat aber nichts, um das Tempo zu vermindern.

»Manchmal hab' ich mir schon überlegt, wie uns einer schaffen könnte, wenn er unbedingt wollte«, sinnierte Goody Herbert. »Aber ich denke, da müssen so viele günstige Umstände zusammenkommen ...«

»Was denn zum Beispiel?«

»Erst einmal eine einsame Gegend. So wie hier. Eine Brücke, wie die da vorn, mit einem tiefen Tal darunter. Und dann ein sicherer Schütze mit einer Spezialwaffe. So etwas zum Elefantentöten, weißt du. Wenn der uns im richtigen Moment eins in den rechten Vorderreifen verpassen würde, wäre der Wagen nicht mehr zu halten. Durchs Geländer und hinunter, und da brauchten sie aus den Trümmern nur aufzusammeln, was sie haben wollen. Eine Million, zwei ...«

Der Transporter dröhnte auf die Brücke. Der Fahrtwind pfiff und heulte an dem kantigen Aufbau. Lambert Wouk sah am Brückengeländer einen hellen Plastikstreifen flattern und überlegte, wer den da wohl zu welchem Zweck festgebunden hatte.

Dann blickte er wieder auf die Straße, die am Ende der Brücke anstieg. Am Ende der Brücke ... sein Fuß zuckte zur Bremse, instinktiv. Er hatte hinter einem Betonklotz eine Bewegung gesehen, und gleichzeitig blitzte dort etwas auf!

»Goody!« keuchte er.

Ein Schlag ging durch den Wagen. Er spürte, wie ihm das Steuer aus der Hand gerissen wurde ...

»Feuer, Joe!« hatte Backman gerufen, kurz ehe der Transporter die Entfernungsmarke am Geländer passierte.

Joe hatte die Büchse hochgenommen und angelegt. Ruhig ließ er Kimme und Korn über den rechten vorderen Kotflügel herunterwandern, über das Scheinwerferglas und noch tiefer. Jetzt hatte er den rotierenden Reifen im Visier. Noch etwas tiefer hielt er, knapp über der Lauffläche. Und dann zog er durch, über den Druckpunkt hinweg.

Der Krach schmetterte ihm in die Ohren, der Rückstoß warf ihn beinahe um, obwohl er ihn erwartet hatte. Aber er wandte den Blick nicht von dem dunkelgrauen Wagen, der mit viel zu hoher Geschwindigkeit über die Brücke heranjagte.

Er sah, wie der rechte Vorderreifen in Fetzen davonwirbelte. Wie sich der Wagen zur Seite neigte. Die Felge kam funkensprühend auf, bremste das Fahrzeug vorn rechts ruckartig ab. Im Nu war sie weggeschliffen, die Achse zog eine tiefe Rille in den Fahrbahnbelag und wirkte wie ein Angelpunkt, um den sich plötzlich der Wagen drehte.

Das Heck fegte herum, wollte ausbrechen und den Transporter auf die Seite legen. Aber der hatte so viel Fahrt, daß er in die neue Richtung weiterflog, auf das dünne Brückengeländer zu und hindurch. Querstreben und Längsstäbe öffneten sich wie ein Tor und ließen den Transporter hindurch. Er flog ein ganzes Stück durch die Luft, ehe er in der Tiefe verschwand.

Joe ließ die Waffe sinken. Er hatte einen Meisterschuß abgegeben und seinen Job getan. Wie immer packte ihn der Erfolg wie ein leichter Rausch. Am liebsten wäre er aufgesprungen, hätte seine Büchse triumphierend geschwenkt und einen Siegesschrei ausgestoßen. Aber Backmans scharfe Stimme holte ihn in die Wirklichkeit zurück.

»Joe! Stellung! Feuer auf den roten Wagen!«

Joe riß abermals die schwere Waffe hoch. Die lange Gerade herunter kam ein dunkelroter Camaro gefegt. Er brachte das Korn in die Kimme und senkte den Lauf, bis er auf das rechte Vorderrad zielte. Aber in dem Moment, als er abdrücken wollte, schwenkte das Ziel aus dem Visier.

Verwundert hob er den Kopf und sah den Camaro nach links hinüberziehen, bis haarscharf an den Mittelstreifen heran, und sogleich wieder nach rechts, als wollte er das Brückengeländer abrasieren …

»Jo! Was machst du?« rief Pat Hollister, der auf dem Rücksitz wild hin- und her geworfen wurde.

»Festhalten!« befahl Jo etwas verspätet.

Das Brückengeländer riß ihnen fast den rechten Seitenspiegel ab, aber Jo hatte die Nase des Camaro schon wieder auf den Mittelstreifen gerichtet. Die Reifen pfiffen in den höchsten Tönen. Aufs neue riß Jo das Steuer herum.

»Runter! Duckt euch!« bellte er und sah, wie Lisa neben ihm prompt auf Tauchstation ging. Wo die Brücke zu Ende war, erhob sich ein Betonklotz.

Und genau dahinter hatte Jo den Mann gesehen, der ein Gewehr auf sie gerichtet hatte. Er stemmte den Fuß auf die Bremse und bekam den schlingernden Camaro mit aller Anstrengung wieder unter Kontrolle. Jo hätte jetzt logischerweise seine Schlangenlinie nach rechts fortsetzen müssen, aber er fuhr geradeaus. Er hatte gesehen, wie der Schütze versuchte, mit dem Gewehr dem Hin und

Her des Wagens zu folgen. Jetzt konnte der Mann seine Bewegungsrichtung nicht so schnell ändern. Der Finger betätigte schon den Abzug, es blitzte auf.

Das großkalibrige Geschoß traf den rechten Seitenholm des Camaro. Es gab einen Ruck. Die Windschutzscheibe zersplitterte, und die kleinen Glasstücke prasselten wie ein Hagelschauer ins Wageninnere.

Jo hatte instinktiv die Augen geschlossen. Scharfkantiges Glas stach ihm ins Gesicht. Als er wieder sehen konnte, sah er das Ende der Brücke dicht vor sich.

Der Mann mit dem Gewehr war aufgesprungen. Er schwang die Waffe und wußte offensichtlich nicht, wie er sich vor dem heranrasenden Wagen in Sicherheit bringen konnte. Mit weit aufgerissenen Augen starrte er dem Wagen entgegen.

Jo hatte immer noch den Fuß auf der Bremse. Die Hinterräder blockierten und zogen eine schwarze Doppelspur über den hellen Beton. Jo sah bereits das Weiße in den Augen des Gegners.

Er riß das Steuer nach links, um ihn nicht auf die Kühlerhaube zu nehmen. Aber da machte der Mann eine Bewegung, schien über die Fahrbahn fliehen zu wollen, und mit einem dumpfen Krach prallte er gegen den ausrollenden Camaro.

Jo ratschte die Handbremse fest, stieß die Tür auf und sprang hinaus. Der Mann war ein Stück weit fortgeschleudert worden. Das Gewehr lag weiter weg auf der Straße. Dabei war die Geschwindigkeit des Wagens gar nicht mehr hoch gewesen.

Jo hatte schon die Automatic in der Faust, als es plötzlich von links her knallte. Der Körper des Schützen zuckte, als die Kugel einschlug.

Noch einmal knallte es, und diesmal wurde der Kopf des Mannes getroffen und fast von den Schultern gerissen.

Jo war herumgefahren, die Automatic in beiden Händen und auf das Gebüsch gerichtet, aus dem die beiden Schüsse gekommen waren. Mit zusammengekniffenen Augen versuchte er, ein Ziel zu erkennen. Wo saß der heimtückische Mörder?

»Links, Jo!« sagte Lisa hinter ihm. Sie kniete hinter der offenstehenden Wagentür. »Hinter dem, Weißdorn!«

Im selben Moment bemerkte Jo die Bewegung. Er zog durch, der andere schoß nur Sekundenbruchteile später.

Aber Jo Walkers Schuß rettete ihm wahrscheinlich das Leben: In einer instinktiven Abwehrbewegung hatte der Schütze den Lauf seiner Waffe verrissen. Das Geschoß pfiff so nahe an Jo vorbei, daß dieser den Luftzug spürte.

Aber auch er hatte nicht getroffen. Ein Ast knackte, brach und fiel zu Boden. Jemand schien durch die Büsche zu brechen, sich mit Gewalt einen Weg zu bahnen und zu entfernen.

»Schade«, sagte Lisa und stand auf. »Jetzt ist er weg. Aber was ist mit dem anderen? Und wo ist mein Transporter gelandet?«

Jo war mit ein paar Schritten bei dem Mann, der das Gewehr gehalten hatte. »Mausetot«, sagte er. »Eine Kugel in der Brust, und die andere im Kopf.«

Lisa war zum Brückengeländer gelaufen und starrte in die Tiefe. »Mein Gott«, sagte sie leise, »da unten liegt er! Wenn von Wouk und Herbert noch etwas übrig ist – lebend haben die den Sturz bestimmt nicht überstanden! Trotzdem ... ich muß sofort da hinunter!«

Jo trat neben sie und legte ihr den Arm um die Schultern. »Sollten wir nicht zuerst die Polizei benachrichtigen?« fragte er.

Lisa wollte etwas sagen, aber da blitzte es unten in der Schlucht. Ein kleiner Feuerball flammte auf, dann drang ein schmetternder Donnerschlag zu ihnen empor, und sie sahen Trümmer und Metallfetzen nach allen Seiten fliegen.

»Und auch die Feuerwehr?« vollendete Jo seinen Satz.

Arthur hob den Kopf. Dicht neben ihm stak ein Stück Blech im Boden. Ein wenig näher, und es hätte ihm glatt den Kopf vom Körper trennen können! Backman hatte recht gehabt; die Zündschnur war ein wenig kurz gewesen.

Er stand auf und ging zu dem Transporter. Er hatte sich mit dem Bug tief in den weichen und feuchten Boden gebohrt; das Heck ragte steil empor. An der Seite, wo sieh einmal die gepanzerte Tür befunden hatte, befand sich ein großes Loch mit aufgebogenem Blech, durch das man ins Innere blicken konnte. Es roch noch scharf nach dem verbrannten Plastiksprengstoff; hellgrauer Rauch zog langsam in Schwaden davon.

Arthur griff in den offenen Laderaum, packte eine der Kisten und zerrte sie ans Tageslicht. Er blickte nach oben, zur Brücke. Deutlich sah er das zerrissene Geländer.

Wo blieb Joe mit dem Seilzug und dem Haken? Was war da oben los? Arthur hatte so etwas wie Schüsse gehört. Aber er konnte sich das unten in der dämmrigen Schlucht nicht erklären Nur soviel schien sicher: Da oben mußte etwas schiefgegangen sein.

Nachdenklich betrachtete er die kleinen Kisten im Laderaum. Vor ihm lag ein Vermögen an gebrauchten Banknoten, sauber und sicher verpackt. Aber ohne eine Transportmöglichkeit konnte er nichts damit anfangen. Wenn kein Haken von oben kam, der die Kisten hinaufzog, konnte er bis zum jüngsten Tag auf diesen Kisten sitzen.

Noch einmal beugte er sich vor und blickte in den Laderaum. In der Ecke lagen Kunststoffbeutel. Die Idee: In den Kisten würden sie das Geld nicht fortschaffen können. Papiergeld in Säcken war leichter zu transportieren. Er stieg mit einem Fuß in den Innenraum des Transporters und warf die, Kisten hinaus. Dann folgten ein paar Säcke.

Was mit den Fahrern war, interessierte den Gangster überhaupt nicht. Er hatte keinen Gedanken an sie verwendet und kümmerte sich auch jetzt nicht um sie.

Als sich an der Brücke noch immer nichts regte, ging er daran, die Kisten zu öffnen und die Geldscheinbündel in einen Sack zu stopfen. Vielleicht war Joe und Backman da oben etwas passiert, so daß sie gar nicht mehr kommen würden. Dann gehörte das ganze Geld ihm.

Er brauchte es nur wegzuschaffen, und dann stand ihm die Welt offen. Mit gebrauchten Dollarnoten, deren Nummern nirgendwo registriert waren, kam er überall durch, konnte er sich kaufen, was er wollte.

Arthur hatte schon seine Träume, die er sich gern erfüllt hätte: luxuriöse Hotels an sonnigen Stränden, hübsche, willige Mädchen, etwas anderes zu essen als die gewohnten Hamburger und Cheeseburger und Hot Dogs, und natürlich auch etwas Besseres zu trinken als den billigen Gin aus Mama Hosters Snack an der Ecke 117th Street …

Es war feucht und warm in der Schlucht. Schweiß trat ihm auf die Stirn, aber unverdrossen schichtete er sein Vermögen um. So hörte er auch nicht die leichten Schritte auf dem Boden.

»Na?« sagte Backman unvermittelt, und Arthur schrak hoch. »Schon fleißig bei der Arbeit, Arthur?«

Arthur wischte sich mit dem Ärmel übers Gesicht.

»Wo zum Teufel bleibt der Aufzug mit dem Haken?« fragte er, als er den ersten Schock über Backmans unvermutetes Auftauchen überwunden hatte. »Ich hab' Schüsse gehört. Ist da oben was schiefgegangen, Boß?«

»Das könnte man so ausdrücken«, nickte Backman. »Ein zweiter Wagen kam ins Spiel. Bewaffnete Leute. Joe verfehlte ihn leider, und bei der anschließenden Schießerei hat es ihn erwischt. Ich konnte mich aber in Sicherheit bringen. Wir werden uns beeilen müssen, Arthur. Die Leute werden sich um den Transporter sorgen und bald hier unten auftauchen. Wieviel Geld hast du in dem Sack?«

»Drei Kisten.«

»Das muß genügen. Nimm ihn auf die Schulter, und komm mit! Wir schlagen uns in die Büsche. Vielleicht können wir die Leute erledigen. Es sind nur drei. Wenn sie mit einem Polizeiaufgebot herunterkommen, bringen wir uns und das Geld in Sicherheit.«

Er drehte sich auf dem Absatz herum und marschierte los. Arthur zauderte. Das viele Geld in den Kisten einfach liegenlassen?

Aber dann sah er ein, daß Backman wieder den besseren Plan hatte. Sie mußten zusehen, daß sie hier wegkamen. Und für ein paar flotte Jahre würde schon reichen, was er mit beiden Händen in den Plastiksack geschaufelt hatte.

Arthur nahm den Sack auf die Schulter. Er hatte ein ziemliches Gewicht, obwohl es sich nur um gebündeltes Papier handelte. Er rutschte auf den feuchten, moosigen Steinen aus und wäre beinahe in den Bach gefallen. Backman hörte das Geräusch und Arthurs Fluchen, aber er drehte sich nicht um, sondern marschierte zielbewußt auf das dichte Unterholz zu, das auf der anderen Seite der Brückenpfeiler die schmale Schlucht ausfüllte.

Plötzlich stockte er und blieb reglos stehen. Er hob die Hand. Den Hang herunter kamen ein paar Steine gerollt. Sie hüpften über die Felsen, sprangen durch die knackenden Büsche und platschten schließlich ins Wasser.

Backman schnitt eine Grimasse und nahm seine Pistole aus dem Hosenbund.

»Da kommt jemand!« flüsterte Arthur heiser. Ein ironischer Blick Backmans traf ihn.

»Wirklich?« Backman entsicherte die Pistole.

»Ist der Camaro fahrbereit?« hatte Lisa gefragt.

»Na, klar doch!«

»Okay. Dann fahr in die nächste Ortschaft, hol die Polizei und die Feuerwehr, möglichst mit einem Kranwagen. Und den Notarzt, falls da unten noch etwas zu retten ist!«

Jo hätte es ausreichend gefunden, den nächsten Wagen anzuhalten, der vorbeikam. Aber Lisas Ungeduld wollte das nicht, und in der Tat schien diese Straße wie ausgestorben.

»Gut. Ich fahre. Aber nehmt euch in acht! Der Bursche mit der Pistole ist in der Gegend, und ihr habt nichts zum Schießen!«

»Doch!« entgegnete Pat Hollister. Er hatte die schwere Büchse aufgehoben. »Ich habe ein paar Patronen gefunden, die er sich als Reserve bereitgelegt hatte.«

»Kannst du mit dem Ding umgehen?« fragte Jo zweifelnd.

Pat schob das Kinn vor. »Was ist dabei? Man legt die Patronen ein, macht das Schloß zu, entsichert und spannt, und dann kann man damit schießen!«

»Erst spannen, dann entsichern!« korrigierte Jo.

Er hatte nicht gerade den Eindruck, als sei sein Freund der geeignete Mann für den Umgang mit diesem Spezialgewehr. Aber vielleicht wirkte die Waffe allein schon abschreckend auf irgendeinen Gegner. Er schlenderte zu dem Camaro, stieg ein und fuhr los.

»Wo willst du hin?« fragte Lisa.

Pat Hollister war schon am Ende des Geländers und suchte einen Weg den steilen Hang hinunter.

»Hinab, natürlich! Jemand muß sich doch wohl um die armen Kerle kümmern, die mit dem Transporter abgestürzt sind! Und ich bin der einzige, der eine Waffe hat!«

Der Logik konnte sich Lisa nicht verschließen. Hollisters plötzliche Initiative wunderte sie ein bißchen. Sie kannte ihren Pat eher als einen vorsichtigen und zurückhaltenden Mann. Aber wo es vielleicht um Menschenleben ging, überwand er wohl diese Regungen. Sie war auf einmal fast etwas stolz auf ihn.

»Sieh dich vor!« sagte sie. »Wenn Hilfe kommt – ich schicke sie dir sofort hinunter! Übrigens ist ein Notkoffer in der Fahrerkabine, vorn rechts unter dem Armaturenbrett!«

Pat schwenkte das schwere Gewehr. »Hoffentlich brauche ich ihn nicht selbst«, meinte er. »Ich wollte, ich wäre schon unten! Der Hang ist steil genug, sich beide Beine zu brechen!«

Schon nach wenigen Metern kam er ins Rutschen. Vielleicht wäre er wie eine Lawine ins Tal gerast, wenn sich das Gewehr nicht im Gebüsch verhakt hätte. Er hielt es eisern fest und fand so einen Halt. Das nächste Stückchen Weg hinab ging er vorsichtiger an.

Dabei bemerkte er ein paar geknickte Zweige und losgerissene frische Blätter. Es war vor ihm schon jemand hier hinuntergeklettert – der Gangster, der den Transporter mit der Sprengladung geknackt hatte! Hollister schloß die Faust fester um das Gewehr.

Wieder brachen unter seinen Füßen Steine los und polterten hinab. Hollister biß sich auf die Lippen. Wenn da unten jemand auf ihn wartete, kündigte er sich rechtzeitig an! Aber das war kaum zu vermeiden.

Das letzte Stück rutschte er auf dem Hosenboden. Die Zweige teilten sich vor ihm, mit beiden Füßen zugleich landete er im kühlen Wasser des Baches auf dem Grund der Schlucht.

Er sah die beiden Männer auf dem anderen Ufer! Der eine, der einen blauen Plastiksack geschultert hatte, blickte ihn nur verwundert an. Aber der andere, in einem ziemlich ramponierten dunklen Anzug, hob die Hand mit einer Pistole.

Pat Hollister geriet in Panik. Es ist eine Sache, mit einem Gewehr in der Hand, durch die Natur zu rutschen und sich dabei stark zu fühlen. Und es ist eine andere Sache, dann tatsächlich einer plötzlichen Bedrohung gegenüberzustehen!

Er warf sich zur Seite und riß das Gewehr hoch. Erst spannen, dann entsichern, hatte Jo Walker gesagt. Mit bebenden Fingern tat er es. Der andere da drüben schien inzwischen sein Ziel gefunden zu haben. Er hielt die Pistole ruhig und auf Pat Hollister gerichtet und krümmte langsam den Finger.

Pat rammte sich den Gewehrkolben in die Schulter, warf sich zur Seite und schoß. Das war ein Trick, den er einmal im Fernsehen mitgekriegt und sehr bewundert hatte. Leider bedachte er einen wichtigen Unterschied zu wenig: Der Westernheld vor der Kamera hatte mit Platzpatronen geschossen, während Pat ein Kaliber im Lauf hatte, mit dem man einen an stürmenden Elefanten hätte stoppen können.

Deshalb kam es ihm auch so vor, als sei ihm die Büchse nach hinten losgegangen. Der Rückstoß warf ihn ins Gebüsch zurück, und seine Schulter fühlte sich an, als sei sie aus dem Gelenk gerissen worden.

Ein scharfer Schmerz schoß ihm in Brust und Rücken zugleich; der Schädel dröhnte ihm von dem Donnerschlag der Explosion, und dann fuhr ein abgebrochener Ast brennend über seine Wange und riß sie auf.

Aber auch der Gegner hatte etwas abbekommen. Backman betrachtete entgeistert seine linke Schulter. Die Jacke war aufgerissen, das Schulterpolster, das die Mode in dieser Saison vorschrieb, hing zerfleddert heraus, und langsam färbte sich der Stoff des eleganten Hemds darunter rot.

Jetzt kam auch der Schmerz! Ein glühendheißes Brennen breitete sich über die ganze linke Schulter aus, und sie fühlte sich feucht an.

»Verdammt noch mal, Arthur! Steh nicht so dämlich herum! Tu was! Leg den verfluchten Sack hin, nimm dem Burschen da drüben die Knarre ab, und bring ihn her! Und dann hilf mir! Siehst du nicht, daß ich getroffen bin?«

Verdattert ließ Arthur den Sack fallen. Er sprang in den Bach, watete hindurch und griff sich Pat Hollisters Gewehr. Dann packte er den anderen an der Hemdbrust, zog ihn hinter sich her, das Ufer hinunter und durchs Wasser auf die andere Seite.

Hollister folgte ihm fast willenlos. Der Schock des Schusses, den er selbst abgegeben hatte, saß ihm noch in den Gliedern. Er lehnte sich an einen Baum und atmete schwer.

Arthur hatte die Waffe fallen lassen und half Backman aus der Jacke. »Ist nur ein Streifschuß, Boß!« sagte er tröstend.

»Aber von was für einer Kugel!« giftete Backman. »Das ist Joes Gewehr! Weiß der Teufel, wie er das an sich gebracht hat! Und was mußte der Idiot auch die Reservepatronen herumliegen lassen! Wahnsinnig geworden?« fuhr er Hollister an.

Der zuckte zusammen. »Wer sind Sie eigentlich?« fragte er. »Sie waren doch drauf und dran, auf mich zu schießen!«

»Reiß den Hemdsärmel ab, zum Henker, und verbind mir die Schulter! Soll ich verbluten?« tobte Backman.

Arthur versuchte, seine Ruhe zu bewahren. Es mußte schlimm um den Boß stehen, wenn der schon sein Rüschenhemd hergeben wollte! Er trennte den Ärmel heraus, riß ihn in lange Streifen. Einen legte er zu einer Kompresse zusammen, die er mit den anderen auf der klaffenden Wunde festband.

»So wird's gehen, Boß! Halten Sie den Arm hübsch ruhig! Nachher besorg ich Ihnen eine Binde, dann können Sie den Arm hineinlegen.«

»Die Jacke! Leg sie mir um die Schultern! Und dann nimm den Sack! Wir müssen schleunigst weg! Der Knall hat bestimmt die ganze Gegend aufgeweckt!«

Backman nahm die Pistole in die rechte Hand und machte eine unmißverständliche Bewegung.

»Los! Vorausgehen! Immer den Bach entlang!«

Pat setzte sich in Bewegung, hielt sich die geprellte Schulter mit der Hand. Arthur schulterte den Geldsack und folgte.

»Sollen wir nicht die Knarre mitnehmen, Boß?« fragte er.

Backman drehte sich einmal um. »Wozu?« fragte er ironisch. »Ich denke, die Jagd ist vorerst aus!«

Arthur marschierte los. Er war ganz anderer Meinung und voll böser Ahnungen.

Ein Streifenwagen der Polizei kam mit blinkendem Rotlicht den Highway heruntergefegt, dicht dahinter Jo Walker mit dem Camaro, ein Krankenwagen, dann ein Wagen der Feuerwehr.

Lisa ließ sie alle herankommen. Dann trat sie auf die Fahrbahn und hob die Hand. Der Streifenwagen wurde abgebremst, daß die Reifen rauchten. Jo Walker fuhr den Camaro etwas sanfter auf den Standstreifen und stieg aus.

»Mehr hatten sie nicht«, sagte er. »Ein Stück weiter hinten an der Straße ist heute früh ein Wohnwagen vom Parkplatz gerollt und in eine Schlucht gestürzt. Ein Wildhüter hat ihn gefunden und die Polizei alarmiert.«

Der Sheriff kam heran und legte die Hand grüßend an seinen Hut. »Miß McAllen? Ich bin Jake Wilson. Mr. Walker hat mir in großen Umrissen schon geschildert, was passiert ist. Ihr Transporter liegt da unten?«

»Jemand hat ihn aufgesprengt. Und inzwischen habe ich auch einen Schuß gehört. Dem Knall nach war es die Waffe, mit der man auch die Reifen zerschossen hat. Pat hat sie mit hinuntergenommen, um nach den Fahrern des Transporters zu sehen. Offenbar ist er in Schwierigkeiten. Aber ich konnte hier oben ja nicht weg! Kommen Sie!«

Lisa nahm den Sheriff beim Ärmel und zog ihn zum Abhang.

»Sehen Sie? Hier ist er hinunter. Wir müssen nachsehen, was ihm passiert ist!«

»Sie haben nur einen Schuß gehört?« Den Sheriff schien es wenig zu freuen, daß er auch diesen Steilhang hinunter sollte.

»Ja. Ich muß wissen, was da unten los ist!« Gewandt wie eine Katze begann sie den Abstieg; der Sheriff mußte ihr wohl oder übel folgen.

Der Kommandant der Feuerwehr trat neben Jo. »Da unten liegt der Wagen?«

»Ja. Haben Sie so was wie einen Kran?«

Der Feuerwehrmann blickte hinunter und dann über die Straße. »Müßte gehen«, urteilte er. Er gab Zeichen, und der Feuerwehrwagen rangierte über den Mittelstreifen rückwärts bis an den Rand der Brücke. Dann wurde hydraulisch ein Ausleger ausgeschwenkt.

»Der Transporter ist ganz schön weit geflogen. Aber wenn das Seil reicht, holen wir ihn heran und ziehen ihn hoch. Zwei meiner Männer gehen am Haken hinunter und schauen sich die Sache einmal an.«

Den Feuerwehrhauptmann schien nichts aus der Ruhe zu bringen. Ein Mann im weißen Kittel mit einem Köfferchen in der Hand gesellte sich zu ihnen.

»Der da drüben ist zuverlässig tot«, sagte er. »Aber es soll auch Verletzte geben?«

»Die liegen unten in dem Wagen, wenn sie den Aufprall überhaupt überstanden haben«, gab Jo Auskunft.

Zwei Feuerwehrmänner hatten sich inzwischen am Haken angeseilt. Schnurrend lief das Drahtseil über die Rolle, und pendelnd verschwanden sie in der Tiefe. Jo beugte sich über das Geländer. Der Wagen stand ungünstig. Sie landeten genau im Bach, schienen sich aber nichts daraus zu machen. Die Männer klinkten ihre Gürtel aus und stapften zu dem Transporter hinüber.

Jetzt tauchte auch Lisa mit dem Sheriff auf. Jo sah, wie die Feuerwehrleute mit Gewalt die Seitentür der Fahrerkabine aufbrachen. Einer kletterte hinein. Aber schon wenig später kam er wieder heraus, blickte nach oben und signalisierte mit den Händen, daß es nichts mehr zu helfen gab.

»Scheiße!« brummte der Kommandant. Und zu seiner Crew gewandt: »Die Zinksärge hinunter!«

Das Seil spulte sich wieder auf. Aus dem Feuerwehrwagen wurden zwei blinkende Zinkwannen gebracht und in den Haken gehängt, und dann ging die Last hinunter.

Jo spürte, wie sich seine Nackenhaare kräuselten. So einfach war das. Nichtsahnend waren die beiden Männer mit ihrem Wagen gefahren. Es hatte geknallt, der Wagen war über den Brückenrand geflogen, und als er unten aufkrachte, waren zwei Männer tot.

Zwei Familien plötzlich ohne Mann und Vater, nur weil ein Killer den Finger krumm gemacht hatte.

Die Zinkwannen wurden losgemacht. Lisa trat ohne weitere

Umstände mit einem Fuß in den Kranhaken, packte das dünne Drahtseil und winkte kurz und bestimmt herauf.

»Die will am Haken heraufkommen!« wunderte sich der Mann an der Winde. »Ohne Gurt und alles! Soll ich das machen, Chef?«

»Holen Sie sie herauf!« riet Jo. »Miß McAllen wäre imstande, am Seil hochzuklettern, wenn sie es eilig hat. Und ich glaube, sie hat es sehr eilig!«

Achselzuckend schob der Mann den Hebel nach vorn, und Lisa schwebte aus dem Abgrund herauf.

»Danke!« sagte sie und sprang auf die Fahrbahn. »Pat ist verschwunden, Jo! Das Gewehr liegt im Gras, nur eine Kugel ist im Lauf, aber der Transporter ist aufgesprengt worden, und ein paar Kisten sind leer.«

»Fußspuren?« fragte Jo kurz. Lisa verzog das Gesicht.

»Ach, weißt du, Jo, ich bin kein Indianer. Das Gras ist zertrampelt. Ich tippe auf mindestens zwei Männer. Pat nicht eingerechnet. Was da unten vorgegangen ist, kann ich mir aber nicht so recht zusammenreimen.«

»Aber ich«, nickte Jo. »Wir haben da drüben einen transportablen kleinen Aufzug gefunden, eine Seilwinde mit Motor und Haken. Ich nehme an, sie wollten das Ding hier am Geländer befestigen und die Geldkisten damit raufziehen, in den Wagen laden und abtransportieren. Dafür hätte einer von ihnen unten sein müssen und mindestens einer hier oben.«

»Und einer war unten, nämlich der Mann, der den Transporter aufgesprengt hat.«

»Richtig. Der zweite lag hier, von einem Kumpan abgeknallt. Bleibt noch besagter Kumpan. Wahrscheinlich ist er hinuntergestiegen, als ich ihn mit meiner Automatic bedrohte. Also zwei Gangster unten in der Schlucht. Dazu kam Pat. Nimm an, daß sie ihn überraschten. Du hast einen Schuß aus der Donnerbüchse gehört, also ist er zu einem Schuß gekommen. Mehr nicht. Sie haben ihn vermutlich überwältigt und mitgenommen. Zusammen mit dem Geld, das in den leeren Kisten fehlt. Mr. Wilson?«

Der Sheriff hatte nicht hinter Lisa McAllen zurückstehen wollen und war ebenfalls auf dem Haken des Krans stehend heraufgekommen. Aber das war vielleicht ein bißchen zuviel für ihn gewesen: Er zitterte am ganzen Leib, und der helle Schweiß stand ihm auf der Stirn.

»Ja? Ich habe mitgehört. Glänzende Schlußfolgerungen, mein Lieber! Hätte ich nicht besser machen können!«

»Wohin führt diese Schlucht?«

»Sie verbreitert sich allmählich und wird zu einem etwas flacheren Tal. Nach ungefähr drei Meilen weit durch Felder und Brachland, ehe er auf eine Straße trifft. Und die geht nach Hooking auf der einen Seite und Lamberville auf der anderen.«

Jo überlegte. »Sie sind zu Fuß auf der Flucht, zwei Gangster mit einem Sack voll Geld, und Pat Hollister. Ich fürchte, sie wollen ihn als Geisel benutzen, Lisa.«

»Das fürchte ich auch!«

»Als erstes brauchen sie einen Wagen. Ich nehme an, der Farmer Snyders hat einen, wie?«

»Natürlich hat Snyders einen Wagen.«

»Fragt sich, wie lange noch. Können Sie ihn von hier aus erreichen, über Funk vielleicht?«

»Soweit sind wir hier nicht«, schüttelte Wilson den grauen Kopf.

»Gut. Und wie kommen wir so schnell wie möglich hin?«

»Mit dem Wagen?«

»Natürlich. Ich will mir mit den Gangstern ja kein Querfeldeinrennen liefern!«

»Dann fahren Sie am besten zurück zur vorigen Abfahrt. Das ist Strapton. Von dort die Straße nach Hooking. Nach ungefähr sieben Meilen finden Sie rechts den Feldweg zu Snyders Farm.«

»Komm, Lisa!« sagte Jo. »Während der Sheriff hier aufräumt, können wir uns um Pat kümmern. Mr. Wilson, lassen Sie bitte den Wagen der Gangster auf Spuren untersuchen. Wir haben keine Ahnung, mit wem wir es überhaupt zu tun haben. Der Tote wird ja wohl zu identifizieren sein, aber ob uns das weiterhilft, ist nicht gewiß!«

»Ich schicke ihn nach Trenton ins Labor!« versprach der Sheriff. »Soll ich Ihnen nicht lieber einen meiner Leute mitgeben? Immerhin handelt es sich um Gangster. Und nachdem sie einen ihrer eigenen Leute umgelegt haben, muß man damit rechnen, daß sie bei Ihnen auch nicht mehr Rücksicht nehmen.«

»Lieber nicht!« winkte Lisa ab. »So wenig Aufwand wie möglich, Sheriff! Und im Ernstfall bin ich selbst Polizei genug, um die Burschen zu verhaften.«

»Wie Sie meinen«, ließ sie der Sheriff gewähren und wandte sich den Feuerwehrleuten zu, die den Transporter am Haken hatten.

Der Wagen mit dem Kran neigte sich unter der Last bedenklich über die Brückenkante, und Wilson fragte sich, ob er womöglich auch noch hinunterstürzen würde.

Arthur ließ den Geldsack von der Schulter ins Gras gleiten und hockte sich daneben.

»Boß! Ich kann nicht mehr! Brauch 'ne Pause!«

Backman drehte sich um und blickte ihn wütend an. »Stehenbleiben, Hollister!« sagte er. »Arthur – es mag ja sein, daß du müde bist. Kann auch sein, daß du gern eine Pause machen würdest«, meinte er sanft. »Aber doch nicht hier auf freiem Feld!« brüllte er plötzlich.

Arthur fuhr zusammen und erhob sich unsicher. Er blickte sich ratlos um. Tatsächlich befanden sie sich ohne jede Deckung auf einem schmalen Pfad, der sich durch die Felder zog.

»Aber wo sonst?« maulte er. »Mir tun alle Knochen weh, und der Sack ist verdammt schwer! Als wären mindestens zehn Millionen drin! Und nicht eine oder zwei!«

»Gehst du weiter, oder muß ich dir in den Hintern treten?« fragte Backman wütend. »Meinetwegen kann Hollister den Sack eine Weile tragen!«

»Ich denke nicht daran!« sagte Pat bockig. »Meine Schulter ist zerschmettert, und warum soll ich Geld schleppen, das ihr geraubt habt?«

Backman spürte plötzlich auch von dieser Seite Aufsässigkeit. Das machte ihn nervös. Er fuhr herum.

»Was sagen Sie da?«

»Sie haben's deutlich genug gehört, denke ich!« fuhr ihn Pat an.

Backman griff nach seiner Pistole, die er in den Hosenbund gesteckt hatte. Pat machte ein verächtliches Gesicht.

»Auf einen Mord mehr oder weniger kommt es Ihnen nicht mehr an, nicht wahr? Sie kommen nur einmal auf den elektrischen Stuhl. Möchte nur wissen, wie Arthur über seine Aussichten denkt! Wenn Sie den nicht mehr brauchen, legen Sie ihn auch um? Aber dann müssen Sie den Sack allein tragen. Nicht ganz das Richtige für einen Gentleman, der verletzt ist!«

Seine Stimme troff von Hohn. Natürlich wollte er Backman verunsichern und Arthur aufstacheln. Aber es gelang nicht. Arthur hatte den Sack wieder geschultert und war auf die Böschung gestiegen.

»Ruhig!« sagte er. »Halt den Mund, Hollister! Da vorn sehe ich eine Ranch. Und da wartet ein Auto auf uns! Lohnt nicht mehr zu streiten!«

Backman war mit einem Sprung auf der Böschung und blickte in die angegebene Richtung.

»Du hast recht. Los, wir schaffen das Stückchen noch! Hollister, Sie bleiben zwischen uns, damit Sie keinen Unfug anstellen! Verstanden?«

Pat fügte sich und ließ Backman vorausgehen. Der Weg führte über eine kleine Kuppe und senkte sich zu der Farm, die am Rand eines Wäldchens lag. Die Gebäude waren alt und teilweise verfallen; ein neuer Siloturm stand daneben. Auf dem Hof stand ein typischer Farmerwagen alter Art mit Kabine und Ladefläche.

»Wie wollen wir's machen, Boß?« fragte Arthur. Backman hob die gesunde Schulter.

»Was ist da zu machen?« fragte er in gleichgültigem Ton zurück. »Wir gehen hin, nehmen uns den Wagen und fahren damit fort.«

»Der Farmer wird damit möglicherweise nicht einverstanden sein«, sagte Pat.

»Wer fragt nach dem Farmer? Gehen wir!«

Hollister biß die Zähne zusammen. Er sah, daß es schon wieder Tote oder Verletzte geben würde.

Backman verfolgte seine Ziele mit unglaublicher Brutalität. Aber was konnte Pat dagegen tun? Backman hatte die Pistole, und er nicht.

Ein paar Hühner pickten im Staub des Hofes. Mittagshitze lag wie eine bleierne Glocke über allem. Aus der Küche, deren Fenster offenstand, war eine Frauenstimme zu hören. Langsam näherten sie sich dem Wagen.

»Du setzt dich mit dem Sack auf die Ladefläche«, befahl Backman seinem Kumpan. »Von da bist du notfalls schnell herunter und kannst dich und das Geld in Sicherheit bringen. Hollister kommt zu mir in die Fahrerkabine.«

»Können Sie überhaupt fahren, mit der verletzten Schulter?« fragte Arthur. »Die Karre hat bestimmt noch keine Automatik!«

»Kümmere dich nicht darum!« fuhr ihn Backman an. Arthur warf den Sack auf die Ladefläche und kletterte hinauf.

»Einsteigen, Hollister!« kommandierte Backman. Pat gehorchte.

Aus der Küchentür kam ein kleines Mädchen, blieb im Türrahmen stehen und machte große Augen.

»Daddy! Daddy!« rief es plötzlich mit großen Augen. »Daddy, da sind fremde Männer an unserem Auto! Du mußt ganz schnell herauskommen!«

Backman zwängte sich hinters Steuer.

»Verdammte Göre!« schimpfte er und drehte den Zündschlüssel. Der Anlasser jaulte, aber der Motor machte keine Anstalten zu zünden.

»Probieren Sie den Choke!« riet Pat. Ihm lag nichts daran, daß Backman Erfolg hatte, aber er wollte eine Auseinandersetzung mit dem Farmer vermeiden. Das konnte nicht gutgehen.

Wieder drehte der Anlasser leer. In der Tür erschien ein Mann in Jeans und buntem Hemd, einen zerbeulten Strohhut auf dem Kopf. Der Farmer hielt eine Flinte in der Hand.

»Hey, ihr da!« rief er, »das ist mein Wagen! Kommt sofort da raus!«

Hollister warf einen Blick durchs Rückfenster auf die Ladefläche. Arthur kniete hinter dem Seitenbrett und hatte eine Pistole in der Hand.

»Ganz ruhig, Cowboy!« sagte er. »Sonst knallt's nämlich!« Dabei zielte er auf das kleine Mädchen, das sich instinktiv schutzsuchend an seinen Vater klammerte.

»Fahren Sie zu, Boß!« schrie Arthur.

Wieder der Anlasser. Ein paar Fehlzündungen. Hollister verzweifelte. Er wußte nicht mehr, was er sich wünschen sollte. Daß der Motor endlich ansprang und sie vom Hof herunterkamen? Oder daß der Farmer sich nicht einschüchtern ließ und irgend etwas unternahm?

»Wirf die Flinte weg, Mann!« befahl Arthur jetzt.

Aber er war an den Falschen geraten. Er merkte es, als der junge Farmer sein Gewehr zwar hochnahm, aber nicht, um es wegzuwerfen, sondern in Anschlag auf Arthur zu bringen. Mit einer Hand hielt er es, mit der anderen gab er dem kleinen Mädchen einen Stoß, der es um seine Achse wirbeln und in den dunklen Flur hineintaumeln ließ. Dann feuerte er.

Im selben Augenblick sprang der Motor endlich an. Backman rammte den Gang hinein und startete mit einem Ruck, der Arthur der Länge nach auf die Ladefläche warf.

Der schrie in den höchsten Tönen. Es war mehr ein langgezogenes Wimmern, das in ein Geheul überging, als sie aus dem Tor rasten.

Hollister sah den Farmer breitbeinig auf dem Hof, das Gewehr im

Anschlag. Er duckte sich geistesgegenwärtig. Wieder knallte es, und eine Ladung Schrot prasselte in die Kabinenrückwand. Das Fensterchen zersprang.

Backman ließ das Steuer los und griff sich ans Ohr. Als er die Hand zurückzog, war sie blutig.

»Was ist da?« fragte er. »Ich kann jetzt nicht hinschauen!«

»Blut«, antwortete Hollister kurz. »Wahrscheinlich eine Schrotkugel oder ein Glassplitter, der Ihnen die Ohrmuschel aufgerissen hat. Leider nicht lebensgefährlich.«

Backman grunzte etwas und prügelte den Wagen im zweiten Gang mit heulendem Motor über den unbefestigten Fahrweg. Als sie auf diese Weise mehr als eine Meile zurückgelegt hatten, erspähte er eine Abzweigung, die durch eine Waldparzelle zu anderen Feldern führen konnte.

Er riß das Steuer herum. Der Wagen sprang und holperte. Backman machte keinen Versuch, die großen Schlaglöcher zu umfahren. Als sie unter den Bäumen waren, hielt er an.

Backman stieg aus, ging nach hinten und schwang sich mit einiger Mühe auf die Ladefläche.

»Hey, Arthur!« hörte ihn Hollister verwundert ausrufen.

Er stieg ebenfalls aus, setzte einen Fuß auf die Nabe des Hinterrads und zog sich hoch. Arthur lag mit ausgebreiteten Armen und Beinen da, war wächsern bleich im Gesicht.

»Was ist denn mit ihm?« fragte er.

Backman hob die Hand, auf die er sich gestützt hatte. Sie war rot, und das Blut tropfte hinunter.

»Helfen Sie mir!« sagte er. »Seine Halsschlagader ... Eine Schrotkugel muß sie aufgerissen haben. Alles ist voller Blut!«

Pat Hollister warf sich über das Seitenbrett und ging in die Hocke. Mit einem Blick sah er, daß hier nichts mehr zu helfen war. Aus der Schlagader lief das Blut nur noch mäßig. Dafür stand eine große Lache auf der Ladefläche, und es tropfte stetig durch die Zwischenräume der Bohlen.

»Da kann niemand mehr etwas machen, Backman!« sagte er. »Der ist regelrecht leer gelaufen.«

Erst jetzt sah er, daß Arthur auch noch andere Einschüsse aufwies. Der Farmer mußte seine Flinte mit gröbstem Schrot geladen haben. Hollister hätte auf einer solchen Farm noch ganz andere Dinge bereitgehalten.

Er empfand kein Mitleid für den Gangster. Schließlich hatte er auf das kleine Mädchen gezielt. Wie er Arthur einschätzte, hätte er auch auf das Kind geschossen, wenn ihm der Vater nicht zuvorgekommen wäre.

Backman stand auf. »Fassen Sie mit an, Hollister!«

»Warum?«

»Meinen Sie, ich fahre mit einer Leiche auf dem Wagen durch die Gegend? Na, los doch!«

Er packte den toten Arthur bei den Schultern und verbiß sich die Schmerzen in seiner Schulter. Auf eine herrische Kopfbewegung hin nahm Pat die Fußgelenke. Sie hievten Arthur hoch und ließen ihn über das niedere Seitenbord rutschen. Backman sprang hinterher. Pat folgte ihm langsamer.

»Wir sollten ihn begraben«, meinte er. Aber Backman schüttelte den Kopf.

»Warum? Ich bin verletzt, und wir haben keine Schaufel. Man wird ihn finden und auf den Friedhof bringen. Besser, als wenn wir ihn hier verscharren. Das hat er nicht verdient. Er war nämlich ein anständiger Kerl. Los, wir müssen weiter!«

Er stieg ein und wartete kaum, bis Pat ebenfalls wieder seinen Platz eingenommen hatte. Diesmal kam der Motor sofort. Backman stieß rücksichtslos ins Gebüsch zurück, wendete und preschte auf den Fahrweg.

»Wo wollen Sie eigentlich hin?« fragte Hollister. »Und was für eine Rolle soll ich dabei spielen? In spätestens einer halben Stunde ist die ganze Gegend abgesperrt. Sie haben keine Chance, irgendwo durchzukommen!«

Ein böser Blick Backmans traf ihn von der Seite.

»Wenn dabei der Rechtsanwalt Hollister aus New York am Leben bleibt, läßt man mich vielleicht doch durch«, meinte der Gangster. »Wenn Sie schon die Technik der Geiselnahme nicht auf dem College gelernt haben, sollten Sie wenigstens etwas aus dem Fernsehen aufgeschnappt haben! Schlägt doch in Ihr Fach!«

»Ich bin Anwalt in Wirtschaftsverfahren«, sagte Pat abwehrend. »Mit Strafsachen werde ich erstmals zu tun bekommen, wenn wir Sie auf den elektrischen Stuhl bringen, Backman!«

Backman lachte auf. »Anfänger also? Dann habe ich ja gute Chancen!«

Er bog nach rechts auf den Fahrweg ein. Sie zogen eine große

Staubwolke hinter sich her. Hollister hoffte, daß der Farmer vielleicht ein zweites Fahrzeug hatte, mit dem er die Verfolgung aufnehmen konnte. Aber nichts war davon zu sehen.

Pat wandte sich wieder nach vorn. »Da kommt uns einer entgegen!« warnte er.

»Sein Problem!« gab Backman zurück, ohne den Fuß vom Gas zu nehmen.

Pat wollte nach dem Steuer greifen, aber er bekam einen heftigen Schlag auf den Arm mit der geprellten Schulter. Mit einem Schmerzenslaut ließ er ihn sinken.

Die rote Limousine jagte ihnen auf dem Weg entgegen, der allenfalls für ein Auto gereicht hätte. Backman fuhr stur geradeaus.

Hollister blickte dem anderen Wagen gebannt entgegen. War das nicht ein roter Camaro? Er schloß die Augen und stemmte sich gegen das Armaturenbrett. Was jetzt geschah konnte er nicht mehr ändern. Er wollte es auch nicht mit ansehen müssen.

Der befürchtete Knall blieb aus. Durch das Dröhnen des Motors drang nur ein dumpfes Poltern, und als Hollister die Augen wieder öffneten war von dem roten Camaro nichts mehr zu sehen.

»Wo ist der ... Wagen?« stotterte er.

Gleichmütig grinsend wies Backman mit dem Kopf nach links.

»Ausgewichen«, sagte er. »Der Klügere gibt nach, und der Stärkere fährt weiter!«

Hollister blickte durch das Rückfenster. Der rote Camaro stand mitten in einem halbhohen Maisfeld. Gerade wurde die Tür aufgestoßen. und Jo Walker zwängte sich heraus.

»Da wären Sie fast von den eigenen Freunden gerammt worden«, spottete Backman.

»Oder Sie!« gab Hollister zurück. »Was haben Sie sich gerade gedacht, als Sie stur durchfuhren? Frechheit siegt?«

»So ungefähr. Wissen Sie, die meisten Leute haben Angst um ihr Leben, wenn es hart auf hart geht. Damit rechne ich und meist mit Erfolg.«

»Sie haben keine Angst um Ihr Leben?«

»Doch. Aber ich lasse es nicht erkennen. Das ist mein Erfolgsgeheimnis.«

»Und mit derselben Technik wollen Sie etwaige Polizeisperren durchbrechen?«

»Ich sehe keine«, wehrte Backman ab. »Fragen Sie noch einmal, wenn eine vor uns auftaucht.«

Lisa war blaß geworden. Sei lehnte auf der offenen Wagentür und blickte der Staubwolke nach, die sich langsam verzog.

»Das war dieser angebliche Gentleman«, sagte sie. »Ich habe ihn in der Sekunde erkannt, in der du ausgewichen bist. Jo, der hätte uns glatt gerammt!«

»Ja«, nickte Jo. »Ich habe es darauf ankommen lassen. Und ich gebe zu, daß er die besseren Nerven hatte. Übrigens saß Pat mit im Wagen.«

»Und sonst niemand. Wo ist der andere Gangster?«

»Keine Ahnung. Komm, steig ein! Wir sollten versuchen, aus diesem Maisfeld herauszukommen, ehe die Stengel höher wachsen und uns die Sicht vollends nehmen!«

Jo schaukelte den Wagen mit Vorwärts- und Rückwärtsgang vorsichtig aus der tiefen Bremsspur heraus. Dann fuhr er rückwärts bis zum Weg zurück, machte aber keine Anstalten, dem Lieferwagen Backmans zu folgen.

»Wo willst du hin, Jo?«

»Mal sehen, was Backman unterwegs angerichtet hat. Den Wagen muß er sich auf Snyders Farm besorgt haben. Möglicherweise mit Gewalt. Und der zweite Gangster fehlt auch. Vielleicht finden wir ihn.«

In der Gegend hatte es lange nicht geregnet. Der Weg war staubbedeckt. Deshalb erkannte Jo auch die frische Reifenspur, die aus einem Feldweg kam und auf die Behelfsstraße einbog. In letzter Sekunde riß er das Steuer herum.

»Backman ist von hier gekommen«, erklärte er Lisa, die ihn nur fragend anschaute. »Mal sehen, was er in dem Wäldchen getrieben hat!«

»Merkwürdig«, murmelte Lisa. »Ich hätte gewettet, daß er direkt von Snyders Farm abgefahren wäre!«

Jo trat auf die Bremse und sprang aus dem Wagen. Lisa folgte ihm und machte große Augen, als sie das Blut bemerkte und den toten Gangster erblickte.

»Das ist Arthur! Der mich so gern vernascht hätte!« sagte sie. »Hat er ihn einfach umgebracht?«

Jo kniete schon neben dem Toten und untersuchte ihn flüchtig.

»Glaub' ich nicht. Das sind Wunden von Schrotkugeln. Eine

davon hat ihm die Halsschlagader zerrissen. Er ist verblutet. Und der Boß hat ihn als unnötigen Ballast einfach abgeworfen. Er macht nicht viel Umstände, dein Gentleman!«

»Weiß Gott nicht! Aber wer hat mit Schrot auf die Banditen geschossen?«

Jo stieg wieder ein und wendete.

»Das sieht mir sehr nach Farmer Snyders aus. Farmer neigen dazu, in der Ecke eine geladene Schrotflinte stehen zu haben, besonders auf einsam gelegenen Farmen. Fahren wir hin! Wir brauchen sowieso eine Telefonverbindung, um die Fahndung anzukurbeln. Und jemand sollte diesen Arthur wohl auch begraben, meine ich.«

Snyders hatte die wieder aufgeladene Schrotflinte nicht in der Ecke stehen, sondern hielt sie schußbereit in der Hand, als er aus dem Haus trat. Er blickte Lisa und Jo mißtrauisch entgegen.

Jo fingerte die Kopie seiner Lizenz aus der Tasche und hielt sie hoch. Sie galt hier zwar nicht und besagte auch sonst nur wenig über seine ehrlichen Absichten. Aber auf Snyders wirkte sie wenigstens so, daß er die Gewehrmündung sinken ließ.

»Was wollen Sie? Falls Sie zu dem Gesindel gehören, das sich hier rumtreibt, hauen Sie besser gleich wieder ab!«

»Ich nehme an, Ihnen wurde vorhin der Wagen geklaut?« fragte Jo. Snyders nickte.

»Gangster«, sagte er kurz. »Wollten auf meine kleine Tochter schießen. Jedenfalls sah es so aus. Ich hab's nicht dazu kommen lassen und dem Revolverheld auf der Ladefläche eins draufgebrannt.«

»Mit Schrot?«

»Ja. Was ich gerade im Lauf hatte. Hoffentlich hat er ordentlich was abgekriegt.«

»Ich denke schon. Er liegt oben am Wäldchen. Verblutet. Eine Schrotkugel hat die Schlagader getroffen.«

»Verdammt! Das wollte ich nicht!« knurrte Snyders.

»Das werden Sie mit dem Untersuchungsrichter ausmachen müssen. Wenn er tatsächlich auf Ihr Kind gezielt hat, war es wohl Notwehr. Können wir bei Ihnen telefonieren? Wir sind den Gangstern unterwegs begegnet, und sie hätten uns beinahe gerammt. Die Polizei muß Straßensperren errichten!«

»Kommen Sie herein!« sagte Snyders und gab den Eingang frei. Er führte sie zu einem altmodischen Telefon. »Wen wollen Sie anrufen?«

»Das Office von Sheriff Wilson. Er ist schon mit dem Fall befaßt. Die Gangster haben oben auf dem Highway einen Geldtransporter überfallen und zwei Leute umgebracht.«

»Genauso haben sie sich hier auch benommen!« nickte der Farmer. Er wählte eine Nummer, die er offensichtlich auswendig wußte.

»Nehmen Sie den Sack!« befahl Backman. Hollister schüttelte nur den Kopf.

»Ich nehme den Sack nicht! Das wäre ja Beihilfe, Mann! Dafür müssen Sie sich jemand anderen suchen, nicht gerade einen Rechtsanwalt.«

Backman fuhr herum. Sie waren in der kleinen Ortschaft in eine Seitenstraße eingebogen und hatten den Farmerwagen am Rand geparkt. »Sie nehmen den Sack, Hollister!« sagte Backman gefährlich leise.

Aber Hollister hatte inzwischen gelernt. Backmans drohender Ton beeindruckte ihn nicht. Backman brauchte ihn als Geisel. Also stieß er nur leere Drohungen aus.

»Ich nehme den Sack nicht! Tragen Sie Ihr Geld allein. Und wenn Sie jetzt vorhaben, einen Wagen zu stehlen, dann erkläre ich Ihnen von vornherein, daß ich das schärfstens mißbillige und keinen Finger rühren werde, um Ihnen dabei zu helfen!«

Backmans Hand zuckte zur Pistole. Aber dann fiel ihm wohl das Absurde der Situation auf. Er verzog den Mund und lachte laut los. Bei etwas besserer Beweglichkeit hätte er sich womöglich auch noch auf die Schenkel geschlagen.

»Nein!« stieß er hervor, »wie komisch! Da sind wir mitten in der Flucht, stehen auf offener Straße, und dieser Winkeladvokat gibt Erklärungen ab! Soll ich das vielleicht zu Protokoll nehmen und Zeugen herschaffen, die es notfalls beschwören? Ich lach' mich tot!«

Mit dem gesunden Arm riß er den Plastiksack von der Ladefläche, schulterte ihn und stieß Hollister vor sich her.

»Gehen Sie! Und denken Sie nicht, Sie hätten leichteres Spiel mit mir, nur weil ich mal lache! Bei der ersten verdächtigen Bewegung knallt's! Dann habe ich zwar keine Geisel mehr, aber auch der Zeuge Hollister ist nicht mehr unter den Lebenden!«

Pat wußte, daß Backman es ernst meinte. Also trottete er gehorsam vor ihm her, die Straße hinunter bis zu dem Parkplatz des Supermarkts.

»Halt!« Backman trat neben ihn und beobachtete die ankommenden Wagen. »Der da ist gut!« sagte er.

Er wies auf einen offenen weißen Daimler, in dem eine Frau mit zwei kleinen Kindern saß. Sie parkte routiniert ein, stieg aus und verschwand mit ihrem adrett gekleideten Nachwuchs im Supermarkt.

»Viel zu auffällig!« wandte Hollister ein.

»Wir wollen mit dem Ding ja auch nicht Versteck spielen«, sagte Backman. »Aber das offene Verdeck spart es uns, die Tür umständlich aufzubrechen. Außerdem ist es ein schneller Wagen und eine solide Konstruktion. Die hält möglicherweise ein paar Polizeikugeln aus, wo ein leichteres Fahrzeug schon in die Luft gehen würde. Kommen Sie, Hollister! Wir wollen uns ein Auto stehlen!«

Pat bekam einen Stoß in den Rücken. Folgsam ging er auf den Daimler zu. Insgeheim mußte er zugeben, daß Backman richtig gewählt hatte, wenn man Recht und Gesetz außer acht ließ. Der Daimler war ein gutes Fahrzeug, und die Frau hatte zwei Kinder bei sich, würde also eine Menge einkaufen und nicht gleich wieder aus dem Supermarkt herauskommen.

Backman warf den Plastiksack auf die Rücksitze, machte die Tür auf, als gehöre ihm der Wagen, und wartete, bis Hollister neben ihm saß.

Dann griff er wie beiläufig unters Armaturenbrett, fünf Sekunden später bewegte sich der Anlasser, und jetzt lief der Motor. Backman rollte los.

An der Ausfahrt gab es einen kleinen Stau. Der fließende Verkehr auf der Straße stoppte vier, fünf ausfahrende Wagen. Backman trommelte mit den Fingern aufs lederbezogene Steuerrad. Es war das einzige Zeichen von Nervosität, das er sich erlaubte. Der erste Wagen bog auf die Straße ein, der zweite.

Dann mußte die Warteschlange erst einen Sattelschlepper vorbeilassen, der ausgerechnet zum Supermarkt wollte und seine Schwierigkeiten mit der engen Einfahrt hatte.

»Hören Sie mal, Mister«, sagte ein unrasierter Alter, der mit einem ganzen Zug von Einkaufswagen unterwegs war, und lehnte sich neben Backman auf die Seitentür. »Das ist doch Elaine Dexters Wagen! Ich kenne die Nummer!«

Backman wandte ihm das Gesicht zu. Er lächelte freundlich.

»Sicher. Sie haben ganz richtig beobachtet, mein Lieber.«

»Und wieso fahren Sie damit herum?« wollte der Alte wissen.

»Nun, sie hat ihn mir geliehen«, gab Backman Auskunft.

Die Warteschlange setzte sich in Bewegung, hatte endlich freie Fahrt.

»Das glauben Sie doch selbst nicht!« protestierte der Alte. »Elaine Dexter und ihren Wagen herleihen? Steigen Sie mal aus, Mister! Das muß geklärt werden! Elaine ist nämlich drüben im Supermarkt, und wir können sie ja fragen!«

»Hören Sie«, sagte Backman weiterhin freundlich, »ich habe keine Lust, mich mit Ihnen herumzustreiten! Sehen Sie sich die Zulassung an – dann glauben Sie mir hoffentlich!« Er griff in die Brusttasche.

Der Alte beugte sich neugierig vor. Das Messer fuhr ihm blitzartig in den Hals. Sogleich schoß Blut aus der Wunde. Er konnte nur einen gurgelnden Schrei ausstoßen, der im Lärm der Automotoren unterging. Backman gab Gas, schoß auf die Straße hinaus und raste davon.

Hollister hatte gar nicht alles mitgekriegt, was passiert war. Verwundert drehte er sich um und sah den alten Mann auf dem Asphalt liegen.

»Was ist denn mit dem? Was haben Sie mit ihm gemacht, Backman?«

»Ach, nichts! Er fiel mir mit seinem Geschwätz auf die Nerven. Vielleicht ist er irgendwo am Wagen hängengeblieben, als ich losfuhr. Es wird ihm schon nichts passiert sein!« Er steigerte die Geschwindigkeit weit über das Erlaubte, nahm die Kurven mit beängstigender Rasanz, schnitt entgegenkommende Wagen und überholte wie ein Kiel.

Hollister beugte sich etwas vor, blickte nach links.

»Das ist doch Blut!« sagte er, und Entsetzen schwang in seiner Stimme: »Wieso ist die ganze Tür voll Blut, Backman?«

»Vielleicht hat sich der Alte die neugierige Nase aufgeschlagen!« rief Backman und nahm mit Schwung eine Hügelkuppe. »Lassen Sie mich endlich mit diesem verdammten alten Knacker in Ruhe!«

Hollister klammerte sich fest und starrte nach vorn. Was wirklich passiert war, hatte er nicht sehen können.

Sein Blick wanderte zufällig nach unten. Er sah das blutige Messer, das auf dem Teppichboden lag. Blitzartig wurde ihm klar, wie Backman den alten Mann zum Schweigen gebracht hatte.

So konnte es nicht weitergehen. Sein Blick irrte umher, sah die Anzeigen auf dem Armaturenbrett. Der Tank war fast voll. Backman fuhr im Moment mehr als neunzig Meilen. Und die Straße war schmal, wenn auch ganz gut ausgebaut. Verzweifelt überlegte er, was er tun konnte.

Langsam drehte sich Pat um und blickte nach hinten. Er brachte den Arm hoch. Seine Hand tastete nach dem Geldsack.

»Was machen Sie da, Hollister?« schrie Backman.

»Ach, nichts!« gab Hollister zur Antwort. Dann packte er zu, riß den Plastiksack hoch. Der Fahrtwind zerrte daran. Er brauchte nur noch loszulassen. Der Sack wurde vom Wind gepackt, fiel auf die Verdeckklappe, rutschte über das glatte, flache Heck des Daimler und flog auf die Straße.

Backman hatte es im Rückspiegel gesehen. Er stemmte den Fuß auf die Bremse. Die Reifen zogen eine dunkle Spur über den hellen Straßenbelag.

Hollister sah, wie sich Backmans Kiefermuskeln verkrampften. Jetzt kam es darauf an: Was war dem Gangster wichtiger? Das Geld oder die Geisel für die Flucht?

Der Wagen stand noch nicht, als Backman den Rückwärtsgang hineinhieb. Pat Hollisters Hand lag auf dem Türgriff.

Kurz bevor der Daimler zum Stehen kam, ehe er mit kreischenden Rädern nach rückwärts startete, stieß er die Tür auf und warf sich aus dem Wagen. Die beabsichtigte Rolle mißglückte. Er kam mit dem Schädel auf und mit beiden Schultern. Wieder zuckte ihm ein wilder Schmerz durch das geprellte Gelenk.

Ein Schuß knallte. Die Kugel fetzte dicht neben ihm ein paar Blätter von einem Dornbusch. Pat duckte sich. Noch einmal knallte es durch das helle Jaulen des hochgetriebenen Rückwärtsgangs. Dieses Geschoß schlug knatternd in die Wegbegrenzung aus Plastik und ließ die rotweißen Splitter umherstieben.

Pat Hollister wußte, daß er keine Chance hatte, wenn Backman den Sack auflud und zurückkam. Der Gangster hatte beides zugleich versucht – den Geldsack zu retten und Pat Hollister zu erledigen. Das hatte für ihn ein paar Minuten gerettet. Aber nicht für mehr.

Stöhnend kam er hoch, kletterte auf die Grabenböschung, hielt sich dabei an dürren Grasbüscheln fest. Vor seinen Augen tanzten rote Ringe. Undeutlich sah er, wie Backman über die Straße lief, den Sack aufhob und hinten in den offenen Wagen warf. Mit einem Satz war er wieder hinter dem Steuer, und der Daimler wurde mit einem brutalen Ruck beschleunigt.

Kleine Steine und Erdschollen polterten unter Pat Hollisters Sohlen, als er sich blindlings bergan arbeitete. Auf allen vieren versuchte er, dem Gangster zu entkommen.

Plötzlich griffen seine Finger in ein Geflecht aus Maschendraht. Er registrierte einen soliden Zaun, den man hier wohl gezogen hatte, damit kein Geröll auf die Straße stürzte. Aussichtslos, diesen Zaun zu überwinden!

Pat ließ sich resignierend zu Boden sinken. Unter ihm stoppte Backman. Er konnte das triumphierende, eiskalte Lächeln auf dem Gesicht des Gangsters sehen. In aller Ruhe drehte sich Backman zu ihm herum. Er stützte die Hand mit der Pistole auf, zielte sehr sorgfältig.

Woher Hollister auf einmal den runden Kiesel hatte, den seine Faust umkrampfte, wußte er nicht. Aber in einem letzten Aufbäumen schleuderte er ihn.

Und traf! Zwar nur die Kühlerhaube, die eine häßliche Delle bekam, aber Backman war irritiert, mußte von neuem zielen. Er kniff das linke Auge zusammen. Hollister sah die dunkle Mündung der Waffe. Er lag wie auf einem Präsentierbrett vor dem Schützen, ohne jede Deckung, ohne Schutz.

»Verdammt, so schieß doch schon!« Hollister weinte beinahe.

Aber Backman zuckte plötzlich hoch, legte die Pistole auf den Nebensitz, warf das Steuer herum und startete mit durchdrehenden Rädern.

Verwundert hob Hollister den Kopf. Wieso war er dem sicheren Tod entkommen? Der weiße Daimler mit der blutbeschmierten Seitentür verschwand hinter der Kurve.

Dann hörte Pat Hollister die Polizeisirene, die schnell näher kam. Er sah den Streifenwagen auftauchen, das zuckende Rotlicht auf dem Dach. Zaghaft hob er die Hand. Aber die Polizisten blickten natürlich nicht zum Abhang hinauf, sondern auf die Straße.

Wie ein fahler Blitz jagte die zweifarbige Limousine vorbei, und das Sirenengeheul wurde um einen Ton dunkler, als sie in der Kurve wegtauchte.

Pat Hollister stand auf. Die Knie zitterten ihm. Vorsichtig setzte er einen Fuß vor den anderen und stieg den Hang hinunter. Er ließ sich in den Graben rutschen, kroch auf der anderen Seite ächzend auf die Straße und ließ sich auf den unbefestigten Seitenstreifen fallen.

Fast fünf Minuten saß er da, ohne sich zu rühren. Dann hatte er sich so weit erholt, daß er sich eine Zigarette anstecken konnte. Als er den roten Camaro mit dem verbogenen Seitenholm der Windschutzscheibe auftauchen sah, atmete er tief auf.

Sheriff Wilson schmetterte den Hörer des Funkgeräts auf die Gabel und stieß ein Wort aus, das in der Dienstvorschrift nicht vorgesehen war.

»Was ist denn, Sheriff?« frage Lisa. Sie saßen in der kleinen Polizeistation von Hooking und warteten auf die Ergebnisse der Fahndung nach dem weißen Daimler.

»Nichts. Sie haben den Wagen gefunden. In einer Schlucht neben der Straße nach Penderville. Leer natürlich. Kein Backman, kein Geldsack.«

»Hatte er einen Unfall?« fragte Jo.

»Es sähe mehr danach aus, als hätte Backman das Fahrzeug in die Schlucht rollen lassen, meinen meine Jungs«, antwortete der Sheriff.

»Aber dann muß er einen Ersatz gefunden haben! Backman flieht doch nicht zu Fuß weiter, mit einem Sack voll Geld auf dem Rücken!« gab Hollister zu bedenken.

Wilson zuckte nur mit den Schultern.

»Vielleicht stand da was herrenlos herum, was er sich genommen hat. Ich weiß es nicht. Wir können nur darauf warten, daß er in irgendeine unserer Straßensperren gerät.«

»Und wenn er gar nicht versucht, aus dem Gebiet herauszukommen?« fragte Jo. »Sie haben die Grenzen ziemlich weit gezogen, Mr. Wilson. Das war richtig, weil Backman mit einem sehr schnellen Wagen unterwegs war. Aber ich mache mir meine eigenen Gedanken. Haben Sie eine größere Karte der Umgebung? Sagen wir, bis Trenton oder so?«

Wilson nickte dem Station Sergeant aufmunternd zu. Der ging zu einem Schrank, holte eine zusammengerollte Karte und breitete sie auf dem Tisch aus.

Jo strich sie glatt und beugte sich darüber. Auch Lisa erhob sich von ihrem Stuhl, stützte beide Ellbogen auf und sah sich die Ostküstenregion der USA von oben an.

»Bin gespannt, ob wir wohl dasselbe denken!« sagte sie.

Ihr Kopf war so dicht bei Jo Walker, daß ihn die abgeschnittenen Haarspitzen kitzelten und er den warmen Duft ihrer braunen Haut aufnahm.

»Ich habe mich schon gefragt; warum er dich von Joe und Arthur in New York kidnappen und hier herunter in den Wald schaffen ließ.

Er hätte es in deiner Wohnung einfacher gehabt. Zweitens: Warum hat er sich gerade diese Gegend für den Überfall ausgesucht? Der Transporter wäre auf seiner Route auch durch Gebiete gekommen, wo ein Überfall einfacher gewesen wäre als auf der Brücke, wo sie die Beute mühsam wieder heraufziehen mußten, weil unten kein Fahrweg war. Drittens: Pat hat uns erzählt, wie Backman den Farmerwagen hier in Hooking in einer Seitenstraße abstellte und sie zum Parkplatz des Supermarktes gingen. Er muß sich ausgekannt haben. Schließlich: Wenn man verfolgt, wie er seit dem Diebstahl des Wagens auf Snyders Farm gefahren ist, dann ergibt sich sehr wohl eine allgemeine Richtung. Die hat er von Anfang an bis jetzt beibehalten und sich nicht einmal verfahren. Ein weiteres Zeichen dafür, daß Backman hier irgendwo zu Hause ist.«

Wilson hatte Walkers Ausführungen aufmerksam verfolgt. Jetzt nahm er einen Stift und verlängerte Backmans Route über den Punkt hinaus, wo seine Polizisten den weißen Daimler gefunden hatten.

»Hamesford, Willow, Hessville«, sagte er. »Oder auch Trenton, wenn wir unsere Sperre einmal außer acht lassen oder annehmen, daß sich Backman eine Chance ausrechnet, durchzukommen.«

»Ich tippe auf Trenton«, nickte Jo.

Lisa wollte sich das Haar aus der Stirn streichen, merkte aber, daß da nichts mehr war, und seufzte.

»Das klingt alles irgendwie überzeugend. Ich denke, diese Spur sollten wir verfolgen. Aber dafür brauche ich einen Computer mit On-line-Verbindung zum Schatzamt.«

»Ich fürchte, so etwas gibt es hier nicht«, meinte Wilson.

Der Station Sergeant widersprach: »Haben wir, Sheriff! Der junge Baskin ist ein ausgesprochener Computer-Freak. Ich habe ihn sogar als Hacker in Verdacht. Wetten, daß er eine solche Verbindung zustande bringt?«

Wilson runzelte die Stirn. »Geht das denn? Ich meine, als Privatmann ... Immerhin handelt es sich um polizeiliche Ermittlungen!«

»Sie können ihn ja vorübergehend als Hilfssheriff vereidigen!« spottete Lisa. »Mir ist das alles egal. Hauptsache, ich komme an unsere Datenbanken! Fahren wir einfach mal zu diesem Baskin!«

»Da brauchen wir nicht zu fahren. Baskin wohnt drei Häuser weiter in dieser Straße!« sagte der Station Sergeant.

Augenblicklich brachen sie auf.

»Wozu brauchst du deine Datenbank, Lisa?« fragte Jo auf der Straße.

»Ich möchte herausfinden, wer von den Angestellten unseres Amtes irgendwelche Beziehungen in diese Gegend und damit vielleicht zu Backman haben könnte. Oder ob Backman selbst irgendwo in unseren Dateien auftaucht. Er wußte zuviel über interne Dienstanweisungen, Jo!«

Backman fuhr jetzt einen Ford Mustang. Das Pärchen, das den Wagen auf einem Parkplatz neben der Straße hatte stehenlassen, um im Wald ein Picknick oder auch etwas anderes zu machen, hatte gar nicht bemerkt, wie Backman seinen Geldsack umgeladen und den weißen Daimler in die Schlucht gerollt hatte. Irgendwann würden sich die beiden jungen Leute sehr wundern.

Backman fuhr jetzt sehr diszipliniert, bummelte beinahe, um nicht im letzten Moment aufzufallen. Daß inzwischen Polizeisperren errichtet worden waren, schien sicher. Aber die Polizei wußte wohl, daß er mit dem schnellen Daimler unterwegs war, und würde den Kreis ziemlich groß ziehen.

Er kam an die vertraute Straßengabelung und bog nach rechts ein. Noch eine Meile über diese Nebenstraße, dann ein kurzes Stück wieder nach rechts, den Hügel hinauf bis zur alten Kalkbrennerei, und dann ...

Aufatmend ließ er den Ford gegen einen Sandhaufen rollen und stieg aus. Er ging zu dem verfallenen Schuppen und zog das Tor auf.

Da stand der auffällig lackierte Wagen der Straßenmeisterei, den er für seine Flucht vorbereitet hatte. Backman war nicht leichtsinnig. Er konnte kaum auf den Wagen vertrauen, den sie oben an der Brücke hatten stehenlassen.

Er öffnete die hintere Tür und nahm eine Reisetasche heraus. Dann streifte er seinen ramponierten Anzug herunter, riß sich die Krawatte vom Hals und knüllte das beschmutzte Oberhemd zusammen, bevor er es in die Ecke warf. Es hatte ihm fast eine körperliche Pein bereitet, in diesen Sachen herumlaufen zu müssen, zumal die Jacke auch blutbespritzt war.

Mord war sein Geschäft. Es machte ihm nichts aus, einen Menschen zu töten. Aber direkt mit den Folgen seiner Tat wollte er nichts zu tun haben.

Deshalb entledigte er sich seiner Tatwaffen auch so schnell wie möglich, wenn es sich machen ließ. Das Messer, mit dem er den Alten auf dem Parkplatz des Supermarkts erledigt hatte, war mit dem Daimler in der Schlucht verschwunden.

Er schlüpfte in den orangeroten Overall, den er ladenneu erstanden hatte. Sogleich fühlte er sich besser. Die Schulter schmerzte zwar noch unter dem provisorischen Verband, aber das war nichts, was den Gangster gestört hätte.

Noch einmal griff er in die Reisetasche und brachte einen Schminkkoffer zutage. Er stellte den Spiegel auf und begann damit, sein Äußeres fachmännisch zu verändern. Natürlich würde schon jeder Polizist eine Beschreibung des Manns haben, der in einem weißen Daimler unterwegs war.

Aber nach dem konnten sie lange suchen ... Fast hätte sich Backman selbst nicht wiedererkannt. Befriedigt schloß er den Koffer und schob ihn unter eine alte Werkbank.

Zuletzt lud er den Geldsack um. Er holte den bunten Wagen der Straßenmeisterei heraus und fuhr dafür den Ford hinein. Dann stieg er abermals um und rollte den schmalen, felsigen Zufahrtsweg hinunter. Gemächlich fuhr er zur Straße, bog diesmal jedoch zur anderen Seite ein und rollte ganz rechts am Fahrbahnrand entlang wie ein Kontrollfahrer, der den Zustand der Bankette und der Straßenmarkierungen beobachtet.

Alles in ihm brannte darauf, aufs Gaspedal zu treten und die letzte Wegstrecke so schnell wie möglich hinter sich zu bringen. Aber er glaubte genau zu wissen, wie er am wenigsten Verdacht erregte.

Wer flieht, hat es eilig. Je langsamer sich jemand über die Straße bewegt, um so unverdächtiger erscheint er. Es war eine etwas primitive Psychologie, die Backman betrieb. Aber er bildete sich viel darauf ein.

Dabei mußte er an Lisa denken. Mit der hatte er sich etwas verrechnet. Ihr war es egal gewesen, wie sie die nächsten Wochen aussehen würde. Karrierefrau. Beruf und Erfolg waren wichtiger. So etwas gab's auch.

Ein Polizeifahrzeug kam ihm mit Blinklicht und eingeschalteten Scheinwerfern entgegen. Der Fahrer ließ kurz die Sirene jaulen, als er das Fahrzeug einer Straßenmeisterei erkannte. Dann war der Spuk vorüber.

Backman grinste. Er war eben doch ein ausgezeichneter Psychologe.

Ein Wegweiser bezeichnete die Abfahrt zum Lake Ochobee. Backman lenkte hinein. Jetzt hatte er schon so gut wie gewonnen. Er passierte das offene Tor, das die Einfahrt zum Ferienhausgelände markierte, kam an der Blockhütte des Verwalters vorüber und an ein paar kleinen Häusern, die direkt am Wasser standen. Auch der Verwalter würde keinen Verdacht schöpfen. Backman war schon ein paarmal mit diesem Wagen hergekommen.

Der Mann hielt ihn für einen Straßenaufseher, der das Fahrzeug für seine Heimfahrten benutzen durfte und hier seine Freundin besuchte, wenn es die Diensteinteilung erlaubte. Kelly hatte gelegentlich ein paar Andeutungen in dieser Richtung gemacht, auch in dem Store, der während des Sommers den Ferienhausbesitzern das Notwendigste verkaufte. Die Sache war von langer Hand vorbereitet.

Vor dem abseits liegenden Haus stoppte er. Er stieg aus, schulterte den Sack und ging die paar Stufen hinauf. Er wollte an die Tür klopfen, aber da wurde sie schon geöffnet.

Die blonde, junge Frau starrte ihn an, dann weiteten sich ihre Augen, als sie den Plastiksack auf seiner Schulter bemerkte.

»Oliver! Ist das alles ... Geld?« fragte sie fassungslos.

»Laß mich erst mal hinein, Kelly! Natürlich ist das alles Geld. Leider hauptsächlich kleine Scheine. Aber gerade die brauchen wir!« Er trat in den Wohnraum und stellte den Sack ab.

»Alles in Ordnung? Auch mit dem anderen Geld?«

Kelly zog im vorübergehen eine Schranktür auf und ließ ihn einen Blick auf gestapelte Banknotenbündel werfen. Dann machte sie die Tür wieder zu.

»Magst du etwas zu trinken?«

»Einen starken Kaffee. Und hol das Verbandszeug heraus. Ich habe eine Schramme auf der Schulter, die endlich einmal verbunden werden müßte.«

»Gleich. Was ist mit den anderen?«

»Es gibt keine anderen mehr, Kelly.« Sie machte schmale Augen. »Schau mich nicht so an! Es war ihr Risiko, als sie sich entschlossen, mitzumachen. Für sie ist es leider schiefgegangen. Aber daß wir jetzt ihre Anteile zusätzlich haben, ist auch nicht schlecht, wie?«

Kelly sagte nichts. Sie füllte die Kaffeemaschine, dann holte sie eine Tasche mit Verbandszeug und half Backman aus dem Overall. Stirnrunzelnd betrachtete sie die Wunde.

»Ich hoffe, du hast eine wirksame Tetanusspritze im Leib«, sagte sie. »Das hier sieht nämlich gar nicht gut aus.«

Backman verfärbte sich etwas. »Wieso?«

»Die Wundränder sind entzündet. Und das Sekret, das die Wunde absondert, gefällt mir auch nicht. Die Kugel mag halbwegs sauber gewesen sein. Aber wer dir die Wunde verbunden hat, war ein Ferkel.«

»Arthur!«

»Was ich immer gesagt habe! Der hat dich nicht leiden können. Jetzt glaubst du's mir hoffentlich!«

Backman biß sich auf die Lippen.

Es war stickig heiß in dem kleinen Zimmer, das sich der junge Baskin eingerichtet hatte. Er war nicht älter als siebzehn, hatte in diesem Sommer noch nicht viel Sonne abgekriegt, aber auf seinem Gebiet schien er ein Könner zu sein.

Sofort war er bereit gewesen, der Polizei oder vielmehr Lisa McAllen zu helfen. Er hatte seine Computer aktiviert, eine Verbindung zur Filiale des US-Schatzamtes in New York hergestellt und dann Lisa das Keyboard überlassen.

»Hoffentlich kommen Sie da rein!« hatte er geunkt. Lisa lächelte ihn freundlich an.

»In meine eigene EDV komme ich rein!« sagte sie siegesgewiß und tippte ein Paßwort ein.

»Muß ich wegschauen?« fragte Baskin.

»Nein. Es wird sowieso morgen geändert. Und es führt auch nur in die Dateien der Personalabteilung.« Lisa hackte auf der Tastatur herum. In schneller Folge liefen die Zeilen über den Bildschirm.

Jo konnte kaum folgen, und Hollister hatte sich ohnehin gleich wieder hinausgestohlen, um sein Kopfweh an der frischen Luft ausheilen zu lassen.

»Das wäre doch was!« sagte Lisa auf einmal und stoppte den Datenfluß. »Kelly Barnes. Geboren in Trenton, dort zur Schule gegangen. Ausbildung als Datentypistin. Tätig bei der Finanzverwaltung, dann zu uns nach New York. Voriges Jahr ausgeschieden. Die Frau interessiert mich. Sie stellt zumindest eine Spur in diese Gegend dar. Kann ich telefonieren, Mr. Baskin?«

»Nehmen Sie den grünen Apparat, und sagen Sie Jeff zu mir!«

»Okay, Jeff! Irgend jemand wird dir die Kosten ersetzen, vermutlich meine Behörde. Aber im Augenblick brauche ich wohl so ziemlich alles, was du als Hardware installiert hast.« Lisa wählte eine sehr lange Nummer. »Hallo, Phyllis? Hier spricht Lisa McAllen. Sag mal, erinnerst du dich an die blonde Kelly aus dem Datensaal? Sie hat da bis voriges Jahr gearbeitet. Weißt du vielleicht, warum sie bei uns ausgeschieden ist?«

Sie hatte offenbar eine ergiebige Informationsquelle angebohrt, denn sie lauschte eine ganze Weile in den Hörer.

»Danke, Phyllis! Ich glaube, du hast mir geholfen. Was mit N14 ist? Ein paar Gangster haben einen Überfall versucht. Zwei Millionen haben sie erbeutet, ungefähr. Ich bin gerade dabei, sie mir zurückzuholen. Bye, Phyllis!«

Sie legte auf, wählte aber gleich wieder und sprach mit der Auskunft. Das dritte Gespräch ging nach Trenton.

Dann drehte sie sich triumphierend nach Jo Walker um.

»Zur Sicherheit gehe ich die Listen noch nach diesem Backman durch. Aber ich glaube sowieso, daß wir die Spur haben. Kelly war mit einem Mann befreundet, dessen Beschreibung ganz nach Backman klingt.«

»Und du weißt, wo diese Kelly ist?« Lisa nickte nur und begann, wieder auf der Tastatur zu hämmern.

»Ich weiß es.« Eine ganze Weile starrte sie auf den Bildschirm und las mit, was da vorüberhuschte. Dann schaltete sie resolut den Computer ab und stand auf.

»Danke, Jeff! Ich schätze, ich habe ungefähr 25 Dollar verbraucht. Aber es kann ein paar Tage dauern, bis die Anweisung bei dir eingeht. Nochmals danke schön!«

Der Junge wurde ein bißchen rot. Lisa stellte befriedigt fest, daß man nicht unbedingt lange Haare auf dem Kopf haben muß, um auf einen jungen Mann Eindruck zu machen. Sie nahm Jo beim Arm.

»Gehen wir!«

»Wohin?«

»Kelly besuchen. Hast du für den Notfall noch ein paar Kugeln im Magazin? Ich möchte den Sheriff nicht bemühen. Er ist ein alter Mann, und wir haben ihn heute schon genug Nerven gekostet. Außerdem muß er ja die Suche nach Backman koordinieren, so lange wir ihn noch nicht haben.«

»Ich habe meine Munitionsvorräte bei dem alten Gunsmith in der Main Street aufgefüllt«, nickte Jo. »Ich denke, das reicht für Backman und jeden, der noch mit von der Partie ist. Gehen wir!«

Die Geldbündel türmten sich vor Kelly und Backman auf dem rohen Holztisch. Die junge Frau starrte sie fasziniert an.

»Warum nehmen wir nicht das Geld und hauen damit ab? Irgendwohin, wo die Leute Dollar nehmen und die Sonne scheint?« fragte sie mit stockender Stimme. Backman schüttelte den Kopf.

»Weil ich nicht mit zwei Millionen zufrieden bin, wenn ich zehn haben kann.«

»Erklär mir das, Oliver!«

»Was wir uns heute geholt haben, sind vielleicht zwei Millionen in gebrauchten kleinen Scheinen«, begann er geduldig.

Er wußte, daß er ihr den Plan schon zweimal auseinandergesetzt hatte. Kelly mochte zwar viele Qualitäten haben – das abstrakte Denken gehörte nicht dazu. Vielleicht begriff sie jetzt, wozu sie die Geldbündel vor sich hatte.

»Davon kann man nicht leben. Wer bares Geld ausgibt, erregt heute schon bald Verdacht. Alle Welt zahlt mit Kreditkarten. Zumindest bei uns hier.«

»Verstehe. Wenn wir dem Verwalter die Miete für dieses Haus in Dollarnoten hinblättern würden, hielte er uns wahrscheinlich für verrückt.«

»Siehst du! Im Ausland ist das stellenweise noch anders. Also schicken wir das Geld an meine Partner im Ausland. Aber nicht nur das hier! Wir mischen es mit den Blüten, die wir von meinem Freund in Taiwan bekommen haben. Die wären nämlich allein auch nicht loszuwerden. Jede Bank, egal wo, prüft bei neuen Geldscheinen nach, ob sie echt sind, wenn sie ein ganzes Bündel davon bekommt.«

»Aber nicht bei einer Mischung von alten und neuen! Hab' ich recht?«

»Genau. Das ist unser Plan. Wir lassen kleine Päckchen von falschen großen Noten und echten kleinen bei verschiedenen ausländischen Banken einwechseln oder auf unsere Konten gutschreiben. Bist ein kluges Mädchen!«

»Dafür auch die vorbereiteten Päckchen?«

»Genau. Als Büchersendung gehen die glatt durch den Zoll. Kein Zöllner kümmert sich um Bücher, wenn das Gewicht ungefähr stimmt. Und das tut es, denn Bücher wie Dollarnoten sind aus Papier. Fangen wir an! Ich zeig's dir!«

Er nahm je eine Handvoll Banknoten von dem einen und dem anderen Stapel, mischte sie wie ein Kartenspiel und packte sie ein.

Das Päckchen kam in einen Umschlag, der als Absender die Adresse eines bekannten Verlags trug und an jemand im Ausland adressiert war, dessen Name Kelly nichts sagte. Eifrig begann sie, ebenfalls Geld zu mischen und einzupacken.

»Hab' nie geglaubt, daß Geld wegschicken so viel Spaß machen könnte. Wieviel kriegen wir davon wieder?«

»Nach Abzug aller Unkosten ungefähr vierzig Prozent.«

»Und wieviel ist das?«

Backman ließ die Hände sinken.

»Wart's ab! Dies ist ja erst der Anfang! Wenn die Sache so klappt, wie wir's uns vorstellen, dann laufen die Druckmaschinen in Taiwan weiter. Alte Scheine haben wir genug, um ein paar Millionen in Umlauf bringen zu können. Und jeweils vierzig Prozent von einer Million ... Rechne es aus!«

Kelly brauchte alle zehn Finger dazu. Dann riß sie die Augen auf. »Oliver, das sind ja vierhunderttausend Dollar!«

»Ja, natürlich. Oh, verdammt!«

»Was ist denn?«

»Die Schulter tut verdammt weh! Was hast du nur damit gemacht?«

»Die Wunde gesäubert und frisch verbunden. Ich fürchte, sie ist entzündet und wird eitern, vielleicht sollte ich vorn im Shop fragen, ob sie ein Antibiotikum haben. Sonst kannst du den Arm morgen nicht mehr bewegen!«

Backman überlegte und hob den Arm. Bis in Schulterhöhe kam er, dann verzog er das Gesicht unter Schmerzen.

»Ich glaube wirklich, das solltest du tun. Hast du genug Geld?«

Kelly stand auf. Sie lächelte ihn an. Dann griff sie in den Haufen gebrauchter Scheine und nahm sich eine Handvoll.

Er schlug sich mit der gesunden Hand gegen den Kopf.

»O Mädchen bin ich blöd! Aber ich habe das alles hier gar nicht als Geld angesehen, sondern als irgendein Material, mit dem man arbeitet! Daß man dafür etwas kaufen kann ... Ich glaube, daran muß ich mich erst gewöhnen!«

Sie hielten bei dem Shop hinter dem Tor und stiegen aus. Es war sinnlos, durch die ganze Siedlung zu fahren und nach Kelly Ausschau zu halten. Sicher war sie hier bekannt.

Junge, blonde Frauen, die zudem noch gut aussahen wie Kelly, fielen überall auf.

Die Frau an der Kasse grüßte und blickte sie neugierig an. Wahrscheinlich hatte sie auch mit der Vermietung der Häuser zu tun und erhoffte sich neue Kunden.

»Wir suchen Kelly Barnes. Sie bewohnt hier ein Ferienhaus. Können Sie uns sagen, welches?«

»Miß Barnes? Da fahren Sie geradeaus bis zu der großen Kiefer, dann rechts hoch. Es liegt nicht direkt am Wasser, aber Sie können es gar nicht verfehlen. Es hat einen roten Giebel. Kennen Sie Miß Barnes?«

»O ja«, nickte Lisa. »Wir waren Kolleginnen, und weil ich gerade in diese Gegend kam, wollte ich sie überraschen!«

Die Frau reckte sich und spähte aus dem Fenster. »Sie haben Glück! Da kommt sie! Wenn es eine Überraschung werden soll, stellen Sie sich am besten hinter diesen Vorhang! Kommen Sie! Da bin ich aber mal gespannt, was sie sagt! Wird die sich wundern!«

Lisa verschwand hinter dem Vorhang, der den Wohnraum vom Shop trennte. Jo blieb am Zeitschriftenstand stehen und blätterte in einer Fachzeitschrift.

Kelly trat ein. Sie schien aufgeregt.

»Hallo, Mrs. Willys! Sie haben doch auch manchmal etwas gegen Verletzungen, nicht wahr? Ich brauche ein bißchen Penicillin-Puder. Gegen Entzündungen. Und ehe ich in die Stadt fahre, dachte ich, daß ich Sie mal frage. Mein Freund hat sich verletzt, und anscheinend ist Schmutz in die Wunde gekommen.«

»Penicillin-Puder? Da muß ich aber erst einmal nachschauen!« sagte Mrs. Willys und verschwand hinter dem Vorhang.

Kelly trat nervös von einem Fuß auf den anderen.

»Hallo, Kelly!«

Sie schrak hoch und zwinkerte. Aber das Bild blieb vor ihren ungläubigen Augen: Lisa McAllen, die Leiterin der Transportabteilung vom Schatzamt!

»Lisa? Du? Aber wie siehst du aus? Ist das eine neue Frisur?« kicherte sie. Lisa verzog den Mund.

»Frag Backman!«

»Oliver? Was hat er damit zu tun?«

»Er ist an dieser Frisur schuld, sofern man das Geschnippel so nennen will. Ist er hier?«

Kelly witterte eine Gefahr. »Oliver? Nein ... ich glaube nicht! Er ... war vorhin hier. Kennst du ihn?«

»Kelly – wie viele Freunde hast du in deinem Haus? Du hast nach Penicillin-Puder gefragt, weil sich dein Freund verletzt hat. Gib auf, Kelly! Backman hat eine Schulterwunde. Eine Schußverletzung. Und du sollst sie ihm verbinden.«

Die junge, blonde Frau reagierte schnell. Sie warf sich herum und war mit zwei Sätzen bei der Tür.

Jo Walker hatte das kommen sehen. Er streckte den Arm aus, packte sie bei der Schulter und wirbelte sie herum. Katzenhaft wollte sie sich ducken, um unter seinem Arm wegzutauchen. Aber er, griff sie sich mit der Linken, preßte sie an sich, so daß sie wehrlos war.

Kelly Barnes war biegsam wie eine Stahlfeder und gut gewachsen. Jo spürte es, aber das interessierte ihn jetzt nicht. Ihr Gesicht war ganz nah vor ihm.

»Kelly Barnes«, sagte er und blickte dabei in ihre Augen, »dein Freund Backman ist ein mehrfacher Mörder. Er hat seinen Kumpan Joe kaltblütig niedergeschossen, den verblutenden Arthur hilflos im Wald liegenlassen und einen alten Mann vor dem Supermarkt in Hooking niedergestochen. So ist es! Und jetzt mach dir klar, was du tun willst. Weiter zu ihm halten? Dann wanderst du wegen aktiver Beihilfe zu verschiedenen Verbrechen in die Zelle und wirst dort alt und grau. Kannst dir beim Staatsanwalt aber auch ein Fleißkärtchen verdienen, wenn du uns sagst, wo er ist und was er macht. Also?«

Lisa kam heran. Sie löste Walkers Zangengriff um die junge Frau und drehte sie zu sich herum.

»Ob du das alles gewußt hast oder nicht, Kelly – es ist wahr. Wort für Wort. Dein Freund ist ein mehrfacher Mörder. Hat er sich zu dir geflüchtet? Die Polizei des ganzen Staates sucht ihn. Er hat keine Chance mehr.«

Kellys Augen füllten sich mit Tränen. Sie zitterte und schien kurz vor dem Zusammenbrechen.

»Ist er in deinem Haus?« fragte Lisa noch einmal. Kelly nickte. »Bewaffnet?«

»Natürlich. Oliver hat immer einen Revolver in der Hosentasche.«

»Nicht mehr lange«, sagte Jo. »Was machen wir mit ihr? Ich möchte nicht, daß sie mir in die Schußlinie läuft.« Lisa wandte sich an die Ladenbesitzerin.

»Haben Sie einen abschließbaren Raum?«

Die Frau begriff noch nicht ganz, was überhaupt gespielt wurde, aber sie nickte. »Den Keller. Es sind nur ein paar Vorräte, drin, und ich kann die Tür abschließen.«

»Komm mit, Kelly!« sagte Lisa und legte ihr den Arm um die Schultern. »Es muß sein. Ich denke, das verstehst du!«

Kelly nickte unter Tränen und ließ sich hinausführen. Jo trat ins Freie und sah sich um. Die ganze Anlage war sehr hübsch und machte einen guten Eindruck. Hier würde niemand einen mehrfachen Mörder vermuten.

Lisa kam aus dem Shop.

»Er hat sich hier als Mann von der Straßenwacht eingeführt. Fährt auch einen entsprechend unverdächtigen Wagen. Damit ist er vor einer Stunde angekommen. Er muß ihn irgendwo versteckt gehabt haben. Kein Wunder, daß die Polizei ihn nicht in ihrem Netz fangen konnte. Komm, wir holen ihn uns!«

Backman wurde nervös. Wo blieb Kelly? Wenn der Shop kein Penicillin-Puder hatte, mußte sie in die Stadt fahren. Aber dann wäre Kelly erst noch einmal hergekommen und hätte Bescheid gesagt. Was war los?

Er stand auf und legte das Geldbündel, das er gerade in der Hand hatte, auf den Haufen zurück. Nachdenklich ging er zum Fenster.

Da fuhr er zusammen, sein Herz schlug ihm bis zum Hals. Über den Zufahrtsweg schlenderte Lisa McAllen vom Schatzamt, daneben ging der Mann, den er seit neuestem am meisten haßte. Der sich mit unglaublicher Zähigkeit an seine Fersen geheftet hatte. Der ihm als die einzig ernstzunehmende Bedrohung vorkam. Weit mehr als der Sheriff und alle Polizisten zusammen!

Wie kamen die hierher? Und wo war Kelly?

Blitzschnell überlegte er. Kelly mußte ihnen in die Arme gelaufen sein. Sie hatte im Schatzamt gearbeitet; Lisa McAllen kannte sie vermutlich.

Sie würden ihn nicht erwischen. Sie durften ihn nicht sehen. Backman stopfte ein paar Geldbündel in die weiten Taschen des Overalls und zog den Reißverschluß zu.

Wenn er wartete, bis sie im Haus waren, dann hinauslief, in den Wagen sprang und abfuhr, konnte er entkommen. Bis Trenton mußte er es schaffen. Dort konnte er sich eine Weile in Kellys Appartement verstecken.

Noch einmal trat er ans Fenster. Wütend stampfte er mit dem Fuß auf. Walker griff gerade in den Wagen der Straßenmeisterei, zog den Zündschlüssel ab und steckte ihn ein. Backman fluchte lautlos.

So schnell, wie es nötig sein würde, konnte er den Wagen nicht kurzschließen und starten!

Er lief durch das Zimmer in die kleine Küche. Auf der Rückseite des Hauses, das an den Hang gebaut war, gab es nicht die gepflegten Anlagen wie vorn. Durch recht unwegsames Gebüsch ging es da bis zur Straße hinauf. Backman öffnete die Fensterflügel, stieg hinaus und drückte sie wieder zu. Im Haus ging der Türklopfer.

»Klopft nur! Mr. Backman ist abgereist!« murmelte er und bog die dornigen Zweige auseinander.

Ein lautes Geräusch ließ ihn zusammenzucken: der Krach, den das Aufbrechen einer Tür verursacht. Also drangen sie schon ins Haus vor. Gleich würden sie vor dem Tisch mit den Geldbündeln stehen und sich fragen, was das wohl bedeuten konnte.

Eine Dornenranke rutschte ihm durch die Hand und riß seine Haut auf. Die Füße fanden kaum Halt auf dem steilen Hang, und er rutschte ein paarmal zurück, nachdem er einige Yards geschafft hatte.

Fluchend ließ er sich auf alle viere nieder. Aber er konnte nur die rechte Hand gebrauchen, um sich weiter hochzuarbeiten. Die Schulter tat höllisch weh.

Hinter einem Baum ruhte er für einen Moment aus. Sein Atem ging schnell, aber das hinderte ihn nicht daran, eine Zwischenbilanz zu ziehen. Sie fiel außerordentlich deprimierend aus. Was er in den Taschen hatte, waren vielleicht ein paar hundert Dollar.

Gekleidet war Backman in einen orangeroten Overall, in dem er sich kaum irgendwo sehen lassen konnte. Was er sonst besaß, lag in Lamberville in seiner Wohnung, im Moment völlig unerreichbar für ihn.

Mit Kelly konnte er nicht mehr rechnen. Joe und Arthur waren tot. Das ganze Geld hatten Walker und McAllen gefunden.

Seine Ausgangsposition war denkbar schlecht. Er gab sich selbst die Antwort: »Tu was, Backman! Sonst hetzen dich bald alle Hunde!«

Er fuhr mit den Händen über den Overall und fand die Pistole. Nachdenklich nahm er sie heraus und überprüfte das Magazin. Vier Schuß waren noch darin. Für zwei Gegner mehr als genug, rein rechnerisch.

Vorsichtig löste er sich von dem Baumstamm, an dem er gelehnt hatte. Er schlug einen Bogen nach rechts.

Falls Walker aus dem Küchenfenster blickte, würde er sofort die Spur erkennen, die Backman bei seinem mühseligen Aufstieg durchs Gestrüpp hinter sich gelassen hatte. Aber er würde annehmen, daß er nur die Flucht im Sinn hatte ... und keinesfalls einen Gegenangriff!

Backman verzog grimmig grinsend den Mund. *Man muß nur immer das Gegenteil von dem tun, was der Gegner erwartet. Dann behält man das Gesetz des Handelns in der Hand! Psychologie,* dachte er triumphierend.

Er war wieder auf Höhe des Hauses. Würde gleich das Küchenfenster aufgehen und Walker herausschauen? Oder Lisa McAllen? Was würde sie tun, wenn ihr der Schnüffler mit einer Kugel im Kopf vor die Füße fiel?

Das Bild der nackten Lisa kam ihm wieder in Erinnerung, wie sie in der Hütte kauerte und Arthur sie an dem Rohr festband. Jetzt mußte er sich zugeben, daß sie attraktiv war, sogar in ihrer Räuberkluft und mit dem abgeschnittenen Haar. Schade, daß sie auf der anderen Seite stand.

Vorsichtig näherte er sich dem Küchenfenster. Es war angelehnt, wie er es verlassen hatte. Backman schob es ein klein wenig weiter auf und lauschte hinein.

Im Haus war kein Geräusch zu vernehmen. Mit angehaltenem Atem. wartete er. Nichts rührte sich. Hatten sie das Haus leer gefunden und wieder verlassen?

Das konnte eine Erklärung sein: daß sie ihn jetzt irgendwo auf dem Gelände suchten.

Backman machte das Fenster ganz auf und stieg wieder hinein. Noch immer war im Haus kein Lebenszeichen. Im Wohnzimmer lagen die Geldbündel unberührt.

Der Anblick machte Backman heiß. Das Vermögen lag greifbar vor ihm. Auf dem Boden war noch der Plastiksack, in dem er die gebrauchten Scheine hergebracht hatte.

Kelly war davon ganz aus dem Häuschen gewesen! Nun, er würde das Mädchen verschmerzen können! Hastig räumte er das Geld in den Sack und band ihn zu.

Er hievte ihn auf seine Schulter und nahm die Pistole in die Hand. Wenn nötig, würde er sich jetzt den Weg freischießen.

Vorsichtig öffnete er die Haustür. Die Umgebung des Hauses war wie leergefegt. Tastend schritt er die Treppenstufen hinunter. Das Blut brauste in seinen Ohren.

Wo waren Lisa McAllen und Walker? Backman konnte sich nicht vorstellen, daß sie aufgegeben hatten. Oder war ihm vielleicht Kelly zu Hilfe gekommen und beschäftigte die beiden, damit er fliehen konnte?

Der Wagen der Straßenmeisterei leuchtete vor ihm. Jetzt würde er ihn kurzschließen und starten können! Mit zusammengebissenen Zähnen warf er den Sack in den offenen Laderaum.

Er wandte sich zur Fahrertür und erstarrte in der Bewegung.

Von hinten bohrte sich die Mündung einer Pistole in seinen Rücken. Aus dem Augenwinkel erkannte er Lisa McAllen, die neben ihn trat.

Woher kam sie plötzlich? Wieso war es Walker gelungen, ungesehen hinter ihn zu gelangen?

Scheinbar zögernd hob er die Hände. Mit einem Schmerzenslaut ließ er die Rechte wieder sinken.

»Sorry«, stieß er hervor. »Aber meine Schulter …«

Damit wollte er sich herumwerfen, um mit einem wuchtigen Schlag die Pistole aus Walkers Hand zu fetzen. Der Knall des Schusses war gedämpft. Aber Backman spürte, daß das Geschoß wie eine weißglühende Lanze durch seinen Leib ging.

Walker hatte ihn 24 Stunden lang beobachten und kennenlernen können und war kein Risiko eingegangen. Und jetzt sah er ungerührt zu, wie Backmans Beine zusammenknickten und er zu Boden stürzte. Blut färbte seinen roten Overall.

»Oh, Jo!« rief Lisa, »ich hatte solche Angst, du hättest vergessen, daß es Backmans linke Schulter war, die Pats Kugel getroffen hatte!«

»Der Trick war nicht schlecht«, gab Jo zu. »Aber ich war bei ihm auf alles gefaßt. Hätte ich auch nur eine Sekunde später abgedrückt, wäre es ihm vielleicht gelungen, noch einmal Oberhand zu gewinnen. Aber wir sollten ihn verbinden und für die Geschworenen retten, Lisa. Ich glaube zwar nicht, daß meine Kugel lebenswichtige Teile getroffen hat. Dafür war sie zu hoch gezielt. Doch ich möchte ihn bei Bewußtsein haben, wenn ich ihn nachher noch über ein paar Einzelheiten befrage.«

Lisa nickte, drehte sich um und winkte. Vom Shop kam der rote Camaro angerollt und hielt bei ihnen an. Pat Hollister stieg aus. »Bring mir bitte den Verbandskasten, Pat!« rief Lisa.

»Wieso?« fragte Hollister verblüfft. »Was ist mit dem Mistkerl?«

»Jo hat ihn angekratzt.«

Der tanzende Tod

Der Beifall rauschte unvermindert. Grelle Pfiffe. Zurufe aus dem Publikum. Langsam blendeten die Scheinwerfer aus, bis auf einen Spot in der Mitte. Da stand Eddie in seinem Glitzeranzug mit ausgebreiteten Armen und genoß den Applaus. Er verbeugte sich nach allen Seiten, warf seinen Fans Kußhändchen zu, grinste breitmäulig und leckte sich den Schweiß von der Oberlippe.

Die Mädchen verschwanden im Dunkel der Kulisse. Sie drängten sich zwischen den Versatzstücken, den staubigen Vorhängen hindurch über die zugige Hinterbühne. Der Inspizient an seinem matt erleuchteten Schaltpult rümpfte die Nase. Er mochte diese Mischung aus süßlichem Puder und den Ausdünstungen verschwitzter Körper nicht. Die Mädchen stießen ihn an, schubsten sich in den Garderobengang hinein.

Ghislaine hakte sich schon das knappe Mieder auf. Mit dem Fuß stieß sie gegen die Tür ihrer Garderobe. Sie schwang auf. Die Tänzerin wollte mit zwei Sätzen hineinstürmen, sich in den Sessel vor dem großen Spiegel werfen und erst einmal die Tanzschuhe von den schmerzenden Füßen reißen ... aber sie erstarrte in der Bewegung. Ungläubig blickte sie auf den Sessel vor dem zweiten Spiegel. Auf das Mädchen im Tanzdreß, das schlaff über der Lehne hing. Ihr Blick senkte sich zu dem dunklen Fleck auf dem rissigen Linoleum. Dann sah sie die Tropfen, die sich aus dem zerknautschten Tüllröckchen ihrer Freundin Babsie lösten und in der Pfütze auf dem Boden zerplatzten. Und als sie erkannte, daß es Blut war, riß sie den Mund auf und schrie.

Das gellende Kreischen drang durch die halb offene Tür hinaus auf den Flur. Die Mädchen in den anderen Garderoben hörten es. Der Inspizient an seinem Pult zuckte zusammen. Dann drückte er schnell auf ein paar Sensortasten, die den Vorhang zuzogen, den

Bühnenscheinwerfer löschten und die Lichter im Saal angehen ließen. Mit einem letzten Blick über die Kontrolleuchten des großen Schaltpults warf er sich herum und rannte los. Der langgezogene Schrei brach ab, begann jedoch sofort von neuem. Irgend etwas Schreckliches mußte geschehen sein. Bob Heller war ein alter Theaterhase und wußte hysterisches Geschrei, wie es hier an der Tagesordnung war, von barem Entsetzen zu unterscheiden. Hier war es Ernst.

Die Tür zu Nummer 7 stand halb offen. Heller stürmte hinein und hätte fast Ghislaine umgerannt, die mit herunterhängenden Armen in ihrer Garderobe stand und mit halb geschlossenen Augen schrie und schrie …

Heller sah die Tote. Etwas fuhr ihm wie ein elektrischer Schlag durch den Körper. Aber was hier auch passiert war, erst mußte er Ghislaines entsetzliches Kreischen stoppen. Er schlug ihr die flache Hand rechts und links ins Gesicht. Es kostete ihn Überwindung, das hübsche, junge Mädchen zu ohrfeigen, aber es gab kein besseres Mittel.

Tatsächlich brach Ghislaine plötzlich ab. Sie riß die Augen auf, die sich mit Tränen füllten. Heller packte sie bei den Schultern und drehte sie herum, daß sie wenigstens nicht mehr den schrecklichen Anblick der Toten vor sich hatte.

»Was ist denn hier los?« kam die rauhe Stimme Ma Edwards' von der Tür. Die alte Garderobiere hatte das Schreien ebenfalls gehört und richtig gedeutet. Heller schob ihr das zitternde Mädchen in die Arme.

»Bring sie weg, Ma! Und gib ihr einen Schluck aus deiner privaten Flasche! Sie hat's nötig!« sagte er. Ma Edwards nahm Ghislaine tröstend in den Arm und zog sie hinaus. Mit einem einzigen Blick in die Garderobe hatte sie genug gesehen.

Heller ging auf Zehenspitzen zu dem Garderobensessel. Der strahlend helle Kranz der Lampen um den großen Schminkspiegel beleuchtete das Mädchen und das Messer, das in ihrem Rücken stak. Eine breite Blutspur lief zwischen den hervortretenden Schulterblättern und verschwand unter ihrer Achselhöhle. Heller zauderte, nach der leblos herabhängenden Hand zu greifen und den Puls zu fühlen. Hier gab es keinen Pulsschlag mehr. Kopfschüttelnd wandte er sich ab und ging hinaus.

Aber schon an der Tür umdrängten ihn die anderen Mädchen des

Balletts wie eine aufgeregt schnatternde Gänseherde. Wie sie gerade waren, drängten sie sich im Garderobengang, im Kostüm, mit hastig übergeworfenen Kleidungsstücken, im offenen Bademantel, und sie redeten auf Heller ein.

»... Ghislaine etwas passiert?« – »Was ist los, Hellerchen, Dear?« – »Warum hat sie so entsetzlich geschrien?« – »Nun sag doch wenigstens ein Wort, Bobby!« Er sah die grell geschminkten Münder dicht vor sich, die nackten Gesichter. Heiße, stramme Körper drängten sich gegen ihn, eine Hand fuhr ihm ins Haar, und er spürte einen Fuß auf seinen Zehenspitzen. Ihm wurde übel. Mit Gewalt drängte er die Balletteusen auseinander, brach sich Bahn, verbissen kämpfend und Unverständliches murmelnd. Endlich erreichte er den Durchgang zur Bühne, warf die Feuerschutztür hinter sich zu. Verblüfft blickte er auf den Garderobenschlüssel von Nummer sieben. Er konnte sich nicht erinnern, ihn abgezogen zu haben, aber er mußte es wohl instinktiv getan haben.

Mit fahrigen Fingern nahm er den Hörer aus der Mulde in seinem Pult, tippte eine Nummer ein. Fast augenblicklich meldete sich die Zentrale der Polizei, das Headquarter in der Centre Street.

»Die Mordkommission, Captain Rowland, bitte!« sagte er mit bebender Stimme. Der Mund war ihm plötzlich trocken, und er fühlte, wie ihm auf einmal die Knie zitterten. Erst Rowlands beruhigendes, tiefes Organ ließ ihm besser werden. Den Captain kannte er, seit der als junger Sergeant hier manchmal Theaterwache geschoben hatte. Zu ihm hatte er Vertrauen.

»Vaudeville Theatre, Bob Heller am Apparat. Bitte, Captain, kommen Sie! Ich fürchte, hier hat es einen Mordfall gegeben. Eine unserer Tänzerinnen liegt mit einem Messer im Rücken in ihrer Garderobe.«

Rowland räusperte sich.

»Zuständig wäre der 117. Precinct«, antwortete er. Aber mit dem Vaudeville Theatre verband ihn eben eine alte Freundschaft. Mit dem Inspizienten Bob Heller fast noch mehr. Und als Leiter der Mordkommission Manhattan C/II hatte er jederzeit die Möglichkeit, einen Fall zu übernehmen, wenn er das für richtig hielt. »Aber wir kommen, Bob! Sperren Sie den Tatort ab, halten Sie etwaige Zeugen fest, und nichts verändern, ja?«

»Danke, Captain! Ich erwarte Sie auf der Bühne!«

Eddie, der Star, kam über die Bühne geschlendert. Genau auf Bob

Heller zu. Im Schein der hoch hängenden Arbeitslampen wirkte sein Glitzerkostüm schäbig. Die Schminke in seinem müden Gesicht war zerlaufen, aber die schattierten Augen wirkten kampflustig. Er trat dicht vor den Inspizienten hin und packte ihn an den Revers seines Kittels.

»Das machst du mir nicht noch einmal!« fauchte er wütend. Ein Speicheltropfen traf Heller am Kinn. »Ich hätte noch mindestens drei, vier Vorhänge haben können! Da drehst du Idiot mir einfach das Licht aus!«

Heller war noch immer etwas benommen. Aber jetzt stieg die Wut in ihm hoch. Er faltete die Hände vor seinem Bauch und stieß sie nach oben. Eddies Faust flog zur Seite. Verblüfft riß der Schnulzensänger den Mund auf.

»Gehen Sie gefälligst in Ihre Garderobe, Mister!« fauchte Heller. »Anordnung der Polizei! Niemand verläßt das Haus!«

Eddie schrak zusammen. Polizei? Seine Hand tastete zur Hosentasche. Ein Papierchen knisterte zwischen seinen Fingern. Er brauchte den Stoff dringend, um nach der Show wieder zu sich zu kommen. Aber wenn Polizei ins Haus kam, eine Razzia machte …

»Sie kommen nicht wegen dir!« sagte Heller verächtlich.

»Der Mord muß während des Auftritts passiert sein oder kurz davor. Die Nummer dauerte nach Auskunft des Inspizienten 23 Minuten, und diese Ghislaine hat ausgesagt, daß das Blut noch von der Toten tropfte, als sie wieder in die Garderobe kam. In einer knappen halben Stunde verblutet ein Mensch auch, wenn die Wunde weiter unten am Körper ist!« sagte Doc Stimson. Rowland nickte. Er sah Lieutenant Ron Myers etwas steifbeinig über die Bühne kommen. Der sommersprossige junge Mann ließ sich entnervt in einen Regiestuhl sinken. Er wischte sich über die Stirn.

»Ist was?« fragte Rowland. Myers schüttelte den Kopf.

»Nein. Nichts außer der Tatsache, daß mich diese Tanzmäuse total fertigmachen, Tom! Kannst du dir das vorstellen?«

»Eigentlich nicht! Am wenigsten bei dir, du berüchtigter Frauenheld!«

»Von wegen! Erst einmal ist denen wohl allen egal, was sie anhaben oder vielmehr nicht anhaben! Außerdem führen sie sich auf, als hätten sie den letzten Mann vor Wochen gesehen, und bis morgen früh hat offenbar keine etwas vor … außer mit mir!«

»Tatsächlich?« fragte Rowland mit gespieltem Mitleid.

»Tom, andauernd haben sie ihre Finger an mir, sie lecken sich die Lippen, zeigen die Beine bis obenhin und schaukeln mit ihren strammen Brüsten ... lieber Himmel, ich bin nur ein Mann, wenn auch Lieutenant der Polizei!«

Rowland verbiß sich ein unverschämtes Grinsen.

»Wenn du noch ein bißchen durchhältst, reicht es vielleicht zur Frühpensionierung! Was hast du denn tatsächlich herausgekriegt?«

Myers winkte ab. »Zur vermutlichen Tatzeit waren sie alle auf der Bühne. Bis auf diese Babsie. Eine große Blonde hat sie vor dem Auftritt noch in der Garderobe gesehen und gesagt, daß es Zeit würde. Ghislaine, das ist die, mit der die Tote die Garderobe teilte, war fertig und ist mitgegangen. Babsie mußte sich nur noch die Lippen schminken.«

»Und keine hat gemerkt, daß sie nicht auf die Bühne kam und mittanzte?« wunderte sich der Captain.

»Natürlich haben sie's gemerkt. Aber sie konnten ja nichts mehr daran ändern, weil die Show lief und sie dranwaren. Irgendwie geht es wohl, daß die Mädchen dann einfach improvisieren. Wer zählt sie schon und reklamiert dann, daß es eine zuwenig war?«

»Normalerweise doch wohl der Inspizient, der für den Ablauf der Show verantwortlich ist! Bob!«

Heller löste sich von dem Schaltpult, an dem er gewartet und einen Kaffee aus dem Pappbecher getrunken hatte. Langsam kam er heran.

»Ist Ihnen nicht aufgefallen, daß eine Tänzerin zu wenig auf der Bühne war?« fragte Rowland. Heller nickte.

»Natürlich. Als sie tanzten, habe ich sofort gemerkt, daß eine fehlte. Vielleicht hätte ich in den Garderoben nachsehen sollen. Aber ich konnte nicht weg vom Pult. Ich mußte die Einsätze für die Nebelmaschine geben und die hinteren Podeste herunterfahren. Außerdem lief das Playback, das ich genau zum richtigen Zeitpunkt ausblenden muß ... es hat auch niemand etwas gemerkt. Die Mädchen machen das schon ziemlich routiniert, wenn eine plötzlich mal verhindert ist.«

»Na, schön! Wer konnte während des Auftritts in die Garderoben?«

»Jeder.« Schwang in Bob Hellers Stimme etwas wie Resignation?

»Du meinst, jeder, der nicht gerade auf der Bühne war?«

»Genau das.«

»Und wie viele Leute sind das theoretisch?«

»Ich schätze, daß heute abend ungefähr sechzig Mann hinter der Bühne waren. Und zweitausend im Zuschauerraum. Auch von da kann man zu den Garderoben, wenn man unbedingt will. Und der Mörder wollte ja wohl!«

Rowland strich sich über die Stirn. Aussichtslos, diese Menge von Verdächtigen zu überprüfen. Wenn die Mädchen nichts bemerkt hatten, blieb nur die Routine der Aufklärung, um vielleicht ein Motiv für den Mord zu finden und damit einen Hinweis auf den Täter. Das hieß: Befragung der Leute, mit denen Babsie zusammengelebt hatte, also Eltern, Freunde, Bekannte, Nachbarn. Aufklärung ihrer Lebensgewohnheiten, restlose Ausleuchtung ihrer Verhältnisse bis zum Stand der Sozialversicherung, ihrer Bankkonten und Kreditkarten. Bisheriger Lebenswandel, Gesundheitszustand ... Rowland seufzte.

»Wer nach Hause will, kann gehen«, sagte er zu Heller. »Sinnlos, hier noch nach Alibis zu fragen! Der Mörder hat sich bestimmt eins konstruiert, und von den anderen Leuten sind die meisten gar nicht mehr greifbar.«

»Sie geben schon auf, Captain?« fragte Heller förmlich.

»Seh' ich so aus? Wenn ich morgen die genaue Beschreibung der Tatwaffe habe, komme ich wieder und frage jeden, den ich in die Finger kriege, ob er das Ding schon einmal gesehen hat, und wenn, bei wem!«

»Das können Sie sich sparen«, murrte Heller. »Das Ding hat monatelang im Schwarzen Brett am Bühneneingang gesteckt und die Probenpläne festgehalten. Irgendeine Messerwerfergruppe hat es einmal verloren und vergessen. Jeder konnte es da herausziehen und benutzen.«

Jo Walker betrachtete seinen Besucher. April Bondy, seine blonde Assistentin, hatte ihn mit einem vielsagenden Augenaufschlag hereingelassen. Der Himmel mochte wissen, was sie sich dachte. Jo sah nur einen schwarz gekleideten jungen Mann, überschlank, mit kurz geschorenem Haar, aber anscheinend doch durchtrainiert. An seinem Handgelenk klirrten zwei silberne Armbänder, am Haaransatz war eine Spur braunen Puders zurückgeblieben. Gay people, dachte Jo, oder vielleicht Tänzer? Wie gut er damit lag, bewies ihm der Besucher in der nächsten Minute.

»Ich heiße Gerald Corn und bin Tänzer. Gegenwärtig am Vaudeville Theatre engagiert. Und bis gestern abend mit Babsie Bloome befreundet.«

»Wenn es Krach mit Ihrer Freundin gegeben hat, kann ich Ihnen kaum helfen, Mr. Corn. Für solche Falle bin ich nicht zuständig.«

»In diesem Fall vermutlich doch, Mr. Walker. Es hat keinen Krach mit Babsie gegeben. Sie ist ermordet worden. Im Theater. Während der Vorstellung.« Damit zog er eine Zeitung aus der Tasche und reichte sie Jo über den Schreibtisch. Jo las die rot angestrichene Überschrift und den Text und versuchte, irgend etwas auf dem schlechten Foto zu erkennen.

»Interessant«, nickte er. »Aber warum kommen Sie damit zu mir, da doch mein Freund Captain Rowland den Fall bearbeitet? Bei dem ist die Sache in den besten Händen!«

»Die besten Hände sind meiner Meinung nach Ihre, Kommissar X! Von Ihrem Freund hatte ich nicht den Eindruck, daß er von dem Fall hell begeistert ist. Ich habe in der Kulisse gestanden, als er sich mit dem Inspizienten unterhielt. Ein anderer Cop war noch dabei, ein Lieutenant, und der gab schon auf, als er mit Babsies Kolleginnen sprechen sollte.«

Jo grinste. Bei dem Lieutenant konnte es sich nur um Ron Myers handeln. Und er stellte sich lebhaft vor, wie der sommersprossige Frauentyp vor den munteren Ballett-Girls die Flucht ergriffen hatte. Meyers war nämlich eher schüchtern, was er gern mit der Pose des Draufgängers überspielte ...

»Sie möchten also, daß ich mich auf die Suche nach dem Mörder Babsie Bloomes mache?«

Corn nickte nachdrücklich.

»Okay. Aber nur in Zusammenarbeit mit Captain Rowland, beziehungsweise der Polizei.«

»Wie Sie wollen, Mr. Walker! Mir ist es egal, mit wem Sie zusammenarbeiten. Von mir aus mit dem Satan persönlich. Ich will nur den Schweinekerl vor dem Richter sehen, der meine Babsie umgebracht hat! Und dann soll er hinter Gitter, bis er schwarz wird. Das ist es!«

Jo überflog noch einmal den Zeitungsbericht. Dann stutzte er. »Wann haben Sie diese Zeitung. gekauft, Mr. Corn?«

»Auf dem Heimweg vom Theater. Ich war noch ein Glas trinken mit Kollegen; wir haben über den Mord gesprochen, und sie wollten mich trösten. Aber mir war nicht danach, und ich bin dann nach Haus gefahren. Unterwegs an der Ampel kam ein Zeitungsverkäufer ans Wagenfenster, und dem habe ich das Blatt abgenommen. Was ist daran merkwürdig?«

»Mir kam zuerst das Bild bekannt vor. Es ist gar nicht gestern abend aufgenommen worden, und schon gar nicht am Tatort. Bei diesem Foto Captain Rowlands handelt es sich um ein Archivbild. Außerdem konnte die Nachricht von dem Mord noch gar nicht bei der Zeitung sein, als die umbrochen und gedruckt wurde.«

»Versteh' ich nicht!«

»Ganz einfach: Die Show lief normalerweise bis gegen 23 Uhr. Babsie wurde während des großen Finales ermordet. Für diese Ausgabe des ›Evening Star‹ ist aber schon um 22.30 Uhr Redaktionsschluß. Das weiß ich zufällig.«

Gerald Corn schüttelte den Kopf.

»Das kann doch nicht sein!«

»War aber so. Dieser Mord war geplant. Und dem Mörder lag daran, daß er sogleich bekannt wurde.«

»Warum?«

»Das weiß ich noch nicht. Aber es wäre denkbar, daß es sich um einen erpresserischen Mord handelt, oder um eine Art ... Bestrafung. Hatte Babsie Feinde? War sie in irgend etwas verwickelt, das sie gefährden konnte?«

Corn überlegte. Dann hob er beide Hände zu einer verzweifelten Gebärde. »Ich weiß nichts davon. Babsie hat mir nichts dergleichen erzählt. Und ich hatte während der ganzen drei Monate, die wir uns kannten, nie den Eindruck, daß sie unter irgendeinem Druck stand.«

Jo griff nach dem Telefon und wählte Rowlands Nummer. »Es ist dir ja vermutlich auch schon aufgefallen, daß der Bericht über den Mord im Vaudeville Theatre an den ›Evening Star‹ gegangen sein muß, ehe die Tat ausgeführt wurde. Nicht wahr, Dicker?«

Am anderen Ende der Verbindung schluckte der Captain. Dann gab er ehrlich zu: »Ich habe die Zeitungen überhaupt noch nicht gelesen!«

»Dafür hast du ja auch mich! Babsies Freund hat mich soeben beauftragt, mit dir nach dem Mörder zu suchen. Es stehen dir also wieder einmal angenehme Tage und Nächte bevor!«

»Ich wußte, daß das dicke Ende noch kommen würde!« seufzte Rowland. »Komm halt her!«

»Nein«, entschied Jo. »Dein verräuchertes Dienstzimmer kenne ich gut genug. Mich interessiert der Tatort mehr. Treffen wir uns dort!« Er wandte sich zu dem Tänzer: »Ist da heute morgen Probe? Ballettprobe?«

»Na, klar doch! Sie müssen ja umstellen, wo Babsie jetzt fehlt! Um elf geht es los, soviel ich weiß!«

»Um elf im Vaudeville, Tom!«

Wer Fiorabelle in ihrem freizügigen Glitzerkostüm auf der Bühne gesehen hatte, würde sie nicht wiedererkannt haben. Sie saß Jo Walker zwar in einem Trikot gegenüber, aber das war einförmig grau, und dazu hatte sie ihre langen Beine in dicke Wollstrümpfe gezwängt und sich einen Pulli um die Taille gebunden. Die Chefin des Balletts achtete sorgsam darauf, daß sie ihre Muskulatur warmhielt. Alles andere an ihr war ausgesprochen kühl ...

»Was Sie mir da erzählen, verstehe ich überhaupt nicht!« sagte sie und ließ sich von Jo Walker Feuer für ihre Zigarette geben. Sie stieß den Rauch in einer Wolke aus, die sie Jo ins Gesicht blies. »Zum Teufel – meine Mädchen sind keine Tugendengel. Manche wechseln ihre Freunde schneller als die Trikots. Deshalb bleibe ich dabei: Da hat jemand im Zorn zugestochen, blind vor Eifersucht oder Wut. So was gibt's, Mister!«

»Ich weiß«, nickte Jo. »Aber warum hat er dann einen Bericht über seine spontane Tat schon vorher an die Zeitung gegeben?«

»Ist das denn sicher?« fragte Fiorabelle skeptisch, lehnte sich zurück und warf die gekreuzten Beine auf den Schreibtisch.

»Die Redaktion verweigert zwar jede Auskunft, aber es kann nicht anders gewesen sein.«

»Okay. Dann war es keine Tat im Affekt sondern eine Art ... Hinrichtung. Kommt aufs selbe heraus, Mister!«

Das Telefon gab eine schnelle Folge melodischer Glockentöne von sich. Verblüfft hob Jo ab. Schnelles Atmen war im Hörer. Dann eine leise Stimme: »Sind Sie der Detektiv?«

»Walker am Apparat, ja!«

»Ich möchte gern mit Ihnen reden!«

»Das tun Sie ja schon! Um was geht es?«

»Ich kann jetzt nicht! Geht es vielleicht heute mittag? Nach der Probe?«

»Sicher.«

»Kommen Sie in die Cafeteria? Ich muß Ihnen was wegen Babsie sagen! Aber niemand darf etwas davon merken! Ich gebe Ihnen das Zeichen, und dann kommen Sie unauffällig hinter mir her!«

»Wer sind Sie? Woran erkenne ich Sie?«

»Ich melde mich! Bis nachher!« Ein Knacken unterbrach die Verbindung. Fiorabelle musterte Jo.

»Eine Verehrerin, die unerkannt bleiben möchte?« fragte sie spöttisch und drückte ihre Zigarette aus.

Jo hätte sie beinahe ins Vertrauen gezogen, aber ein unbestimmtes Gefühl warnte ihn. »Nur ein Schmuggler, der mir Zigarren aus Cuba bringt.«

Fiorabelle glaubte ihm kein Wort, ließ es aber dabei bewenden. Mit einem federnden Sprung war sie aus dem Sessel und an der Tür.

»Lassen Sie meine Mädchen in Ruhe, Mister!« sagte sie. »Die wissen nichts. Babsie war eine Einzelgängerin und nicht einmal mit Ghislaine befreundet, mit der sie eine Garderobe teilte. Von mir aus können Sie Ghislaine ja darüber befragen, aber bitte später. Wir müssen jetzt die Probe abhalten, sonst schmeißen wir heute abend die Vorstellung!«

Jo nickte nur, und Fiorabelle stürmte hinaus.

»Dem Bären, den du mir da aufgebunden hast, solltest du lieber das Tanzen beibringen!« brummte Jo hinter ihr her. Er stand ebenfalls auf und ging hinaus. Auf dem Flur rempelte ihn ein Bursche an, dem eine Schmalzlocke ins bleiche, schwammige Gesicht hing.

»Kannst du nicht aufpassen, Oldie?« fauchte der Junge.

»Wer rennt denn hier wie ein Verrückter durch den Gang?« fragte Jo kopfschüttelnd zurück. Der Junge erinnerte ihn an irgend jemanden, aber er konnte im Moment nicht sagen, an wen.

»Großer Gott! Weißt du etwa nicht, wer ich bin?« riß der Junge den geschminkten Mund auf und packte die Elektrogitarre, als wollte er damit losschlagen. Jo ging ein Licht auf.

»Eddie, die Heulboje!« grinste er. »Tut mir leid! Im Fernsehen siehst du ein paar Jahre jünger aus!«

Eddie fauchte wie ein wütender Kater, warf sich herum und rannte davon. Ein Kichern ließ Jo zur Seite blicken. Da stand ein Mädchen im Trikot und himmelte ihn unverhohlen an.

»Das Großmaul!« sagte sie. »Dem haben Sie's aber richtig nett gegeben! Sie müssen Jo Walker sein.«

»Bin ich.«

Sie kam näher. Plötzlich warf sie ihm die Arme um den Hals und barg ihr blondes Köpfchen schluchzend an seiner Schulter.

»Oh Mr. Walker!« schniefte sie. »Ich wollte, Sie hätten diesen schrecklichen Mörder schon gefaßt! Meine arme, arme Babsie!«

Jo faßte ihre nackten Arme und schob sie einen Schritt von sich weg, damit er ihr Gesicht sehen konnte.

»Wieso Ihre arme Babsie?« fragte er vorsichtig. Das Mädchen riß die Augen auf und legte die Hand aufs Herz.

»Babsie und ich ... ich dachte, man hätte es Ihnen gesagt! Wir waren eng befreundet, Babsie und ich. Sehr eng, wenn Sie wissen, was ich damit meine!«

»Ich habe keine Ahnung!«

Sie zuckte mit den Schultern. »Babsie ... nun, sie hielt nichts von Männern. Das wußten doch alle! Und auch, daß wir beide immer zusammen waren. Können Sie sich vorstellen, wer das arme Mädchen einfach hinterrücks erstochen hat?«

»Vielleicht gerade ein Mann, von dem sie nichts wissen wollte?«

Das Blondchen überlegte. Dann nickte sie.

»So muß es gewesen sein! Denn ich kann mir nicht vorstellen, daß Babsie etwas Unrechtes getan haben könnte, oder daß sie Feinde hatte!« Sie haschte nach Walkers Hand und preßte sie mit ihren feuchten Fingern. »Sie werden das bestimmt bald herausbekommen, Mr. Walker, nicht wahr? Ich kann kein Auge zutun, ehe Babsies Mörder nicht gefaßt ist! Aber jetzt muß ich zur Probe, Mr. Walker! Bis bald! Und viel Glück!«

Jo kniff die Augen zusammen und sah ihr nach, wie sie in Richtung auf die Bühne verschwand. Dann ging er langsam zum Lift und fuhr zur Cafeteria des Theaters hinunter. Tom Rowland saß hinter einem großen Becher Kaffee und hatte schon wieder Dackelfalten auf der Stirn.

»Na?« fragte er. Jo ließ sich ihm gegenüber nieder und winkte der farbigen Bedienung.

»Dieses Theater scheint ein Wespennest zu sein«, urteilte er. »Außerdem lügen sie alle nach Kräften. Fiorabelle wollte mir erzählen, daß Babsie eine Einzelgängerin war, von der niemand Näheres wußte. Ein unbekanntes Blondy warf sich mir an den Hals und gestand, Babsies Geliebte gewesen zu sein. Und Gerald Corn ließ kaum einen Zweifel daran, daß Babsie in absehbarer Zeit heiliggesprochen worden wäre, so gut war sie in seinen Augen.«

Rowland grinste. »Und wer hat ihr den Dolch in den Rücken gestoßen?« fragte er anzüglich.

»Vielleicht der Verfasser der Zeitungsmeldung. Kannst du die Redaktion des ›Evening Star‹ nicht amtlich unter Druck setzen, daß sie damit herausrückt, wer der Verfasser ist?«

Rowland schüttelte den Kopf. »Keine Chancen, Alter! Mit einem höchstrichterlichen Urteil ließe sich vielleicht etwas erreichen, aber bis wir das bekommen, gehört der Fall längst zu den Akten.«

»Deinen Optimismus möchte ich haben!« knurrte Jo und bestellte sich bei der puertoricanischen Schönheit ebenfalls einen Kaffee.

»Haben Sie Babsie Bloome auch gekannt?« fragte er sie gedankenlos. Sie verzog den stark gemalten Mund und bekam eine böse Falte zwischen den funkelnden Augen.

»Gekannt?« zischte sie. »Wie sollte ich die verdammte Hure nicht kennen? Sie hat mir meinen Freund weggenommen!«

Jo schrak bei dem plötzlichen Ausbruch zusammen.

»Gerald Corn?« fragte er. Sie nickte und stampfte wütend davon.

»O ... nein!« seufzte Jo und legte den Kopf in beide Hände. Tom Rowland blickte hinter der hübschen Farbigen her.

»Daran hatte ich noch gar nicht gedacht!« murmelte er. »Dabei ist der Dolch doch die klassische Waffe der Frauen ... und Temperament hat sie weiß Gott genug!«

»So geht das nicht!« sagte Fiorabelle entschlossen und stampfte mit dem Fuß auf. »Babsie ist tot, und der Teufel weiß, wo sich Corny herumtreibt! Wir müssen den ganzen ersten Auftritt ändern. Und dazu brauche ich das Portal mit der Treppe! Mr. Heller!«

Der Inspizient kam aus der Bühnengasse.

»Lassen Sie uns das Portal für das Finale herunter, ja?« bat die Ballettchefin. »Wir müssen die anderen Abstände beim Einmarsch proben, sonst rennen mir die Mädchen heute abend gegen die Kulissen.«

Heller ging brummend zu einem Schaltpult im Hintergrund. Von hier konnte er die Kulissenaufzüge auf dem Schnürboden steuern. Die Einzelteile der Dekoration wurden einfach nach oben gezogen, wenn sie nicht mehr gebraucht wurden, und andere ließ man in den kurzen Pausen hinter geschlossenem Vorhang herunter, wo sie schnell zu einem neuen Bühnenbild verschraubt wurden. Heller sah auf einer Liste nach, die an der Wand hing. Dann betätigte er einen

Schalter. Auf dem Desk leuchtete ein Licht auf, und hoch über ihnen im Dunkel des Bühnenhauses scharrte und schnurrte etwas.

»Nur das Portal, oder auch die Treppen?« rief er auf die Bühne hinüber, wo die Mädchen beieinanderstanden.

»Nur das Portal«, antwortete Fiorabelle. »Zurück da, Mädchen!« Sie blickte nach oben, wo sich die große Kulisse langsam herabsenkte. Es war ein komplettes Tor, wie der feudale Eingang zu einem Palast, durch den sie zum Finale hereintanzen mußten. Vergoldete Säulen aus Styropor, künstliches Weinlaub, die Masken klassischer Göttinnen und Götter ... Fiorabelle zwinkerte. Was hing da leicht pendelnd vom Torbogen herunter, drehte sich schattenhaft in der schwachen Probenbeleuchtung? Sie wollte einen Schritt nach vorn tun, stockte unwillkürlich, dann riß sie den Mund auf, und ein Schrei brach heraus ...

Die Mädchen fuhren herum, sahen erst ihre Chefin an und richteten den Blick dann ebenfalls nach oben. Langsam senkte sich die Kulisse weiter herab, und mit ihr der Körper einer jungen Frau, der sich in der Toröffnung drehte!

Heller vernahm das vielstimmige Kreischen auf der Bühne und hieb mit der geballten Faust auf den Notschalter. Er dachte, eines der Mädchen sei vielleicht von der herabschwebenden Kulisse gestreift und verletzt worden. Er warf sich herum und rannte auf die Bühne. Alle Augen waren in die Höhe gerichtet, starrten in fassungslosem Entsetzen zu dem wuchtigen Kulissenteil hinauf. Heller rieb sich die Augen. Das grausige Bild der Erhängten blieb. Er mußte ein paarmal schlucken.

»Ist das nicht ... die Corny?« fragte er heiser. Fiorabelle nickte nur. Zögernd löste sich Heller von dem Anblick. Er ging in die Bühnengasse zurück, griff wie blind nach dem Telefon.

»Cafeteria? Laura? Du – ist der Polizei-Captain noch da?«

»Was ist denn passiert? Der sitzt mit einem anderen am Fenster, und sie trinken Kaffee!« antwortete die Wirtschafterin.

»Schick sie bitte sofort auf die Bühne! Es ist dringend!« brachte Heller stockend heraus und hängte ein, ehe Laura weiterfragen konnte. Mit schleppenden Schritten kehrte er auf die Bühne zurück. Er hatte in seinem Leben beim Theater schon viel erlebt. Sogar einen Todesfall während der Aufführung. Aber nicht zwei ermordete Balletteusen innerhalb von 24 Stunden! Was für ein Monster hatte sich das Vaudeville als Tatort ausgesucht? Wer brachte die hübschen Mädchen der Tanztruppe um?

Captain Rowland kam auf die Bühne gestürmt. Hinter ihm Jo Walker. Heller hob nur die Hand und zeigte hinauf zu der Toten. Der Captain schüttelte nur den Kopf und zerbiß eiben Fluch zwischen den Zähnen.

»Sie haben sie gefunden, Bob?« fragte er leise. Heller nickte.

»Fiorabelle brauchte die Kulisse. Ich ließ sie herunter, und da hörte ich ihren Schrei. Hab' sofort auf den Nothalt gedrückt, weil ich dachte, es wäre ein Unfall passiert . . .«

»Können Sie sie noch etwas weiter herunterlassen?« fragte Rowland. »Wir müssen zumindest den Tod einwandfrei feststellen!«

Heller ging zu seinem Schaltpult, und dann senkte sich das Portal mit der toten jungen Frau herunter, bis es auf der Bühne aufstieß. Der Körper der Erhängten pendelte immer noch drei Fuß hoch über dem Boden. Rowland trat heran, griff nach ihrer schlaffen Hand und suchte nach dem Puls. Aber die Todeskälte hatte den ganzen Körper schon erfaßt und steif werden lassen.

»Okay. Jetzt brauche ich meine Kommission und einen Arzt«, sagte er und blickte sich nach einem Telefon um.

»Bei mir drüben am Pult«, nickte ihm Heller zu.

Fiorabelle kam herbei.

»Wo ist der Manager? Kann ihn jemand holen? Ich will ihn sprechen!«

Wie in einer guten Inszenierung kam ein großer Mann auf die Bühne, den Hut in den Nacken geschoben und mit wehendem Mantel.

»Was ist los? Noch ein Mord? Wer ist die Tote?« stieß er drei Fragen auf einmal hervor, fuhr sich nervös mit der Hand durchs Gesicht und riß an seiner Krawatte, als sei ihm der Kragen plötzlich zu eng.

»Wie kommen Sie darauf, daß es eine Frau ist?« fragte Jo aus dem Hintergrund. Der Mann fuhr herum.

»Wer sind denn Sie überhaupt? Gehören Sie zur Polizei? Was haben Sie hier zu suchen?« Unter drei Fragen schien er's nie tun zu wollen.

»Ich bin Jo Walker und mit der Untersuchung des ersten Mordfalls beauftragt. Noch mal: Warum fragten Sie eben sogleich nach einer Frau? He?«

Wieder fuhr der Mann mit seinem Zeigefinger unter den Hemdkragen. »Weil man mir am Telefon gesagt hat, Heller hätte eine Tote vom Schnürboden geholt. Ich bin Joe Creisher. Der Produzent dieser Show. Noch weitere Fragen zur Person?«

Jo schob sich ein Stückchen weiter vor. »Ich nicht. Aber vielleicht diese Dame hier?« Damit wies er auf Fiorabelle. Sie stand breitbeinig da und hatte die Hände in die Seiten gestützt.

»Und ob ich Fragen habe!« fauchte sie. »Wie stellen Sie sich unsere Tournee vor, Mr. Creisher, wenn ich jeden Tag eines meiner Mädchen verliere? Und glauben Sie, daß die auch nur noch einmal in diesem Theater auftreten, wenn sie wissen, daß ein Mörder herumgeistert, der es offenbar auf unser Ballett abgesehen hat? Was gedenken Sie zu tun?«

Creisher wies auf den Captain, der gerade vom Telefon zurückkam. »Die Polizei ist schon hier. Ich werde dafür sorgen, daß wir ständig Polizeischutz im Theater haben, bei den Proben wie bei den Aufführungen.«

»Quatsch!« fuhr Fiorabelle an. »Babsie ist in ihrer Garderobe erstochen worden, Corny auf der Bühne erhängt. Wollen Sie einen Cop hinter jedes meiner Mädchen stellen? Womöglich schießt dann der verrückte Mörder aus dem dritten Rang mit einem Zielfernrohr! Diese beiden Mordfälle müssen so bald wie möglich aufgeklärt werden, Creisher! Und zwar vom besten Mann, den es dafür gibt! Sonst geht keines meiner Mädchen übermorgen mit auf die Tournee! Worauf Sie sich verlassen können!«

Joe Creisher blickte die Ballettchefin irritiert an. »Was meinst du mit dem ›besten Mann‹, Fiorabelle?«

Jo Walker fühlte sich an der Schulter gepackt und nach vorn gestoßen. »Den hier meine ich! Jo Walker, bekannt unter seinem Namen ›Kommissar X‹. Gerald Corn hat ihn schon mit der Suche nach Babsies Mörder beauftragt. Machen Sie daraus eine runde Sache, Creisher, und engagieren Sie ihn für uns. Egal, was er kostet!«

Creisher musterte Jo. »Was kosten Sie denn?« fragte er mißtrauisch. Jo winkte ab.

»Zweihundert pro Tag und die Spesen. Aber der Fall liegt in den Händen von Captain Rowland. Ich mache ihm nicht gern Konkurrenz.«

»Und was ist, wenn wir übermorgen mit der ganzen Truppe auf Tournee gehen? In Boston und Baltimore und Rochester dürfte der Captain kaum zuständig sein!«

»Das ist richtig.«

»Also? Übernehmen Sie, Mister … Sorgen Sie für die Sicherheit der Ballettmädchen, und versuchen Sie, die beiden Mordfälle aufzuklären? Wenn Sie schon der beste Mann sind?«

»Das hat Fiorabelle gesagt, und ich weiß nicht, wie sie darauf kommt. Aber ich übernehme den Auftrag.« Er zog seine Karte aus der Tasche und gab sie dem Manager. »Ihr Büro kann das mit meiner Assistentin in Ordnung bringen. Ich habe alle Vollmachten?«

»Natürlich. So lange Sie nicht eine Aufführung absagen oder Krach mit Fiorabelle kriegen!«

»Notfalls auch das, wenn es nötig ist, um Gefahr von den Mädchen abzuwenden oder den Mörder zu fangen.«

In der Bühnengasse entstand Lärm. Tom Rowlands Mordkommission war in Rekordzeit erschienen und füllte die Bühne. Heller mußte die tote Corny auf den Boden herunterlassen, der Arzt beugte sich über sie, das Blitzlicht des Fotografen flammte ein paarmal auf, und die Spurensicherer standen herum und wußten nicht, wonach sie suchen sollten.

Lieutenant Ron Myers löste sich von der Gruppe schlug einen weiten Bogen um Fiorabelle und kam zu Jo und Rowland.

»Der Doc sagt: erdrosselt. Mit einem Stück Bindfaden, schwarz und einen halben Meter lang.«

»Die liegen hier zu Dutzenden herum«, erklärte der Inspizient. »Man bindet die Kulissenteile damit zusammen, wenn sie auf der Bühne verschraubt sind.«

»Also dürfte es sich bei dem Täter um jemanden vom Fach handeln, der mit vorhandenem Material arbeitet!« schloß Rowland messerscharf. »Im Fall Babsie Bloome hat er ein Messer aus dem Schwarzen Brett gezogen und damit zugestochen, und hier war der passende Würgestrick ebenfalls gleich zur Hand. Wie steht es um die Todeszeit, Doktor?« rief er hinüber.

Der Arzt richtete sich auf und wischte sich die Hände mit seinem Taschentuch ab. »Zwischen acht und zwölf Stunden. so irgendwann im Lauf der Nacht. Mehr kann ich dazu nicht sagen.«

»Und der Täter?«

»Er hat hinter ihr gestanden, ihr den dünnen Strick um den Hals geworfen und zugezogen. Jeder hätte das tun können. Oder jede!«

Jo nahm Fiorabelle am Arm und führte sie ein Stück zur Seite.

»Was verband Babsie Bloome und diese Corny, Fiorabelle? Außer daß sie beide Mitglied Ihrer Tanzgruppe waren?«

Fiorabelle zuckte mit den Achseln. »Woher soll ich das wissen, Jo? Ich kümmere mich um das Seelenheil meiner Mädchen nur, wenn sie an kommen und sich an meiner Schulter ausheulen. Und da ist mir bezüglich der beiden nichts aufgefallen. Babsie war eine ziemlich wilde Hummel und nicht wählerisch bei ihren Freund- und Liebschaften. Sie warf sich Männern wie Frauen gleichermaßen an die Brust, wenn es sie überkam. Aber Corny ist eigentlich immer ein ziemlich stilles Mädchen gewesen. Fragen Sie mal Janet! Die beiden waren zusammen in einem Engagement, ehe sie zu uns kamen. Vielleicht weiß sie mehr!«

»Danke!« Jo spazierte über die weite Bühne zu der Gruppe der Mädchen, die wie verschüchterte Vögel beieinanderhockten, auf Versatzstücken oder auf dem staubigen Boden.

»Wer ist Janet?« Eine lange, sommersprossige Blonde hob matt die Hand. »Kann ich einen Moment mit Ihnen reden, Janet? Ich bin Jo Walker, der für eure Sicherheit sorgen soll.«

Janet rutschte von einem rot lackierten Kasten herunter und kam langbeinig und etwas träge heran.

»Um was geht's denn?« wollte sie wissen.

»Um Corny. Fiorabelle hat mir gesagt, daß Ihr beide schon vorher zusammen im Engagement wart. Ich möchte ein bißchen über sie erfahren. Wie sie war, woher sie kam, ob sie vielleicht irgendwelche Schwierigkeiten hatte.«

»Schwierigkeiten?« echote Janet, als hätte sie noch nie davon gehört.

»Ich suche nach einem Motiv für den Mord an dem Mädchen!«

»Hm. Kann mir eigentlich nicht denken, warum sie jemand umgebracht hat. Corny war so ein nettes Ding! Und wenn's da etwas gab, dann ging es nur sie allein etwas an.«

»Was denn zum Beispiel?«

»Na, ja – die Corny hing verdammt an der Nadel!« gab Janet achselzuckend zu. »So für ungefähr zweihundert Bucks Stoff hat sie jeden Tag gebraucht.« Sie sagte es, als sei das wirklich nichts Besonderes. Jo mußte einmal schlucken.

»Und woher hat sie die bekommen? Beim Ballett dieser Show verdient man das doch wohl nicht!« fragte er verdutzt. Janet schüttelte den Kopf.

»Nein. Natürlich nicht. Aber es gibt ja andere Wege für ein Mädchen, ans Geld zu kommen, wenn's sein muß!«

»Also … Prostitution?« mutmaßte Jo und sprach es mit aller Klarheit aus. Aber Janet schien auch das nicht so schwer zu nehmen.

»Wenn Sie's unbedingt so nennen wollen, Mister! Jedenfalls hat sie wohl immer jemanden gefunden, der ihr die tägliche Ration finanzierte. Und sie hat dafür so bezahlt, wie sie eben konnte.« Janet bohrte sich mit dem Finger im Ohr und sah Jo neugierig an. »Noch mehr aus Corny Druggets Intimleben?«

»Wie kam sie an die Freier?«

»Himmel – wo haben Sie bisher gearbeitet, Mister? Nach jedem Auftritt stapeln sich bei uns in der Garderobe die Anträge. Wir könnten jeden Abend mit fünf Männern zugleich losziehen, wenn wir wollten. Der Zuschauerraum ist immer voll von dickbäuchigen Onkels, die mal was erleben wollen.«

Haß und Verachtung sprachen aus Janets Miene, zugleich aber auch eine tiefe Gleichgültigkeit gegen die Verhältnisse, wie sie nun einmal sind.

»Okay«, dankte Jo. »Fürs erste reicht das.«

Er ließ die Tänzerin stehen und ging zu Tom Rowland hinüber. »Hat dieser Joe Creisher schon Polizeischutz verlangt, Tom?«

»Für seine Girltruppe? Nein.«

»Dann tue ich es hiermit als sein neuer Sicherheitsbeauftragter. Ich kann schließlich nicht allein auf all die Mädchen aufpassen. Mach deinen Jungs ein paar vergnügte Stunden – morgen geht es ohnehin auf Tournee, dann bist du diesen Bienenschwarm los!«

Pünktlich zur Abendvorstellung war Jo wieder im Vaudeville, aber er hatte April Bondy wohlweislich mitgenommen. Zwar teilte er nicht Ron Myers' Befürchtungen, daß die Ballettmädchen nur darauf warteten, wehrlose Männer in ihre Garderoben zu zerren und dort gemeinsam zu vernaschen. Aber er fand doch, daß eine Frau in diesem Milieu manchmal erfolgreicher vorgehen konnte. Also ließ er April die Garderoben kontrollieren. Die Mädchen waren vollzählig und machten sich für ihren ersten Auftritt fertig.

»Die Tür da drüben führt in den Zuschauerraum«, sagte er zu April. »Du kannst dir bis zur Pause die Show von der richtigen Seite ansehen.«

»Danke, Chef!« nickte April. »Von hier hinten sieht tatsächlich alles eher mies und ärmlich aus! Sogar Eddie, die Heulboje, macht hinter der Bühne den Eindruck eines vergrämten Frührentners!«

»Hast du ihn getroffen?«

»Er wollte mich im Halbdunkel mit seiner Gitarre verwechseln und ein paar Griffe üben«, kicherte April. »Ich hab ihm eins auf die hochbezahlten Finger gegeben. Bis dann!«

Sie verschwand über das Treppchen, das zum Orchestergraben hinunterführte. Auf der Bühne tobte eine mexikanische Folkloregruppe herum. Auch Jo fand die Wirklichkeit des Theaters hinter dem Vorhang desillusionierend. Was von vorn wie strahlender Glitterglanz wirkte, sah hier ärmlich und verschmutzt und primitiv aus. Er schlenderte hinter den Kulissen entlang. Heller, der Inspizient, nickte ihm von seinem Pult aus zu. Drei Mädchen in knappen, goldfarbenen Trikots drängten sich an Jo vorbei. Sie gehörten zu der Trampolinnummer, die als nächste dran war. Jo roch den süßlichen Puder und die Schminke, aber auch den Schweiß, den die Artistinnen schon vor dem Auftritt verströmten. Warum manche Männer ausgerechnet von Show Girls träumten?

Irgendwo im Dunkel der Hinterbühne polterte etwas. Ein lang herunterhängendes Seil schwang auf Jo Walker zu und hätte ihn getroffen, wenn er nicht schnell einen Schritt zur Seite gemacht hätte. Er hielt es fest, als es zurückpendeln wollte, hütete sich aber, daran zu ziehen. Wer weiß, welchen unwillkommenen Effekt er damit auf der Bühne auslöste! Jo folgte nur dem sanften Zug des schweren Taus. Er führte ihn zwischen abgestellte Kulissen und Gerätschaften im Hintergrund der Bühne. Hier hingen noch mehr solcher Leinen von oben herunter, aber sie waren alle irgendwo befestigt oder aufgerollt. Hatte ihm jemand einen Streich spielen wollen?

Jo ließ das Tau los und lauschte. Von der Bühne her kamen die hitzigen Rhythmen der mexikanischen Band. Hier hinten war es verhältnismäßig ruhig. Aber war da nicht ein metallisches Klingen, hoch über ihm? Er strengte seine Augen an, um das ungewisse Dämmerlicht zu durchdringen. Allmählich erkannte er eine eiserne Sprossenleiter, die hinaufführte. Von da mußte das Geräusch gekommen sein. Wer hatte da oben etwas zu suchen?

»Hey!« rief er halblaut hinauf. »Wer ist da?«

Keine Antwort.

»Komm da runter! Oder ich hole dich!« versuchte er es auf gut Glück. Noch immer keine Reaktion im Düstern. Aber dann war da plötzlich eine unbestimmte Bewegung, ein grauer Schatten. Jo sprang zur Seite, prallte gegen das Kurbelgehäuse einer Seilwinde und stieß sich den Griff schmerzhaft in die Rippen. Im selben Augenblick sauste ein Sandsack herunter, knallte mit einem dumpfen Laut auf den Bühnenboden, wo Jo eben noch gestanden hatte, zerplatzte und ließ seinen staubenden Inhalt wie eine kleine Explosionswolke herumspritzen.

Mit einem Sprung war Jo an der Eisenleiter und flog die Sprossen hinauf. Das war kein Scherz mehr, sondern ein tätlicher Angriff! Ein paar Kilo Sand aus großer Höhe auf den Kopf oder ins Genick – das reichte.

Hand über Hand kletterte Jo in die Finsternis des Schnürbodens hinauf. Die Leiter endete auf einem Steg. Er war sehr schmal und hatte nur auf einer Seite so etwas wie ein notdürftiges Geländer. In Abständen hingen die dunklen Gehäuse großer Scheinwerfer daran, die jetzt nicht in Betrieb waren. Daneben liefen Seilzüge, die für Kulissen gebraucht wurden, und einige davon trugen Sandsäcke als Gegengewichte. Einen davon mußte der unbekannte Gegner losgemacht und hinuntergeworfen haben. Aber wo war er?

Tief unter sich sah Jo die Bühne. Der Steg lief quer darüber hinweg. Plötzlich befand sich Jo über der hell beleuchteten Szene. Die Mexikaner hatten gerade ihre Nummer beendet und verbeugten sich vor dem Publikum, das im dunklen Saal applaudierte. Von hier oben sahen die Männer klein und wie Puppen aus.

Auf der anderen Seite der Bühne war eine Tür. Der schmale Steg endete davor in einer Plattform. Die Tür war einen Spaltbreit offen. Jo spürte es mehr am kühlen Luftzug, als daß er es sehen konnte. Vorsichtig zog er sie auf. Ein Treppenhaus, von den kleinen Lichtern einer Notbeleuchtung kaum erhellt. Roher Beton an den Wänden. Das Geräusch harter Absätze, die ein Stockwerk tiefer die Stufen hinunterklapperten! Jo sprang. Gerade noch rechtzeitig erwischte er das stählerne Treppengeländer, kam einigermaßen gut auf, warf sich herum und nahm die nächste Treppe mit zwei Sätzen. Wieder wirbelte er herum, die Nummer kam ihm irgendwie zirkusreif vor, aber sie brachte ihn zwei Treppen weiter an den Fliehenden heran.

Er hätte versuchen können, ihn mit einem Anruf zu stoppen. Aber der Zorn über den heimtückischen Angriff kochte in ihm. Er stieß sich ab, flog durch die Luft und prallte gegen den Mann im schwarzen Trikot, als der gerade den Treppenabsatz erreichte. Wie vom Blitz getroffen, gingen sie beide zu Boden. Jo spürte, wie der Mann unter ihm über den Beton rutschte, verzweifelt mit den Armen ruderte und dann gegen die Wand krachte. Reglos blieb er liegen.

Jo stand von ihm auf und klopfte sich den Staub von den Hosenbeinen. An der Wand war ein Lichtschalter. Jo drehte ihn herum. Überall im Treppenhaus flackerte es plötzlich, und Leuchtröhren gingen an.

Der Mann hatte eine Aktentasche verloren. Jo nahm sie auf, öffnete sie und schüttete den Inhalt auf den Boden. Eine ganze Flut von kleinen Papierbriefchen ergoß sich auf den Beton, dazwischen bunte Pillenschachteln. Jo brauchte nicht genauer nachzuprüfen, was für einen Fang er da gemacht hatte. Er packte den Bewußtlosen am Kragen, zog ihn in eine sitzende Stellung hoch und klatschte ihm die Hand ein paarmal ins blasse Gesicht.

Der Mann öffnete die Augen und zwinkerte. Seine Arme hingen noch schlaff herunter. Aber als er die ganze Bescherung auf dem Boden sah, kam wieder Leben in ihn. Er wollte aufstehen. Aber Jo stieß ihn zurück.

»Wer mit Sandsäcken vom Bühnenboden wirft, der ersticht auch Tänzerinnen oder hängt sie am Kulissenaufzug auf«, sagte er. »Warum hast du das getan?«

Erschrecken verzerrte die Gesichtszüge des Mannes. Jo griff ihm überraschend in die Tasche und zog eine pralle Brieftasche heraus, voll mit gebündelten Banknoten. Ein Führerschein auf den Namen »Ed Murray« fand sich, eine Sozialversicherungskarte auf denselben Namen und eine Kreditkarte.

»Nun, Ed? Ich warte!«

Ed Murray hob flehentlich die Hände. »Nicht!« bat er. »Ich habe damit nichts zu tun!«

»So? Und der Sandsack, der mir das Genick brechen sollte?«

»Nein, bestimmt nicht! Ich wollte Sie doch nur erschrecken! Ich hab' absichtlich danebengezielt! Das müssen Sie mir glauben!«

»Ich muß gar nichts, Mann! Aufstehen!«

Ed Murray rappelte sich mühsam auf.

»Pack das wieder ein!«

Murray bückte sich und schaufelte die Kokain- und Heroinbriefchen und die Pillenschachteln in die Aktentasche zurück.

»Geh langsam vor mir her! Bei der geringsten verdächtigen Bewegung kriegst du einen Tritt, daß du gleich bis in den Keller fliegst, klar?«

Murray setzte sich zögernd in Bewegung, die Treppe hinunter. Jo folgte ihm in geringem Abstand. Zwei Stockwerke tiefer kamen sie an eine Stahltür, auf der »Bühne« stand.

»Da hinein! Aber leise! Die Vorstellung läuft!« kommandierte Jo. Gehorsam ging Murray voran. Eine weitere Tür öffnete sich. Mit einemmal hörten sie wieder Musik, begleitet vom rhythmischen Klatschen des offenbar begeisterten Publikums. Jo dirigierte Murray den Gang entlang bis auf die Seitenbühne.

»Stop!«

Murray blieb neben dem Regiepult des Inspizienten stehen. Hellers Kopf ging langsam herum. Als er Ed Murray erblickte, lief ein Schatten über sein zerfurchtes Gesicht.

»Kennen Sie den?« fragte Jo. Heller versuchte in Murrays Augen zu lesen, aber die sagten vorsichtshalber so wenig wie sein Mund. Da nickte der Inspizient zögernd.

»Er wollte mir einen Sandsack auf den Kopf werfen, von hoch oben. Und die Tasche hat er voller Rauschgift, Speed und anderer schöner Sachen.«

»Ah, ja?« gab sich Heller dümmer, als er war.

»Heller«, mahnte Jo, »Sie wissen genau, wer der Bursche ist. In diesem Theater wimmelt er heute abend von Polizei. Telefonieren Sie mir zwei von den Cops herbei! Oder wollen Sie einen eventuellen Doppelmörder decken?«

Heller hob besänftigend die Hand. »Ed ist bestimmt kein Mörder, Mr. Walker!« beteuerte er.

»Nein? Er wird ein verdammt gutes Alibi brauchen, um das zu beweisen!«

»Das kann nur ein Versehen gewesen sein, Mr. Walker. Ed ist kein Mörder. Glauben Sie mir. Na, schön – er dealt hier im Vaudeville. Seit Jahren schon. Er besorgt, was die Theaterleute halt brauchen. Wenn er's nicht täte, wurde jemand anders liefern.«

»Holen Sie die Cops, Heller! Sie können von mir nicht erwarten, daß ich auch noch Rauschgifthandel unterstütze!«

Bekümmert griff Heller nach dem Telefon und sprach hinein. Jo behielt den Dealer im Auge. Offensichtlich hatte der sich von seinem Aufprall gegen die Treppenhauswand schon wieder ganz gut erholt. Er warf sich nämlich unvermittelt auf dem Absatz herum und stürmte in die Kulissengasse hinein. Jo sprang augenblicklich hinterher.

Plötzlich befand er sich im blendenden Scheinwerferlicht. Laute Musik dröhnte ihm entgegen. Vor ihm rannte Ed Murray über die Bühne, auf der gerade Eddie, die Heulboje, einen langgezogenen Schluchzer ins Mikrophon jaulte. Entgeistert fuhr er herum. Für einen Moment wußte Murray nicht, wohin er sich wenden sollte. Auch er war geblendet. Hilflos schwenkte er seine Aktentasche, dann wandte er sich nach rechts, wollte sich zwischen zwei Vorhängen in Sicherheit bringen. Aber da verhedderte er sich in einem Kabel, das sich über den Boden ringelte. Ein Mikrophon geriet ins Schwanken, stürzte um, und aus einem Lautsprecher drang plötzlich ein dröhnendes Krachen. Das versetzte Murray in noch größere Panik. Er zog das Kabel samt dem immer noch donnernden Mikro mit sich in die Kulisse. Jo tauchte dicht hinter ihm in die verstaubten, wallenden Vorhänge ein, griff blindlings zu, bekam ihn zu packen, und als sie endlich freikamen, hatte er ihm den Arm schon auf den Rücken gedreht.

Heller schaltete endlich das Mikrophon ab, und auf der Bühne wiederholte die Band geistesgegenwärtig den Chorus, in den hinein der Beifall des verblüfften Publikums prasselte. Ed Murray kam aus dem Kabelgewirr frei. Jo gab ihm einen Stoß, und der beförderte ihn direkt in die Arme zweier uniformierter Cops.

»Nehmen Sie ihn fest!« sagte Jo und rieb sich die Augen. »Die Beweise für seine Dealerei finden Sie in der Aktentasche. Und führen Sie ihn vor, ehe seine Bosse einen Anwalt mit der Kaution in Marsch setzen! Die Anklage lautet darüber hinaus nämlich auf Mordversuch, klar?«

Die Cops nickten, ließen die Handschellen um Murrays Handgelenke schnappen und nahmen ihn in die Mitte.

»Lieber Himmel, war das denn wirklich nötig, Mr. Walker?« klagte Heller. »Eine ganze Menge Leute hier im Theater werden heute abend vergeblich auf Eds Lieferung warten. Ganz abgesehen davon, daß Sie mir auch noch die Show durcheinandergebracht haben – ausgerechnet bei Eddies Nummer!«

Heller langte nach einem Schalter, ohne hinzusehen, und legte ihn um. Auf der Bühne fuhr der Vorhang zu, und die Scheinwerfer gingen aus. Dafür wurde es im Zuschauerraum lebendig – die große Pause begann.

Die Musiker kamen von der Bühne. Der Keyborder steckte sich trotz des Rauchverbots eine Zigarette an. Heller sagte nichts. Eddie tauchte auf. Er stützte sich auf den zweiten Gitarristen und zog sein Instrument am Gurt hinter sich her über den Boden. Er schien am Ende seiner Kräfte. Kopfschüttelnd blieb er vor dem Inspizienten stehen.

»Hab' ich geträumt, Bob? Oder ist das wahr gewesen? Was für Komiker hast du mir da auf die Bühne geschickt? Gehört das ab jetzt zu meiner Nummer?«

»Sorry, Eddie!« sagte Heller. »Ich konnte nichts dafür. Das mußt du mir glauben. Ed Murray glaubte sich plötzlich verfolgt und ist einfach losgerannt.«

»Ed Murray? Habe ich den Namen schon einmal gehört?«

»Ich würde es Ihnen nicht raten, Eddie!« mischte sich Jo ein. »Ich habe ihn nämlich eben mit einer Aktentasche voll Rauschgift der Polizei übergeben.«

Ganz langsam wandte sich der Sänger Jo Walker zu.

»So?« sagte er mit belegter Stimme und ganz leise. Aber dann holte er tief Luft und brüllte plötzlich mit der ganzen verbliebenen Kraft seiner ausgeleierten Stimme: »Der Polizei übergeben? Mann, sind Sie wahnsinnig? Wollen Sie uns alle ruinieren? Die Show schmeißen, das Vaudeville in die Pleite treiben?« Er packte seine Gitarre und schwang sie, als wollte er sie Jo Walker auf den Kopf schlagen. Der blieb völlig kühl und gelassen.

Eddie stand dicht vor einer panischen Explosion. Aber Bob Heller nahm ihn beim Arm, griff mit der anderen Hand nach der Gitarre und brachte ihn von der Bühne. Die Cops machten Miene, mit Ed Murray ebenfalls abzuziehen, aber Murray winkte Jo noch einmal mit den Augen. Der ging zu ihm hin.

»Kann ich Sie noch einmal schnell sprechen?« murmelte Murray.

»Moment«, sagte Jo, faßte Murrays gefesselte Handgelenke und zog ihn ein Stück zur Seite. Die Polizisten ließen es unsicher geschehen.

»Die Anklage wegen Mordversuch ... können Sie die nicht sein lassen, Mr. Walker?« fragte Murray leise. »Die Sache mit dem Deal kriegen unsere Anwälte schon hin. Bei Mordversuch könnten sie überfordert sein. Ich könnte Ihnen einen Tip geben. Vielleicht hilft er Ihnen bei dem Mord an Corny Drugget weiter.«

»Die haben Sie auch beliefert?«

Murray nickte.

»Gestern nacht, nach der Vorstellung. Sie brauchte dringend 'nen

Schuß. Jagte ihn sich gleich rein, noch während ich dabei war. Und als sie langsam wieder klar denken konnte, sagte sie mir, sie hätte Angst. Sie wüßte, wer Babsie Bloome umgebracht hätte, und jetzt sei sie wohl auch bald dran.«

»Warum?«

»Das hat sie nicht gesagt. Aber: ›Die lassen keinen aussteigen!‹ hat sie gesagt. Und: ›Wenn sie mir dahinterkommen, bin ich geliefert!‹ Wohinter, weiß ich nicht. Ich hab' sie ein bißchen getröstet und bin dann gegangen. Aber als ich mit dem einen Lift hinunterfuhr, kam mir der andere entgegen. Jemand wollte noch hinauf zu den Garderoben, so spät es auch schon war. Vielleicht war das Cornys Mörder!«

»Ist das alles, Murray?«

»Mehr weiß ich nicht.«

»Okay!« gab Jo nur kurz zurück und lieferte seinen Gefangenen wieder bei den Polizisten ab. Die Bühne füllte sich mit den Ballettmädchen. Die Pause war vorüber. Jo hatte keine Lust, zum zweitenmal an diesem Abend bei offenem Vorhang vor das Publikum zu treten, und brachte sich zwischen den Kulissen in Sicherheit.

Der Pförtner wußte nichts.

»Dies ist ein Taubenschlag mit Nachtbetrieb«, sagte er. »Sogar das Büro ist bis Schluß der Vorstellung geöffnet, und die Kasse auch. Es gibt Leute, die holen sich ihre Abendgage nach dem Auftritt ab, damit sie nicht gepfändet wird. Rechnen Sie mal sechzig Mitwirkende und knapp zwanzig Angestellte zusammen, Mister, dann wissen Sie, wer hier alles vorbeirennt.«

Jo nickte dem Mann mitfühlend zu und fragte sich insgeheim, wozu dann eigentlich hier noch ein Pförtner saß, wenn es nichts zu kontrollieren gab. Er fuhr hinauf in die Cafeteria. Ein paar Künstler, die ihre Nummer hinter sich hatten, saßen herum und tranken.

Am Fenster erspähte Jo seinen Freund Tom Rowland und Lieutenant Myers. Er setzte sich zu ihnen und berichtete von Ed Murray und seiner Aussage.

»Diesen Murray pauken die Anwälte seiner Bosse noch heute nacht wieder heraus, gegen Kaution«, knurrte Rowland. »Er wird durch einen anderen Dealer ersetzt, und morgen schon bekommt hier wieder jeder, was er haben will. Ein paar Leuten hast du vielleicht eine unruhige Nacht verschafft, weil ihnen der Stoff ausgeht. Aber das ist auch alles!«

»Nein!« widersprach Jo. »Ich habe immerhin einen Tip erhalten, der mir vielleicht im Mordfall Babsie wie bei Corny etwas weiterhilft. Die beiden steckten doch in irgendeiner Sache, aus der sie aussteigen wollten. Nach meiner Ansicht war der Mord an Babsie eine deutliche Warnung an andere Beteiligte. Das würde auch zu dem Zeitungsartikel passen.«

»Möglich«, gab Rowland achselzuckend zu. »Fragt sich nur, um was für eine Sache es geht. Um Geld sicher nicht.« Er griff in die Tasche und holte einen mit vielen blitzenden Diamanten besetzten Armreif heraus. »Den hier trug Corny Drugget, als wir sie vom Seil schnitten. Wenn sie rauschgiftsüchtig war, hatte sie doch offenbar genug Geld, um ihre Sucht zu finanzieren und sich nebenbei noch so teuren Schmuck zu leisten.«

Jo drehte den Armreif zwischen den Fingern. Es war eine gute Arbeit und sicher nicht unter 10 000 Dollar zu haben. Vielleicht hatte Corny eine vermögende Kundschaft gehabt, wenn sie mit der Tanzerei auf der Bühne fertig war. Vielleicht ...

Die Ballettmädchen strömten herein und hockten sich schnatternd und kichernd an die Bar. Die Vorstellung war zu Ende.

»Mußt du die jetzt alle zu Bett bringen?« fragte Ron Myers schaudernd.

»Du würdest dich wundern, wie schnell das geht!« lachte Jo. »Ich habe einen Bus gechartert und ein Hotel für die Mädchen gemietet. Da bleiben sie, bis sie morgen auf Tournee fahren. Ich lasse sie nicht aus den Augen.«

»Hast du schon nachgezählt?« fragte Rowland anzüglich.

»Ja. Bis auf Fiorabelle sind sie komplett. Und die kommt gerade zur Tür herein.« Er winkte der Ballettchefin, und sie kam an ihren Tisch.

»Hallo!« grüßte sie. »Ich bin froh, daß hier jetzt alles gelaufen ist. Dieses Vaudeville geht uns allen an die Nerven.«

»Kein Wunder nach zwei Morden!« gab Jo zu. »Ich denke, morgen in Boston bessert sich die Stimmung. Sorgen Sie nur dafür, daß die Mädchen beisammenbleiben, bis wir im Flugzeug sitzen, Fiorabelle!«

»Keine Sorge! Von denen traut sich im Augenblick keine allein auf die Straße! Ich denke, wir nehmen noch einen Drink, und dann können wir ins Hotel fahren, Jo!«

Auch April Bondy kam herein. Vom Zuschauerraum aus hatte sie einen weiteren Weg gehabt. »Alles okay, Jo?«

»So ziemlich. Ich habe einen Dealer vom Bühnenboden geholt und der Polizei übergeben. Von den Mädchen fehlt keins, und ich denke, in einer Stunde haben wir sie alle im Bett. Wie war die Show?«

April machte eine wegwerfende Handbewegung.

»Unsere Hupfjulen waren noch die besten. Und die Mexikaner. Alle anderen kannst du vergessen. Eddie, die Heulboje, an der Spitze!«

»Gerade den werde ich nicht so schnell vergessen!« lachte Jo. »Er wollte mir seine Gitarre auf den Kopf schlagen, weil ich seinen Rauschgiftlieferanten aus dem Verkehr gezogen habe.«

»Über den machen sich die Mädchen doch schon auf offener Bühne lustig!« winkte April Bondy ab und bestellte sich einen Kaffee.

Es hatte doch etwas länger als eine Stunde gedauert, bis Jo die Mädchen im Bett hatte. In mancher Beziehung schienen sie unersättlich; als sie ins Hotel kamen, mußten sie auch da erst noch die Bar ausprobieren, und Jo spendierte ihnen allen noch einen Night Cup, um sie endlich loszuwerden. April Bondy fand schließlich das erlösende Wort, als sie auf die Notwendigkeit ausreichenden Schönheitsschlafs und das anspruchsvolle Bostoner Publikum hinwies und die Mädchen auf ihre Zimmer scheuchte.

»Ich bringe dich noch nach Hause!« sagte Jo, als sie in seinen schicken neuen Mercedes 230 SLK Kompressor stiegen. April fuhr ihren Sitz in die passende Position und verstellte die Rückenlehne, als sei sie in diesem eleganten Wagen aufgewachsen. Dann streckte sie die schlanken Beine von sich und zündete sich eine Zigarette an.

»Wir haben ja schon auf alles mögliche aufpassen müssen«, sagte sie, »aber noch nie auf einen solchen Korb voll munterer Bienen! Verdienen die eigentlich so toll, wie es aussieht? Fast alle todschick angezogen. Neueste Mode, und aus den besten Geschäften. Die Koffer sind erste Klasse. Aber so etwas sieht ein Mann natürlich nicht. Oder hast du etwa bemerkt, daß die lange Janet in italienischen Schuhen aus Schlangenleder herumrennt?«

»Nein«, gab Jo zu. »Aber ich sehe, daß eines unserer Tanzmäuschen doch wohl keine Angst hat, nachts allein auf die Straße zu gehen! Schau sie dir an! Sie wartet auf ein Taxi!«

Eine kleine, blonde Tänzerin war aus dem Hoteleingang gekommen, hatte sich mißtrauisch witternd nach allen Seiten umgesehen und war dann an den Straßenrand getreten.

»Hatten wir ihnen so etwas nicht strikt verboten?« fragte April.

»Hatten wir!« bestätigte Jo. Ein Yellow Cab rollte heran, ließ das Mädchen einsteigen und wendete über die Straßenmitte hinweg. Jo ließ die 193 PS in seinen acht Zylindern zu neuem Leben erwachen und zog hinter dem Taxi her. Er hielt gehörigen Abstand, was nicht weiter schwerfiel, weil die Fahrt ganz offensichtlich nach Downtown hinunterführte und auf der 7th Avenue nicht mehr viel Verkehr war.

»Wenn sie nur von ihrem Freund Abschied nehmen will, soll es mir recht sein«, brummte Jo. »Aber Corny hat zu Ed Murray eine Bemerkung gemacht, die mir mehr zu denken gibt. Vielleicht sind wir schon auf der richtigen Spur!«

»Vorerst solltest du mal auf die rechte Spur wechseln«, wies ihn April ein. »Das Taxi will nämlich abbiegen!«

»Was sucht das Mädchen denn um diese Zeit im Bankenviertel? Da sind doch längst alle Lichter aus!« wunderte sich Jo und kurbelte das Lenkrad herum. Die Rücklichter des Taxis waren schon am Ende der kleinen Straße, und jetzt glühten auch die Bremsleuchten auf. Jo fuhr an den Straßenrand und hielt ebenfalls an.

»Beaver Street«, murmelte er. »Keine schlechte Adresse, aber nicht gerade für ein tränenfeuchtes Rendezvous!«

April öffnete die Tür. »Ich geh mal hin! Mich kennt die Mieze noch nicht. Du kannst ja nachkommen!«

Jo nickte und sah ihr nach, wie sie mit schnellen, selbstsicheren Schritten die Straße hinunterging. Die Fenster der großen Geschäftshäuser waren alle dunkel; hier gab es nur am Tag viel Betrieb. Wall Street war nicht fern.

Das Taxi fuhr wieder davon. Aber war da nicht noch eine Bewegung auf dem Bürgersteig? Jo kniff die Augen zusammen, aber da geriet ihm nur seine blonde Assistentin ins Blickfeld, und resigniert steckte er sich eine Zigarette an. Jetzt fiel ihm auch der Name der kleinen Tänzerin wieder ein: Vivian. Was mochte sie um diese Zeit hier suchen?

Auch April war jetzt nicht mehr zu sehen. Jo wurde das Warten leid. Er startete das leise summende Triebwerk seines 230 SLK und ließ ihn wie auf Katzenpfötchen die Straße hinunterrollen. Wo das Taxi gehalten hatte, stoppte auch er. Hinter dem Eingang eines altertümlichen Bürohauses war Licht. Die Neonbeleuchtung der

Eingangshalle paßte nicht recht zu dem Jugendstilportal. Waren die beiden Frauen hier drinnen verschwunden?

Jo stieg aus, ging zur Tür und drückte sie auf. Die Halle lag leer vor ihm. Ein Blick zur Anzeigetafel der Lifts zeigte ihm, daß einer davon in Betrieb war und gerade herunterkam. Er verbarg sich hinter einer Marmorsäule. Die Kabine kam an, die Tür klappte, und April Bondy sprang heraus. Jo trat ihr in den Weg.

»Na?« fragte er nur kurz. April war ein bißchen außer Atem.

»Sie ist hinaufgefahren bis in den achten Stock. Da gibt es verschiedene Firmen, alles Finanzierungsgesellschaften, Im- und Export und Agenturen. Sie ist durch eine unverschlossene Tür eingetreten, auf der Harwell's International stand. Jetzt mach' dir einen Reim darauf!«

»Will's versuchen. Bleib hier, aber laß dich nicht sehen, ja?«

Jo nahm den Lift und fuhr bis in den neunten Stock. Dort stieg er aus, ging die Treppe hinunter, fand die richtige Tür und befand sich auf einmal in einem geräumigen Vorraum, von dem viele Gänge abzweigten. Jo folgte einfach dem Lichtschein, der ihm den Weg wies, und blieb nachdenklich vor dem altmodisch mit geätzten Glasscheiben gestalteten Eingang von »Harwell's International« stehen. Er drückte gegen die Tür. Sie ging lautlos auf, und er trat in die Diele. Auch hier wieder die hübschen Glastüren. Zwei davon waren erleuchtet. Hinter einer waren Schatten sichtbar, die sich bewegten, und Jo vernahm Stimmen. Vivian schien sich gerade zu verabschieden. Es wurde für Jo Zeit, zu verschwinden. Er tastete sich bis zur Tür der Toiletten, schob sich hinein und ließ einen Spalt offen.

Drüben ging die Glastür auf. Ein beleibter, kleiner Mann mit spiegelblanker Glatze brachte Vivian heraus und schob sie zur Korridortür.

»Rufen Sie mich von Boston aus an«, sagte er. »Ich will sehen, was ich bis dahin für Sie tun kann. Es ist verdammt schade, daß Sie eine Weile nicht mehr hiersein können.«

»Ich bin sicher, daß sich auch in Boston und in den anderen Städten der Tournee etwas für uns ergibt, Leo!« sagte Vivian, warf ihm ein Kußhändchen zu und verschwand. Der dicke Leo blieb an der Tür stehen und wartete, bis er sie draußen in den Lift steigen hörte. Dann drehte er sich auf dem Absatz herum. Zu Jo Walkers Verblüffung marschierte er auf seinen kurzen Beinen geradewegs auf die Toilettentür zu, hinter der sich Jo verbarg. Als er den letzten

Schritt tat, zog er die Hand aus der Tasche, und jetzt hielt sie einen kurzläufigen, dicknasigen Colt.

Mit einem gekonnten Fußtritt ließ er die Tür dicht vor Walkers Nase in den Raum schlagen, hob die Waffe und sagte: »Jetzt zu Ihnen, mein Lieber! Kommen Sie da heraus! Eine Toilette ist nicht der richtige Aufenthaltsort für einen Gentleman! Gehen Sie mir voraus in mein Büro, die Hände vom Körper abgespreizt. Die abgefeilten Kugeln in meinem Colt reißen sonst nämlich sehr häßliche Löcher!«

Es blieb Jo nichts anderes übrig, als dem Kleinen voraus in das erleuchtete Büro zu gehen. Es war eingerichtet wie zur Zeit von Abraham Lincoln, dunkelbraun, echt seriös und einigermaßen gemütlich. Nur die amerikanische Flagge hinter dem Schreibtisch fehlte. Statt dessen stand ein großer Monitor auf einem Ständer, und mit einem Seitenblick sah Jo, daß er die ganze Diele und den Eingang zeigte. Jetzt war ihm klar, wieso der Kleine seine Anwesenheit bemerkt hatte.

»Ich würde Sie nicht gerade als einen willkommenen Besucher betrachten, aber setzen Sie sich einstweilen in den Besuchersessel!« wies ihn Leo an. Er selbst nahm hinter dem wuchtigen Schreibtisch Platz, legte den Colt auf die Tischplatte und beide Hände auf seine Sessellehnen. »Na, nun legen Sie schon mit Ihren Erklärungen los!« forderte er ihn auf. Jo schüttelte den Kopf.

»Keine Erklärungen, Mister ... wie heißen Sie eigentlich außer Leo? Wenn wir schon wie Gentlemen miteinander umgehen, möchte ich Sie auch entsprechend anreden. Ich bin übrigens Jo Walker.«

»Sagen Sie ruhig Leo zu mir. In der ganzen Branche heiße ich nur Leo. Meinen Nachnamen habe ich längst vergessen.«

»Und was für eine Branche ist das, bitte?« hakte Jo sogleich nach.

»Handel und Wandel, sozusagen. Im Großen wie im Kleinen. Aber das wird Sie nicht so sehr interessieren. Sie schnüffeln hinter Vivian her. Dringen bei Nacht in fremde Häuser, in anderer Leute Büros ein.«

»Hören Sie, Leo«, sagte Jo, »ich bin nirgendwo eingedrungen, denn alle Türen waren offen. Und hinter Vivian bin ich her, weil ich für ihre Sicherheit verantwortlich bin. Zwei ihrer Kolleginnen sind ermordet worden, und der Manager der Truppe hat mich engagiert, um die Mädchen wenigstens sicher aus New York heraus und nach Boston zu bringen. Ich hatte Anweisung gegeben, daß die verdammten Hummeln heute nacht in ihrem Hotel bleiben sollten. Als Vivian trotzdem auf der Straße erschien, bin ich ihr gefolgt.«

»Um sie zu beschützen, nicht wahr?« grinste Leo.

»Notfalls auch das. Vor allem interessierte mich, was ihr so wichtig war, daß sie meine Anweisung mißachtete. Ich hoffe, Sie können es mir sagen?«

Der dicke Leo überlegte. Dann nickte er. »Ihre Geschichte klingt ganz gut. Aber sagen Sie mir doch etwas über Ihr Verhältnis zur Polizei, ja? Arbeiten Sie mit den Bullen zusammen? Oder gar vielleicht mit den Haien von der Steuerfahndung?«

»Nein. Ich bin Privatdetektiv und kein Angestellter irgendeiner Behörde.« Jo nahm seine Lizenzkopie heraus und warf sie Leo auf den Tisch. Der warf einen Blick darauf, ohne sie zu berühren.

»Na schön. Dann will ich Ihnen zumindest einen Tip geben, um Sie zu beruhigen. Ich arbeite für Miss Vivian, indem ich bestimmte Dinge für sie verkaufe. Vor allem nach Europa und in den Nahen Osten. Dinge aus dem Privatbesitz ihrer Familie. Was das im einzelnen ist, geht Sie nichts an, Walker. Aber heute hatte ich sie angerufen, weil wieder eines dieser Geschäfte zum Abschluß gekommen ist, und sie war hier, um sich ihr Geld zu holen. Nichts Illegales, kein Geheimnis. Zufrieden?«

»Den Scheck hätten Sie ihr auch schicken können!« wandte Jo ein, aber Leo schüttelte immer noch lächelnd den Kopf mit der blanken Glatze.

»Eben nicht. Das ist eine Eigenart meiner Geschäfte: ich verkaufe sehr diskret, und nur gegen bar. Miß Vivian bekam ein Bündelchen Banknoten von mir überreicht. Wenn Sie sich jetzt ein bißchen beeilen, können Sie noch darauf achten, daß ihr kein nächtlicher Straßenräuber das Geld abnimmt. Das gehört doch wohl auch zu Ihrer Aufgabe, oder?«

Jo stand auf. Er war ausgesprochen elegant abserviert worden; er sah es ein und nahm die Abfuhr hin. Daß er diesem Leo kein Wort glaubte, mußte er ihn ja nicht wissen lassen.

»Danke«, nickte er und steckte seine Lizenzkopie wieder ein. »Ich weiß Diskretion zu schätzen. Warum Sie mich dafür allerdings in einen Sessel mit Arm- und Beinklammern locken, die vermutlich auf Knopfdruck ausfahren und den Besucher ohne die Möglichkeit einer Gegenwehr festhalten, kann ich mir nicht recht erklären. Lieben Sie vielleicht Horrorfilme, Leo?«

Leo grinste. »Sehr aufmerksam beobachtet, Walker!« lobte er. »Aber dieser Besuchersessel ist kein Horrormöbel alter Art. Was Sie für Arm- und Beinklammern halten, sind elektrische Kontakte. Sie dienen dazu, Besucher zu betäuben, die mir an den Kragen oder ans Leben wollen. Ich sagte ja schon, daß ich oft mit Bargeld arbeite.«

»Wieviel Volt?« fragte Jo, schon an der Tür.

»Das läßt sich einstellen«, erklärte Leo zuvorkommend. »120 Volt für eine kurze, kleine Abschreckung, und ungefähr tausend für die nachhaltige Beruhigung aufgeregter Gegenspieler.«

»Und wie viele Todesfälle hat es in diesem gastlichen Möbel schon gegeben?«

Leo stand auf und kam hinter ihm her.

»Keinen. Ich bin Kaufmann, Mr. Walker, und kein Henker«, erklärte Leo, schob Jo ins Treppenhaus hinaus und schloß die Tür hinter ihm.

»Sechzehn, siebzehn!« zählte Jo und hob die Hand. »Vollzählig, meine Damen! Und damit ihr es auch bleibt: kein Ausgang bis zur Vorstellung, klar?«

Einmütiges Protestgemurmel erhob sich unter den Mädchen, die ihn in der Halle des Bostoner »Globe« umstanden.

»Wie stellst du dir das vor, Jo?« fragte die kleine, blonde Vivian. »Ich muß aber noch einkaufen!«

»Was denn?« fragte Jo unvorsichtig.

»Woher willst du wissen, daß ich nicht heute abend gerade meine Tage kriege?« fauchte sie ihn kampflustig an. »Und wenn ich dann nichts hab?« Die anderen lachten, und Jo biß sich auf die Lippen.

»Hier unten im Hotel ist eine Ladenpassage«, gab er bekannt. »Da gibt es alles, was notwendig ist. Außerdem hättest du dir gestern nacht in der Beaver Street besorgen können, was du brauchst!« fügte er leiser und nur für Vivian vernehmbar hinzu. Sie starrte ihn an.

»Du hast mir nachspioniert?« zischte sie.

»Ich habe aufgepaßt, daß dir nichts passiert. Sogar Leo meinte, du solltest nicht bei Nacht mit soviel Geld durch die Stadt fahren. Also?«

»Ist schon gut!« winkte sie ab, aber ihre Miene zeigte, daß überhaupt nichts gut war. Jo beschloß, Vivian besonders im Auge zu behalten.

»Um sieben geht der Bus von diesem Hotel zur City Hall«,

verkündete er noch. »Kostüme und alles andere sind schon dort. Tut mir leid, Mädels, aber ein gewisses Maß an Vorsicht müssen wir noch beachten.«

Ein paar Mädchen lachten spöttisch auf. Die lange Janet sagte: »Ich hab' mich schon gewundert, daß wir mit einer normalen Maschine hergekommen sind und nicht etwa mit einem Gefangenenbus. Gibt's hier übrigens keine Wächterinnen mit Peitschen und Damenbart?«

»Halt den Mund, Janet!« befahl Fiorabelle und schob die Mädchen zu den Lifts. Als alle eingestiegen und mit ihrem Gepäck hinaufgefahren waren, drehte sie sich noch einmal zu Jo um. »Sie machen das alles ja sehr hübsch, Jo!« gestand sie ihm zu. »Und ich sehe auch ein, daß es nicht anders geht, wenn die Mädchen einigermaßen sicher sein sollen. Aber die ganze Tournee über lassen sie sich das nicht gefallen. Noch ein, zwei Tage unter Bewachung und Ausgehverbot, und sie flippen aus! Und unsere Tournee platzt, wenn sie gerade begonnen hat!«

»Das ist mir völlig klar, Fiorabelle«, antwortete Jo. »Ich hoffe, daß ich bis dahin Licht in den Fall gebracht habe. Dann ist das alles nicht mehr nötig.«

»Haben Sie denn wenigstens eine Spur?« fragte die Ballettchefin verblüfft.

Jo nickte. »Ich brauche noch zwei Tage, ungefähr. Wenn Sie mir bis dahin mit Ihrem Einfluß auf die Mädchen über die Runden helfen könnten, Fiorabelle, hätte ich eine reelle Chance, den Fall umgehend aufzuklären.«

Fiorabelle machte große Augen und nickte. »Ich will versuchen, was ich kann. Zwei Tage lang müßte ich sie in Schach halten können mit der Aussicht, hinterher ohne Sorgen um ihr junges Leben wieder umherstreunen zu können!«

Ein Schatten fiel auf Fiorabelles Gesicht. Jo wandte sich um und gewahrte einen fischäugigen Burschen in großkariertem Sakko, der grinsend zu innen getreten war.

»Hallo, Fiorabelle!« quetschte er in breitem Südstaatlerslang hervor. Er war Jo auf Anhieb unsympathisch.

»Hallo, Ted!« nickte sie. »Das ist Ted Waters. Er bereitet für uns die Auftritte an den verschiedenen Tournee-Orten vor, macht die Werbung, sorgt für die Unterkünfte und so. Das hier ist Jo Walker, Ted. Gegenwärtig für unsere Sicherheit verantwortlich.«

»Sicherheit? Für gefährdete Mädchen habe ich euch immer schon gehalten!« lachte Waters. »Ich denke, hier wird er nicht viel zu tun bekommen. Wollte euch nur kurz begrüßen! Heute nacht noch geht es weiter nach Baltimore. Muß für den Presserummel sorgen. Ist es wahr, daß sie dir zwei von den Tanzmäusen gekillt haben, Fiorabelle?« fragte er zynisch und brutal. Die Ballettchefin nickte nur.

»Tut mir leid für dich. Aber für die Werbung ist das natürlich ein gefundenes Fressen. Wir werden in Baltimore ganz groß damit rauskommen!« freute sich Waters. Jo hatte eine scharfe Entgegnung auf der Zunge, aber er behielt sie für sich. »Wo sind die Mädchen?« fragte Waters. »Ich muß noch mit Eileen reden!«

»Eileen? Zimmer 217.«

»Okay. Vielleicht sehen wir uns noch, sonst spätestens in Baltimore!« Er warf einen abschätzigen Blick auf Jo, nickte Fiorabelle zu und ging durch die Halle zu den Lifts.

Auch Jo verabschiedete sich von Fiorabelle. Bis zur Vorstellung war noch viel Zeit, und er gedachte sie für ein paar Telefongespräche zu nutzen.

Er wurde den Verdacht nicht los, diesen Waters in irgendeinem dunklen Zusammenhang zu kennen. Das häßliche Grinsen war ihm schon einmal auf die Nerven gegangen, vielleicht vor sehr langer Zeit, aber unverwischbar in seinem Gedächtnis.

Ted Waters klopfte kurz an die Tür von 217 und trat ein. Die rothaarige Eileen stand in Hemdchen und Slip vor der Spiegeltür des Kleiderschranks und bürstete ihr Haar. Sie wandte den Kopf und ließ sich nicht weiter stören.

»Hallo, Ted!« sagte sie. »Hol dir ein Fläschchen aus der Minibar und setz dich hin! Vivian ist sicher gleich fertig.«

Waters ging zur Minibar und nahm sich ein Minifläschchen Whisky und ein Glas heraus. Er suchte nach einer Sitzgelegenheit, aber alle lagen voll Kleider und anderer Sachen, die Eileen und Vivian aus ihren Koffern geholt hatten. Mit entsagungsvollem Gesicht nahm er schließlich auf der Bettkante Platz.

»Mach nicht so ein blödes Gesicht!« sagte Eileen, die ihn im Spiegel beobachtete. »Auf meiner Bettkante hat es dir immer ganz gut gefallen, und in meinem Bett noch besser!«

Waters trank einen Schluck.

»Das würde es auch heute noch, wenn nicht jeden Augenblick

Vivian hereinkommen könnte!« gab er zurück. Tatsächlich ging die Tür zum Badezimmer auf, und Vivian erschien in einer superkurzen Frotteejacke.

»Oh, Herrenbesuch?« meinte sie anzüglich. »Was bringst du Schönes, Teddy-boy?«

Waters schlug mit der flachen Hand aufs Bett. »Setzt euch her, ihr beiden Hübschen!« sagte er. »Ich habe nicht viel Zeit.«

Gehorsam nahmen sie links und rechts neben ihm Platz, und gewohnheitsmäßig rückten sie ihm ziemlich eng auf den Leib. Aber Waters schien dagegen im Moment immun. Er nahm ein paar Blätter aus der Tasche, strich sie auf seinen Oberschenkeln glatt und erklärte ihnen, was die Angaben und Ziffern und Zeichnungen bedeuteten. Vivian und Eileen hörten sehr aufmerksam zu.

»Ist das alles klar?« fragte er abschließend.

»So ziemlich«, nickte Eileen. »Nur stehen wir leider unter strenger Bewachung. Das macht die Sache ein bißchen schwierig.«

»Dieser Walker etwa? Den kenne ich. Es dürfte euch doch nicht schwerfallen, den für einige Zeit abzuhängen! Janet soll sich die Bluse ein bißchen weiter aufknöpfen und ihn in die Bar locken! Auf so was fliegt der doch!«

»Ich weiß nicht«, maulte Vivian. »Gestern nacht mußte ich noch zu Leo, und da hat er mich doch glatt beschattet! Übrigens will Leo mit dir reden, Ted!«

Waters faltete die Papiere zusammen und schob sie Eileen zwischen den mageren Brüsten in den Hemdausschnitt.

»Dann wähl mir doch mal eben seine Nummer!« bat er Vivian. Die angelte sich das Telefon, streckte sich auf der Bettdecke der Länge nach aus und tippte die lange Telefonnummer ein.

»Leo? Hier ist Vivian. Aus Boston. Ted Waters ist hier. Sie wollten ihn sprechen, nicht wahr?«

Sie reichte Waters den Apparat, und der meldete sich.

»Hören Sie zu, Waters!« sagte der glatzköpfige Leo im fernen New York. »Sehen Sie sich vor diesem Walker vor! Der verdammte Spürhund ist nicht zu unterschätzen! Eiskalt und glatt! Ich hatte ihn gestern nacht noch hier in meinem Büro und hab ihm eine hübsche Geschichte aufgetischt. So auf die feine Gentleman-Tour. Er tat so, als würde er sie schlucken. Aber in Wirklichkeit hat er mich durchschaut.«

»Wie weit?« fragte Waters, plötzlich sehr ernst.

»Er hat keine Ahnung. Nur daß ich ihm eine hübsche Szene

vorgespielt habe – das hat er gemerkt. Heute morgen liefen seine Erkundigungen nach mir und meinen Geschäften an. Gott sei Dank zahle ich den richtigen Leuten genug, daß sie mich decken. Andernfalls hätte die Sache gefährlich werden können.«

»Wirklich? Ich habe den Kerl mal kennengelernt und halte nicht viel von ihm.«

»Da irren Sie sich mal nur nicht, Waters!«

»Schon gut. Ich passe auf. Und die Mädchen auch. Ich werd's ihnen sagen! So long, Leo!«

»Good luck!« Leo hängte ein.

»Was hat er gesagt?« wollte Vivian wissen. Waters stellte das Telefon auf den Boden.

»Leo hält diesen Walker für gefährlich. Ihr sollt euch vorsehen. Laßt euch nicht überraschen.«

»Wobei denn?« fragte Vivian.

»Das wißt ihr ganz genau! Bestimmt nicht im Bettchen! Klar?«

»Mach, daß du rauskommst!« sagte Eileen. »Flieg nach Baltimore, und tu deinen Job! Wir bringen hier unseren schon über die Bühne!«

Jo hatte dem Ballett nach der Vorstellung im Hotel einen Schlaftrunk an der Bar spendiert und die Mädchen dann auf ihre Zimmer geschickt. Merkwürdigerweise erhob sich kein Widerspruch. Hatte Fiorabelle mit ihnen gesprochen?

Jo ging zum Desk des Nachtportiers. Er rollte einen ausreichend großen Geldschein zusammen und schob ihn dem Mann in die gewohnheitsmäßig aufgehaltene Hand.

»Sie haben die Mädchen der Tanzgruppe gesehen, nicht wahr?« fragte er.

Der Nachtportier nickte. »Hübsche Hasen. Durchweg gut gewachsen!« sagte er mit schlecht verhohlener Begeisterung.

»Sie erkennen sie auch wieder?«

»Aber jede einzelne, sogar bei schlechtem Licht.«

»Sehr schön. Ich bin auf 215. Wenn eine auftaucht und das Haus verlassen will, rufen Sie mich sofort an, ja? Natürlich auch, wenn es mehrere sind.«

Der Nachtportier hatte sich in seinem Beruf das Wundern abgewöhnt. Er warf nur einen schnellen Blick auf den Geldschein in seiner hohlen Hand und nickte.

»Noch etwas: Vielleicht bietet Ihnen jemand mehr, damit Sie den Mund halten. Wieviel es auch ist – ich verdoppele die Summe, wenn Sie mich trotzdem anrufen. Klar?«

»Vollkommen klar. Sie können auf mich vertrauen, Mister!«

Jo fuhr befriedigt auf sein Zimmer, stellte sich erst einmal unter die Dusche und machte es sich dann im Sessel bequem. Er schloß die Augen und stellte sich Ted Waters vor. Das häßliche Gesicht mit dem breiten Mund, die roten Ohren, den niederen Haaransatz ... Woher kannte er den Burschen? Eins war sicher: Er hatte ihn irgendwann einmal kennengelernt, aber nicht unter dem Namen Ted Waters. Damals hatte der Kerl anders geheißen. Aber wie? Viele Leute behalten die Anfangsbuchstaben bei, wenn sie ihren Namen wechseln. Jo versuchte es mit allen möglichen Kombinationen: Tommy West, Tim Warner, Terry Whistler ... nichts löste den zündenden Funken aus.

Es klopfte an seine Tür.

»Herein!« sagte er. Die Tür wurde zögernd aufgedrückt, und Janet trat ein. Die lange Janet. Jo musterte sie überrascht. Sie trug jetzt einen Hosenanzug aus orientalisch bunter Seide. Aber nicht das exotische Blumenmuster faszinierte Jo, sondern der Jackenausschnitt, der bis kurz über den Nabel reichte und überdeutlich zeigte, daß Janet nichts darunter trug.

»Darf ich noch einen Moment hereinkommen?« fragte sie mit gespielter Schüchternheit.

»Sie sind ja schon drin!« lächelte Jo, der das Spiel augenblicklich durchschaute. »Also kommen Sie her, und setzen Sie sich, Janet!«

Sie ließ sich in den zweiten Sessel gleiten und schlug die Beine übereinander.

»Ich war heute nachmittag vielleicht ein bißchen patzig zu Ihnen!« begann sie. »Aber ich habe es bestimmt nicht so gemeint, Jo! Nur wir alle sind ein bißchen mit den Nerven herunter. Der gewaltsame Tod unserer beiden Kolleginnen, die ständige Überwachung ... verstehen Sie mich, Jo?«

»Natürlich. Vergessen Sie's, Janet! Trinken wir einen Schluck zusammen, und vertragen wir uns?«

Janets Augen leuchteten auf.

»Ja, gern!« Sie fingerte an dem kleinen Täschchen herum, das ihr an einer lange Goldkette von der Schulter hing. »Meinen Sie, daß man hier ein Glas Champagner bekommen kann? Ich trinke ja sonst keinen Alkohol, aber heute bin ich richtig durstig. Das kommt sicher von der trockenen Luft.«

Jo mußte innerlich kichern. Als Schauspielerin taugte Janet nicht viel. Aber Jo spielte nur zu gern mit.

»In der Minibar ist keiner. Aber das werden wir gleich haben!« Er griff nach dem Haustelefon und wählte den Room Service. Daß er dabei den Finger auf dem Hörerkontakt ließ, konnte Janet nicht bemerken. Er tat, als ließe er das Telefon endlos klingeln, dann legte er den Hörer scheinbar resigniert wieder auf.

»Denen werde ich Beine machen! Entschuldigen Sie mich einen Augenblick, Janet! Ich bin gleich wieder da, und dann habe ich Champagner!«

Sie lächelte ihm freundlich zu. Jo lief aus dem Zimmer und den Flur hinunter. Woher er hier Champagner bekommen konnte, interessierte ihn gar nicht. Er riß die Tür zu Zimmer 217 auf und fand das Appartement dunkel und leer. 219 genauso. In 212 fuhr ein Mädchen hoch, das im Bett eine Fernsehshow verfolgte, aber Jo hatte die Tür schon wieder geschlossen, und alle anderen Türen waren ohnehin zu. Jo wußte genug. Er sprang in den Lift und fuhr hinunter. Der Nachtportier schreckte hoch.

»Hatte ich Ihnen nicht genug geboten?« fauchte Jo ihn an und packte ihn beim Krawattenknoten.

Der Mann rang nach Luft. »Aber ich ... es ist niemand vorbeigekommen!« beteuerte er.

»Reden Sie keinen Unsinn, Mann! Die Zimmer sind leer, die Mädchen verschwunden!«

»Der Hinterausgang ... vielleicht sind sie über die Treppen und hinten hinaus!«

»Warum haben Sie mir nicht gesagt, daß es da noch einen Ausgang gibt?« Jo stieß ihn in seinen zerschlissenen Schlafsessel zurück.

»Sie ... Sie haben ja nicht danach gefragt!« stotterte der aschgrau gewordene Mann hinter der Rezeption.

»Wo geht's lang?« fragte Jo wütend.

»Den Gang da, an der Garderobe vorbei, hinter dem Speisenaufzug!«

Jo hastete los und fand die rückwärtige Tür des Hotels. Sie wurde nicht von einem Nachtportier bewacht, aber sie war offen, und als Jo auf die Straße hinaustrat, setzte sich sogleich ein Taxi in Bewegung und rollte auf ihn zu. Er stieg neben dem Fahrer ein.

»Wohin, Sir?« fragte der farbige Driver.

»Vor kurzer Zeit sind hier ein paar junge Frauen herausgekommen und mit einem Taxi oder mit zweien weggefahren.«

»Das stimmt, Sir!«

»Haben Sie zufällig gesehen, mit welchem Wagen?«

Der alte Farbige nickte. »1016. Mein Kollege John Hendricks hat die Hübschen an Bord genommen.«

»Und der Zentrale mitgeteilt, wohin er fahren wollte?«

»Das ist in der Regel so. Möchten Sie's wissen? An sich gibt die Zentrale keine Auskunft, aber ich würde es schon herauskriegen, Sir!«

Jo verstand. Ein Geldschein wechselte den Besitzer, und der Driver griff nach seinem Mikro und rief die Taxizentrale.

»512 hier. Marylou, eben hat John Hendricks mit seinem 1016 hier vorm Globe Fahrgäste an Bord genommen, und einer davon hat dabei seine Geldtasche verloren. Können Sie mir sagen, wohin sich John abgemeldet hat?«

»Willst du etwa hinterherfahren, 512?«

»Könnte 'n hübschen Finderlohn geben, nach allem, was in der Tasche drin ist!«

»Okay. 1016 ist zum Circle unterwegs. Häng dich dran, und viel Erfolg!«

»Thanks! Wenn genug für mich übrigbleibt, lade ich dich zum Essen ein, Marylou!«

»Für einen Hamburger mit dir würd' ich mein Leben geben!« erwiderte Marylou.

Der Taxifahrer schaltete seinen Funk ab und blickte Jo fragend an. Der nickte nur, und sie fuhren los. Offenbar kannte der alte Farbige jede Abkürzung, denn er kurbelte sich durch die City, daß Jo hin und hergeworfen wurde. Fünf Minuten später stoppte er am Circle, der sich nicht etwa als ein großer, runder Platz erwies, sondern als Taxistop mit Kreisverkehr in der Boylston Street am Prudential Center. In diesem riesigen Komplex von Bürogebäuden, Geschäften, Wohnungen mit dem 51stöckigen Prudential Tower war auch um diese Stunde noch Betrieb. Jo dankte, zahlte und stieg aus, sah sich um und hatte keine Ahnung, wo er die Mädchen suchen sollte. Ziellos marschierte er eine Weile herum, warf flüchtige Blicke in die Passagen, und schließlich setzte er sich in einer Cafeteria an die Bar, bestellte sich einen Mix und fragte den Keeper, wo denn um diese Zeit hier noch etwas los sei.

»Was hätten Sie denn gern?« fragte der zurück. Jo machte eine vage Handbewegung.

»Eine nette After-Midnight-Show beispielsweise. Ein Dancing, wo man nicht ausschließlich an die Nutten des Viertels gerät. Irgendwas zur guten Unterhaltung eben ...«

Der Barkeeper beugte sich etwas vor.

»Natürlich kann man auch im sittenstrengen Boston ein Spielchen machen, wenn man unbedingt sein Geld loswerden will, und nette Mädchen gibt es jede Menge. Aber nicht gerade im Prudential Centre.«

Jo trank aus, nickte dem Mann hinter der Bar zu und nahm sich draußen ein Taxi zurück zum Globe. Er hatte nichts herausgefunden, außer daß vier der Tänzerinnen offenbar eine dringende, nächtliche Verabredung in Bostons Prudential Centre gehabt hatten – zu welchem Zweck und mit welchem Ziel, mußte einstweilen unklar bleiben.

»Ich möchte wissen, wann die vier zurückkommen!« sagte er dem Nachtportier. »Klar? Und dafür gibt es keine Extravergütung!«

Der arme Mann nickte ängstlich.

»Schließen Sie die rückwärtige Tür ab, dann müssen sie hier vorn durch, und Sie sehen sie!«

Damit drehte Jo sich um und fuhr hinauf. Seine Befürchtung, daß die lange Janet es sich inzwischen in seinem Bett bequem gemacht hatte, traf nicht ein. Auch Janet hatte wohl eingesehen, daß dieser Abend nicht zu ihren großen Erfolgen gerechnet werden konnte, und war in ihrem eigenen Zimmer schlafen gegangen.

Jo faltete die Morgenzeitung nachdenklich zusammen. Sie berichtete von einigem, was während der Nacht in Boston vorgefallen war, und manches davon war einigermaßen aufregend. Aber vier junge Tänzerinnen spielten in keinem der Fälle eine Rolle.

Zwei Tische weiter im Frühstückssaal hatte Ghislaine Platz genommen. Mit Vivian, Eileen und Anne war sie in der Nacht unterwegs gewesen. Zumindest gehörte sie in eines der beiden Zimmer, die Jo leer gefunden hatte. Er steckte die Zeitung ein, stand auf und ging hinüber.

»Hallo!« grüßte er. »Darf ich mich einen Moment zu Ihnen setzen, Ghislaine?«

»Wenn Sie mich nicht auch noch einmal nach Babsie ausfragen

wollen? Ich bin so halb und halb über diese schreckliche Sache hinweg und vertrag's nicht, wenn ich schon beim Frühstück darüber reden muß!«

Sie löffelte ihre Corn Flakes und trank dazu einen Saft. Jo winkte der Bedienung und ließ sich noch einen Kaffee kommen.

»Keine Sorge«, sagte er. »Die Sache ist auch für mich so gut wie abgeschlossen. Ich würde lieber etwas ganz anderes von Ihnen wissen.«

Ghislaine hielt mit ihrem gefüllten Löffel ein paar Zoll vor ihrem geöffneten Mund an. Er zitterte leicht. Und in ihren grauen Augen stand auf einmal etwas wie eine unbestimmte Angst. »Was denn?« fragte sie und ließ den Löffel wieder in den Teller sinken.

»Was Ihr vier heute nacht im Prudential Centre getrieben habt!« ließ Jo brutal die Katze aus dem Sack. Ghislaines Augen füllten sich mit Tränen.

»Nicht weinen, Mädchen! Ich bin nicht der Staatsanwalt, sondern nur für eure Sicherheit verantwortlich. Und ich denke, da habe ich ein Recht zu wissen, wo sich meine Schützlinge aufhalten.«

Ghislaine schluckte. »Wir dachten, Sie würden es nicht merken!« sagte sie leise. »Und eigentlich war ja auch wirklich nichts dabei. Ich meine, wegen der Sicherheit und so!«

»Wobei? Heraus mit der Sprache! Ich will's wissen!«

Ghislaine war offenbar der Appetit vergangen. Sie legte den Löffel weg.

»Ich weiß nicht, was Sie für Ihren Job bekommen«, begann sie stockend. »Aber vermutlich haben Sie keine Ahnung, wie mies wir Tänzerinnen bezahlt werden. Dabei ist das Leben unterwegs verdammt teuer.«

»Das glaube ich gern.«

»Ein paar von uns bessern ihre Finanzen auf, indem sie die Männer bezahlen lassen. Ich meine, damit sind sie nicht besser als jede Nutte am Ort. Jedenfalls lehnen ein paar von uns das ab. Geld brauchen wir alle. Deshalb machen wir das, was wir gelernt haben. Tanzen.«

»Das müssen Sie mir ein bißchen näher erklären, Ghislaine!«

»Versprechen Sie mir, daß Sie uns nicht bei Fiorabelle oder bei dem Manager verpfeifen?«

»Ich denke, das kann ich tun. Weiter!«

»In jeder Stadt gibt es ein paar Privatclubs, die ganz gut bezahlen, wenn man etwas bietet. Ted Waters kennt sie alle, und er macht für uns Termine aus. Nach der Show fahren wir hin, erledigen unseren Auftritt, kassieren und das ist alles.«

»Aber was bietet ihr denn? Dumme Frage vielleicht, aber ich schaue da noch nicht ganz durch!«

»Na – Strip natürlich, sexy dancing und so was! Alles, was die Fettbäuche in den Clubs eben anmacht. In den Clubs versammeln sich hauptsächlich Geschäftsleute. Mein Gott, das ist doch überall dasselbe.«

»Und das wird so gut bezahlt?« wunderte sich Jo. Ghislaine nickte lebhaft.

»Wir haben ein paar Nummern drauf, die lassen den Kerlen die Reißverschlüsse an den Hosen platzen. Wenn wir uns hinterher noch vernaschen ließen, würden wir noch mehr verdienen, aber das machen wir eben nicht.«

Jo seufzte. »Ich habe ja nichts gegen euren kleinen Nebenverdienst. Nur: Habt ihr für die kommende Nacht wieder einen Auftritt?«

Ghislaine blickte Jo unsicher an. Dann nickte sie.

»Wann und wo?«

»Das weiß ich nicht. Diese Sachen macht Eileen mit Ted Waters aus. Anne und ich lassen uns nur mit dem Taxi hinverfrachten, treten auf und fahren mit Eileen und Vivian wieder zurück. Aber sagen Sie Eileen um Himmels willen nicht, daß ich geschwätzt habe! Die ist imstande und wirft mich hinaus!«

Jo trank seinen Kaffee aus und stand auf.

»Babsie und Corny waren die auch mit von der Partie bei diesen Privatvorstellungen?« fragte er.

Ghislaine schüttelte den Kopf.

»Hatten sie vielleicht eine andere Art ... Nebenverdienst?«

»Davon weiß ich nichts«, antwortete Ghislaine und senkte die Augen auf ihren Teller, der noch halb voll Corn Flakes war.

In der Halle ging Jo zum Telefon und rief die »Baltimore Sun« an. Bei dieser Zeitung kannte er den Chef der Lokalredaktion aus einem früheren Fall, den er bearbeitet hatte.

»Hallo, Walter!« sagte er. »Hier ist Jo Walker aus New York.«

»Kommissar X!« freute sich Walter. »Was gibt's? Geht's dir gut?«

»So einigermaßen. Wenn du mir hilfst.«

»Gern, wenn ich kann!«

»Irgendwann heute oder morgen wird ein gewisser Ted Waters in Baltimore eine Pressekonferenz geben. Es geht um eine neue Show, die in den nächsten Tagen nach Baltimore kommt und die Leute von den Stühlen reißen soll.«

»Habe die Einladung schon auf dem Tisch. Wenn du mich fragst, eine ziemlich flaue Angelegenheit. Ausgerechnet mit Eddie, der Heulboje! Der Bursche ist doch total abgewirtschaftet. Und die anderen Stars sind auch nicht gerade erste Klasse!«

»Weiß ich. Mir ist auch ziemlich egal, was ihr darüber schreibt. Ich möchte nur, daß euer Fotograf bei der Pressekonferenz ein paar gute Bilder von diesem Ted Waters macht, und die sollen dann per Bildfunk an Captain Tom Rowland, Mordkommission Manhattan C/II, Centre Street gehen.«

»Hab die Adresse notiert. Dieser Rowland weiß Bescheid?«

»Den werde ich anschließend informieren. Bezahlung der ganzen Sache durch mich. Schick mir die Rechnung.«

»Da hätte ich einen Gegenvorschlag, Jo! An der Sache stinkt doch etwas, wenn du solchen Aufwand treibst! Laß die ›Baltimore Sun‹ die paar Dollar übernehmen, und dafür kriegen wir die Geschichte, wenn es eine wird!«

»Einverstanden! Und danke!«

Er legte auf und wählte gleich die Nummer Tom Rowlands. Der Dicke schien ausgeschlafen und guter Dinge.

In wenigen Sätzen informierte Jo ihn über den Stand der Dinge und trug ihm seine Bitte vor, sich die Fotos von Waters genau anzusehen oder einen Mann an die Verbrecheralben zu setzen.

Tom stimmte wenig begeistert zu, und Jo legte auf. Er wollte sich umdrehen und die Zelle verlassen, fand sich aber unerwarteten Schwierigkeiten gegenüber. Sie bestanden aus zwei kompakt aussehenden Herren in knapp sitzenden Anzügen, unter denen sich ansehnliche Muskelpakete wölbten. Der eine hatte borstige Augenbrauen auf dicken Wülsten unter der niederen Stirn, dem anderen wuchsen rötliche Haare aus Nase und Ohren. So ganz entsprachen sie nicht dem Publikum, das man im Globe erwartete. Aber sie schienen sich nichts daraus zu machen.

»Walker?« fragte der erste Gorilla.

Jo nickte. Er hatte solche und ähnliche Szenen schon bis zum Überdruß erlebt und hätte fast automatisch die Hände gehoben.

Aber darauf schienen die beiden Gangster nicht einmal besonderen Wert zu legen.

»Kommen Sie mit uns, Walker. Ein kleiner Ausflug, nichts sonst. Nur wenn Sie Sperenzchen machen, müßten wir Sie natürlich an Ort und Stelle umbringen!«

Der mit den dicken Augenwülsten nahm die Hand aus der Brusttasche und zeigte Jo eine gefüllte Injektionsspritze.

»Botulin«, knarrte er. »Hab mir sagen lassen, daß es sofort wirkt und daß es kein Gegenmittel gibt.«

»Zauberhaft!« murmelte Jo. »Gehen wir, Gentlemen!«

Im Wagen hatten sie ihm die Augen verbunden, und dann war es fast eine Stunde lang in gemächlichem Tempo durch die Stadt und dann wohl auf irgendeinem Highway hinausgegangen. Jo verlor schnell jede Orientierung, machte sich aber nichts daraus, da er sich in Boston und Umgebung ohnehin nicht besonders gut auskannte.

Schließlich bog der Wagen von der glatten Fahrbahn ab, rumpelte über unebene Wege, und Jo hörte, wie gelegentlich Zweige und kleine Äste an den Seiten des Wagens entlangstreiften. Die Reifen platschten durch Wasserpfützen, und Jo wurde gegen seinen stämmigen Begleiter geworfen. Schließlich hielten sie an.

»Nach links aussteigen!« knarrte der Gorilla. Er packte Jo am Ärmel und zog ihn aus dem Wagen. Dann drehte er ihn an den Schultern in die richtige Richtung und gab ihm einen Stoß.

Jo tappte vorwärts. Sein Fuß stieß gegen eine Treppe. Er stieg sie vorsichtig hinauf und spürte dann irgendwie, daß er sich in einem Gebäude befand.

»Und jetzt?«

Statt einer Antwort packte jemand sein Handgelenk und zog ihn vorwärts. Es roch hier irgendwie ungelüftet und nach süßlichem Staub. Er wurde herumgedreht und in einen Sessel gestoßen. Ehe er es sich versah, faßten die Gangster zu und banden seine Handgelenke an die Armlehnen und die Füße an die Stuhlbeine.

»Wird am Anfang ein bißchen ungemütlich sein«, meinte der mit den roten Haarbüscheln im Gesicht. »Aber du gewöhnst dich daran.«

»Und wozu das alles?« grollte Jo.

»Nimm mal an, daß du jemandem sehr lästig fällst. Umbringen sollen wir dich möglichst nicht, weil sie einen in diesem Staat dann hängen. Aber du mußt eben für einige Zeit aus dem Verkehr gezogen werden.«

Ein gemeiner, unvorhergesehener Schlag traf Jo in den Magen und nahm ihm augenblicklich die Luft. Er beugte sich vor und würgte. Da hinein hörte er eine Tür schlagen, dann eine zweite. Der Motor des Wagens brummte auf, und als er den ersten, zaghaften Atemzug wieder wagte, fuhr das Gangsterfahrzeug davon, und tiefe Stille umgab ihn.

Eine ganze Weile blieb es so still. Dann nahm Jo ein leises Rauschen wahr. Es klang wie der Wind in hohen Bäumen. Befand sich dieses Haus in einem Wald? Zu dem Rauschen gesellte sich ein Knacken, ein nagendes Knistern. Hatte das Haus noch andere Bewohner? Mäuse oder Ratten? Jo schlug mit dem Fuß gegen das Stuhlbein, und das Knistern verstummte für eine Weile. Aber dann kam es wieder. Jo fand, daß es Zeit wurde, die Augenbinde loszuwerden und möglichst auch die Fesseln. Aber wie?

Jo kannte eine ganze Reihe von Tricks, sich aus einer solchen Lage zu befreien. Zuerst spannte er seine Rückenmuskeln an und stemmte den Körper im Sessel hoch. Das Möbel knirschte und knackte. Anscheinend handelte es sich um einen älteren Sessel, der schon etwas morsch in seinen Holzverbindungen war. Jo bewegte sich rhythmisch hin und her, verstärkte die Schaukelbewegungen im genau richtigen Moment, und schon begann der Sessel zu schwanken.

Als er auf der Kippe stand, warf sich Jo mit aller Kraft nach rechts. Er spürte, wie das Möbel aus dem Gleichgewicht geriet. Und dann stürzte es um.

Jo versuchte, seinen Kopf vor dem Aufprall zu schützen. Glücklicherweise stand nichts im Weg, aber er schlug doch mit dem Schädel auf den Boden, daß er Sterne sah.

Der alte Sessel hatte programmgemäß gelitten. Jo brauchte nicht viel Kraft aufzuwenden, um die beiden geknickten Vorderbeine abzubrechen. Und dann konnte er seine Füße losstrampeln, aus den Schuhen schlüpfen und sich mit einer Art Zirkusnummer die Binde mit dem Fuß vom Kopf streifen.

Er lag auf der Seite, die Handgelenke noch immer an die Sessellehnen gefesselt. Aber jetzt sah er wenigstens, wo er war. Das Zimmer machte keinen bewohnten Eindruck. In den Ecken hingen dicke Spinnweben, und die Fenster waren blind. Früher war das wohl einmal ein hübsches Wohnzimmer gewesen.

Jo mühte sich hoch, spreizte die Beine, um einen sicheren Stand zu haben, und hob den Sessel an. Er hob ihn, so hoch er konnte, und schmetterte ihn dann zu Boden. Eine Armlehne brach ab. Er konnte die Fessel herunterstreifen. Jetzt war es leicht, auch den anderen Arm zu befreien. Er war wieder ungebunden und handlungsfähig.

Als nächstes inspizierte er das Haus. Es stand tatsächlich in einem Wald und war von hohen Bäumen umgeben. Zu ebener Erde gab es diesen Wohnraum, eine große, verkommene Küche und ein kleineres Zimmer, in dem zwei Feldbetten standen. Das obere Stockwerk war ganz leergeräumt und ließ auch keine Schlüsse darauf zu, wer hier einmal gewohnt hatte. Jo ging wieder hinunter. Er öffnete die Schränke in der Küche. Reste von altertümlichem Geschirr standen darin, sonst nichts. Ein leises Summen machte ihn aufmerksam. Der Kühlschrank war nicht nur angeschlossen, sondern bekam irgendwoher auch Strom und lief. Als Jo die Tür aufzog, ging das Licht darin an und beschien ein paar Konservenbüchsen, ein in Verwesung übergegangenes, ehemals tiefgefrorenes Hähnchen und zwei Whiskyflaschen. Eine war angebrochen, die andere voll. Ohne jeden Skrupel nahm er die volle Flasche, öffnete sie und trank einen tiefen Schluck. Er spürte ihn fast belebend durch seine Glieder strömen. Gleichgültig ließ er die Flasche auf dem Küchentisch stehen. Was nun?

Jo erwog, loszumarschieren, immer dem Waldweg nach, bis er an eine Straße kam und vielleicht per Anhalter bis zum nächsten Telefon mitgenommen wurde. Dann würde er irgendwann nach Boston gelangen ... und hatte noch immer keine Ahnung, wem er diese Entführung verdankte. Die beiden Kerle waren zwar unverwechselbar, aber in einer Großstadt wie Boston sicherlich nicht leicht aufzufinden. Besser war, die Leute zu ihm kommen zu lassen. Und daß sie wiederkamen, daran hatte er keine Zweifel.

»Hat er die Geschichte geschluckt?« fragte Eileen.

Ghislaine nickte. »Ich glaube schon. Ich habe ihm ein paar Tränchen vorgezaubert, und darauf ist er prompt abgefahren.«

Eileen bewegte zweifelnd ihren blonden Kopf hin und her.

»Leo hat ihm auch eine schöne Geschichte vorgelogen und war überzeugt, daß Walker sie geschluckt hätte. Trotzdem hat der am anderen Morgen einiges in Bewegung gesetzt, um Leute über Leo auszuhorchen. Ich bin nicht sicher, Schätzchen, daß Walker damit beruhigt ist. Wenn er uns nun heute nacht wieder nachspioniert?«

Fiorabelle trat zu ihnen. »Über wen sprecht ihr? Jo Walker?«

»Ja. Er wollte von Ghislaine wissen, wo wir vier letzte Nacht waren. Und sie hat ihm einen Bären aufgebunden: Wir hätten eine private Sexshow abgezogen. Gegen fettes Honorar.«

»Walker ist fort«, sagte Fiorabelle schlicht.

»Wieso? Wohin?«

Fiorabelle zuckte mit den Achseln. »Ted Waters hat mich angerufen und mir gesagt, er hätte dafür gesorgt, daß uns Walker nicht mehr in die Quere käme. Jedenfalls vorerst nicht. Ich weiß nicht, was er gemacht hat. Aber ich denke, wir können beruhigt sein. In solchen Dingen ist Ted einigermaßen zuverlässig.«

Eileen schlug sich auf die Schenkel, daß es klatschte.

»Darauf geb' ich einen aus!« rief sie. »Kommt mit in die Bar!« Sie zog die beiden jungen Frauen mit sich. Auf dem Gang trafen sie noch Vivian und Anne, und zwei Minuten später stürmten sie die Hotelbar und verlangten nach Champagner und tranken sich übermütig zu.

Ghislaine trank mit. Aber auf einmal war ihr nicht ganz wohl bei der Sache. Sie tippte Fiorabelle an.

»Meinst du, Ted hat Walker ...« Sie machte die Gebärde des Halsabschneidens. Fiorabelle verzog den Mund.

»Keine Ahnung, Schätzchen! Mir ist es auch egal. Ich hab mir abgewöhnt, Fragen zu stellen. Hauptsache, wir brauchen uns nicht mehr ängstlich umzudrehen, wenn wir aus dem Haus wollen. Okay?«

»Ja, sicher!« Aber damit wurde ihr nicht besser. Sie erinnerte sich an den Anblick Babsies vor dem Schminkspiegel, an das Blut, das ihr aus dem Trikot tropfte. Und dann sah sie wieder die tote Corny aus dem Bühnenhimmel herabschweben. Es lief ihr kalt über den Rükken. Sie trank ihr Glas aus, aber es nutzte nichts. Sie kam nicht von dem Gedanken los, daß Walker jetzt irgendwo genauso tot lag, wie Babsie und Corny tot waren. Unwiederbringlich tot, ausgelöscht, abgeschaltet.

Ghislaine trank entschlossen ihr Glas aus und winkte dem Barkeeper.

»Noch eins?« fragte der. Ghislaine schüttelte den Kopf.

»Nein«, sagte sie. »Einen doppelten Brandy!«

Fiorabelle sandte ihr einen forschenden Blick von der Seite zu. Aber sie sagte nichts. Sie rutschte nur bei nächster Gelegenheit etwas näher an Eileen heran und brachte ihren Mund unauffällig an ihr Ohr.

»Auf Ghislaine aufpassen!« raunte sie ihr zu. »Sie hat wieder mal angefangen, nachzudenken!«

»Ach, du lieber Himmel!« seufzte Eileen. »Läßt die Wirkung von Babsie und Corny so schnell nach?«

»Sieht so aus!« nickte Fiorabelle und steckte sich eine Zigarette an.

Jo hatte drei volle Stunden Zeit gehabt, bis sich draußen etwas regte, und er hatte diese Stunden gut genutzt. Jetzt glaubte er zu wissen, wo's in diesem Fall langging. Ein paar Widersprüche hatte er ausräumen können, eine wichtige Rolle hatte auch die Zeitung gespielt, die er in der Tasche gehabt und noch einmal aufmerksam gelesen hatte. Und dann hatte er sich verschiedener Bemerkungen erinnert, die ihm anfangs nebensächlich erschienen waren. Jetzt aber paßte vieles besser zusammen ...

Er lugte durchs Fenster. Aus dem Gangsterauto stieg der Bursche mit den Augenwülsten. Er war allein gekommen. Das machte alles ein wenig leichter. Er beugte sich noch einmal in den Wagen und brachte eine Plastiktüte zutage. Wahrscheinlich etwas zu essen und zu trinken. Anscheinend war also eine längere Gefangenschaft geplant. Jo grinste. Auch das entsprach dem, was er sich inzwischen zurechtgelegt hatte.

Er nahm eines der abgebrochenen Stuhlbeine vom Boden auf und stellte sich neben die Zimmertür. Draußen wurde die Haustür aufgeschlossen. Der Gangster räusperte sich und spuckte aus. Dann sah Jo, wie die Klinke heruntergedrückt wurde. Er hob die Hand mit dem Sesselbein hoch über seinen Kopf. Die Tür ging auf. Ein neugieriger Schädel wurde hereingestreckt. Jo brauchte nicht mehr als das. Er ließ den Knüppel heruntersausen und traf den Gangster im Nacken. Voll.

Der Gangster stürzte ins Zimmer. Mit geschlossenen Augen. Er schoß vorwärts und schlug mit dem ungeschützten Gesicht auf den Dielenboden und rutschte noch ein Stück darüber. Als er endlich zur Ruhe kam, ging Jo zu ihm und drehte ihn herum. Das Gesicht sah nicht mehr schön aus, falls es das jemals gewesen war.

Jo packte ihn, zog ihn zur Wand und lehnte ihn in sitzender Stellung dagegen. Dann band er ihm Hände und Fuße mit den Fesseln zusammen, die er selber getragen hatte. Und als er damit fertig war, beschloß er, keine Zeit mehr zu verlieren. Er ging in die

Küche und ließ einen Eimer voll Wasser laufen. Zuerst kam es bräunlich und übelriechend aus der Leitung, aber das war Jo gleichgültig. Er nahm den vollen Eimer, ging ins Wohnzimmer zurück und kippte ihn über dem Bewußtlosen aus.

Der Gangster zwinkerte, schlug die Augen auf und blickte irritiert um sich. Als seine umflorten Augen Jo Walker erfaßten, zuckte er zusammen. Er wollte sich das Wasser aus dem Gesicht wischen, aber da merkte er, daß er gefesselt war.

Jo nahm die Plastiktüte auf, die dem Gangster entfallen war. Sie enthielt ein halbes fritiertes Hähnchen und eine halbe Flasche Bourbon. Die fand Walkers besonderes Interesse. Daß ihn die Gangster mit Whisky verwöhnen wollten, konnte er nicht recht glauben. Es war eine volle halbe Flasche. Aber jemand hatte sie geöffnet und wieder verschlossen. Wozu? Jo schraubte sie auf und roch daran. Der Bourbon roch, wie billiger Bourbon riecht. Nicht anders. Und der Geschmack? Jo probierte ein paar Tropfen, die er sich in die Hand goß, mit der Zunge. Es konnte ein schlechter Bourbon sein. Vielleicht war er aber auch gar nicht so schlecht, sondern nur mit etwas versetzt, das scharf schmeckte ... und vermutlich auch noch andere Wirkungen hatte.

»Wie heißt du?« fuhr er unvermittelt den Gangster an.

»Benny Davenport«, antwortete der nasse Mann gehorsam.

»Aus Boston?«

Benny nickte.

»Und von wem hast du den Auftrag, mich mattzusetzen?«

An diesem Punkt endete schon Davenports Gesprächsbereitschaft. Er kniff die Lippen zusammen und sagte nichts. Jo machte zwei lange Schritte auf ihn zu und setzte ihm die Bourbonflasche an den Mund. Davenport wollte sich wehren, aber Jo stieß sie ihm zwischen die Lippen, und wenn der Gangster nicht ein paar seiner Schneidezähne verlieren wollte, mußte er trinken. Als die Flasche halb leer war, zog Jo sie wieder zurück, stellte sie auf den Tisch und zündete sich eine Zigarette an. Bis die Wirkung eintrat, würde es ein paar Minuten dauern. Selbst ein solcher Sturztrunk braucht seine Zeit, bis der Alkohol in die Blutbahn gelangt und von dort ins Hirn.

Davenport atmete schwer. Sein Kopf war jetzt puterrot. Aber Jo ließ sich nicht aus der Ruhe bringen.

»Was habt ihr denn hineingemischt?« fragte er schließlich. »Schlafmittel?«

Davenport nickte. »Ich … war's nicht«, stammelte er. »Kenny meinte, dann hätten wir für die Nacht Ruhe vor dir!«

»Der gute Kenny!« grinste Jo. »Wo finde ich den? Ich muß ihm doch sagen, wo er dich morgen abholen kann! Sonst fressen dich hier die Ratten!«

Davenport hatte schon wieder alle Farbe aus dem Gesicht verloren.

»Na, wo ist Kenny? Und wie heißt er eigentlich mit vollem Namen?«

»Kenny Keynes!« brachte Benny mühsam hervor.

»Wie hübsch!« sagte Jo ironisch. »Kenny und Benny! Was für ein nettes Gespann! Und wo ist Kenny?«

»17, Beach Street. Unten. Im Keller haben wir eine Wohnung!« quetschte der Gangster hervor. Die Angst stand ihm in den Augen, hierbleiben zu müssen, wo es Ratten gab. Vor Ratten hatte er mehr Angst als vor der Polizei.

»Na, also! Und jetzt erzählst du mir noch, wer euch den Auftrag gegeben hat, ja?«

Aber Davenport hatte schon mit der Wirkung des Bourbon und des Schlafmittels zu kämpfen. Die Augen fielen ihm immer wieder zu, und er atmete schwer. Jo erwog, ihm noch eine Wassertaufe zukommen zu lassen. Aber auch die würde wohl nicht mehr helfen. Wahrscheinlich war es besser, Kenny Keynes danach zu fragen.

Jo stellte die halbleere Whiskyflasche in Davenports Reichweite. Wenn er morgen wieder erwachte, würde er arges Kopfweh haben und das dringende Verlangen nach einem stärkenden Schluck. Daß er damit auch eine neue Dosis Schlafmittel zu sich nahm, war nicht Jo Walkers Schuld. Zumindest würde sie ihn hindern, herumzulärmen und Leute auf sich aufmerksam zu machen, die zufällig durch diesen Wald kamen. Besser, die Polizei fand ihn und kassierte ihn gleich.

17, Beach Street, war ein großes, altertümliches Haus mitten im Geschäftsviertel der Bostoner Innenstadt. Niemand hätte hier eine Wohnung vermutet und schon gar kein Gangsternest.

Jo stellte Bennys zerbeulte Limousine schräg auf den Bürgersteig. Es würde keine zwei Stunden dauern, bis ein Protokoll an der Windschutzscheibe klebte. Vielleicht trug das dann dazu bei, Benny und Kenny auf den Pfad der Tugend zurückzuführen, nachdem sie Jo Walkers Behandlung überstanden hatten.

Die Eingangshalle war den üblichen Besuchern aus der Geschäftswelt angemessen, mit Marmor getäfelt und von Bronze-Kandelabern erleuchtet. Im Hintergrund führte eine unscheinbare Tür zum Keller hinunter. Vermutlich hatte der Architekt gedacht, daß dort ein Hausmeister wohnen könnte. Im Zeitalter der elektrischen Türöffner und der Überwachungskameras hatte die Hausverwaltung diesen dienstbaren Geist dann überflüssig gefunden und die Wohnung vermietet. An Benny und Kenny, die sicher irgendwelche gefälschten Referenzen vorgelegt oder gar die Miete im voraus bezahlt hatten, weil sie zufällig gut bei Kasse waren ...

Es roch modrig, als Jo die steinernen Treppenstufen hinunterstieg. Kellerluft umgab ihn und das Licht von trüben Birnen, das die Dunkelheit der fensterlosen Räume nur mühsam durchdrang. Dennoch fand er Kennys Wohnungstür auf Anhieb, denn ein handgeschriebener Zettel hing daran, der krakelig verkündete, daß hier Mr. Benny Davenport und Mr. Kenny Keynes wohnten. Einen Klingelknopf gab es nicht. Jo probierte die Klinke – verschlossen. Also klopfte er als höflicher Mensch an. Drinnen rührte sich etwas, aber sonst geschah nichts.

»Menschenskind, mach doch auf! Ich hab Nachricht von Benny! Es ist dringend!« rief Jo.

Eine Kette wurde zurückgezogen und ausgeklinkt. Ein Riegel ratschte zurück. Und dann ging die Tür einen Spaltbreit auf. Jo hatte darauf gehofft und warf sich mit voller Wucht dagegen. Kenny bekam sie wohl gegen den Kopf, denn er taumelte rückwärts in die Diele hinein. Mit einem Sprung war auch Jo drinnen. Er warf sich sofort zu Boden, mit dem richtigen Instinkt, denn über ihm explodierte etwas. Kenny hatte den großkalibrigen Colt in der Hand gehabt und durchgezogen. Die Kugel schien tatsächlich abgefeilt zu sein, denn sie schlug gegen den Türrahmen, prallte ab und zwitscherte als Querschläger durch den Raum, bis sie endlich irgendwo steckenblieb.

Jo warf sich nach vorn, bekam Kennys Beine zu packen und riß sie ihm unter dem Körper weg. Der Gangster geriet aus dem Gleichgewicht. Wild mit den Armen rudernd wollte er sich halten, aber Jo war schon bei der zweiten Nummer seiner Darbietung. Er hatte Kennys rechten Fuß gepackt, hielt mit der anderen Hand am Knöchel dagegen und drehte. Er drehte dem Gangster den Fuß herum, daß der mit einem lauten Schrei herumfuhr und sich dann einfach fallen ließ. Schwer schlug er neben Jo auf den Boden.

Die Beleuchtung war schlecht. Aber Jo sah den Colt in der herumfuchtelnden Rechten Kenny Keynes'. Ganz bestimmt war die Waffe noch entsichert und damit eine tödliche Bedrohung. Abgefeilte Kugeln reißen faustgroße Löcher, nicht erst auf größere Entfernung! Er griff danach, bekam aber nur Kennys Hand zu packen. Er spürte, wie der Gangster seine Muskeln spannte. Die Mündung wies genau auf Jo. Wenn es Kenny gelang, durchzuziehen, konnte das Jo Walkers Ende sein. Jo grub seine Fingernägel in Kennys Handrücken. Der stöhnte auf, ließ aber nicht locker. Es blieb Jo nichts anderes übrig als ein Trick, der leicht ins Augen gehen konnte. Er machte seinen rechten Arm steif, grätschte die Beine auf dem Boden, stemmte sich hoch und warf sich dann herum. Er kam auf dem Gangster zu liegen. Gleichzeitig wurde dessen Hand mit dem Colt unwiderstehlich zur Seite und gegen die Wand gepreßt.

Vielleicht war es eine instinktive Bewegung, mit der Kenny den Finger krumm machte. Noch einmal dröhnte eine Explosion durch den kleinen, unterirdischen Raum, und der Colt spuckte Feuer. Diese Kugel fuhr in die Decke und holte ein paar große Putzbrocken herunter.

Jo drückte dem Gangster sein Knie in die Magengrube. Dann schlug er mit der Handkante zu, und der Colt flog in die Ecke. Daß sich dabei nicht noch ein weiterer Schuß löste, war reiner Zufall. Kenny stöhnte und schnappte nach Luft. Seine Fersen hämmerten auf den Boden, als ihm nun der Atem wirklich knapp wurde. Sein Keuchen wurde zum Röcheln.

Jo zog das linke Bein an und stand auf. Er klopfte sich den Staub von den Hosen, dann hob er den Colt auf, sicherte ihn endlich und steckte ihn unter seinen Hosenbund. Ein Fußtritt öffnete die Tür zum nächstgelegenen Zimmer und ließ ein klein wenig mehr Licht in die Diele.

»Steh auf!« kommandierte Jo. Kenny walzte sich herum, kam mühsam auf die Beine und wankte ins Wohnzimmer, wo er sich in einen Sessel fallen ließ.

»Mann!« stöhnte er. »Sie hätten mich ja beinahe umgebracht!«

»Nein«, schüttelte Jo den Kopf. »Dafür sind bei uns die Henker zuständig. Und auf Kidnapping steht immer noch die Todesstrafe, wenn ich mich recht erinnere!« Das stimmte zwar nicht, machte aber auf Kenny genug Eindruck, so daß der die Hände sinken ließ und Jo anstarrte. »Und es war ja ein Kidnapping, was ihr mit mir veranstaltet habt! Benny ist schon dabei, die Sache heftig zu bereuen. Und jetzt bist du dran!«

Kenny stöhnte. Unter seiner niederen Stirn befand sich nicht viel Intelligenz, und das Denken fiel ihm sichtlich schwer. Um so stärker waren seine Instinkte, und die rieten ihm jetzt, sich irgendwie in Sicherheit und außer Reichweite von Jo Walker zu bringen.

»Das war nicht meine Idee, Mister!« beteuerte er. »Es sollte auch gar kein richtiges Kidnapping werden! Das müssen Sie mir glauben! Waters hat uns nur gesagt, daß Sie für eine Weile verschwinden sollten. Wir hätten für Sie gesorgt und Sie dann wieder freigelassen!«

Jo triumphierte innerlich. Ted Waters hatte also für seine Entführung gesorgt! Das war schon der erste Mosaikstein, der in sein Gedankenbild paßte.

»Gut für mich gesorgt, wie? Benny hat von dem Whisky getrunken und ist prompt eingeschlafen. Wenn ihr das als freundliche Fürsorge betrachtet ... aber vergessen wir das. Warum sollte ich verschwinden?«

Kenny sandte ihm einen schiefen Blick zu. Daß Walker das nicht einmal wußte, überraschte ihn. Was wußte er denn überhaupt? Womit konnte er ihm gefährlich werden? Ein schlaues, füchsisches Lächeln stahl sich auf seine verwüsteten Gesichtszüge. Jo bemerkte es wohl, und er wußte, daß er solche aufrührerischen Gedanken im Keim ersticken mußte, wenn er überhaupt etwas erfahren wollte.

»Hör zu!« sagte er drohend, »ich kann dich mit den Füßen nach oben an die Lampe hängen und dann die Polizei rufen. Und wenn ich ihnen sage, daß sie sich ruhig Zeit lassen sollen, dann hörst du die Englein im Himmel singen, bis du endlich bei ihnen bist! Wenn du mir aber freiwillig alles erzählst, was du weißt, dann gilt das als ein strafmilderndes Geständnis. Wenn du auf der Anklagebank hockst und der Staatsanwalt deine Sünden aufzählt, sitze ich nämlich daneben. Und auf mich kommt es dann an, ob die Geschworenen ihr ›Schuldig!‹ sprechen! Also? Warum mußte ich verschwinden?«

Kenny Keynes war nun doch beeindruckt. »Waters hat nur gesagt, daß Sie den Mädchen nicht weiter im Geschäft herumpfuschen sollen. Sie haben heute nacht wieder etwas vor, und dabei wollen sie nicht überwacht werden.«

»Wo haben sie etwas vor?«

»Ich weiß doch nicht!«

Es klang unecht, und ein Gedankenblitz schoß Jo durch den Kopf.

Ted Waters mochte zwar die guten Gelegenheiten vermitteln, aber bei seinem Job hatte er gar keine Zeit für die Einzelheiten. Die mußte er irgendwelchen Hilfskräften überlassen: Benny und Kenny!

»Aber natürlich weißt du Bescheid, Kenny! Wer denn sonst? Du und Benny – ihr erledigt doch alles für Ted Waters! Wo, Kenny?«

Kenny wand sich noch ein bißchen. Jo nahm in aller Ruhe die Stehlampe, zog den Stecker aus der Wand und riß die Schnur ab. Dann stand er auf.

»Tut mir leid, Kenny, aber du hättest es einfacher haben können! Streck die Füße vor!«

Kenny hob abwehrend die Hand.

»Nein! Bitte nicht! Boylston Road! Die Nummer ist 157! Und um Mitternacht wollen sie's angehen! Mehr weiß ich nicht, Mister!«

Jo ließ das Kabel auf die Erde fallen und stand auf. »Hast du noch etwas von dem Mittelchen da, das ihr mir in den Bourbon gemischt habt?«

»Das können Sie doch nicht machen! Vielleicht wach' ich dann gar nicht mehr auf!«

»Wo ist das Zeug?«

Kenny biß sich auf die Lippen. Aber seine Augen gingen unwillkürlich in Richtung auf das Badezimmer. Jo war mit ein paar Schritten dort, riß die Tür des Wandschränkchens auf und fegte alles heraus, was nicht nach Arznei aussah. Und dann hielt er das Fläschchen mit dem Schlafmittel in der Hand. Es war schon mehr ein Betäubungsmittel, wie es die Kliniken bei schweren Schmerzzuständen verwenden. Jo ließ eine Dosis in ein Glas laufen und gab Wasser hinzu. Kenny lag scheinbar noch genauso im Sessel, wie er ihn verlassen hatte. Aber Jo ließ sich nicht täuschen. Wozu gab es im Badezimmer einen Spiegel, mit dem man das Wohnzimmer im Auge behalten konnte?

»Hände im Nacken falten!« befahl er. Kenny nahm zwar die Hände aus den Taschen, aber in der rechten hielt er plötzlich ein feststehendes Messer, dessen scharf geschliffene Schneide gezackt war und einen gemein bösen Eindruck machte. Sein Arm schnellte hoch. Mit etwas mehr Glück hätte er Jo den Leib von unten nach oben aufgeschlitzt. Aber Jo war auf den Angriff vorbereitet. Sein rechter Fuß schnellte hoch und traf Kennys Ellbogen mit solcher Wucht, daß das Messer davonflog. Kennys Arm beschrieb aus der Bewegung heraus einen Kreis und fiel schlaff und irgendwie verbogen herunter. Erst da spürte Keynes den Schmerz. Er mußte schlimm sein. Seine Augen gingen zu, der Mund öffnete sich und ließ ein gequältes Stöhnen hören. Die gesunde Hand tastete nach dem gebrochenen Arm, zuckte jedoch zurück, kaum daß sie ihn berührte.

»Ich denke, das brauchst du jetzt nicht mehr!« sagte Jo trocken und schüttete den Inhalt des Wasserglases weg. Dann griff er nach dem Telefon und rief die Polizei an.

»Ihr wart großartig!« sagte Fiorabelle. »Vier Vorhänge bei einer solchen Show – das ist für Boston allerhand! Mehr kann man nicht verlangen!« Sie empfing ihre Tänzerinnen hinter der Bühne, als sie vom großen Finale kamen und der Beifall im Zuschauerraum langsam verebbte. Ein paar der Mädchen nahmen das Lob achselzuckend hin und verschwanden in Richtung auf die Garderoben. Janet schüttelte den Kopf.

»Irgendwas stimmt hier nicht mit der Bühne, Fiorabelle!« meinte sie. »Ich hatte immer den Eindruck, halb in der Kulisse zu tanzen!«

»Sie ist eben etwas kleiner, Schätzchen!« lachte Fiorabelle. Eddie kam von der Bühne und schleifte seine Gitarre hinter sich her, wie üblich.

»Diese Show wird immer verrückter«, meinte er grämlich. »In New York rannten mir ein paar Irre in die Szene, und hier macht ihr plötzlich eine Dreifachpyramide! Ich hab' gedacht, gleich fallen mir die Weiber auf den Kopf! Was soll das?«

»Wir haben halt mal etwas improvisiert, Eddie! Das ist kein Vorrecht der Leute am Mikrophon! Und den Bostonern hat es gefallen!«

»Und morgen gibt's eine Salto-mortale-Einlage, wenn ihr gerade Lust dazu habt, wie?« brummte er und schleppte sich in die Kulisse.

»Wär' keine schlechte Idee!« meinte Vivian. »Die Parade in der dritten Szene einfach in eine Reihe von Saltos auflösen! Wollen wir mal, Fiorabelle?«

»Spart euch eure Kräfte für die Hauptarbeit!« entgegnete die Ballettchefin. Sie sah auf die Uhr. »Wir sind spät dran heute. Keinen Zweck, erst noch ins Hotel zu fahren. Zieht euch um; wir treffen uns unten in der Kantine. Dann geht es gleich von hier aus los.«

Die Mädchen verschwanden zwitschernd und kichernd im Garderobengang. Ein Mann mit umgehängtem Aufnahmegerät drängte sich herbei. Unverkennbar ein Reporter.

»Hallo!« grüßte er. »Sie sind Fiorabelle, nicht wahr? Simpson vom ›Evening Star‹. Wissen Sie, daß Ihre Mädchen eine hervorragende Nummer gezeigt haben?«

»Ich denke schon!« lachte ihn Fiorabelle an.

»Was ist das für eine Balletttruppe?«

»Wie meinen Sie das, Mr. Simpson?«

»Nun, ich kenne mich einigermaßen in der amerikanischen Ballettszene aus. Diese Mädchen habe ich noch nirgendwo gesehen. Zumindest nicht in dieser Zusammenstellung. Einige sind richtige Artisten, nicht wahr?«

»Ich hatte den Auftrag, ein Ballett für diese Show auf die Beine zu bringen«, erklärte Fiorabelle. »Und da habe ich die Mädchen so engagiert, wie ich sie kannte und wie sie frei waren. Tatsächlich haben einige davon schon mit artistischen Nummern gearbeitet. Aber ich glaube nicht, daß das dem Ballett schadet, wie?«

»Aber ganz im Gegenteil!« versicherte Simpson. »Wann können wir einen Fototermin machen? Möglichst auf der Bühne, in der Dekoration?«

Fiorabelle überlegte. Publicity schadet nie. Aber sie war nicht ganz sicher, ob alle Mädchen gern ihr Gesicht in der Zeitung sehen würden.

»Morgen abend, vor der Vorstellung. Sagen wir, um halb acht?«

»Wunderbar! Ich bringe unseren Top-Fotografen mit, und der schießt ein paar hübsche Bilder, und übermorgen sind Sie im ›Star‹! Übrigens – stimmt es, daß dieses Ballett in New York das Opfer von mysteriösen Verbrechen war? Man spricht von mehreren Todesfällen.«

Fiorabelle verzog ihr Gesicht zu einer tragischen Miene.

»Zwei unserer Tänzerinnen sind kurz hintereinander ermordet worden. Unglücklicherweise auch noch im Theater! Das hat natürlich die Stimmung in der Truppe sehr beeinträchtigt. Aber Gott sei Dank sind wir ja alle Profis, und Sie wissen: Die Show muß weitergehen!«

»Finde ich fabelhaft, diese Einstellung! Darf ich das in meinem Bericht herausbringen? Damit gewinnen Sie die Herzen unserer Leser, Miß Fiorabelle!«

»Von mir aus! Aber vielleicht lassen Sie irgendwie durchblicken, daß diese bedauerlichen Todesfälle natürlich nichts mit dem Ballett an sich zu tun hatten! Wir sind eine saubere Truppe von hart arbeitenden Künstlerinnen, und die privaten Schicksale haben da kaum eine Bedeutung!«

»So ist's richtig!« begeisterte sich Simpson. »Das werde ich schreiben! Sie werden sehen, das wird ein Knüller!«

»Danke!« nickte Fiorabelle. »Bis morgen abend dann, ja? Ich muß mich um meine Mädchen kümmern!«

Jo Walker lag auf der Lauer. Er hatte sich für die Nacht einen Wagen gemietet, einen unauffälligen Mitsubishi, den Lancer in Grau, und parkte seit einer halben Stunde in der Boylston Road. Daß er ihn im Parkverbot abgestellt hatte, machte um diese Stunde nichts mehr aus. Der Verkehr floß spärlich; jetzt waren hier hauptsächlich Touristen unterwegs, die durch das Boston-Common-Viertel bummelten, vom Freedom Trail kamen und irgendwo hier noch ein spätes Abendessen einnehmen wollten, bei Brigham's oder Filene's, deren Restaurants bis in die Nacht hinein geöffnet waren.

Kurz vor Mitternacht kamen die Mädchen. Sie fuhren mit zwei Taxis vor und stiegen aus. Jo erkannte Eileen und Anne, Vivian, Ghislaine und Fiorabelle. Daß die Ballettchefin auch mitmachte, wunderte ihn. Er glaubte zwar längst nicht mehr an die Geschichte von den Strip- und Erotic-Dance-Nummern. Aber was die Mädchen auch sonst vorhatten - Fiorabelle hatte er eigentlich nicht dazugerechnet.

Sie standen beieinander und warteten, bis die Taxis weggefahren waren. Dann gingen sie auf den Eingang eines großen Shopping Centre zu. Eileen hatte den Schlüssel zum Gittertor, sie ließ die anderen eintreten und drehte hinter ihnen den Schlüssel wieder im Schloß. Dann verschluckte sie die Dunkelheit.

Jo stieg aus, lief über die Straße und sah sich sichernd um.

Mit einem Sprung und ein paar Klimmzügen war er oben auf dem Gittertor. Es reichte nicht ganz bis an den Rundbogen des Portals, und geduckt konnte er sich über die Eisenspitzen nach drinnen schwingen. Dort stieß er sich ab, ließ sich fallen und kam mit beiden Füßen zugleich auf. Das erste Hindernis war überwunden. Wohin hatten sich die Mädchen gewandt?

Jo ging durch den Torweg, der auf einen großen Innenhof führte. Im Erdgeschoß befanden sich Läden und Boutiquen, die jetzt allesamt geschlossen waren und ihre Rollgitter heruntergelassen hatten. Es gab zwei pompöse Eingänge, die zu den Geschäften und Büros in den oberen Stockwerken führten. Jo probierte den ersten und fand ihn verschlossen. Der zweite war es, den die Mädchen passiert und offengelassen hatten, wahrscheinlich um sich einen schnellen Rückweg zu sichern. Jo trat ein. Vor ihm lag eine Halle. Die Lichter der Notbeleuchtung verbreiteten matten Lichtschein. Jo erkannte die breite Treppe, die sich in großzügigen Windungen hinaufzog, und drei Lifts. Zwei waren unten, der dritte stand im dritten Stockwerk. Waren die Mädchen damit hinaufgefahren? Jo widerstand der Versuchung, sie mit einem der anderen Lifts zu verfolgen. Statt dessen nahm er die Treppe.

Als er den dritten Stock erreichte, ging er langsamer vor. Er spähte über die letzten Stufen. Da war eine Bewegung im ungewissen Dämmerlicht. Jo kniff die Augen zusammen. Stand da jemand, in einer Nische gedrückt? Er ließ sich auf die Knie und preßte sich an das Treppengeländer.

»Warum ich?« trotzte Ghislaine und stampfte mit dem Fuß auf. Fiorabelle sah sie kalt und unbewegt an.

»Warum nicht du?« fragte sie zurück. »Bei uns ist jeder gleichberechtigt, und jede kommt einmal dran. Du schiebst heute Wache. Unsere Sicherheit kann davon abhängen, daß du die Augen offenhältst und uns rechtzeitig warnst, wenn etwas Verdächtiges passiert.«

»Was soll schon denn schon passieren? Ich denke, der Wächter hat seine Runde gemacht und kommt erst in zwei Stunden wieder?« beharrte Ghislaine.

»Vielleicht kommt jemand anders. Oder eine streunende Katze löst den Alarm aus. Was weiß ich! Du bleibst hier, klar?«

Ghislaine muffelte noch ein bißchen herum, dann spazierte sie zur Seite und lehnte sich da gegen die Wand.

»Los!« kommandierte Fiorabelle.

»Da oben müssen wir hinauf! Die Glasfenster sind nur bis drei Meter Höhe gesichert. Anne, hast du den Glasschneider?«

Anne hob etwas in die Höhe und nickte.

»Das Seil?«

Noch einmal nickte Anne und schlug sich mit der flachen Hand auf den Bauch, um den sie ein Nylonseil trug.

»Dann wollen wir mal!« sagte Fiorabelle entschlossen. »Eileen!«

Eileen trat vor sie hin, und sie verschränkten ihre Hände. Vivian setzte einen Fuß hinein, stützte sich auf den Schultern der beiden

Mädchen ab und zog sich hoch. Von da kletterte sie Fiorabelle und Eileen auf die Schultern. Mit einer Hand stützte sie sich an der hohen Fensterwand ab, die diesen ganzen Teil des Treppenhauses abschloß. Die andere streckte sie nach unten. Anne stieg ihr nach. Sie lächelte Vivian zu. Die drehte sich zur Wand, verschränkte die Hände auf dem Rücken und stützte sich nur mit der Stirn an der blanken Glasfläche. Anne trat in ihre Hände, war mit einem Schwung hoch, legte ihr die Hände auf den Kopf und kletterte ohne zu zögern und völlig schwindelfrei auf Vivians Schultern. Als sie sich aufrichtete, befand sie sich in mehr als drei Metern Höhe vor dem abschließenden Glasbogen, der bis unter die Decke reichte.

»Verdammt, steht ruhig!« sagte sie. »Jetzt brauche ich eine sichere Hand!«

Der Glasschneider schliff mit seinem Diamanten durch die Oberfläche der Scheibe. Anne steckte ihn ein, nahm einen Ballen Kaugummi aus dem Mund und preßte ihn gegen das Glas. Mit der anderen Hand schlug sie einmal dagegen. Es gab nur ein leises Knacken, dann war das herausgeschnittene Stück frei. Mit dem Kaugummi zog Anne es heraus, drehte es herum und klebte es auf das danebenliegende Fenster.

»Das wird ein bißchen eng, Freundinnen!« sagte sie.

Sie griff nach innen, fand Halt am Fensterrahmen und zog sich hoch. Mit den Füßen zuerst schob sie sich durch das Loch, tastete nach einem Vorsprung, fand ihn und stellte sich darauf.

»Alles okay. Ich bin drinnen! Ich mach jetzt die Leine fest!«

Anne wickelte das Nylonseil von ihrer Taille. Eine ganze Weile mußte sie herumtasten, bis sie den Haken fand, an dem der Fensterputzer seine Leiter einhakte. Sie brauchte nur einen Seemannsknoten, der gekonnt die Leine sicherte. Dann warf sie die Seilschlaufen draußen hinunter.

»Hast du sie fest?« fragte Fiorabelle von unten.

»Probier's doch aus!« gab sie kichernd zurück. Fiorabelle griff zu und zog sich Hand über Hand hoch. Als ihr Gesicht vor dem Loch in der Scheibe auftauchte, sagte sie: »Das hättest du auch ein bißchen größer machen können, du faule Kröte!«

»Direkt unter dem Einstieg ist ein Sims. Von da kannst du springen!« sagte Anne, ohne auf ihre Bemerkung einzugehen. Fiorabelle schob ihre Beine herein, der Körper folgte, sie fand Halt und sah hinunter ins Dunkel.

»Wollen wir nicht lieber das Seil einholen und hier hinunterlassen?« fragte sie in einem Anfall von Zaghaftigkeit, der so gar nicht zu ihr paßte. »Dann müssen wir nicht springen, sondern können hinunterklettern!«

»Nein«, antwortete Anne neben ihr. »Das können wir nicht, weil es einfach zuviel Zeit kostet, mein Schatz! Spring und sieh zu, daß du mit allen vieren zugleich aufkommst. Dann kann gar nichts passieren!«

Fiorabelle ließ los und sauste hinunter. Der Aufprall ihres Körpers ließ die vielen Fensterscheiben zittern.

»Okay«, knurrte Fiorabelle. »Vivian soll kommen!«

Vivian kam heraufgeturnt, zwängte sich vorsichtig durch den scharfkantigen Einstieg und sprang, und zuletzt kam Eileen. Anne zog das Seil ein und ließ sich daran hinunter.

Anscheinend wurde Ghislaine die Zeit zu lang, denn sie griff plötzlich in die Tasche ihres schwarzen Overalls, nahm Zigaretten und Feuerzeug heraus und steckte sich eine hinter vorgehaltener Hand an.

Jo erkannte sie trotzdem. Ghislaine! War sie als Wache zurückgeblieben? Er hatte keine Ahnung, wo die anderen waren. Aber jetzt wurde es wohl Zeit, einen weiteren Zipfel des Geheimnisses zu lüften. Er richtete sich auf, nahm die letzten Stufen mit einem Schritt und tauchte urplötzlich vor der verblüfften Tänzerin auf.

Ghislaine verschluckte sich beinahe am Rauch ihrer Zigarette.

»Ruhig, Mädchen!« mahnte Jo leise. »Ich bin's! Walker!«

»Ach, du lieber Gott!« sagte sie und wich instinktiv vor ihm zurück.

»Mach keinen Lärm! Hier gibt es ohnehin nichts mehr zu retten. Wo sind die anderen?« Plötzlich gebrauchte Jo das vertraulichere »Du«.

Ghislaine zeigte auf die Fensterwand in ihrem Rücken. Jo legte die Hand auf die Türklinke, aber die Tür war verschlossen. Ghislaine wies nach oben.

Jo richtete den Blick hinauf und sah das große Loch in der obersten Scheibe. Er machte zwei Schritte, die ihn näher an Ghislaine heranbrachten. Sie ließ es geschehen, ohne die Flucht zu ergreifen.

»Du solltest Wache stehen?« fragte er. Ghislaine nickte. »Und die anderen? Wer ist dabei?« Ghislaine preßte die Lippen zusammen. »Na, macht nichts! Ich wette, ich weiß es. Eileen, Vivian ... wer noch?«

»Anne«, antwortete Ghislaine widerstrebend. »Und Fiorabelle.«

»Und um was geht es da drinnen?«

Ghislaine sah ein, daß das Märchen vom Striptease nicht mehr länger aufrechtzuerhalten war. Sie fühlte überhaupt, daß sie vor einer sehr wesentlichen Entscheidung stand. Noch hatte sie das Gefühl, zu ihren vier Kolleginnen zu gehören. Aber da hinein mischte sich die starke Ahnung, daß diese Truppe noch in dieser Nacht auseinanderbrechen mußte, und wenn sie überhaupt noch so etwas wie eine Zukunft haben wollte, würde sie die wohl eher unter Walkers schützenden Fittichen finden ...

»Rohdiamanten«, flüsterte sie.

»Hinter dieser Glasfassade hat ein Diamantenhändler sein Büro?«

»Ja. Der größte von Boston.«

Diesmal brauchte Ghislaine länger, bis sie sich zum Sprechen entschloß. Jo sah, wie sie mit sich kämpfte. Und er verstand es. Wenn sie jetzt auspackte, gab sie sich ihm völlig in die Hand.

Ghislaine gab sich einen Ruck und sagte: »Schmuck. Alles mögliche. Wir haben bei Rushmond ausgeräumt.«

»Ich weiß.«

»Woher?«

»Es stand heute morgen schon in der Zeitung. Natürlich nichts über die Täter beziehungsweise Täterinnen. Aber es war die Rede von artistisch trainierten Einbrechern, und da dachte ich mir, daß ihr damit viel mehr Geld machen könntet als mit Strip und Sexy Dancing ... und als ich mich dann auch noch daran erinnerte, daß eine von euch so gute Beziehungen zu Leo hat und Leo als einer der größten Schmuckhehler gilt.«

Ghislaine biß sich auf die Lippen. »Und ich habe gedacht, Sie hätten meine Geschichte geglaubt!«

Jo nahm sie beim Arm. »Na, komm, Ghislaine!«

»Wohin? Ich ... ich muß doch hier aufpassen!«

Über soviel Naivität konnte Jo nur lächeln.

»Wir gehen jetzt hinunter. In der Halle ist ein Telefon, und von da aus rufen wir die Polizei an.«

Er spürte, wie Ghislaine von ihm abrückte. Er griff fester zu.

»Du hast deine Entscheidung doch längst getroffen, Ghislaine! Und jetzt wirst du die Sache auch durchstehen. Oder willst du so enden wie Babsie oder wie Corny?«

Sie schüttelte den Kopf, daß ihre Haare flogen, und kam gutwillig mit.

»Wer hat die beiden übrigens auf dem Gewissen?« fragte Jo, als sie den ersten Treppenabsatz erreichten.

»Das wissen wir nicht. Fiorabelle hat uns nur gesagt, daß Babsie und Corny aussteigen wollten und einen Haufen Geld als Abfindung verlangt hätten. Andernfalls wollten sie zur Polizei gehen und die ganze Sache auffliegen lassen. Daß sie sterben mußten, sollte auch uns anderen eine Warnung sein.«

»Vielleicht Ted Waters?«

»Ich weiß es nicht. Wir haben überhaupt nie etwas erfahren. Eileen brachte uns zu den Einsatzorten und sagte uns, was wir tun mußten. Vivian brachte dann die erbeuteten Sachen zu Leo Harwell; irgendwann kam das Geld, und Fiorabelle teilte es zwischen uns auf. Das ist alles, was ich dazu sagen kann.«

»Nicht gerade viel«, meinte Jo. »Aber immerhin vielleicht so viel, daß dich ein guter Anwalt vor dem Gröbsten bewahren kann. Lassen wir erst einmal deine Kolleginnen einkassieren!«

»Wieso ist hier eigentlich kaum etwas abgeschlossen?« wunderte sich Eileen. Sie zog im Büro die Schubladen auf und machte sie wieder zu, blickte in die Schränke und zeigte sich überhaupt ziemlich neugierig.

»Wenn du täglich mit Millionenwerten umgehst, wirst du auch sorglos. Oder unvorsichtig!« sagte Fiorabelle. Sie stand vor einem Schrank, der wie ein verkleideter Safe aussah und es tatsächlich auch war. Die äußere hölzerne Tür ließ sich leicht öffnen, aber dahinter kam eine Stahltür zum Vorschein.

»Vivian! Es gibt für dich etwas zu tun!« bemerkte sie. Vivian kam herbei und beugte sich zu dem Tresor.

»Kriegst du ihn so auf, oder sollen wir ein bißchen sprengen?« fragte Fiorabelle. Vivian zog die Mundwinkel abschätzig nach unten.

»Der ist doch noch aus Al Capones Zeiten!« bemerkte sie. »So etwas machte man früher mit der Haarnadel auf.«

»Und heute? Oder willst du mir erzählen, daß du Haarnadeln in deinem Strubbelkopf trägst?«

»Natürlich! Und ein Korsett und ein Leibchen mit Strumpfbändern!« kicherte Vivian. Sie nahm ein chromblitzendes Instrument aus der Tasche, führte es in das Schlüsselloch des Tresors ein und begann die feinen Rändelrädchen am Ende des schmalen Geräts zu bewegen.

»Was ist das?« fragte Fiorabelle interessiert.

»Eine Sonde«, war Vivians kurze Antwort. »Ich spüre damit die Stellung der Zuhaltungen auf. Die wiederum werden bei diesem Modell von der Stellung des Handrads bestimmt, oder besser: von dem Zahlencode, auf den das Handrad eingestellt ist. Schreib mal mit: Sieben ...«

Fiorabelle wußte im ersten Augenblick nicht, womit und worauf sie schreiben sollte. Dann nahm sie ihren Lippenstift aus der Tasche des Overalls und notierte die Ziffer einfach auf dem Tresor.

»... vier ... sieben ... neun ... eins. Okay. Das war's.«

»Du meinst, wir kriegen damit den Tresor auf?«

»Natürlich.« Vivian packte das Handrad und stellte es nacheinander auf die Ziffern ein, die Fiorabelle auf die Tür geschrieben hatte. Und nach jeder Ziffer betätigte sie einen blank polierten kleinen Hebel unter dem Rad. Als Vivian nach der Eins gedrückt hatte, stemmte sie die Füße gegen den Schrank, faßte das Handrad mit beiden Händen und zog. Mit einem saugenden Geräusch öffnete sich die immer noch absolut dicht schließende Tür. Die Mädchen drängten sich um sie.

»Was ist denn nun drin?« fragte Anne.

»Rohdiamanten, wie versprochen!« gab Vivian zurück. Sie langte in eines der Fächer und holte eine flache Schachtel heraus. »Seht selbst nach! Räumt den Schrank leer, in die Beutel, und dann wollen wir verschwinden. Ich habe heute nacht ein merkwürdiges Gefühl. Irgendwie unbehaglich.«

Die Mädchen machten sich an die Arbeit.

»Bei mir will sich auch nicht der rechte Frohsinn einstellen«, bemerkte Eileen. »Aber das liegt vielleicht daran, daß wir hier keinen richtigen Glitzerschmuck vor uns haben. An den Wert dieser Rohsteine kann ich erst glauben, wenn ich das Geld dafür in der Hand habe.«

»Fertig, Fiorabelle!« meldete Anne und schnürte den letzten Beutel zu.

»Gut. Habt ihr alles? Nichts liegengelassen? Dann los!«

Sie verließen das Büro. Im Flur breitete Fiorabelle, die als erste ging, plötzlich beide Arme aus und blieb ruckartig stehen.

»Was ist denn los?« fragte Anne ungehalten. Dann sah auch sie, daß draußen im Treppenhaus Licht war. »Verdammte Scheiße!« flüsterte sie.

»Warum hat Ghislaine nicht gewarnt?«

»Wo ist sie überhaupt?«

»Nur ruhig, Mädchen!« sagte Fiorabelle leise. »Es kann ja jemand aus dem Haus sein, der noch mal in sein Büro zurückgekehrt ist. Und wenn sich Ghislaine vor ihm verstecken mußte, konnte sie uns nicht mehr warnen. Wir werden das alles gleich wissen! Anne geht vor und sieht sich einmal um!«

»Immer ich!« murrte Anne, ließ sich jedoch folgsam auf alle viere nieder und robbte durch die Diele zur gläsernen Front des Eingangs. Dort richtete sie sich vorsichtig auf und spähte hinaus. Aber dann sprang sie plötzlich mit einem Satz auf und kam zurückgerannt. Dicht neben Fiorabelle ließ sie sich auf den Boden fallen.

»Cops!« stieß sie atemlos hervor. »Sie kommen die Treppe herauf! Ich hab nur von den ersten die Mützen gesehen, aber das hat mir gereicht!«

Fiorabelle ließ sich den Schock nicht anmerken, den ihr Annes Worte versetzt hatten. Bisher war immer alles gutgegangen. Nie hatte sie jemand gestört. Die Anweisungen waren klar und einfach gewesen, die Mitteilungen über Sicherheitsmaßnahmen, Wächter und Alarmanlagen hatte stets gestimmt. Wieso kam ihnen hier auf einmal die Polizei in die Quere?

»Zurück ins Büro! Duckt euch! Und kein Licht!«

Die Mädchen hasteten los. Draußen vor der Glaswand flammte ein Handscheinwerfer auf, und sein Lichtkegel strich umher. Fiorabelle schloß die Bürotür hinter sich. Durch die großen Fenster fiel Lichtschein von der Straße herein.

»Und wohin jetzt?« fragte Eileen verstört. Fiorabelle ging zum Fenster und öffnete es, beugte sich hinaus.

Auf der Straße war nichts von Polizei zu sehen. Sie hatten ihre Wagen wahrscheinlich in den Innenhof gefahren. Fiorabelle betrachtete die Hausfassade mit dem Blick einer berufsmäßigen Kletterkünstlerin. Unter dem Fenster lief ein breiter Sims entlang. Darauf konnte man notfalls Halt finden. Und ein Stück weiter links mündete er in einen kleinen Balkon, der nicht mehr war als ein Fassadenschmuck. Aber darunter war der gleiche Balkon und darunter wieder, und wenn man den erreichte, befand man sich höchstens noch fünfzehn oder zwanzig Yards über dem Bürgersteig, und so einen Sprung mußte jede von ihnen heil überstehen, so trainiert wie sie waren.

Fiorabelle zog den Kopf zurück und teilte den Mädchen mit, was sie ausgespäht hatte. Draußen im Flur splitterte Glas.

»Jetzt wird es wohl Zeit«, gab sie sich gelassen. »Wir bleiben zusammen. Notfalls helfen wir uns gegenseitig, klar?«

Sie stieg als erste hinaus. Ihre Füße fanden guten Halt auf dem Sims. Sie hielt sich am steinernen Fensterbrett und trat zwei Schritte zur Seite. Eileen folgte, preßte sich eng an die Hauswand und streckte die Hand aus. Fiorabelle ergriff sie und zog das Mädchen zu sich herüber. Sie sahen, wie Anne aus dem Fenster stieg, sich mit einer Hand hielt und dann Vivian half.

Der Schreck fuhr Fiorabelle in die Glieder, als sie sich erinnerte, wie leicht Vivian schwindlig wurde. Hoffentlich hielt sie den Kopf oben!

Fiorabelle setzte einen Fuß neben den anderen. Ihre Hand fahndete nach dem nächsten Fensterbrett. Als sie es packen konnte, zog sie Eileen nach, arbeitete sich gleich weiter und kümmerte sich nicht darum, ob die anderen folgen konnten. Jetzt hatte sie wieder ein freies Stück vor sich, auf dem sie keinen Halt finden konnte als die glatte Hauswand. Aber es nahm ihr schon ein wenig von der Unsicherheit, wenn sie die flache Hand dagegenpressen konnte. Und so kam sie bis zu dem letzten Fenster, das sie noch von dem Balkon trennte.

»Langsamer!« zischte Eileen. »Vivian kommt nicht mit!«

»Sie muß einfach!« gab Fiorabelle zurück. Einen Blick wagte sie: Anne klebte platt an der Fassade, die Linke weit ausgestreckt, und daran hielt sich Vivian, offenbar keiner Bewegung mehr fähig.

»Sie soll sich mit ausgestreckten Armen gegen die Wand drücken und auch die Stirn dagegenpressen! Weitersagen!«

Eileen gab Fiorabelles Anweisungen an Anne, und die redete auf Vivian ein. Fiorabelle sah, wie Vivian versuchte, nach ihrem Rat zu handeln.

»Und jetzt die Füße breit nach außen stellen und langsam nach rechts schieben!«

Auch der Befehl lief durch die Kette der Mädchen. Zuerst waren es nur wenige Zoll, die Vivian auf diese Weise schaffte. Dann wurde sie endlich wieder mutiger. Fiorabelle spürte, wie Eileens Zug an ihrer Hand schwächer wurde. Sie tastete sich an dem Fenstersims entlang. Jetzt war der kleine Balkon keine drei Yards mehr vor ihr.

»Laß los!« rief sie Eileen zu. Um den Balkon zu erreichen, mußte sie sich von der Hauswand wegdrehen und fallen lassen, ehe sie in die Tiefe neben sich stürzte. Am liebsten hätte sie die Augen geschlossen, aber sie mußte ihr Ziel schließlich im Blick behalten. Also streckte sie beide Arme vor und warf sich nach vorn. Ihre Hände erreichten das eiserne Balkongitter. Sie klammerte sich fest, kam mit einem Klimmzug hoch. Ihre Füße fanden Halt, und sie konnte sich hinaufziehen.

»Hast du gesehen, wie ich es gemacht habe?« fragte sie Eileen. Die nickte nur, atmete ein paarmal tief durch und vollführte dann denselben Trick, ohne noch länger zu zögern. Keuchend stand sie dann neben Fiorabelle.

»Alle vier passen wir aber nicht hier drauf!« war ihre erste Bemerkung. Fiorabelle schwang sich schon wieder über die Brüstung.

»Wenn du dich fallen läßt, mußt du zum Haus hin schwingen und im richtigen Augenblick loslassen! Sag das auch den anderen!«

Sie hangelte sich hinunter, gab sich einen leichten Schwung und sauste auf den darunterliegenden Balkon. Als sie landete, schrammte sie sich die Haut vom rechten Oberschenkel. Fiorabelle trat zur Seite. Dennoch konnte sie nicht verhindern, daß sie von Eileen fast zu Boden gerissen wurde, als die dicht vor ihr aufschlug. Sie halfen sich gegenseitig hoch. Der Ärmel von Eileens Overall war von unten bis oben aufgerissen, und sie blutete aus einer Armwunde.

»Vivian will nicht springen«, sagte sie atemlos. »Wenn Anne hier unten ist, schlägt sie die Scheibe der Balkontür ein und versucht, sich in dem Büro dahinter zu verstecken, bis die Polizei weg ist.«

»Die durchsuchen doch das ganze Haus, wenn sie uns nicht finden! Aber von mir aus! Komm, Schwester, noch ein Todessprung im Dunkeln, und dann haben wir es bald geschafft!«

Sie kletterte über das Geländer, Eileen bewunderte sie. Fiorabelles Bewegungen waren katzenhaft, und wie eine Katze ließ sie sich auch fallen. Wieder kam sie einigermaßen gut auf. Eileen versuchte es ihr nachzutun, aber diesmal prallte sie gegen die Balkontür, und eine Scheibe zerbarst.

»Achtung, ich komme!« schrillte Annes Stimme von oben. Fiorabelle schwang ihre Beine über die Brüstung, um Platz zu schaffen. Wie ein Stein segelte die junge Tänzerin herab, streifte die Brüstung und brach mit einem Schrei auf dem Boden zusammen.

Eileen war gerade wieder hochgekommen und streckte ihr die Hand entgegen.

»Was ist passiert?«

Anne versuchte aufzustehen. Es schien ihr arge Schmerzen zu bereiten. »Mein Bein ... meine Hüfte ...«

»Gebrochen? Laß sehen?« Eileen tastete sie ab. »Kann nichts feststellen. Kannst du auf dem Bein stehen?«

Anne versuchte es und nickte. »Aber ich trau' mich nicht, damit hinunter auf die Straße zu springen! Es tut einfach zu weh!«

»Hier kannst du nicht bleiben«, stellte Fiorabelle hart fest. »Ich mach dir einen Vorschlag: Eileen und ich springen und versuchen, dich aufzufangen. Du mußt wie ein Fallschirmspringer kommen. Genau waagerecht. Arme vorgestreckt und Beine nach hinten. Willst du's versuchen?«

Wieder nickte Anne. Fiorabelle blickte hinunter auf den Bürgersteig. In einiger Entfernung stand ein Mann vor einem Schaufenster und sah unverwandt hinein. Auf der anderen Seite entfernte sich ein etwas angetrunkenes Pärchen. Die Gelegenheit war günstig. Sie beugte sich vor und ließ sich fallen. Im Flug klappte sie zusammen wie ein Taschenmesser. Der Aufprall war hart und stauchte ihr alle Glieder zusammen, obwohl sie ihn durch eine Rolle rückwärts milderte. Eilig wälzte sie sich zur Seite, bekam eine Regenrinne in die Hand und zog sich daran hoch.

Eileen sprang, und ihr erging es nicht besser als Fiorabelle. Fluchend rollte sie bis an den Randstein, streckte sich für einen Moment lang aus und kam dann auf die Füße.

»Ich weiß ja nicht, was Anne hat«, bemerkte sie. »Aber ob sie das hier heil übersteht?«

»Ist doch egal!« wehrte Fiorabelle ab. »Wenn sie sich nicht gerade das Genick bricht, kann sie alles in einem schicken Sanatorium ausheilen lassen. Geld genug dafür hat sie nach diesem Raubzug heute abend.«

»Wieso? Was sind die grauen Glasstückchen denn wert?«

»Ein paar Millionen, Schätzchen!« Sie blickte hinauf und winkte Anne zu. Dann verschränkte sie mit Eileen die Hände überkreuz.

»Paß genau auf, wie sie abkommt! Wir müssen sie unbedingt fangen!«

»Klar doch! Meinst du, ich lasse sie aufs Pflaster knallen?«

Anne schien noch mit sich zu kämpfen. Vielleicht hatte sie auch Schwierigkeiten, über die Brüstung zu klettern. Aber irgendwie schaffte sie es. Sie hob die Hand. Dann stieß sie sich ab. Im Fallen streckte sie sich, wie sie es oft genug geübt hatte. Und sie landete genau in Eileens und Fiorabelles Armen, riß die beiden Mädchen zwar mit sich zu Boden, daß sie mit den Köpfen gegeneinanderstießen, aber sie war als erste wieder auf den Füßen. Sie strich sich das Haar zurück und atmete tief.

»Verrückt«, sagte sie. »Da war anscheinend etwas bei mir ausgerenkt. Ich konnte das Bein kaum bewegen. Und jetzt ist alles wieder okay!«

Fiorabelle rieb sich den Kopf. »Dafür hab' ich das Gefühl, als wäre mir der Kopf ausgerenkt! Was ist mit dir, Eileen?«

»Was soll mit mir sein?« fragte Eileen und stand auf. »Diese Kuh hat mich umgerissen, aber ich lebe noch. Und ich frage mich, woher wir jetzt möglichst schnell ein Taxi bekommen! Ich brauche einen dreifachen Bourbon, eine heiße Dusche und mein Bett!«

»Die Aussichten dafür sind bei euch dreien ziemlich schlecht«, sagte ein Männerstimme. »Was ich anbieten kann, ist ein Gefangenentransportwagen, ein Glas Wasser auf der Polizeiwache und eine Pritsche in der Zelle.«

Sie fuhren herum und starrten Jo Walker ins Gesicht.

»Eure Nummer an der Fassade war übrigens erstklassig. Ich habe sie von Anfang an genossen. Vivian hat sich wohl lieber ins Haus zurückgezogen? Nun, man wird sie bald herunterbringen. Warten wir noch so lange!«

Fiorabelle hatte ein Schimpfwort auf der Zunge, aber sie bezwang sich.

»Mit Ihnen hatte ich nicht gerechnet, Jo!« sagte sie und rieb sich den Arm.

»Ich weiß! Ted Waters wollte mich für eine Weile aus dem Verkehr ziehen, damit ihr da oben ungestört ausräumen konntet. Aber seine beiden Kidnapper liegen schon ziemlich lädiert in Polizeigewahrsam.«

»Und wo ist Ghislaine?« sprudelte Eileen heraus.

»Ghislaine? Im Hotel, nehme ich an. Zusammen mit den anderen. Wo sollte sie sonst sein?«

Fiorabelle legte Eileen mahnend die Hand auf den Arm, aber Eileen war nicht zu bremsen.

»Im Gefängnis natürlich, Sie Affe! Haben Sie noch immer nicht kapiert, daß sie zu uns gehört?«

»Sie hatte mir nichts erzählt. Warum auch? Ich traf sie im Treppenhaus und habe sie nach Hause geschickt. Es ist nicht verboten, nachts in fremden Treppenhäusern zu stehen, aber es ist auch nicht gerade bequem oder angenehm.« Jo feixte, und Eileen kochte vor Wut.

Aus der Toreinfahrt kamen Polizisten. Sie führten Vivian mit sich. Hinter ihnen tauchten die Fahrzeuge auf, die im Innenhof gestanden hatten. Ein weiblicher Lieutenant näherte sich Jo.

»Sie hat einen Beutel um die Hüften geschnallt und darin wesentliche Teile der Beute!« sagte sie. »Ich nehme an, bei den anderen finden wir noch mehr!«

»Das denke ich auch! Bringen Sie alle Mädchen aufs Revier, und durchsuchen Sie sie! Ich komme noch dazu, weil ich eine Aussage brauche.«

Die Mädchen wurden in einen Transporter verfrachtet. Keine gönnte Jo auch nur noch einen Blick. Dabei hatte er doch nur seinen Auftrag erfüllt: für ihre Sicherheit zu sorgen. Jetzt waren sie sicher.

Als Jo ins Hotel kam, fand er eine Nachricht Tom Rowlands vor, die ihm der Captain per Telefax geschickt hatte. Noch an der Rezeption riß er den Umschlag auf und las das eng beschriebene Blatt. Es bezog sich auf den Mann, den er als Ted Waters kennengelernt hatte. Rowland war fündig geworden.

»Was sonst noch etwas? Anrufe für mich oder für Miß Fiorabelle oder Vivian?« fragte er den Mann an der Rezeption. Der blickte in die Fächer und nahm einen Zettel heraus.

»Ein Anruf für Miß Fiorabelle.«

»Die ist im Moment nicht verfügbar«, sagte Jo. »Aber da es vermutlich um das Ballett geht, können Sie mich das erledigen lassen. Geben Sie her!« Er nahm ihm den Zettel ab. Ted Waters bat Fiorabelle um Rückruf, und es war eine Baltimore-Nummer, die er angegeben hatte.

»Okay, das geht in Ordnung.« Jo fuhr zu seinem Zimmer hinauf, packte seine Sachen, bezahlte unten an der Kasse seine Rechnung und legte noch einen Schein dazu.

»Vor dem Hotel steht mein Leihwagen. Hier sind Schlüssel und

Papiere. Regeln Sie das mit Hertz, ja? Und jetzt brauche ich ein Taxi.«

»Stehen vor dem Hotel, Sir!«

Jo nahm sich den ersten Wagen in der Reihe. »Zum Flugplatz!«

Der Fahrer nickte und ließ seinen Motor an. »Da ist jetzt aber nicht viel los, Sir!«

»Eine Chartermaschine nach New York kriege ich aber doch wohl?«

»Wenn Sie soviel Geld ausgeben wollen? Der Greyhound-Bus braucht fünf Stunden. Ich würde es in dreieinhalb schaffen. Dann sind Sie auch bei Sonnenaufgang dort. Und haben einen Haufen Moneten gespart.«

Jo überlegte. Dann lehnte er sich in seinem Sitz zurück und faltete die Hände vor dem Bauch.

»Okay. Fahren Sie mich nach New York!«

Ungefähr um dieselbe Zeit läutete das Telefon bei Ted Waters in Baltimore. Er wälzte sich im Bett herum, tastete nach dem Hörer und meldete sich schlaftrunken.

»Waters ...«

»Leo.«

»Oh, Leo! Fein, daß Sie anrufen! Ich habe eine todsichere Sache für unsere Tanzmäuse! Jede Menge Farbsteine, Rubine, Opale, Amethyste, und kaum gesichert. Über ein Dach zu erreichen, das die Mädchen vom Nachbarhaus spielend schaffen. Sind Sie interessiert?«

»Ich bin überhaupt nicht mehr interessiert. Außer daran, meine Haut zu retten. Unsere Sache ist aufgeflogen. Die Bostoner Polizei hat die Mädchen eingesammelt und festgesetzt. Mit Hilfe dieses verdammten Walker; ich dachte, Sie hätten den aus dem Verkehr gezogen, Ted?«

»Was?« Ted mußte ein paarmal schlucken. Das waren drei schlechte Nachrichten zuviel. »Das müssen Sie mir näher erklären, Leo! Sonst glaube ich kein Wort!«

»Gern! Fiorabelle, Vivian, Eileen, Anne und Ghislaine waren heute nacht unterwegs. Ghislaine schob Wache, und plötzlich stand dieser Walker vor ihr. Weiß der Teufel, wie er den Mädchen auf die Spur gekommen ist, aber er holte die Polizei zu Hilfe und fing unsere ganze Bande ein. Nur Ghislaine konnte sich retten und hat mich angerufen und mir alles berichtet.«

»Und wie ist Walker meinen Männern entkommen?«

»Das weiß ich nicht. Am besten kümmern Sie sich mal darum. Nicht, daß die der Polizei eventuell auch noch Tips geben! Wenn Sie den Eindruck haben, daß sie allzu gesprächsbereit sind ... Sie wissen ja: weg damit!«

»Natürlich. Aber wie soll es jetzt weitergehen? Die Beute von heute nacht ist ja wohl auch verloren?«

»Natürlich. Kommen Sie her, Ted! Nehmen Sie sich die erste Maschine nach New York. Passen Sie auf, daß Sie niemand sieht oder Ihnen gar folgt, und kommen Sie sofort in mein Büro. Wir müssen zu retten versuchen, was noch zu retten ist, und die Firma auflösen.«

»Verdammt! Wenigstens müssen wir jetzt nur noch durch zwei teilen, wie?«

»Das ist der einzige angenehme Aspekt bei der Sache.«

»Mach ruhig die Augen einen Moment zu!« riet Jo seinem Taxifahrer, als sie mitten in der Rush-hour zu Leos Firmensitz gefunden hatten und ein Stückchen entfernt parkten. »Hast es dir verdient, und ich muß sowieso warten, bis mein Partner auftaucht!«

Der Taxifahrer warf einen mißtrauischen Blick auf das Parkverbotsschild, unter dem er sein Taxi abgestellt hatte. »Sie können mich ja wecken, wenn eine Kontrolle kommt!« sagte er, lehnte sich zurück und schloß die Augen.

Jo behielt die Umgebung aufmerksam im Blick. Wenn der glatzköpfige Leo auftauchte, wollte er zur Stelle sein. Leo war jetzt für ihn die Schlüsselfigur in dem ganzen Fall. Leo verscherbelte die Beute und mußte das größte Interesse daran haben, daß der Laden lief. Und wenn es nun damit zu Ende ging, würde Leo als erster sehen, daß er ungeschoren davonkam.

Ghislaines Anruf bei Leo in der Nacht war schon ein Teil des Plans gewesen, den Jo jetzt verfolgte. Hoffentlich hatte er so gewirkt, wie es sich Jo ausgedacht hatte! Die nächste Stunde mußte es zeigen ...

Aber schon die nächsten Minuten brachten eine Entwicklung, mit der Jo nicht gerechnet hatte. Ein anderes Taxi hielt vor dem Büroeingang, und Ted Waters stieg aus. Er zahlte und ging geradewegs ins Haus hinein. Jo rüttelte seinen Fahrer.

»Aufwachen! Für mich ist es schon soweit!«

Der Fahrer schrieb ihm eine Quittung aus, und Jo bezahlte.

»Fröhliche Heimfahrt ins schöne Boston!« wünschte Jo.

Der Fahrer gähnte. »Ich leg' mich unterwegs erst mal 'ne Stunde aufs Ohr!« meinte er und startete seinen Motor.

Jo stieg aus und folgte Waters. War Leo etwa schon in seinem Büro?

Er fuhr mit dem Lift hinauf. Aber als die Kabine in Leos Stockwerk hielt, betätigte Jo schnell den Knopf, der die Türen wieder schloß, und fuhr eine Etage höher. Er hatte Waters bemerkt, der sich an der Tür zu Leos Büro zu schaffen machte. Offenbar versuchte der, sich Eingang zu verschaffen, ehe Leo eintraf. Das versprach eine interessante Begegnung zu werden.

Oben stieg er aus und ging langsam die Treppe hinunter. Der Gang vor Leos Büro war leer. Waters hatte es wohl geschafft und war jetzt drinnen. Jo schlich sich hin und probierte die Türklinke. Waters hatte hinter sich nicht wieder abgeschlossen. Jo zog sich zurück. Bei den Lifts stand eine Ledercouch, arg zerschlissen und auch ein wenig staubig. Aber Jo nahm sich eine Zeitung von gestern aus dem Papierkorb, setzte sich und tat, als läse er die überholten Nachrichten.

Er mußte eine halbe Stunde warten, während der alle möglichen Leute heraufkamen und in ihre Büros gingen. Und dann stolzierte Leo aus dem Lift, warf keinen Blick auf Jo und strebte seinem Office zu, wobei er schon mal den Hut abnahm und seine Glatze spiegeln ließ. Jo folgte ihm mit den Augen. So entging ihm auch nicht die Überraschung, mit der Leo auf seine unverschlossene Bürotür reagierte. dann steckte er die Rechte in die Hosentasche und betätigte die Klinke mit der linken Hand. Ein vorsichtiger Mann war er schon, der dicke Edelsteinhehler ...

Waters hatte es sich in Leos Büro bequem gemacht, nachdem er eine Weile herumgesucht und sich neugierig umgesehen hatte. Daß Leo gern mit Bargeld arbeitete, wußte er. Irgendwo mußte auch eine Menge davon liegen, aber Leo hatte es so gut versteckt, daß Waters keine Chance hatte, den Schatz aufzuspüren. Also mußte er auf andere Weise versuchen, an seinen Anteil zu kommen, so hoch er ihn eben einschätzte.

Als Leo eintrat, blieb Waters ruhig sitzen.

»Ich bin erstaunt!« sagte Leo statt einer Begrüßung an der Tür. »Wie sind Sie hereingekommen, Ted?«

»Sie sagten doch, ich solle mich möglichst nicht sehen lassen. Da habe ich ein bißchen an Ihrem Türschloß herumgespielt und bin nun hier.«

Leo stellte seine Aktentasche ab und nahm hinter seinem Schreibtisch Platz. Dabei betätigte er ungesehen einige Kontakte unter seiner Schreibtischplatte. »Fangen wir also an, Ted! Sie sagten mir, Sie hätten Walker vorerst aus dem Verkehr gezogen. Was ist da schiefgegangen?«

»Ich hatte Benny und Kenny mit der Aufgabe betraut, und sie haben sie auch anfangs sehr gut gelöst. Sie brachten Walker ohne Aufsehen in das Haus im Wald und setzten ihn da fest. Irgendwie muß es ihm gelungen sein, sich zu befreien. Als Benny kam, um ihm etwas zu essen zu bringen und ihm ein Betäubungsmittel zu verabreichen, schlug Walker zu und zwang Benny, von dem Zeug zu trinken. Vorher muß er ihm noch Kennys Adresse herausgepreßt haben, denn wenig später erschien er dort und machte Kenny kampfunfähig.«

Leo verzog keine Miene. »Wo sind die beiden jetzt?«

»Kenny sitzt in einer Zelle mit einer drohenden Anklage wegen Freiheitsberaubung. Und Benny ist irgendwo untergekrochen, wo ich ihn in der kurzen Zeit nicht finden konnte.«

»Er kann also immer noch plaudern, wenn es ihm gefällt?« Leo hatte einen drohenden Unterton in der Stimme.

»Er kann, aber er wird nicht. Er ist von uns abhängig und wird den Teufel tun, seine einzige Einkommensquelle zu verstopfen!«

»Trotzdem sollten wir ihn so bald wie möglich ausschalten. Ich habe nicht gern solche Bedrohungen in meinem Rücken.«

»Ich kümmere mich darum, sobald ich wieder nach Boston komme.«

»Das ist die zweite Schwierigkeit, über die ich mit Ihnen sprechen wollte, Ted«, sagte Leo. »Sie werden nicht wieder nach Boston kommen.«

»Wieso?« Waters' Verblüffung war echt.

»Weil ich mir nicht leisten kann, Sie länger frei herumlaufen zu lassen.«

»Was?«

»Ja. Tut mir leid für Sie, Waters!« Leo legte den Finger auf den Schalter unter dem Schreibtisch, der die elektrischen Kontakte in dem Sessel, in dem Waters saß, mit voller Spannung versorgen würde. »Ihre Zeit ist nun mal um!«

Jo war ungesehen in Leos Büro gelangt. Im Vorraum sah er sich flüchtig um, dann hörte er die Stimmen und sah durch die halb offenstehende Tür Waters in dem Hinrichtungssessel und Leo hinter dem Schreibtisch.

»Die Zeit ist um!« sagte Leo gerade. Das klang irgendwie endgültig. Wollte er den Mitwisser beseitigen? Das lag nicht in Walkers Interesse. Er tastete nach seiner Automatic und mußte wieder einmal feststellen, daß er sie gar nicht bei sich hatte. Er zerbiß einen Fluch zwischen den Zähnen und schob sich noch zwei Schritte näher an die Bürotür heran.

»Moment!« protestierte Waters.

»Was soll das?« fragte Leo.

»Legen Sie die Hände auf den Tisch, Leo! Den Trick mit diesem Stuhl haben Sie mir vor langer Zeit schon erklärt. Deshalb habe ich mir erlaubt, das Kabel mit einem kräftigen Tritt herauszureißen. Aber Sie haben wohl noch mehr solcher Schweinereien auf Lager. Deshalb knalle ich Sie ab, wenn Sie auch nur eine verdächtige Bewegung machen! Klar?«

»Nun regen Sie sich doch nicht gleich so auf, Ted! Ich hatte das doch ganz anders gemeint! Ihre Zeit in diesem Teil der USA wäre um, habe ich gemeint. Wir müssen uns um einen Job für Sie an der Westküste kümmern, wo die Bullen noch nicht hinter Ihnen her sind und vor allem dieser Walker nicht! Verstehen Sie?«

»Ich verstehe nur, daß ich für Sie gut genug war, die beiden Mädchen umzulegen, als sie schwatzen wollten. Und jetzt werde ich überflüssig, wo Sie das Geschäft auflösen und mit der Beute verschwinden wollen!« giftete Waters. »Statt dessen werden wir jetzt sauber teilen, was noch vorhanden ist. Und dann gehen wir auseinander, und ich hoffe, daß wir uns nie wieder treffen.«

»Aber deshalb habe ich Sie ja hergeholt, Ted!« beteuerte Leo. »Darf ich aufstehen? Ich will nur das Geld aus dem Tresor holen!«

»Stehen Sie auf, Leo! Aber denken Sie daran, daß ich bei der kleinsten verdächtigen Bewegung meinen Finger krumm mache!«

Jo hörte, wie Leo seinen Sessel rückte. Vorsichtig lugte Jo um die Ecke. Leo ging zu dem großen Bücherschrank und zog die mittlere Tür auf. Dann bückte er sich und betätigte wohl einen versteckten Schalter, denn jetzt schwang langsam das ganze Bücherregal aus dem Schrank nach vorn und zur Seite. Dahinter wurde eine ganz normale Zimmertür sichtbar.

»Halt! Wo geht das hin?« fragte Waters. Leo stieg in den jetzt leeren Bücherschrank und drehte sich noch einmal um.

»Zum Tresor, mein Freund! Wie versprochen!« sagte er, aber es war ein spöttischer Unterton in seiner Stimme, und seine Schweinsaugen blitzten.

»Da gehe ich mit!« Waters war schon aus seinem Sessel hoch.

»Von mir aus!« antwortete Leo in gespielter Gleichgültigkeit und schloß die Tür auf.

»Ich hoffe nur, daß der Tresor keinen zweiten Ausgang hat, durch den Sie sich davonmachen wollen, Leo!«

»Keine Sorge! Dies ist der einzige Zugang.«

Er verschwand in dem Raum, der sich hinter dem Bücherschrank unvermutet geöffnet hatte, und Waters folgte ihm. Jo wartete, bis beide verschwunden waren. Dann huschte er in Leos Arbeitszimmer, untersuchte eilig den merkwürdigen Bücherschrank, fand den verborgenen Schalter und drückte auf den Knopf. Die Bücherwand kam zurückgefahren, und er mußte zur Seite springen, um nicht eingeklemmt zu werden. Sie schloß sich summend. Schon war Jo am Telefon und wählte die Nummer des Headquarters.

»Captain Rowland, bitte!«

»Der Captain ist noch nicht im Dienst!« gab das Mädchen an der Vermittlung gleichgültig Auskunft. Jo wartete keine weiteren Erklärungen ab, hieb auf die Gabel und wählte Rowlands Privatnummer. Der Freund meldete sich nach dem fünften Klingelzeichen gähnend.

»Alte Schlafmütze! Steh auf, und komm her!«

»Jo? Wo zum Teufel bist du um diese nachtschlafende Zeit?«

»29, Beaver Street. Achter Stock. Ich habe den Mörder der Mädchen und seinen Auftraggeber. Beeil dich, so lange sie sich nicht gegenseitig umbringen!«

»Verdammt! Halte sie irgendwie auf! Ich alarmiere das nächste Revier und komme sofort selbst!« Jo grinste. Er konnte sich lebhaft vorstellen, wie es jetzt in der Junggesellenwohnung des Captains zuging.

Was hinter dem Bücherschrank dieses Büros los war, wußte er leider nicht.

»Ich wußte, daß dies eine Falle war!« sagte Waters wütend und warf einen schnellen Blick auf den einzigen Ausgang, der sich gerade geheimnisvoll geschlossen hatte. Leo stand wie versteinert mitten in dem kleinen Raum, der nur ein paar Schränke enthielt und sonst nichts.

»Was ist das?« fragte Leo Harwell verdattert.

»Sie haben uns hier eingesperrt, um irgendeine Teufelei anzustellen!« entgegnete Waters wütend. Er hob den Revolver. »Aber das war Ihre letzte!«

Schon krümmte er den Finger. Leo hob abwehrend die Hand.

»Nein! Tun Sie das nicht, Waters! Allein kommen Sie hier nicht lebend heraus! Da muß irgendeine Panne passiert sein!«

»Da ist keine Panne passiert! Hören Sie nicht, daß jemand in Ihrem Büro spricht? Da telefoniert einer! Wer ist das?«

Auch Leo lauschte. »Walker!«

»Was?«

»Sie haben ihn hierhergelockt, Ted! Auf Ihren Spuren ist er Ihnen gefolgt, und jetzt hält er den Ausgang besetzt!«

»Wie kommen wir hier heraus?«

»Überhaupt nicht.«

»Dann machen Sie die Tür wieder auf! Ich schieße uns den Weg frei!«

»Das kann ich nicht von hier! Wir müssen warten, bis draußen jemand den Kontakt betätigt!«

Waters hoch die Waffe erneut.

»Ich hätte verdammt Lust, Sie einfach abzuknallen, Leo! Übrigens – wo ist das Geld? Wenn wir schnell verduften müssen, wäre es gut, daß wir es schon bei uns hätten!«

Leo überlegte. Dann ging er zu einem der Schränke, machte ihn auf und nahm ein paar Geldbündel heraus.

»Stecken Sie sich die ins Hemd!« riet er. »Das ist alles, was gegenwärtig verfügbar ist.«

»Wieviel?«

»Schätzungsweise anderthalb Millionen. US-Dollar. Sinnlos, die fremden Währungen mitzunehmen. Siebenhunderttausend für jeden von uns reichen ja wohl auch fürs erste.«

»Ich hatte mit mehr gerechnet. So fleißig, wie die Mädchen nun mal gewesen sind ...!«

»Fertig?« fragte Jo. Die drei Polizisten, die ihre Schnellfeuergewehre auf den Bücherschrank gerichtet hatten, nickten. Jo beugte sich hinunter und betätigte den Schalter. Erstaunt sahen die braven Streifencops, wie sich die Bücherwand ins Zimmer hinein bewegte.

»Nehmt die Hände hoch und kommt heraus!« befahl Jo. Als erster erschien Leo. Waffenlos. Er hatte die Hände oben, zeigte mit der Rechten nach hinten.

»Das ist er!« japste er. »Er hat mich eingesperrt und wollte mich berauben! Er ist der Mör ...«

In seine Worte hinein bellte Waters' Revolver, zweimal, dreimal. Leo bekam plötzlich einen sehr verwunderten Gesichtsausdruck. Er verdrehte die Augen. Dann riß er den Mund auf wie zu einem Schrei, aber kein Laut kam aus seiner Kehle. Auf seinen kurzen Beinen drehte er sich einmal halb herum, sah mit seinem wohl letzten Blick noch einmal seinem Mörder in die Augen und brach in dem offenen Bücherschrank zusammen.

Waters mußte einen Anlauf genommen haben. Jedenfalls flog er über Leo hinweg, kam wie eine Rakete ins Büro geschossen und riß dabei einen der Polizisten um. Die anderen wagten natürlich nicht zu feuern, aus Angst, ihren Kollegen zu treffen. Waters prallte gegen den Schreibtisch, taumelte, fand wieder Halt und schoß aufs Geratewohl. Die Kugel ging in die Deckenlampe und ließ einen Scherbenregen herunterprasseln.

Jo hatte unwillkürlich einen Schritt zur Seite gemacht. Jetzt federte er herum, mit ausgestrecktem Arm und steifer Handkante. Damit erwischte er Waters am Hals und mähte ihn regelrecht um, ehe er zu einem zweiten Schuß kam. Ein Stück rutschte er noch über die Schreibtischplatte, bis er zur Ruhe kam, mit herunterhängenden Armen und geschlossenen Augen.

»Was geht hier vor?« fragte Tom Rowland von der Tür. Er hatte den Kragen offen und noch keine Zeit gehabt, eine Krawatte anzulegen. Am rechten Schuh waren die Schnürsenkel noch nicht zugebunden, und das Taschentuch hing ihm aus der Hosentasche.

»Zieh dich erst mal richtig an!« sagte Jo und rieb seine Handkante. »Und dann serviere ich dir den Mörder der beiden Mädchen, die sich in den Tod getanzt haben! Samt dem Chef der Bande, und vielleicht einem Teil der Beute!«

Rowland ging langsam zum Schreibtisch und drehte Ted Waters auf den Rücken.

»Sieh an!« sagte er. »Billy der Knacker! Dauerhaft gesucht wegen Bandenverbrechen in drei Staaten an der Westküste! Und jetzt ist er als Show-Veranstalter gereist, um die besten Einbruchgelegenheiten für seine Girltruppe auszukundschaften!« Er holte ein Paar Handschellen aus der Gürtelschlaufe. Auch als Captain und Leiter einer Mordkommission verzichtete er nicht auf den professionellen Schmuck der Gangsterjäger. Er ließ sie um Ted Waters' Handgelenke schnappen. Dabei knisterte etwas unter dem Hemd des Bewußtlosen. Rowland knöpfte es auf, und dicke Banknoten quollen ihm entgegen.

»Der hier hat genausoviel unterm Hemd!« meldete der Polizist, der sich um den toten Leo im Bücherschrank kümmerte.

»Was wieder einmal beweist, daß noch so viel Geld nicht vor einer Kugel schützt!« sagte Rowland. »Merkt's euch, Jungs, falls ihr mal reich werdet!«

Blutspur der Millionen

Der Mann war hochgewachsen, schlank und von unauffälliger Eleganz. Und er war ein Profi.

Tipsy Williams sah es mit einem Blick. Er sah ihn unter der Uhr des Meeting Point in der Ankunftshalle stehen, scheinbar gelangweilt. Sah das Köfferchen neben ihm auf dem Boden und sah, wie der Fremde in regelmäßigen Abständen mit der Fußspitze danach tastete. Williams zählte lautlos mit. Alle zwanzig Sekunden versicherte sich der Mann, daß das Köfferchen noch vorhanden war. Er blickte nicht etwa argwöhnisch darauf und verriet damit, daß ihm das teure Stück am Herzen lag. Seine Methode war diskreter und wirkungsvoll zugleich.

Was mochte in dem Köfferchen sein? Bestimmt nicht nur Zahnbürste und Pyjama. Um wichtige Dokumente konnte es sich auch nicht handeln. In dem Fall sicherten Kuriere den Aktenkoffer mit einem dünnen Stahlkettchen am Handgelenk. Auch war dieses Gepäckstück etwas größer als die übliche Kuriertasche. Williams hätte es gern angehoben, um das Gewicht schätzen zu können. Aber soweit war er noch nicht. Er nahm erst einmal seinen eigenen Spezialkoffer auf und schlenderte zum Meeting Point. Dort stellte er ihn ab, nicht weit von dem Gegenstand seiner brennenden Begierde entfernt. Und dann übte er sich in Geduld.

Tipsy Williams war nicht nur ein geduldiger Gepäckmarder, sondern auch hervorragend ausgerüstet. Wenn sein Koffer auf dem Boden stand, sah er absolut unverdächtig aus. Aber die Unterseite fehlte. Er war offen, so daß er ihn über jeden etwas kleineren Koffer stülpen konnte, sekundenschnell und wie bei einem Zaubertrick. Innen hatte er starke stählerne Klammern, die zuverlässig festhielten, was sie einmal gepackt hatten. Tipsy brauchte seinen Koffer nur aufzunehmen und wegzugehen. Niemand ahnte etwas von seinem neuen Inhalt...

Wieder waren zwanzig Sekunden vergangen. Die Fußspitze des Fremden tippte leicht gegen das schwarze Leder, während sich der Mann eine Zigarette anzündete, mit einem teuren Feuerzeug in japanischer Lackarbeit mit Goldkanten. Tipsy schnalzte verächtlich mit der Zunge. Das Ding kostete knapp 400 Dollar. Wenn es echt war. So etwas benutzte man doch nicht in der Öffentlichkeit, wenn man mit einem wertvollen Koffer unterwegs war! Das mußte die Taschendiebe und Gepäckräuber doch mit magischer Gewalt anziehen! Dieser Profi hatte anscheinend eine schwache Seite ...

Eine ganze Schar lärmender Touristen kam herbei und versammelte sich am Meeting Point. Sie waren ausnahmslos albern und schreiend bunt gekleidet und hatten allein Anschein nach in der Bar gewartet. Tipsy hörte, wie sie nach ihrem Reiseleiter fragten und durcheinanderredeten. Der Fremde schob sein Köfferchen mit dem Fuß ein Stück zur Seite und verzog die Mundwinkel. Das plötzliche Gedränge schien ihm nicht zu behagen. Williams konnte es ihm nachfühlen. Ihm selber kam die muntere Gruppe sehr zustatten. Er wartete, bis nach genau zwanzig Sekunden die Spitze des Schuhs aus schwarzem geflochtenem Leder den Koffer wieder antippte. Dann schob er sich von hinten heran. Sein Trickkoffer senkte sich über den anderen, lautlos und ohne auch nur das Hosenbein des Fremden zu streifen. Tipsy spürte, wie sich die Klammern anlegten. Er hob sein plötzlich schwerer gewordenes Gepäck an und stellte es hinter sich auf den Boden. Ein weniger erfahrener Gepäckdieb hätte schnell das Weite gesucht und sich damit verraten. Aber auch Tipsy war ein Profi. Er kramte in seinen Manteltaschen, fand die Zigaretten und seine Streichhölzer. Gerade als er das Flämmchen ans vordere Ende seiner Pall Mall führte, tippte die Fußspitze des Fremden plötzlich ins Leere.

Jetzt blickte der Mann doch irritiert zu Boden. Er zeigte keine Erregung, aber seine Augen streiften Williams voller Mißtrauen und gingen dann zu zwei der bunten Touristen, die gerade ihre Reisesäcke aufgenommen hatten und durch die Halle davonstrebten: Noch einmal blickte der Fremde sichernd in die Runde. Nur diese beiden in ihren Hawaii-Hemden und den zerknautschten Leinenhosen kamen für den Diebstahl in Frage. Ihre Reisesäcke waren groß genug, um das Köfferchen zu bergen, wenn sie vorher leer gewesen waren!

Tipsy sah mit Vergnügen, wie sich der Fremde in Bewegung setzte.

Immer noch äußerlich eiskalt und ohne hastige Bewegung, folgte er den Touristen. Aber seine Kiefermuskeln traten auf den glattrasierten Wangen hervor, und eine Hand hatte er in der Manteltasche zur Faust geballt. Vielleicht umschlossen seine Finger auch den Griff eines Revolvers Er war jedenfalls grimmig entschlossen, sein Köfferchen wieder in seinen Besitz zurückzubringen. Tipsy kicherte fast, als er seinen Trickkoffer anhob. Es mußte eine recht wertvolle Beute sein, die er jetzt durch die Halle trug, ohne noch einmal zurückzublicken.

Auf dem Weg zum Parkplatz peitschte ein plötzlicher Schneeregenschauer über ihn hinweg. Mit gesenktem Kopf und hochgeschlagenem Mantelkragen erreichte er seinen alten Chevy. Er verstaute das Gepäck im Kofferraum, warf sich hinters Steuer und startete mit heftig arbeitendem Scheibenwischer.

Er mußte an den Ausgängen der Ankunftshalle vorbei. Gerade als er den Kopf nach rechts wandte, tauchte der Fremde auf. Die Schwingtür schlug gegen die Wand, so heftig wurde sie aufgestoßen. Und der Mann im dunkelblauen Mantel blickte wild nach allen Seiten. In den Reisesäcken der beiden Touristen hatte er sein Köfferchen offenbar nicht gefunden. Tipsy Williams duckte sich und gab Gas. Vor ihm scherte ein Taxi aus der Wartereihe aus und schob sich auf seine Fahrspur. Er trat auf die Bremse und widerstand dem Verlangen, mit der Faust auf den Hupenknopf zu schlagen. Kein Aufsehen! Was der Fremde jetzt machte, konnte er nicht sehen, denn die Rückscheibe war beschlagen. Er lenkte auf die Überholspur. Plötzlich hatte er es doch sehr eilig.

Das Telefon dudelte, Jo nahm den Hörer und meldete sich. »Walker.« Am anderen Ende der Leitung war heftiges Atmen, fast schon ein Keuchen.

»Hallo?« fragte Jo. »Wer spricht?«

»Mr. Walker …«

»Am Apparat.«

»Hier ist Tipsy Williams.«

»Ja?«

»Erinnern Sie sich nicht, Mr. Walker? Sie haben mir mal eins auf die Finger gegeben, als ich Ihnen vor der Metropolitan Opera die Brieftasche ziehen wollte. Vorigen Herbst. Fast hätten Sie mir den Arm gebrochen. Aber Sie haben mich nicht bei der Polizei verpfiffen, weil's mir wirklich verdammt schlechtging.«

»Stimmt. Jetzt fällt's mir wieder ein.«

»Bitte, Mister Walker können Sie mir helfen? Ich stecke in der Klemme. Hab' mich sozusagen verhoben, an einer Sache, die für mich zu groß ist. Jetzt sind sie hinter mir her.«

»Wem hast du denn jetzt die Brieftasche geklaut? Dem Gouverneur oder dem Polizeichef?« fragte Jo Walker amüsiert.

»Keine Brieftasche, Mr. Walker. Damit gebe ich mich schon lange nicht mehr ab. Es ist ein Koffer, den ich gefunden habe. Und er ist voll Geld. Wenn mich der Eigentümer findet, bin ich dran.«

»Und was soll ich dabei tun, Tipsy?«

»Mein Gott, schaffen Sie mir den Koffer vom Hals! Und lassen Sie mich irgendwo untertauchen! Ich brauche Ihre Hilfe, Mr. Walker! Vorhin fuhr schon ein schwarzer Caddy durch meine Straße, ganz langsam. Ich bin sicher, daß sie nach meinem alten Chevy ausgeschaut haben, um mich zu finden!«

»Und? Haben sie ihn gefunden?«

»Natürlich nicht. Aber die brauchen doch nur in der nächsten Kneipe nach mir zu fragen. Hier weiß jeder, was ich mache. Und dann machen sie kurzen Prozeß mit mir.«

»Wieviel Geld ist es denn?«

»Bestimmt über 'ne Million! Können Sie nicht herkommen und den Koffer übernehmen, Mr. Walker?«

Jo grinste. Es gefiel ihm, daß Tipsy Williams seine Lage anscheinend richtig einschätzte und nicht versuchte, mit einer Million zu türmen, die ihm nicht gehörte.

»Wo bist du?«

»Hazelnut Grove. Die Nummer ist 17. Aber ich bin in dem Schuppen hinter dem Haus im Hof. Wissen Sie, wo Hazelnut Grove ist?«

»Na, schön. Ich komme mal hin! Paß schön auf den Koffer auf, bis ich dreimal an die Tür klopfe.«

»Gott sei Dank, Mr. Walker! Ich wußte mir wirklich nicht anders zu helfen, als Sie anzurufen!«

»So geht es dir nicht allein, Tipsy!« sagte Jo und legte schmunzelnd auf. Er ging hinaus ins Büro April Bondys, seiner blonden Assistentin.

»Willst du noch einmal fort?« fragte sie mit einem völlig überflüssigen Blick auf die Uhr.

»Ja. Ein kleiner Taschendieb hat um Hilfe gerufen.«

»Dann wird es wohl kein besonders großes Geschäft, wie?« fragte sie sarkastisch. Jo hob die Schultern.

»Eine Million vielleicht, oder zwei. Er hat sich nicht ganz klar ausgedrückt.«

April stutzte. »Dann bring' mir eine mit, ja?« sagte sie und vertiefte sich wieder in die neueste Ausgabe ihres Kriminalmagazins.

Jo dachte, es könnte nützlich sein, zunächst einmal in der Gegend herumzuhorchen. Er parkte ein Stück von Tipsy Williams' Behausung entfernt und schlenderte zu einer ziemlich verkommen aussehenden Bar. Drinnen empfing ihn eine gut gelungene Mischung von grölenden Stimmen der angetrunkenen Gäste, einer voll aufgedrehten Jukebox und dem elektronischen Gedudel von Spielautomaten. Mit freundlichen Worten und unwiderstehlichen Handbewegungen schob er sich bis zur dicht belagerten Theke vor. Bei dem Barmann in der schmutzigweißen Schürze bestellte er sich eine Cola. Als der ihm das tropfnasse Glas hinschob, bezahlte er gleich, ein bißchen aufgerundet, und beugte sich vor.

»Hat heute abend schon mag jemand nach Tipsy Williams gefragt?«

Der Barmann zog eine Augenbraue hoch. »Sie sind schon der zweite! Allerdings wollten sie nur wissen, wer den schrottreifen Chevy mit Williams' Nummer fährt.«

»Wer?«

»Zwei ziemlich böse ausgehende Gentlemen. Der eine hatte 'ne Pistole im Hosenbund stecken.«

»Haben Sie's ihnen gesagt?« forschte Jo weiter. Der Barmann schüttelte den Kopf und zog eine Grimasse.

»Seh' ich so aus? Tipsy ist Stammgast bei mir, wenn er mal Geld hat, und die beiden Kerle gehören überhaupt nicht hierher! Aber wenn sie weiter herumfragen, werden sie's schon anderswo herauskriegen. Leider. Sie sahen nicht so aus, als wollten sie ihm nur einen Blumenstrauß bringen!«

Jo trank seine Cola und machte, daß er hinauskam. Die paar Schritte bis zu Nummer 17 Hazelnut Grove legte er fast im Laufschritt zurück. Die Haustür war nur angelehnt, der Flur stockfinster. Jo tastete sich bis zur Hintertür durch, überquerte dann den mit Gerümpel vollgestellten Hof und klopfte an die Tür des Schuppens, der windschief und baufällig den Abschluß zum Nachbargrundstück bildete.

Drinnen rührte sich etwas. Ein Möbel wurde zur Seite gerückt, ein Eimer fiel zu Boden und rollte scheppernd davon, und dann öffnete sich die Schuppentür einen Spalt.

»Ah, Gott sei Dank! Mr. Walker!« Tipsys Gesicht war nur ein heller Fleck in der Dunkelheit. »Kommen Sie herein!«

Tipsy ließ ihn eintreten und verschloß hinter ihm wieder die Tür. Jo roch den Angstschweiß, der den kleinen Gepäckdieb wie eine Wolke umgab. Er nahm sich eine Zigarette und steckte sie an. Das zuckende Flämmchen seines Feuerzeugs ließ ein undurchschaubares Durcheinander in dem kleinen Raum erkennen. Es sah aus, als hätte Tipsy die Beute von jahrelangen Raubzügen wahllos aufeinandergestapelt.

»Hier herein, Mr. Walker!« Williams öffnete eine schmale Tür, die in den Angeln kreischte. Das rückwärtige Zimmer war insofern etwas besser aufgeräumt, als man ein Sofa und einen Tisch ohne weiteres ausmachen und auch benutzen konnte. Dahinter türmten sich Pappkartons und Plastikbehälter und Müllsäcke. Williams bot Jo einen verdächtig aussehenden Stuhl an.

»Nehmen Sie Platz, Mr. Walker!«

»Viel Zeit haben wir nicht«, sagte Jo. »Man fragt schon nach dir, Tipsy. Sie sind dir auf der Spur. Um was geht es denn eigentlich?«

Williams schob ein Paar Kartons zur Seite und legte einen kleinen Lederkoffer auf den staubigen Tisch.

»Das hier hab' ich erwischt«, erklärte er und öffnete den Koffer. Jo mußte schlucken. Der Gegensatz zwischen der ärmlich-wüsten Umgebung und dem Vermögen, das bar gebündelt im Koffer lag, war aber auch zu groß. Er nahm eines der Geldbündel heraus, blätterte es auf und überprüfte eine der Banknoten im Schein der schwachen Lampe. Sie schien echt.

»Grob geschätzt eine Million«, sagte er. Williams nickte.

»Genau das, was ich gut brauchen könnte. Aber ich möcht' es doch lieber lossein. Könnten Sie mir dabei helfen, Mr. Walker?«

Jo drückte seine Zigarette aus und steckte sich gleich eine neue an. Der Geruch nach altem Abfall und Fäulnis, der den Schuppen füllte, war atemberaubend.

»Gibt es irgendwelche Hinweise auf den Eigentümer? Wem hast du das Geld abgenommen, Tipsy?«

»Keine Ahnung. Sah ziemlich gut aus, der Gentleman auf dem Flughafen. Groß, gut angezogen. Als Geldkurier schien er mir ein Profi zu sein.«

»Das ist alles?«

»Leider, ja. Der Koffer gibt auch nichts her, fürchte ich.«

»Vielleicht finden sich Fingerabdrücke oder andere Spuren. Ich nehme ihn mit und versuche, an den Eigentümer heranzukommen. Wenn es legal ist, wird er sich melden. Handelt es sich um Schwarzgeld, finde ich wohl ebenfalls eine Möglichkeit, den Koffer so loszuwerden, daß du aus der Schußlinie kommst. Aber was mache ich mit dir? Du mußt erst einmal weg hier.«

»Ich habe einen Bruder in Alleghany«, sagte Tipsy zögernd. »Allerdings ... er ist ein guter Bürger des Landes und ausgesprochen gesetzestreu. Wenn er herausbekommt, wovon ich lebe, wirft er mich gleich wieder hinaus.«

»Der taugt sowieso nicht als Zuflucht. Wer herausfindet, wer du bist, der weiß auch wenig später, daß du einen Bruder hast. Ich könnte dich für ein paar Tage im ›Country Release‹ unterbringen. In Newhaven.«

»Was ist das?« fragte Williams mißtrauisch.

»Eine ehemalige Farm. Heute lebt da eine bunte Wohngemeinschaft aus trockenen Alkoholikern, clean gewordenen Drogensüchtigen, Nichtseßhaften, die es doch einmal mit festem Wohnsitz versuchen wollen, und Nuten, die es leid sind, jede zweite Nacht in einer Zelle zuzubringen. Ich kenne den Mann, der die Einrichtung betreut. Father Richard. Netter Bursche.«

»Hin! Besser als sich hier zu verstecken, nicht wahr?«

»Allemal.« Jo hob die Hand. »Still!«

Sie lauschten. Draußen auf dem Hof machte sich jemand zu schaffen. Eine Mülltonne rollte über den Beton, begleitet von unverständlichen Flüchen.

»Da ist einer!« raunte Williams.

»Da sind zwei!« berichtigte ihn Jo. »Gibt es ein Fenster zum Hof?«

»Nein. Nur die Tür.«

Jo tastete sich in den vorderen Raum zurück und blieb dicht hinter der Tür stehen.

»Hier wohnt doch niemand!« sagte eine tiefe Stimme draußen.

»Aber die Alte hat ausdrücklich gesagt: in dem Schuppen! Das ist hier. Und da ist auch eine Tür. Ich muß hinein!«

»Dann geh doch! Ein Tritt, und der Schuppen ist offen! Los! Was wartest du noch, Charly?«

Jo hatte es eilig, zurück zu Williams zu kommen.

»Zwei Männer. Sie wollen unbedingt in diesen Schuppen herein. Und ich fürchte, daß sie das auch bald schaffen. Gibt es einen zweiten Ausgang? Oder müssen wir übers Dach? Ich habe kein Verlangen, mich mit ihnen herumzuprügeln.«

»Um Himmels willen, nein!« stimmte Williams zu. Er zog das Bett von der Wand. Eine Klappe wurde sichtbar. Williams zog sie auf. Dahinter war es stockfinster.

»Wohin geht's da?« wollte Jo wissen.

»In einen ähnlichen Schuppen des Nachbarhauses. Schnell! Kommen Sie, Mr. Walker!«

Jo nahm den Koffer, bückte sich und kroch in das finstere Loch hinein. Tipsy Williams folgte ihm und schloß die Klappe hinter ihnen.

»Nur ein paar Schritte! Dann sind wir drüben!«

Jo merkte an einem kühleren Luftzug, daß er sich schon in einem anderen Raum befand. Er richtete sich vorsichtig auf. Hier konnte er wieder stehen.

»Gibt's irgendwo Licht? Ich habe keine Lust, mir die Beine zu brechen!«

»Gleich, Mr. Walker!« Williams drückte sich an Jo vorbei. Dann ging eine Baustellenlampe an, die neben dem Ausgang hing. »Durch diese Tür kommen wir auf den Hof. Durchs Haus dann auf die Straße. Genau wie bei uns. Meinen Sie, wir können es wagen?«

»Natürlich. Schnell!«

Tipsy öffnete die Tür. Jo folgte ihm auf den Hof und durchs Haus auf die Straße.

»Warte hier! Ich hole meinen Wagen!« befahl Jo und drückte ihm den Geldkoffer in die Hand. Williams nahm ihn widerstrebend und verbarg ihn nach kurzem Überlegen hinter der offenen Haustür. Jo spazierte die Straße hinunter bis zur Ecke und dann über die Hazelnut Grove zu seinem Wagen. Der champagnerfarbene 230 SLK nahm sich recht merkwürdig in dieser armseligen Straße aus. Aber der schwarze Cadillac, der ein Stück davor parkte, paßte ganz offensichtlich auch nicht hierher. Ob er den beiden Kerlen gehörte, die hinter Tipsy Williams her waren? Jo hätte es gern gewußt. Aber er konnte nicht auf sie warten. Zu groß war die Wahrscheinlichkeit, daß sie die Klappe hinter Tipsys Bett entdeckten und ihnen auf dem Weg ins Nachbarhaus folgten.

Und wenn sie plötzlich in Williams Rücken auftauchten, würde der in schreckliche Panik geraten.

Jo stieg ein, wendete und fuhr um die Ecke. Williams hielt schon angstvoll nach ihm Ausschau.

»Steig ein! Und leg das Geld in den Kofferraum!«

Williams gehorchte. Dann schlüpfte er auf den Beifahrersitz und zog die Tür hinter sich zu. Aber Jo machte noch keine Anstalten abzufahren. Nervös sah Williams ihn an.

»Worauf warten Sie noch?« fragte er, und seine Unterlippe zitterte.

»Auf die da!« antwortete Jo und wies mit dem Daumen auf die beiden dunklen Gestalten, die im Hausgang auftauchten, wo eben noch der Millionenkoffer gestanden hatte.

»Mein Gott, das sind sie!« stammelte Williams. Jo nickte. Er schaltete das Licht ein.

»Machen wir's ihnen ein bißchen leichter! Jetzt können sie wenigstens meine Autonummer erkennen.«

»Aber dann haben Sie die Burschen auf den Fersen!«

»Genau das will ich ja! Ich freue mich schon auf die Kontaktaufnahme. Hauptsache, du bist aus der Schußlinie!« Er startete den Motor und ließ den Wagen gemächlich anrollen.

»Und wohin jetzt?« fragte Williams.

»Zur Grand Central Station. Hast du Geld? Du wirst dir noch eine Fahrkarte kaufen müssen, während ich Father Richard anrufe und dein Bett in der Country Release reservieren lasse!« Jo trat aufs Gaspedal, daß der 230 SLK einen Satz nach vorn machte und im Dunkel des Bronx Botanical Garden verschwand.

April Bondy war noch da, als Jo von seinem Ausflug in die Bronx heimkehrte. »Na?« fragte sie, ohne von ihrem Magazin aufzublicken. »Wie war's mit der Million?«

Jo legte den Koffer auf ihren Schreibtisch. »Hier ist sie drin.«

April riß die Augen auf und starrte den Koffer an. »Tatsächlich eine Million?«

»Geschätzt. Wir werden das Geld erst noch zählen müssen.«

»Darf ich's mal sehen? Eine Million ... man hat hier so selten Gelegenheit, weißt du?«

Jo öffnete achselzuckend den Kofferdeckel und ließ sie einen Blick auf die Geldbündel werfen.

»Und wem gehört der ganze Segen?« fragte sie.

»Das muß ich noch herausbekommen. Tipsy Williams hat den Koffer auf dem Flughafen geklaut, und als er sah, was drinnen war, bekam er es mit der Angst. Tatsächlich schnüffeln zwei verdächtige Kerle auch schon hinter ihm her. Ich habe ihn in Sicherheit gebracht und den Burschen eine saubere Spur gelegt, die sie zu mir bringen wird.«

»Es ist schmutziges Geld?« fragte April.

»Anzunehmen. Saubere Transaktionen werden nicht bar, sondern per Scheck abgewickelt. Wer heute noch mit gebündeltem Barem herumläuft, kann sich nicht leisten, das Geld auf einem Bankkonto auftauchen zu lassen. Die Steuerfahndung schläft nicht. Schon Al Capone wurde nicht geschnappt, weil man Beweise für seine Verbrechen erbringen konnte, sondern weil er Steuern hinterzogen hatte.«

»Na, schön! Jetzt brauchen wir nur noch herauszufinden, wem dieses Geld gehört, wofür es gezahlt wurde, und wer es bekommen sollte.«

»Der recht- oder unrechtmäßige Eigentümer wird sich bald melden. Woher es kommt ... Tipsy Williams' Opfer befand sich auf dem Kennedy Airport. Dort landen in erster Linie die internationalen Maschinen. Entweder ist er mit einer davon gekommen, oder er sollte das Geld jemandem übergeben, der damit wegfliegen wollte. Ich tippe auf die erste Möglichkeit.«

»In dem Fall müßte ein Gepäckanhänger an dem Koffer gewesen sein«, schloß April logisch. Jo nickte.

»Gib mir einmal die Lupe und die Pinzette!«

April reichte ihm das Werkzeug. Jo betrachtete den Koffergriff. Dann zupfte er mit der Pinzette ein winziges Stück Papier aus dem Scharnier.

»Da haben wir ihn schon!«

»Wen?«

»Den Gepäckanhänger. Irgendwo muß ein Flugplan der Swissair liegen. Such ihn bitte mal!«

»Den brauche ich nicht zu suchen. Hier herrscht Ordnung!« behauptete April, griff ins Regal und gab ihm das rotweiße Heft.

»Ausgezeichnet. Es ist dasselbe Rot auf dem Papierfetzchen, mit einer Spur Weiß. Der Anhänger könnte von der Swissair gewesen sein, und als ihn der Geldbote abriß, ist ein winziges Stückchen davon hängengeblieben.« Jo blätterte den Flugplan durch. »Auch zeitlich kommt es hin. Eine Maschine aus Genf landet täglich um 17.30 Uhr. Eine halbe Stunde später hat Tipsy Williams den Koffer an sich gebracht.«

»Hervorragende Arbeit!« lobte April spöttisch. »Jetzt wissen wir, daß die Million aus der Schweiz kommt. Wieso übrigens in US-Dollars? Soviel ich weiß, zahlt man in der Schweiz mit Franken!«

»Liebes, was macht man in den USA mit Schweizer Franken? Nichts. Also wechselt man sie in der Schweiz erst einmal in Dollars um. Die Schweizer Banken machen das gern und fragen nicht lange. Bei uns wären derart große Summen meldepflichtig, wenn man sie bar bewegt. Okay?«

»Okay«, nickte April und stand auf. »Wenn du mich nicht mehr brauchst, um diesen Schatz zu bewachen, fahre ich nach Haus. Überstunden bezahlst du mir sowieso nicht, und vom Anblick einer Million in Papiergeld werde ich nicht satt.«

»Ich würde dich zu Musie's einladen. Aber ich erwarte, daß sich die Eigentümer des Koffers bald melden, und muß am Telefon bleiben«, entschuldigte sich Jo. April nahm ihre Jacke aus dem Schrank.

»Akzeptiert«, nickte sie. »Ruf mich an, wenn du mich morgen brauchst. Ansonsten nehme ich meinen freien Tag und schrubbe mein Apartment.«

Sie warteten nicht bis zum anderen Tag. Das Telefon ging um halb zwei in der Nacht. Jo war augenblicklich hellwach und griff sich den Hörer.

»Walker …«

»Hören Sie, Walker – Sie haben unseren Koffer mit dem Geld.«

»Wenn Sie der rechtmäßige Eigentümer sind, könnte man es so ausdrücken. Ich habe ihn einem kleinen Gepäckdieb abgenommen mit dem Auftrag, ihn zurückzugeben. Leider befand sich keine Adresse in oder auf dem Koffer.«

»Gut, daß Sie es wenigstens zugeben. Sie haben unser Geld, und wir haben Ihr kleines Flittchen, diese blonde Bondy.«

Für eine Sekunde stockte Jo Walkers Atem. Damit hatte er nicht gerechnet. »Warum?« fragte er kurz.

»Nun, wir dachten, es würde Ihre Bereitschaft fördern, das Geld abzuliefern. Im Austausch kriegen Sie das Mädchen zurück. Falls Ihnen etwas daran liegt.«

»Kann ich sie sprechen?« fragte Jo kurz.

»Natürlich. Moment!«

Es dauerte keine drei Sekunden, bis sich April meldete. »Hallo, Jo!«

»Wie geht es dir?«

»Tolles Gefühl, eine Million wert zu sein. Ich habe mir die Finger gestaucht, als ich sie meinem Gegner in die Augen drückte«, sagte sie und kicherte. Jo wollte weiterfragen, aber da hatte er schon wieder seinen unbekannten Gesprächspartner in der Leitung.

»Walker – ich würde vorschlagen, daß wir es schnell hinter uns bringen.«

»Ganz meine Meinung. Wo soll der ... Austausch stattfinden?«

»Catham Road. Die Nummer ist 251. Im Vorgarten brennt eine Laterne. Sie können in einer knappen Stunde hier sein.«

»Catham Road ist in Queens?«

»Richtig. Aber kommen Sie allein, und möglichst unbewaffnet.«

»Das müssen Sie mir schon überlassen, wie ich einen Millionentransport durchs nächtliche New York sichere. Und seien Sie nett zu Miß Bondy! Sonst spucke ich erst noch auf Ihre Million, ehe ich Ihnen den Koffer gebe!«

Er legte auf und sprang aus dem Bett. Als er sich angekleidet hatte, holte er den Koffer aus dem Safe. Er packte das Geld in eine Reisetasche um und füllte den Koffer mit alten Zeitungen. Dann steckte er seine Automatic ein, nahm die beiden Gepäckstücke und verließ das Apartment.

Catham Road war eine typische, langgezogene Wohnstraße in Queens. Die Reihe der ähnlich aussehenden Bungalows schien Jo endlos, als er daran vorüberrollte. Um diese Zeit waren alle Fenster dunkel. Schließlich sah er eine Gartenlaterne, die vor einem Haus auf der gepflegten Rasenfläche brannte, und als er abbremste, erkannte er auch die beleuchtete Hausnummer. Ein bißchen wunderte er sich, daß man ihn so offen zu dieser Adresse bestellt hatte. Von hier ließ sich die Spur seiner Geschäftspartner unschwer weiterverfolgen. Aber sie würden sich schon irgendwie gegen seine weiteren Nachstellungen abgesichert haben.

Er nahm den Koffer, stieg aus und ging über den sauberen Plattenweg zur Haustür hinauf. Zu klingeln brauchte er nicht. Sie hatten ihn kommen sehen und öffneten ihm freundlich die Tür. Zwei finstere Burschen, dunkel gekleidet und trotz der tiefen Nacht mit Sonnenbrillen geschmückt. Äußerlich die typischen Mafiosi. Dazu paßten auch die automatischen Pistolen, die sie offen im Gürtel trugen.

»Walker?« vergewisserte sich der eine. Jo nickte nur.

»Geben Sie uns den Koffer. Hier geht's lang!« Der Mann streckte die Hand aus, aber Jo dachte nicht daran, ihm den Geldkoffer auszuhändigen.

»Das ist Chefsache«, widersprach er. »Finger weg!«

Achselzuckend brachte ihn der Bodyguard durch die kleine Halle in ein gemütlich erleuchtetes Wohnzimmer.

»Walker, Boß!« meldete er ihn an. Aus einem tiefen Sessel erhob sich ein gut gekleideter, grauhaariger Mann, an dem vor allem die scharf geschnittenen Gesichtszüge auffielen. Rasiermesserscharf wirkten sie, als er einen Schritt ins Licht tat. Seine Haut war braun, straff gespannt und mit einem bläulichen Anflug, wo der Bartwuchs um diese Stunde durchschimmerte. Jo warf einen Blick nach rechts, wo April Bondy auf einer Couch saß, vor sich ein Cocktailglas und die glimmende Zigarette im Aschenbecher.

»Nett von Ihnen, daß Sie sich hier herausbemüht haben, Walker!« begrüßte ihn der hakennasige Gentleman.

»Na, ja – mir liegt eben sehr viel an Miß Bondy!« gab Jo lässig zurück. »Und da habe ich Ihnen den verlorengegangene Koffer gleich mitgebracht.«

»Geben Sie her!«

»Gern, Mr. - wie war doch der Name?« fragte Jo grinsend. Auch der andere grinste.

»Sagen wir einfach ... Miller!«

»Gut, Mr. Miller.« Jo reichte ihm den Koffer. »Ich muß Ihnen allerdings sagen, daß sich das Geld nicht darin befindet.«

»Was soll das heißen?« fauchte Miller. Er winkte seine beiden Gorillas heran und warf ihnen den Koffer zu. »Aufmachen und nachsehen! Oder haben Sie etwa eine kleine Überraschung darin vorbereitet, Walker?«

»Kommt darauf an, wie Sie's sehen, Miller. Alte Zeitungen.«

»Verdammt, ja, Boß! Er hat uns alte Zeitungen mitgebracht!« sagte einer der beiden Kerle. Jo hob die Hand.

»Moment, Miller! Sie kriegen das Geld. Sobald ich mit Miß Bondy im Wagen sitze und der Motor läuft. Reine Vorsichtsmaßnahme! Ich hoffe, Sie verstehen das! Schließlich kennen wir uns erst seit fünf Minuten, und eine Million ist viel Geld.«

»Für Sie vielleicht, Schnüffler!« fuhr Miller auf. »Aber wie Sie wollen! Nehmen Sie das Mädchen, und gehen wir hinaus!«

»Da wäre noch etwas, Miller!«

»Was denn jetzt noch? Reicht es Ihnen nicht, daß Sie mit dem Mädchen lebend hier herauskommen?«

»Nein. Bei allem, was über hundert Dollar hinausgeht, sichere ich mich gern ab. Woher weiß ich denn, daß das Geld tatsächlich Ihnen gehört? Oder daß Sie empfangsberechtigt sind?«

»Wollen Sie eine Quittung mit vollem Namen und Adresse?« fragte Miller ironisch zurück.

»Von Ihnen natürlich nicht«, schränkte Jo ein. »Aber ich schlage vor, daß Sie irgend jemanden herbringen, der die Übergabe bezeugt. Eine neutrale Person, Ihren Anwalt vielleicht. Er braucht bei Bedarf nur zu dokumentieren, daß ich Ihnen die Million ordnungsgemäß übergeben habe. Warum und wieso, ist schließlich nicht wichtig.«

Miller überlegte. Er konnte wahrscheinlich verstehen, daß sich Jo absichern wollte, wo es um eine Million ging. Und Jo schien auch bereit zu sein, das Geld zu übergeben. Auf der anderen Seite ...

»Wo soll ich um diese Nachtzeit einen Anwalt herbekommen?« fragte er.

»Sie können auch den nächsten Streifenpolizisten hereinholen.«

»Den Teufel werde ich tun!« Miller ging zum Telefon. April Bondy lächelte vergnügt, als sie ihn seinen Anwalt aus dem Bett holen und herbestellen hörte.

»Er kommt«, verkündete Miller schließlich und legte auf. »Bringt die beiden in den kleinen Salon!« wies er seine Leibwächter an. Die nickten Jo und April wortlos zu. April trank ihr Glas aus und stand auf.

»Falls sich jemand inzwischen an meinem Wagen zu schaffen machen will«, bemerkte Jo, schon an der Tür, »er ist gesichert. Und Sie wollen ja wohl nicht, daß die halbe Straße aufwacht, nicht wahr? Zumal Sie das Geld auch ohne Sirenengeheul und Blinklicht bekommen werden!«

Miller winkte ab.

»Schon gut. Es kann eine Stunde dauern, Walker. Aber Sie haben ja Gesellschaft.« Er verzog den Mund zu einer Grimasse, und Jo fühlte sich am Arm gepackt und hinausgeführt. Hinter sich hörte er

April sagen: »Pfoten weg! Ich kann auch einen Arm auskugeln, Macho! Klar?«

Der »kleine Salon« entpuppte sich als Gefängnis. Er war zwar ganz komfortabel eingerichtet, aber das Fenster trug außen ein stabiles Gitter, und die Tür war aus Stahl.

»Das richtige Gangsternest!« murrte Jo und ließ sich in einen zierlichen Sessel fallen, der unter ihm gequält aufseufzte. »Morgen früh stellst du als erstes fest, wem dieses Haus gehört und wieso diese Gangster es nutzen können.«

April schüttelte den blonden Kopf.

»Das brauche ich nicht. Dieser sogenannte Miller hat es mir bereits erzählt und dabei vor Vergnügen gewiehert. Der Besitzer ist verreist, und sie haben sich nur für ein paar Tage hier eingenistet. So machen sie es anscheinend öfter, um nicht unter einer festen Adresse aufzufallen.«

»So? Und wie kommen sie an die Adressen?« fragte Jo erbost.

»Wahrscheinlich über ein Reisebüro. Da braucht doch nur die Freundin von einem am Counter zu sitzen und festzustellen, wer wie lange wohin verreist. Oder sie kennen jemanden von einem Haushütedienst. Noch einfacher!«

»So wird es sein. Du hast nicht zufällig mitbekommen, wie Miller wirklich heißt?«

»Nein. Seine Gorillas nennen ihn nur ›Boß‹. Und er redet sie überhaupt nicht mit Namen an. Du, Jo – das scheint eine ganz ausgefuchste Profibande zu sein. Ich weiß nur noch nicht, in welcher Branche sie arbeiten.«

»Sie schieben Millionen zwischen Europa und den USA hin und her. Was damit bezahlt wird, ob Rauschgift oder Waffen oder Mädchen, kriege ich noch heraus. Ungesetzlich ist es auf jeden Fall.«

Jo steckte sich eine Zigarette an. Die eigentlichen Besitzer des Bungalows schienen überzeugte Nichtraucher zu sein. Jo hatte noch nirgendwo einen Aschenbecher entdeckt. Also nahm er sich eine zierliche Vase von der Fensterbank. Dabei sah er einen Ford Falcon mit abgeblendeten Lichtern vor dem Haus ausrollen. Ein Mann in Hut und Mantel stieg aus, klemmte sich eine dünne, lederne Dokumentenmappe unter den Arm und kam durch den Vorgarten. Wenig später hörten sie eine Glocke im Haus anschlagen.

»Wenn das der Anwalt ist, hat er sich beeilt!« murmelte Jo. Mit drei langen Schritten war er an der Tür und legte das Ohr auf die dünne Füllung.

»Mr. Halberg wollte mich sprechen!« hörte er den Ankömmling sagen. Der Gorilla murmelte Unverständliches. Aber Mr. Miller, der in Wirklichkeit Halberg hieß, kam ihm schon entgegen.

»Was, zum Henker, ist los, daß du mich im Morgengrauen aus dem Bett holst, John?« blaffte der Anwalt.

»Ich bin gerade dabei, eine Panne auszubügeln, Eric. Dabei sollst du mir helfen. Chavari ist heute nachmittag von Genf herübergekommen, und auf dem Flughafen hat ihm so eine verdammte Ratte den Koffer geklaut.«

»Nicht möglich! Chavari ist doch kein Neuling in dem Geschäft!«

»Trotzdem! Es ist nun mal passiert. Glücklicherweise konnte sich der Dieb wohl vorstellen, was jemandem passiert, der eine Million stiehlt. Er hat sich an einen der hiesigen Schnüffler gewandt, der die Sache wieder in Ordnung bringen sollte. Und der hat das Geld gebracht, will aber einen neutralen Zeugen ... komm herein! Ich habe ihn im kleinen Salon untergebracht, und der ist imstande und hält das Ohr an die Tür.«

Jo verzog den Mund, als sich die Stimmen entfernten.

»Hast du was verstehen können?« fragte April, streifte ihre Slipper ab und zog die Füße auf die Couch.

»Ich denke schon, daß es uns weiterhilft. Übrigens hatte ich recht. Der Kurier kam von Genf. Und er heißt Chavari.«

»Und ist mit der Swissair geflogen«, vollendete April.

»Anzunehmen.«

Die Tür wurde aufgeschlossen. Einer der Leibwächter winkte ihnen zu.

»Warum der wohl bei Nacht eine Sonnenbrille trägt?« überlegte Jo laut. April kicherte.

»Weil er zwei blaue Augen hat«, sagte sie und strich dicht an dem jungen Mann vorüber. »Und die verdankt er mir. Nicht wahr, mein Süßer?« Der Gorilla stieß ein kehliges Knurren aus. »Da hörst du's! Der kleine Puma wollte mir an die Figur. Da habe ich ihm meine Finger in die Augen gestoßen. Deshalb hat er jetzt blaue Augen, und ist etwas lichtempfindlich.«

Der Gorilla überlegte anscheinend, ob er April abermals angreifen sollte, aber er ließ es sein. Wahrscheinlich aufgrund seiner jüngsten Erfahrungen mit der schlagkräftigen Nachwuchsdetektivin;

vielleicht hatte er aber auch entsprechende Anweisungen von seinem Boß erhalten. Er brachte die beiden ins Wohnzimmer. Der Anwalt blickte ihnen neugierig entgegen, dann grüßte er höflich und zurückhaltend.

»Man hat mich gebeten, die Übergabe einer gewissen Geldsumme festzustellen und auf späteren Wunsch zu bezeugen«, sagte er. »Ich muß dazu bemerken, daß ich mit dem Geschäft, das dem zugrunde liegt, nichts zu tun habe. Ich weiß nicht, warum das Geld übergeben wird, und ich will es auch nicht wissen. Das haben Sie verstanden?«

»Da ich nicht taub bin und Sie laut genug gesprochen haben – ja!« nickte Jo. »Gehen wir hinaus! Die Übergabe findet an meinem Wagen statt.«

»Im vollen Licht der Öffentlichkeit?« wunderte sich der Anwalt.

»Im vollen Licht der schlafenden Öffentlichkeit«, bestätigte Jo. »Darf ich übrigens Ihren Namen erfahren, Herr Anwalt? Ihr Zeugnis ist mir nichts wert, wenn ich nicht weiß, von wem ich es bekommen kann!«

Der Anwalt biß sich auf die Lippen. Dann nahm er eine Visitenkarte aus der Westentasche und reichte sie Jo mit spitzen Fingern.

»Eric McKenzie«, las der halblaut. »Gute Adresse! Praktizieren Sie da?«

»Meinen Sie, ich hätte in der Fifth Avenue nur einen Briefkasten gemietet?« konterte der Anwalt böse. Jo lächelte ihn freundlich an, sagte aber nichts darauf. Er nahm April Bondy beim Arm, und sie gingen zur Tür. McKenzie und Halberg folgten ihnen, und als sie aus dem Haus traten, schlossen sich ihnen die beiden Gorillas an.

Jo schloß seinen SLK auf, ließ sich hinters Steuer gleiten und machte die Tür für April auf. Das Seitenfenster glitt herunter. Jo griff hinter sich und nahm die Reisetasche vom Sitz.

»Wollen Sie nachzählen, Mr. Miller?« fragte er freundlich und gab ihm die Tasche.

»Sind Sie verrückt geworden?« fauchte Halberg und riß die Tasche an sich.

»Moment!« schaltete sich McKenzie ein. »Ich muß zumindest einen Blick in die Tasche werfen, wenn ich hier schon etwas beglaubigen soll!«

Halberg ratschte den Reißverschluß auf. Ein bißchen zu weit. Ein paar Banknotenbündel fielen heraus und auf die Straße. Jo ließ seinen Motor an und legte den Vorwärtsgang ein. Fluchend hob Halberg das Geld auf, gab dem Anwalt die offene Tasche und stopfte die Bündel hinein. McKenzie verschloß sie sorgfältig und reicht sie seinem Klienten zurück. Dann beugte er sich zu Jo herab.

»Ich werde die Tatsache der Übergabe morgen früh in meinem Büro protokollieren lassen. Sie bekommen eine Durchschrift. Würden Sie mir wohl auch Ihren Namen sagen, Mister?«

»Mit Vergnügen!« nickte Jo und reichte ihm seine Karte.

McKenzie betrachtete sie im Schein der Straßenlaternen. Dann räusperte er sich. »Kommissar X, nicht wahr? Man hört gelegentlich von Ihnen. Seit wann arbeiten Sie für Taschendiebe?«

Jo hob die Augenbrauen. »Ich habe mich schon gefragt, in welcher Branche dieser sogenannte Mr. Miller da eigentlich arbeitet, aber auf Taschendiebstahl wäre ich nicht gekommen!« sagte er, löste die Bremse und gab Gas. April Bondy schlug sich kichernd die Hand vor den Mund.

Zu Superintendent Wilkins im Headquarter der New Yorker Polizei vorzudringen, war nicht ganz einfach. Jo schaffte es am nächsten Morgen auf Anhieb, indem er ihm seine Visitenkarte hineinschickte mit der darauf gekritzelten Bemerkung, daß er sich gern mit ihm über John Halberg unterhalten wollte.

Wilkins sah wie ein mit Sorgen beladener Gelehrter aus. Hemdkragen und Krawatte schlotterten um einen sehnigen, dünnen Hals; der Kopf war nur noch spärlich behaart, und um den schmallippigen Mund hatten sich ein paar Falten gegraben, die gewiß nicht aus häufigem, unbändigem Lachen entstanden waren.

Neugierig blickte er Jo über seinen spiegelblank polierten Schreibtisch hinweg an. Seine mageren, bleichen Finger spielten mit einem grünen Bleistift.

»Sie wollen mit mir über Halberg sprechen«, sagte er, mit hoher Stimme. »Jo Walker kommt zu Superintendent Wilkins, um mit ihm über Halberg zu plaudern. Ich lach mich tot!« behauptete er mit Grabesernst.

»Aber bitte erst später«, antwortete Jo und ließ sich in den schwarzen Ledersessel gleiten. Die meisten Einrichtungsgegenstände dieses Büros waren übrigens *alle* schwarz. Ein Begräbnisunternehmer hätte hier auf der Stelle sein Geschäft eröffnen können. »Ich wurde gestern zufällig Zeuge, wie John Halberg von einem Kurier aus Genf eine bare Million US-Dollar überbracht bekam. Es würde mich interessieren, was ihm damit wohl bezahlt wurde.«

»Sie wurden zufällig Zeuge? Wie interessant, Mr. Walker! Saßen Sie gerade in einem Mauseloch, als das passierte? Oder probierten Sie, ebenfalls ganz zufällig, ein neues Superfernglas vom Dach des gegenüberliegenden Gebäudes aus?«

»Ich halte mich gewöhnlich nicht in Mäuselöchern oder auf fremden Dächern auf, Mr. Wilkins. Es tut auch nichts zur Sache, wie ich davon Kenntnis erhielt. Halten wir uns nicht mit Nebensächlichkeiten auf. Ich will lediglich wissen, wer und was dieser Halberg ist. Er hat bei mir noch eine Ohrfeige gut, weil er meiner Assistentin etwas zu nahegetreten ist.«

»Sie wollen sich wegen einer Angestellten mit John Halberg prügeln?« fragte Wilkins, jetzt offensichtlich belustigt.

»Würden Sie das nicht tun, als Gentleman?«

»Hm«, überlegte der Superintendent. »An sich bin ich aus dem Alter heraus, aber es käme wohl auf die Angestellte an. Im übrigen bin ich verpflichtet, Mr. Halberg strikt in meiner Eigenschaft als Strafverfolger entgegenzutreten. Das allerdings würde ich liebend gern tun. Wenn ich endlich einmal etwas gegen ihn in die Hand bekäme!« Seine Hände verkrampften sich für einen winzigen Moment und zerbrachen den Bleistift. Er starrte die Trümmer an, dann fegte er sie mit einer schnellen Handbewegung auf den Teppich.

»Halberg wandelt offenbar nicht auf dem Tugendpfad der Gesetze?« fragte Jo scheinheilig.

»Verdammt, nein! Das tut er nicht, Ich halte ihn für den größten Rauschgiftzwischenhändler von New York und den umliegenden Dörfern. Was Sie mir da von einer Million vorgefaselt haben, kann durchaus stimmen. In diesen Größenordnungen bewegen sich seine Geschäfte. Das alles wissen wir. Aber es gibt keine Beweise.«

»Warum nicht?« spielte Jo den Arglosen.

»Weil seine Organisation klein, aber perfekt ist!« wütete Wilkins. »Keine Chance, jemanden bei ihm einzuschleusen! Niemand springt bei Halberg ab, keiner ist auf ihn eifersüchtig oder sonstwie sauer. Er hat nicht einmal einen festen Wohnsitz, den man beobachten könnte, sondern wohnt in häufig wechselnden Hotels oder Privatwohnungen. Und offiziell betreibt er seine Börsengeschäfte mit Erfolg, den er auch noch brav versteuert!«

»Und wie handelt er daneben noch mit Rauschgift?« fragte Jo.

»Das ist doch im allgemeinen ein recht schwieriges Geschäft, mit geheimen Lagermöglichkeiten, Schmuggelfahrten, verdeckten Treffs ...«

»Quatsch. Das war einmal, und vielleicht machen es heute noch die Kleinen so. Halberg hat vermutlich noch nie einen Joint geraucht oder ein Gramm Heroin in der Tasche gehabt. Ebensowenig wie er Kupferbarren oder kanadischen Weizen zu Hause aufbewahrt. Er betreibt sein Geschäft im internationalen Maßstab. Per Telefon, Funk und Fernschreiber. Er ordert bei den südamerikanischen Kartellen und verkauft nach Europa. Jedes Risiko tragen die anderen. Die Südamerikaner müssen das Zeug nach Europa verladen, die dortigen Geschäftspartner für die Verteilung sorgen, und nur Halberg kassiert in aller Ruhe.«

»Wieso übrigens Europa?«

»Weil er dort im richtigen Moment eingestiegen ist. Als das Medellin-Kartell zusammenbrach, stieg die Nachfrage in Europa sprunghaft. Und Halberg hatte die passenden Verbindungen zu anderen Produzenten, in Peru, in den mittelamerikanischen Staaten. Die hat er genutzt, um sich eine unangreifbare Position zu schaffen. Er scheffelt die Millionen.«

»Hm. Und Sie kommen hier nicht an ihn heran?«

Wilkins schüttelte grämlich den Kopf.

»Und durch die Hintertür? Über die europäischen Partner?«

Wilkins hob hilflos die Hände. »Die haben mehr damit zu tun, die einheimischen Dealer aufs Kreuz zu legen, als sie schaffen können. Sie wissen doch, wie es überall in der Welt mit der Polizei aussieht.«

»Ich habe davon gehört. Um so mehr reizt mich die Sache.«

Wilkins blickte auf. »Dazu fehlt Ihnen nur der Auftraggeber, nicht wahr? Als Privatdetektiv können Sie nicht ohne Auftrag tätig werden. Das wissen Sie!«

»Das ist nicht das Problem. Den habe ich schon. Und das Honorar zahlt mir eine unserer großen Illustrierten.«

Wilkins überlegte. Walkers Rechnung würde sicher aufgehen. Aber wenn er Erfolg hatte – wie stand dann die New Yorker Polizei da? Wahrscheinlich nicht besonders glänzend. Aber darauf mußte er es ankommen lassen.

»Ich weiß schon, was Sie jetzt denken, Superintendent«, lächelte Jo. »Sie überlegen, wie Sie ein Stückchen von meinem Kuchen abbekommen können. Sie könnten mir ein paar Informationen geben, wenn ich sie brauche. Das werde ich dann nicht zu erwähnen vergessen.«

Wilkins trauriges Gesicht hellte sich ein wenig auf.

»Okay«, nickte er. »Wenn Sie Fragen haben, bitte direkt an mich. Wir sollten die Sache nicht an die große Glocke hängen, ehe wir etwas vorweisen können.«

»Wir?« fragte Jo süffisant. Wilkins nickte abermals.

»Das haben wir ja wohl soeben verabredet, Walker. Jetzt sind Sie am Zug!«

Jo war auf der Hut. Er konnte sich nicht denken, daß Halberg es bei der Geldübergabe bewenden ließ. Jo hatte ihm in die Karten geschaut und war seit vergangener Nacht ein Risiko für ihn. Vermutlich hatte er seine Gorillas schon losgeschickt.

Er parkte seinen 230 SLK vor dem Haus in einer Lücke am Bürgersteig, die gerade frei wurde, als der Lieferwagen einer Wäscherei davonfuhr. Bis jetzt war nichts passiert. Wenn sie ihm auflauern wollten, blieb nur noch die Tiefgarage. Jo ging durch die Halle und fuhr mit dem Lift hinunter. Und da standen sie und warteten auf ihn.

Für dieses Unternehmen hatten sie nicht den teuren Cadillac genommen, sondern einen angerosteten Camaro. Er stand so, daß seine Schnauze zur schräg herunterführenden Einfahrt zeigte. Wahrscheinlich hatten sie ihn ein bißchen rammen wollen, wenn er herunterkam. Und dann wären sie über ihn hergefallen, wenn er von dem unvermuteten Zusammenstoß betäubt oder zumindest abgelenkt war, und hätten ihn erledigt. Jo machte ein grimmiges Gesicht, als er seine Automatic entsicherte und auf den Camaro zuging. Das letzte Stück bemühte er sich, im toten Winkel des Rückspiegels zu bleiben. Er duckte sich und schlich sich so nahe heran, daß er das Ventil des linken Hinterreifens fassen konnte. Er nahm die Kappe ab und schraubte es auf. Sogleich zischte die Luft heraus, und der Wagen senkte sich merklich. Mit einem Sprung, der fast in einem Spagat endete, war er auf der rechten Seite, und gleich darauf verlor auch hier der Reifen seine Luft. Der Camaro saß jetzt hinten auf den Felgen. Die beiden Türen gingen zugleich auf, und die Gorillas sprangen heraus, ihre Pistolen in den Händen.

»Fallen lassen!« sagte Jo und richtete sich auf. Sie stutzten. Der Fahrer öffnete die Faust, und seine Waffe polterte auf den Beton.

Der andere war mutiger oder dümmer – wie man's nimmt. Er zog blindlings durch. Der Schuß krachte in der weiten Tiefgarage, und die Kugel schlug auf den Boden, wo Jo eben noch breitbeinig gestanden hatte. Aber er hatte die winzige Bewegung des Fingers am Drücker bemerkt und war zur Seite gehechtet. Noch im Sprung drückte er ab. Die Stunden, in denen er das früher einmal eingeübt hatte, zahlten sich aus. Die Kugel traf den Gangster in die rechte Schulter, riß ihn herum und ließ ihn taumeln.

Jo kaum auf die Füße und hielt die Waffe auf den Gangster gerichtet, der trotz seiner Verletzung noch immer die Pistole in der Faust hielt. Die andere Hand preßte er auf seine Schulter. Zwischen den Fingern quoll etwas Blut hervor. Jo machte eine einladende Bewegung mit der Pistolenmündung zum Kofferraum.

»Ich nehme an, ihr habt einen Verbandskasten«, sagte er. »Kleb diesem Revolverhelden ein Pflaster auf das Loch in der Haut, Mann! Und dann bring ihn zum nächsten Doktor und sieh zu, daß diese Rostlaube weggeschafft wird! Für Leute wie euch ist hier Parken verboten!«

Der Fahrer riß die Kofferraumklappe auf, fand den Verbandskasten und half seinem Kumpel aus der Jacke. Das Hemd war schon durchgeblutet. Aufs Geratewohl drückte er dem Verletzten eine Kompresse auf die Wunde und fixierte sie mit ein paar Streifen Klebpflaster. Er sagte kein Wort dabei, und auch der andere hielt die Lippen fest aufeinandergepreßt. Sie nahmen ihre Niederlage mit finsterer Verbissenheit. Jo hatte die Automatic wieder eingesteckt und rauchte eine Zigarette.

»Genug jetzt!« entschied er. »Der Doktor wohnt schräg gegenüber. Ihr könnt ihm ja erzählen, daß der Schuß beim Reinigen der Waffe losgegangen ist. Und seht zu, daß jemand den Wagen abschleppt. Wenn er nicht innerhalb einer Stunde weg ist, lasse ich ihn von der Polizei abholen. Raus mit euch, und schönen Gruß an Mr. Halberg! Oder Miller, wie er will!«

Die beiden Ganoven warfen ihm noch einen wütenden Blick zu und trollten sich die Einfahrt hinauf. Jo wartete, bis ihre Schatten verschwanden. Dann nahm er den Lift und fuhr zu seinem Apartment hinauf. April Bondy war schon an ihrem Schreibtisch, frisch wie der Morgen selbst.

»Du hattest recht«, begrüßte sie ihn. »Der Bungalow in der Cham Street gehört einem völlig unverdächtigen Geschäftsmann, der mit

Frau und Kindern nach Kenia auf Safari gefahren ist. Im übrigen ist er jetzt wieder leer. Halberg hat ihn mit Sack und Pack verlassen. Von seinen Leuten habe ich auch keinen mehr gesehen.«

»Das konntest du auch nicht«, sagte Jo. »Die saßen nämlich unten in der Garage und warteten auf mich.«

April riß die Augen auf. »Und?«

»Der eine bringt den anderen gerade zum Doktor, damit der ihm meine Kugel aus der Schulter holt. Und den Wagen lassen sie hoffentlich abschleppen, nachdem ich ihnen die Luft aus den Hinterreifen gelassen habe. Wenn er heute nachmittag noch da steht, rufst du die Polizei.«

»Warum ich?«

»Weil ich dann vermutlich schon in der Luft bin. Buch mir einen Platz in der nächsten Maschine nach Genf. Wenn es nicht anders geht, über Paris. Und schreibe ein Auftragsformular aus.«

»Für wen, und was für einen Auftrag?«

»Für dich, Liebes. Vielleicht weißt du es noch nicht, aber du beauftragst mich, den Hintergründen deiner Entführung gestern nachzugehen.«

»Ach?«

»Ja. Ich brauche einen Auftraggeber, wie du weißt.«

»Ich habe nie gedacht, daß ich mir einen so teuren Privatdetektiv leisten könnte«, grinste April und spannte den Bogen in die Maschine. »Normaler Honorarsatz?«

Jo war schon an der Tür, um seine Reisetasche zu packen. »Nein«, schüttelte er den Kopf. »Sozialtarif!«

Als die beiden Bodyguards ins Plaza-Hotel kamen, wo Halberg mit seinen Leuten nach dem überstürzten Aufbruch aus der Catham Road Zimmer genommen hatte, boten sie ein Bild des Jammers. Halberg fuhr aus seinem Sessel hoch.

»Rory, was ist passiert?«

Rory ließ sich auf einen Stuhl sinken und achtete sorgsam darauf, mit seinem bandagierten Arm und der lädierten Schulter nirgendwo anzustoßen.

»Walker«, sagte er schwach. »Er hätte mich beinahe umgebracht.«

»Du mußt dich sehr dämlich angestellt haben«, urteilte Halberg, aber Cliff, der andere, erhob Einspruch.

»So war es nicht, Boß! Wir haben ihm in der Tiefgarage aufgelauert und wollten ihn rammen, wenn er hereinkam. Dann hätten wir leichtes Spiel gehabt. Aber er ließ seinen Wagen draußen auf der Straße stehen und kam von hinten herangeschlichen. Er hat uns die Luft aus den Hinterreifen gelassen! Wir merkten es erst, als wir mit den Felgen aufstießen. Da ist Rory hinaus und hat geschossen.«

»Ist seine Puste vielleicht nach hinten losgegangen?« fragte Halberg ironisch. Cliff spürte die Ironie nicht.

»Nein, Boß! Dieser Walker hatte auch eine Waffe, und er hat Rory eine Kugel in die Schulter geknallt.«

»Und dann?«

Cliff wurde ein bißchen verlegen. »Dann hat er uns zum Arzt geschickt.«

»Was hat er?« brüllte Halberg, umklammerte die Sessellehnen mit beiden Fäusten und wäre beinahe aufgesprungen.

»Tatsächlich, Boß!«

»Und warum hast du ihn nicht umgelegt? He?«

»Ich ... ich hatte nichts gegen ihn in der Hand.«

»Wo war denn deine Pistole?«

»Ich hatte sie fallen lassen müssen, Boß. Wirklich, es ging nicht anders. Der Bursche ist gefährlich wie eine Schlange!«

Halberg bebte vor unterdrücktem Lachen.

»Da schicke ich einen Gun-man los, einen Mann umzunieten. Und als er vor ihm steht, läßt er die Waffe fallen! Nicht zu glauben! Das nächstemal schicke ich gleich einen blinden Rentner! Der macht das besser als ihr beiden zusammen! Wo ist der Camaro?«

»Walker sagt, wir sollten ihn abschleppen lassen, sonst würde er die Polizei holen.«

»Und ihr habt brav getan, was er sagte?«

»Was sollten wir anders machen, Boß? Aus zwei Reifen war die Luft raus, und wir hatten nur ein Reserverad. Er steht jetzt in einer Werkstatt in der 84th Street. Heute nachmittag können wir ihn dort abholen.«

Halberg schlug die Hände vors Gesicht. Verzweiflung und unbändige Heiterkeit hatten bei ihm in schneller Folge bei Cliffs Bericht abgewechselt. Jetzt wußte er einfach nicht mehr, was er sagen sollte.

»Habt ihr euch bei Walker auch recht höflich wegen der kleinen Störung entschuldigt?« fragte er. Cliff schüttelte den Kopf.

»Sollten wir das? Ich find's übertrieben, Boß! Schließlich wollten wir ihn ja eigentlich ausknipsen!«

»Mann, Cliff – der Boß will dich doch nur auf den Arm nehmen!« meldete sich Rory endlich zu Wort. »Zugegeben, Boß – das alles klingt nicht besonders gut. Aber so war's. Aussichtslos für uns. Ich hab ja noch versucht zu retten, was zu retten war. Dafür habe ich mir eine Kugel in die Schulter eingehandelt.«

»Schon gut. Ich sehe ein, daß man von euch nicht mehr verlangen kann. Rory, du fährst nach Atlantic City und meldest dich bei Humphrey. Er soll dich irgendwie beschäftigen, bis die. Sache hier bereinigt ist: Falls Walker doch noch Anzeige erstattet wegen versuchten Mordes, bist du jedenfalls nicht auffindbar. Klar?«

Rory nickte.

»Cliff, du überwachst Walker. Ich weiß, daß das schwierig werden kann, weil er dich schon kennt. Aber ich habe niemand anders für den Job, und ich will über jeden seiner Schritte informiert werden. Leg dich vor seinem Haus auf die Lauer, und folge ihm, wohin er auch geht!«

»Womit, Boß? Der Camaro ...«

»Meinetwegen mit dem Fahrrad, du Idiot!« verfiel Halberg wieder in sein unbeherrschtes Schreien, mäßigte jedoch sofort seine Lautstärke. »In der City bist du damit schneller als Walker mit seinem Edelrenner. Und ab heute nachmittag hast du den Camaro wieder.«

Das Telefon ging. Halberg hob ab und hörte zu. Dann sagte er nur »Danke!« und legte behutsam wieder auf.

»Du kannst doch Französisch, Cliff?« fragte er leise. Cliff nickte zögernd.

»Die Sache hat sich grundlegend geändert. Jetzt ist die Scheiße am Dampfen. Walker fliegt nach Genf. Du fliegst hinterher und meldest dich bei Chavari. Ich brauche dich als Verbindungsmann. Und eventuell, um Walker doch noch auszuschalten, wenn er uns zu gefährlich wird.«

»Genf?« fragte Cliff gedehnt.

»Jetzt frag nur noch, wo das ist! Nimm ein Taxi zum Flughafen und zahl mit der Kreditkarte! Kein Gepäck! Chavari kann dir mit Geld aushelfen. Er soll mich anrufen, wenn du da bist! Los!«

Cliff erhob sich verdattert. »Das kommt ein bißchen plötzlich«, meinte er. »Hoffentlich finde ich mich da zurecht!«

»Das möchte ich dir verdammt geraten haben!« fauchte Halberg. »Bist du noch immer hier?«

»Ich geh ja schon!« Er trottete zur Tür, und Halberg blickte ihm nach. Bisher hatten sich seine beiden Gorillas bewährt. Wenn es galt, einen mißliebigen Besucher zu entfernen, waren sie erste Klasse. Auch diese Bondy hatten sie weisungsgemäß und ohne Aufsehen einkassiert, auch wenn Rory, der Pechvogel, dabei zwei blaue Augen davongetragen hatte. Aber für Aufträge, die Überlegung und eigene Initiative erforderten, waren sie anscheinend nicht die richtigen Leute.

Leider hatte er tatsächlich keine anderen. Das Mädchen, das er vorsorglich auf Walker angesetzt hatte, war die Unzuverlässigkeit in Person, und es schien ihm ein Wunder, daß sie nicht nur seine plötzliche Abreise bemerkt, sondern sogar sein Reiseziel festgestellt hatte. Für mehr kam sie aber keinesfalls in Frage. Halberg hielt sie sich ohnehin mehr, um gelegentliche Bedürfnisse zu befriedigen, für die man keine Intelligenz brauchte.

»Und was sitzt du noch hier herum?« fuhr er Rory an.

Der erhob sich mühsam. »Für Atlantic City hab ich auch nicht mehr genügend Geld, Boß!«

Halberg nahm seine Brieftasche heraus, zupfte einen Schein aus dem Banknotenfach, rollte ihn zusammen und gab ihn dem waidwunden Gorilla.

»Das wird reichen. Was du sonst noch brauchst, muß du dir bei Humphrey verdienen.«

»Mit der kaputten Schulter?«

»Leichte Büroarbeiten und so«, gab Halberg achselzuckend zurück. »Mach, daß du fortkommst! Ich habe zu tun!«

Auch Rory verschwand. Halberg lehnte sich aufatmend in seinem Sessel zurück und zog das Telefon heran. Er wählte eine ellenlange Nummer für einen Anschluß in der Schweiz. Es dauerte eine Weile, bis auf der anderen Seite des Atlantiks abgenommen wurde, aber dann war die Verbindung so klar und fehlerlos, als spräche er mit dem World Trade Center drüben am Hudson.

»Chavari, hier ist Halberg. Bereiten Sie sich auf etwas Kummer vor.«

»Was ist? Noch mehr Pannen?« fragte Chavari zurück.

»Wie man's nimmt. Das Geld habe ich inzwischen zurückbekommen. Der Dieb hat es freiwillig zurückgegeben. Oder besser zurückgeben lassen. Ausgerechnet durch einen Privatschnüffler. Und der scheint jetzt Schwierigkeiten zu machen. Er ist nach Genf unterwegs.«

»Verdammt! Wie konnte er unsere Connection herausfinden, Halberg?«

»Das weiß ich nicht. Vielleicht befand sich im Koffer noch ein Hinweis?«

»Ausgeschlossen!«

»Na, egal. Jedenfalls wird er bei Ihnen auftauchen. Ich habe Cliff Carsh hinterhergeschickt. Er kann Ihnen helfen, mit dem Burschen fertigzuwerden.«

»Cliff, den Schläger?«

»Er spricht immerhin ein paar Wörter Französisch, kennt Walker persönlich und ist nicht der Dümmste in meiner kleinen Crew hier.«

»Okay. Wenn er Walker ausgeschaltet hat, kann er gleich den nächsten Koffer mit zurück nach New York nehmen. Das spart mir zwei langweilige Flüge.«

»Nein!« widersprach Halberg entschieden. »Das ist nun einmal Ihr Job, Chavari. Und soviel ich auch von Cliff halte, für eine bare Million ist er mir nicht gut. Die Verführung wäre vielleicht zu groß.«

»Wenn Sie unbedingt wollen ... Morgen nacht kommt die nächste Lieferung, und ich fliege dann übermorgen.«

»Gut. Ich habe übrigens meine Adresse wieder geändert. Wir treffen uns diesmal im Presse-Center der United Nations. Schreiben Sie sich meine gegenwärtige Telefonnummer auf, ja?«

»Gern.«

Halberg gab sie ihm durch und verabschiedete sich kurz. Wie Chavari in Genf mit Walker fertigwerden würde, interessierte ihn nicht weiter. Es gehörte zu seinen Grundsätzen, den Geschäftspartnern nicht in das hineinzureden, was nach seiner Meinung ihre Angelegenheiten waren. Das hatte ihm schon manche Aufregung erspart.

Die Tür ging auf, und Sonja schob sich ins Zimmer. Sie trug einen seidenen Hosenanzug in grellen Farben, und in ihrem großzügigen Ausschnitt glänzten einige Silberketten mit bunten Steinen. Das volle schwarze Haar fiel ihr in Wellen über die Schultern. Mit wiegenden Hüften kam sie auf ihn zu und setzte sich auf seine Sessellehne.

»War ich gut, Darling?« gurrte sie.

»Sehr gut«, bestätigte Halberg. »Du hast ordentliche Arbeit geleistet und mir sehr geholfen.«

»Das ist aber auch ein Mann, John! Diesem Walker könnte ich glatt verfallen. Wenn ich dich nicht hätte.«

»Du hast mich aber, verdammt noch mal!« entgegnete Halberg. »Hol uns was zu trinken! Wir haben es uns verdient.«

Jo war pünktlich in Genf-Cointrin gelandet und mit dem Flughafenbus bis vor den Bahnhof Cornavin in die Stadt gefahren. Dort stieg er aus, nahm seine Reisetasche und spazierte die Rue du Mont Blanc hinunter. Wie immer faszinierte ihn der Blick auf den See, auf den Mont Salève am anderen Ufer und weit dahinter, am Horizont, auf die von der Abendsonne rosa angehauchte Spitze des Mont Blanc.

Vor dem Café de Paris setzte er sich an ein Tischchen und bestellte einen Espresso. Er ließ den Verkehr an sich vorübertreiben, betrachtete den bunten Strom der Passanten, in dem von soliden Schweizer Geschäftsleuten bis zu orientalisch eleganten Turbanträgern alles vertreten war. Wie immer genoß er die Atmosphäre dieser einzigartigen Stadt, und er fühlte sich beinahe zu Hause am Ufer des Lac Leman zwischen Jura und Savoyer Alpen.

Dabei gab er sich keinen Illusionen hin. Er wußte, daß die großen internationalen Konferenzen anderswo abgehalten wurden, aber hier noch immer die Drehscheibe der vertraulichen Geschäfte zwischen der westlichen Welt und dem Nahen Osten war. Entsprechend undurchsichtig war auch die Rolle, welche die vielen Fremden spielten – Leute wie dieser Chavari zum Beispiel, den er finden mußte.

Er legte ein paar Schweizer Franken auf die Marmorplatte, nahm seine Reisetasche und ging weiter. Vor der Hauptpost überquerte er den Boulevard und spazierte in die Rue des Etuves hinein. Das kleine Hotel mit dem noch kleineren Speiserestaurant im Erdgeschoß nahm ihn wie eine Heimat auf. Die Frau des Patrons hinter der Kasse am Eingang zwinkerte, als sie ihn gewahrte. Dann verzog sich ihr Gesicht in heller Freude.

»Oh, Monsieur Walker! Wie schön, daß Sie wieder einmal kommen! Wir haben uns lange nicht gesehen, nicht wahr?«

Sie reckte sich hoch und hauchte ihm einen Kuß der stark geschminkten Lippen auf die Wange. »Ihr Zimmer? Glücklicherweise ist es gerade heute wieder freigeworden. Denise!«

Das schlanke, dunkelhaarige Mädchen mit dem weißen Schürzchen über dem schwarzen Minirock und dem fast schulterfreien schwarzen Pulli kam herbei, stellte sich auf die Zehen und schenkte Jo ebenfalls eine Umarmung. Dann nahm sie seine Reisetasche.

»Sieben, nicht wahr?«

»Wie immer«, nickte Jo. »Du bist noch hübscher geworden, Denise!«

»Danke!« knickste sie kokett. »Man tut ja auch was dafür. Haben Sie einen besonderen Wunsch, Monsieur Walker?«

»Im Augenblick nicht. Aber mir fällt sicher noch etwas ein!«

Er folgte ihr die steile Treppe hinauf. Zimmer 7 war ihm vertraut. Es war fast spartanisch eingerichtet; das Fenster ging zur Straße hinaus, aber es hatte ein bequemes Bett, Telefon und einen kleinen Fernseher, und das Bad war sauber. Mehr brauchte Jo nicht. Er drückte Denise ein Geldstück in die Hand.

»Halte mir den Fensterplatz im Restaurant frei. Ich mache mich ein wenig frisch und komme dann zum Abendessen hinunter!«

»Selbstverständlich, Monsieur Walker!«

Er räumte mit ein paar Handgriffen seine Reisetasche aus. Dann nahm er sich das Telefonbuch vor und blätterte den Buchstaben »C« auf. Gegen alle seine Erwartungen war Chavari verzeichnet. Das Buch wies ihn als »Im- und Exportkaufmann« aus, und als einzige Adresse war der Quai du Mont Blanc angegeben. Immerhin eine repräsentative Lage mit Blick auf den See, den Jet d'Eau, die berühmte, große Fontäne in der Bucht. Jo beschloß, sich Chavaris Wohnsitz nach dem Abendessen einmal anzusehen. Vielleicht hatte er Glück und lernte den Millionenboten sogar persönlich kennen.

Cliff Carsh kam mit der Abendmaschine in Genf an, ein paar Stunden nach Jo Walker. Er kannte sich hier nicht aus, deshalb dauerte es etwas länger, bis er in die Stadt kam. Und als er am See stand, hatte er keinen Blick für die schöne Bucht mit ihren Lichterketten, für die Hänge der teuersten Wohngegenden, die wie mit tausend Sternen übersät aussahen und sich im dunklen Wasser spiegelten. Verdrossen nahm er den Zettel aus der Tasche, auf dem er sich Chavaris Adresse notiert hatte. Er sprach ein paar Leute an, in seinem mehr als holprigen Französisch, und wies ihnen den Zettel vor. Sie antworteten auch durchaus freundlich, aber davon verstand er nicht mehr als ein paarmal »à la gauche!« und »à droite«. Er bedankte sich und ging dann zur Ecke Rue du Mont Blanc, wo Taxis warteten. Er stieg ins erste, strich einmal glättend über das Papier in seiner Hand und sagte nur: »Okay! Hierhin! Klar?«

Der Fahrer, ein dunkelhäutiger Araber, sah ihn belustigt an und erwiderte nur in reinstem Amerikanisch: »Fremd hier, was? Und kein Französisch, nicht wahr? Na ja, bringe Sie hin! Seien Sie unbesorgt!«

Er startete auf die Brücke, bog auf der anderen Seite am Park nach links ein und fuhr noch vielleicht dreihundert Meter, bis er wieder hielt.

»Hier ist es, Mister! Sechs Franken fürs Fahren und einen als Trinkgeld für den Service. Einverstanden?«

Cliff nahm eine Handvoll der fremden Münzen aus der Tasche, blinzelte im schwachen Licht und zählte ihm sieben Franken in die braune Hand.

»Allah sei mit dir, Bruder!« verabschiedete er sich, stieg aus und ging über die Straße. Das Haus, in dem Chavari wohnte, machte einen herrschaftlichen Eindruck. Unter den Klingelknöpfen befanden sich lauter Zahlencodetafeln. Hinter einem Gitterchen knackte ein Lautsprecher, und Chavaris Stimme fragte: »Wer ist da, bitte?«

»Cliff Carsh. Ich bin von Halberg angekündigt«, gab Cliff artig Auskunft. Es schnarrte, und er konnte eintreten. Der Lift, dessen Kabine aus Edelhölzern zusammengesetzt und mit großen Spiegeln ausgestattet war, hatte ein kunstvoll geschmiedetes Eisengitter, das hinter ihm zurasselte. Er war froh, als er im dritten Stock wieder hinaus konnte. Chavari erwartete ihn an der Wohnungstür.

»Kommen Sie herein, Cliff. Hatten Sie einen guten Flug?«

»Nichts dagegen einzuwenden. Es gab so kleine Häppchen mit allerlei drumherum. Aber der Kaffee schmeckte wie zu Haus.«

»Also fade, dünn und nicht gerade nach Guatemala. Ich mache uns einen Espresso nach schweizerisch-italienischer Art.«

»Meinetwegen«, brummte Cliff. »Wenn Sie einen Schuß Brandy dazu hätten, wäre ich noch glücklicher.«

»Nehmen Sie lieber einen Kirsch. Das trinkt man hier dazu.« Chavari machte sich an der Espressomaschine auf der Anrichte zu schaffen. »Was Neues in New York?« fragte er über die Schulter.

»Wir sind mal wieder in einem anderen Hotel. Halberg hat diesen Walker dummerweise in den Bungalow gelockt, den wir uns ausgeliehen hatten. Manchmal spinnt der Boß. Was gibts hier?«

»Arbeit«, antwortete Chavari kurz. »Morgen nacht kommt ein

neuer Transport an. Ich muß hin und die Verteilung beaufsichtigen und zugleich für die Lieferung kassieren. Ich denke, Sie begleiten mich, Cliff.«

»Wohin?«

Chavari nahm ihn bei der Schulter und führte ihn zum Fenster. Vor dem hellen Nachthimmel ließ sich die geschwungene Linie des französischen Jura ausmachen.

»Da drüben. Aber auf der anderen, der französischen Seite des Gebirges. In einem kleinen Dorf haben wir eine getarnte Spedition als Verteilstation. Ideal gelegen. Da sagen sich die Hasen und die Füchse gute Nacht, und Polizei ist dort noch nie aufgetaucht.«

»So? Aber dazwischen liegt doch die französisch-schweizer Grenze!«

»Ja. Aber das ist mehr eine gedachte Linie, die so gut wie völlig unbewacht ist, so weit sie sich durch die Berge zieht. Der einzige Grenzübergang ist weiter nördlich, von Nyon aus mit dem Wagen zu erreichen. Aber damit haben wir nichts zu tun. Wir transportieren die Ware, die für die Schweiz gedacht ist, mit Traglasten über die Berge hierher.«

»Mit Traglasten? Im Rucksack?« wunderte sich Cliff. »Und dann auch noch durchs Gebirge? Das ist ja wie in ... Nepal oder Tibet!«

Chavari sah ihn aufmerksam an. Dann nickte er.

»So ähnlich. Und genauso sicher. Oder haben Sie schon einmal gehört, daß in Nepal oder Tibet Rauschgiftschmuggler festgenommen worden sind?«

»Nein.«

»Eben. Es gibt keine Wege im Jura drüben. Kein Mensch käme auf die Idee, zu Fuß auf die andere Seite zu gehen. Deshalb ist die Route so sicher.«

»Und wer schleppt das Zeug über die Berge?«

»Wir haben einen Trupp junger Franzosen organisiert, die sich im Jura auskennen und gern etwas dazuverdienen. Mit der Landwirtschaft ist da nicht viel los.«

Cliff schüttelte den Kopf.

»Was es alles noch in Europa gibt!« wunderte er sich. »Aber mich kriegen Sie nicht bei Nacht dort hinauf und auf der anderen Seite wieder hinunter, Chavari!«

»Natürlich nicht. Wir fahren mit dem Wagen und benutzen den offiziellen Übergang. Die Grenzer kennen mich und glauben, ich wäre ein Agent für die Spedition drüben. Kommen Sie! Der Espresso ist fertig.«

»Riecht gut. Übrigens brauche ich noch ein paar Sachen, Chavari. Der Boß hat mich so losgeschickt, wie ich gerade war. Ohne Pyjama kann man ja notfalls schlafen, aber morgen früh hätte ich gern eine Zahnbürste und einen Rasierapparat!«

Chavari winkte ab.

»Ist alles vorhanden. Ich habe öfter … Gäste, die keine Zeit mehr hatten, einen Koffer zu packen.«

»Sie arbeiten nicht nur für Halberg?« forschte Cliff und schenkte sich aus der Flasche auf dem Tisch einen ordentlichen Brandy ein.

»Nein«, bestätigte Chavari. »Dieser Walker ist mir aus noch ganz anderen Gründen unsympathisch und lästig. Ich hoffe, Sie haben ein verläßliches Schießeisen dabei?«

»Wie hätte ich das wohl durch die albernen Kontrollen bringen sollen?« fragte Cliff zurück.

Chavari wischte den Einwand mit einer Handbewegung weg. »Macht nichts. Auch davon ist genügend vorhanden.«

Der schwarze Bentley am Straßenrand wurde für Jo Walker interessant, als er auf seinem Bummel am Seeufer entlang zum drittenmal daran vorbeikam und die junge Frau noch immer hinter dem Steuer saß, rauchte und leise Musik aus dem Radio hörte. Durch die getönte Scheibe konnte er nicht viel von ihr sehen, außer daß sie ein hübsches, ovales Gesicht hatte und perlmuttfarben lackierte Fingernägel, die im Schein der Bogenlampen matt schimmerten.

Er ging noch ein Stückchen weiter und nahm dann auf einer der Bänke Platz. Die Frau wartete offensichtlich. Daß sie es ausgerechnet vor Chavaris Haustür tat, gab Jo zu denken. Es war allerdings nicht auszuschließen, daß sie auf jemand anders wartete, denn in dem großen, alten Haus wohnten genug Leute. Dennoch beschloß Jo, auf dem Posten zu bleiben.

Seine Geduld wurde bald belohnt. Von der Stadt kam ein Taxi; es hielt, und ein Mann stieg aus. Jo reckte sich, um besser sehen zu können. Der Mann hatte große Ähnlichkeit mit einem der Gorillas John Halbergs. Genau war er nicht zu erkennen. Aber Jo hörte ihn in unverfälschtem Amerikanisch mit dem Taxifahrer reden. Das bestärkte seinen Verdacht.

Das Taxi wendete. Jo war mit ein paar langen Sätzen an der Straße und hob die Hand. Der Fahrer dachte wohl, er hätte eine neue Fuhre, lenkte an den Straßenrand und stoppte. Jo stieg ein.

»Wohin, Monsieur?«

Jo nahm einen Geldschein und hielt ihn dem braunen Sohn irgendeiner arabischen Wüste hin.

»Ich brauche nur eine Auskunft«, erklärte er. »Der Fahrgast, den Sie eben hier ausgeladen haben ... Amerikaner, nicht wahr?«

Der Driver grapschte sich den Schein und nickte. »Anscheinend gerade angekommen«, bestätigte er. »Und fremd hier. Er hatte nur einen Namen und eine Adresse auf dem Zettel.«

»Und wie war der Name?«

Der Araber zauderte. Jo wiederholte den Geldscheintrick.

»Chavari.«

»Danke. Sonst noch etwas?«

»Nicht, daß ich wüßte.«

»Kennen Sie vielleicht zufällig diesen Chavari?«

»Keine Ahnung, wer das ist. Tut mir leid. Ich würde mir gern noch ein paar Franc verdienen, aber ich habe den Namen noch nie gehört.«

»Macht nichts. Danke schön!«

Jo stieg wieder aus. Das Taxi rollte davon. Nachdenklich ging Jo zum Hauseingang. Chavari wohnte im dritten Stock, nach der Anordnung der Codeschlösser zu urteilen. Sollte er versuchen, von hinten ins Haus hineinzukommen? Was konnte er dabei gewinnen? Er trat ein paar Schritte zurück und blickte an der Fassade empor. Im dritten Stock war Licht, und die Silhouetten zweier Männer zeichneten sich hinter dem Fenster ab. Chavari und – wenn er es wirklich war – der New Yorker Gorilla.

Jo schüttelte den Kopf. Es hatte keinen Sinn, ins Haus einzudringen und oben das Ohr an die Wohnungstür zu legen. Jo kannte die solide Bauweise Genfer Patrizierhäuser. Ohne aufwendige Technik würde er kein Wort mitkriegen, und die besaß er nicht. Langsam machte er sich auf den Heimweg.

Über den See flitzte eine schnelle Motoryacht mit weiß schäumendem Kielwasser. Vielleicht war der Besitzer noch schnell auf ein Spielchen im Casino von Evian gewesen. Oder zum Abendessen in einem der Nobelrestaurants am Seeufer.

Jo schlenderte an der Ile Rousseau vorbei über die Brücke, ging die Rue du Mont Blanc hinauf und wandte sich nach links in die Rue des Etuves zu seinem kleinen Hotel. Als er sich vor dem Eingang noch einmal umdrehte, sah er den schwarzen Bentley einbiegen und langsam näherkommen. War die junge Frau hinter ihm her? Hatte ihr Interesse gar nicht Chavari gegolten? Das wollte er jetzt wissen.

Er ging ins Hotel, durchquerte das Restaurant, kam in den Küchengang und von hinten an die Haustür der Privatwohnung der Besitzer. Einen Spalt öffnete er sie. Der Bentley hielt vor dem Hotel, sperrte dabei die schmale Straße, aber das schien die Fahrerin nicht zu beeindrucken. Sie war ihm wohl ins Hotel gefolgt, denn der Wagen war leer. Jo schob sich auf die Straße, duckte sich zwischen zwei haltenden Wagen auf die Fahrbahn hinaus und huschte zum Heck des Bentley. Die Kofferraumklappe war offen. Noch ein schneller, kontrollierender Blick zum Hoteleingang. Die junge Frau war noch nicht wieder zu sehen. Er hob die Klappe an, stieg hinein und zog sie über sich wieder zu.

Es dauerte keine zwei Minuten, bis draußen schnelle Schritte harter Damenabsätze hörbar wurden. Der Wagen bewegte sich sanft in den Federn, als die Fahrerin einstieg. Und dann fuhr sie ohne weiteren Aufenthalt los.

Jo konnte anhand der Richtungsänderungen ungefähr ermessen, wohin die Fahrt ging. Das Ziel war Carouge, das romantische Künstlerviertel auf der anderen Seite der Rhône. Eindeutig!

Als sie anhielt, ließ sie den Motor laufen. Jo hörte in seinem Versteck ein eisernes Tor knirschen und einen Riegel einrasten. Dann fuhr sie anscheinend auf ein Grundstück, denn der Motor wurde abgestellt, die Tür ins Schloß gedrückt, das eiserne Tor wieder zugeschoben. Jo spannte die Ohren an. Die harten Absätze klapperten über Steinfliesen. Ein Schlüssel wurde ins Schloß geschoben, eine Haustür öffnete sich mit leisem Quietschen und fiel wieder zu, und dann war Stille. Vorsichtig öffnete er die Kofferraumklappe. Die frische Luft war eine Wohltat. Er schwenkte ein Bein hinaus, fand festen Grund unter dem Fuß und stieg ins Freie. Aufatmend reckte er sich, denn in dem engen Raum hatte er sich regelrecht zusammenfalten müssen.

»Okay!« sagte eine angenehme Mädchenstimme hinter ihm. »Das reicht wohl. Hände im Nacken verschränken! Und dann gehst du langsam die Stufen zur Haustür hoch und hinein! Bei Fluchtversuch schieße ich dir in die Beine. Bei Gegenwehr halte ich etwas höher. Los jetzt!«

Jo biß sich auf die Lippen, verschränkte die Hände folgsam im Nacken und setzte sich in Bewegung. Sie war eine ganze Klasse besser, als er angenommen hatte. Aber im Grunde konnte es ihm nur recht sein, mit ihr in näheren Kontakt zu kommen. Ob als ihr Gefangener oder als freier Mann, schien ihm im Moment unwichtig.

Als er im Flur stand, griff ihre Hand an ihm vorbei und schaltete das Licht ein. Eine schmiedeeiserne Ampel an der Decke glomm auf und beleuchtete eine Diele mit hübschen, alten Bodenfliesen und dunkler Holztäfelung.

»Geradeaus, ins Wohnzimmer!« kommandierte sie. Jo gehorchte, drückte hinter der Tür mit dem Ellbogen auf den Lichtschalter und blickte in ein urgemütliches Zimmer mit Kamin, altertümlicher Polstersitzgruppe und einer Anrichte aus gebeiztem Arvenholz, auf der Flaschen und fein geschliffene Gläser standen, die von gutem Geschmack zeugten.

»Setzen Sie sich in den Sessel links vom Kamin und legen Sie beide Hände auf die Sessellehnen!«

Ihre Anweisungen waren recht detailliert. Jo setzte sich hin und schlug die Beine übereinander, obwohl er dazu noch keine Anweisung erhalten hatte. Sie blieb vor der Anrichte stehen, behielt die schwere Luger im Anschlag und sah ihn forschend an.

Jo hatte endlich Gelegenheit, sie näher zu betrachten. Sie war noch hübscher, als er gedacht hatte. Was sie trug, war ein schwarzer Hosenanzug aus Seide, der eine sportliche, aber durchaus weibliche Figur ahnen ließ. Ihr Gesicht erinnerte ihn an Jane Fonda in den frühen achtziger Jahren, und die hatte er sehr gern gemocht. Allerdings hatte Jane Fonda ihn nie mit einer Luger bedroht.

»Amerikaner, nicht wahr?« fragte sie mit etwas kehliger und recht sexy wirkender Stimme. Jo nickte.

»Wie heißt du?« fuhr sie fort.

»Jo Walker. 1,80 groß, Alter 34, weiß. Ständiger Wohnsitz New York, 1133, 7th Avenue Ecke 54th Street West. Genügt das, Miß Inger Solvay?« Er hatte den Namen auf einer leicht vergilbten Visitenkarte an der Haustür gesehen und nahm an, daß es ihrer war. Er sah, daß sie ein Lächeln unterdrückte.

»Nein«, schüttelte sie den Kopf. »Ich möchte ganz genau wissen, was du hier in Genf suchst und welches Interesse du an Chavari hast!«

»Kann ich mir vorstellen«, gab Jo zurück. »Und wenn ich's nicht sage?«

Eine kleine, scharfe Falte erschien in ihrem Mundwinkel. Auch das war wie bei Jane Fonda, damals.

»Du wirst es sagen. Ich habe nämlich eine Waffe in der Hand! Diese hübschen, alten Häuser sind sehr solide gebaut. Die Luger gilt zwar als recht laut, aber es wird kaum etwas davon nach draußen dringen, wenn ich dich mit einer Kugel oder zweien an empfindlichen Stellen kitzele und aussagebereit mache. Also?«

Unmerklich faßten Jo Walkers Hände die Sessellehnen fester. Seine Füße suchten Halt auf dem Boden, die Muskeln spannten sich an. Er sah den Mittelfinger des Mädchens am Abzug. Der Zeigefinger lag am Lauf und wies auf ihn. Das war absolute Profi-Art, für einen schnellen Schuß gerüstet zu sein. Aber es schien ihm auch, als ob die Luger noch nicht entsichert wäre.

»Uns verbindet das gemeinsame Interesse an der Gemeinen Kleinen Feldwurz«, sagte er und mußte sich das Lachen verbeißen. »Ich bin Biologe im New York Botanical Garden, und Chavari kennt ein Vorkommen dieser seltenen Pflanze hier im Jura. Die Feldwurz zählt zu den Rauschmittelpflanzen wie Mohn und Hanf, wissen Sie, und scheint immer mehr in Mode zu kommen. Wir wollen gemeinsam versuchen, den Anbau auf biologische Weise zu kontrollieren …«

Er stieß sich ab und schnellte vor. Der Sessel krachte hinter ihm gegen die Kaminumrandung, seine ausgestreckte Linke fegte ihr die Luger aus der Hand. Sie ging unter seinem Anprall zu Boden, wollte sich geistesgegenwärtig zur Seite wälzen, aber da war der zweite Sessel im Weg. Jo packte ihre Handgelenke und nagelte sie auf den Dielen fest. Aber sie gab noch nicht auf. Blitzschnell zog sie die Beine an, um ihm beide Füße in den Unterleib zu stoßen. Jo kam dem zuvor und nahm sie in eine gekonnte Beinschere, so daß sie bewegungsunfähig unter ihm lag. Ihr schönes Gesicht war ganz dicht vor ihm, sie hatte die Lippen fest zusammengepreßt, und ihre grauen Augen sprühten vor Zorn.

Unter seiner linken Hand spürte er eine kantige Armbanduhr, die ihm nicht ganz zu einer Dame zu passen schien. Er zog ihr Handgelenk hoch und warf einen Blick auf die Uhr.

»Aha? Eine KGB-Uhr? Unverkennbar. Als die mechanischen Uhren außer Mode kamen, haben die Sowjets den Schweizern ihre

Maschinen abgekauft und solche Uhren selber produziert. In drei Modellen, die ohne Ausnahme für die KGB-Ränge bestimmt waren. Aber den KGB gibt es nicht mehr. Ich würde gern die Gravur auf der Rückseite sehen!«

»In Liebe, Sergej!« stieß sie wütend hervor. »Eine Erinnerung, mehr nicht! Läßt du mich jetzt endlich los, verdammt noch mal? Wir liegen aufeinander wie ein Liebespaar, und mir ist nach allem anderen zumute, Jo Walker!«

Jo ließ sie los und stand auf. Sie kam katzenhaft auf die Füße und schielte nach ihrer Luger, die am Fenster auf dem Boden lag.

»Laß sie liegen!« riet Jo. »Ich bin allemal schneller!«

Heftig atmend stand sie vor ihm. Jetzt erschien sie ihm noch hübscher. »CIA?« fragte er leise.

Sie schüttelte den Kopf. »US-Schatzamt. Und du?«

»Privat«, deckte er seine Karten auf. »Allerdings zusammen mit der Rauschgiftfahndung New York.«

Sie entspannte sich sichtlich.

»Das hätten wir einfacher haben können, nicht wahr?« meinte sie, wandte sich um und griff nach einem Glas auf der Anrichte. »Aber du hast dich auf dem Quai du Mont Blanc recht verdächtig benommen. Und in deinem Hotel machten sie auch allerhand Ausflüchte. Und als du auch noch in meinen Kofferraum krochst ...«

»Das hast du bemerkt?«

»Natürlich. Scotch?«

»Gern.«

Sie schenkte zwei Gläser voll. Jo bot ihr eine Chesterfield an und nahm sich selbst eine und stellte den Sessel wieder an seinen Platz, damit sie es bequemer hatten.

»Also«, sagte er, »Chavari!«

»Ja. Kennst du ihn?«

»Nur dem Namen nach. Er arbeitet als Geldkurier für einen Rauschgiftgroßhändler in New York.«

»Wenn es nur das wäre!« seufzte sie. »Wir haben ihn in Verdacht, daß er hier in Genf einen ganz großen europäischen Verteilerring kontrolliert.« Sie blies eine Rauchwolke gegen die hohe Zimmerdecke. »Kennst du den Hintermann in New York?«

»Halberg.«

»Dann sind wir hinter demselben Mann her. Halberg war bislang nicht zu fassen. Deshalb hat man mich auf seine Europa-Connection angesetzt. Und das ist dieser Chavari.«

»Interessant. Ich bin dabei, genauso vorzugehen. Weißt du, wer ihn vorhin besucht hat?«

»Nein.«

»Wenn ich nicht sehr irre, handelt es sich um einen Gorilla Halbergs aus New York.«

»Was soll der hier?«

»Irgendwie muß durchgesickert sein, daß ich nach Genf geflogen bin. Halberg hat ihn hinter mir hergeschickt. Wahrscheinlich soll er mich aus dem Weg räumen, ehe ich Chavari auf die Schliche komme.«

Inger Solvay überlegte, dann nickte sie.

»So wird's sein. Mich kann er nicht im Auge haben, denn meine Tarnung ist perfekt. Ich arbeite als Historikerin an einem Buch über das Rote Kreuz und interessiere mich angeblich für Henri Dunant, seinen Begründer. Und das macht man natürlich am besten in Genf.«

»Mit einer Villa in Carouge und einem Bentley?« fragte Jo ironisch. Aber Inger Solvay ließ sich nicht aus der Fassung bringen.

»Ich gelte als Tochter eines reichen Amerikaners, der sein Geld mit Verbandstoffen für die Lazarette auf allen gegenwärtigen Kriegsschauplätzen macht. Hübscher Hintergrund, nicht wahr? Aber irgendwie muß ich ja begründen, daß ich Geld zur Verfügung habe. Und Geld braucht man nun einmal, wenn man internationale Finanzhaie jagt.«

»Ja?«

»Natürlich. Sonst hätte ich beispielsweise nicht erfahren, daß Chavari für übermorgen wieder einen Flug nach New York gebucht hat. Das Mädchen in seinem Reisebüro kassiert dafür einen Hunderter von mir. Aber er lohnt sich.« Sie lehnte sich völlig entspannt zurück und streckte die Beine aus.

»Das bedeutet, daß er morgen wieder kassiert«, überlegte Jo. »Wenn er Geld einnimmt, muß er dafür aber auch Ware liefern. Also dürfte morgen wieder eine Ladung Rauschgift die Besitzer wechseln.«

»Zweifellos. Aber wo? Das ist die Frage.«

»Wollen wir zusammen versuchen, das herauszubekommen?«

machte Jo ein endgültiges Friedensangebot. Sie musterte ihn, als wollte sie sich eine abschließende Meinung über diesen neuen Bundesgenossen bilden. Dann nickte sie.

»Versuchen können wir es ja.«

»Ich bin zwar nicht vom KGB«, sagte Jo maliziös, »und ich habe auch keine Uhren zu verschenken, aber ich schlage vor, wir teilen uns in die Beobachtung Chavaris. Und wenn er irgendwohin startet, folgen wir ihm getrennt, aber gemeinsam.«

»Einverstanden. Aber ich rufe Fournier an, daß er die Nachtwache übernimmt. Ich habe diesen Schweizer Privatdetektiv engagiert, weil ich schließlich nicht allein auf Chavari rund um die Uhr aufpassen kann. Er soll sich die Nacht auf dem Quai du Mont Blanc um die Ohren schlagen. Ab morgen früh übernehmen wir abwechselnd die Überwachung.«

»Wie erfahren wir es, wenn Chavari noch heute nacht irgend etwas unternimmt?«

»Fournier hat Autotelefon, und mein Apparat steht im Schlafzimmer neben dem Bett.«

»Meiner auch«, nickte Jo und stand auf. Er hätte zwar lieber zusammen mit dieser hinreißenden Agentin des US-Schatzamts auf einen Anruf gewartet, aber dafür erschien es ihm noch zu früh. Er schrieb die Telefonnummer seines Hotels auf seine Karte und legte sie ihr auf die Anrichte.

»Ruf mich an, wenn etwas ist!«

Sie glitt aus dem Sessel hoch und brachte ihn zur Tür. »Beispielsweise Frühstück«, sagte sie. »Hier?«

»Einverstanden«, nickte Jo.

Cliff Carsh kam von einem Stadtbummel zurück. Er trug eine Plastiktasche mit Einkäufen und schien aufgeregt.

»Was ist?« fragte Chavari, der in einem seidenen Hausmantel am Fenster saß und das »Journal de Genève« las. »Hast du nicht bekommen, was du gesucht hast?«

»Doch!« antwortete Cliff. »Sogar noch etwas mehr. Ich bin nämlich auf Walker gestoßen!«

»Das war zu erwarten. Genf ist ein Dorf. Ein sehr großes zwar, aber wenn du jemanden suchst, brauchst du dich nur eine Weile vors Café de Paris auf der Rue du Mont Blanc zu setzen, und irgendwann kommt er da vorbei. Hat er dich erkannt?«

»Ich bin nicht ganz sicher. Er hat sich ziemlich in der Gewalt, denke ich.«

»Aber er hat keinen Versuch gemacht, dir zu folgen?«

»Nein.«

Chavari nickte. »Das braucht er auch nicht. Vor dem Haus steht schon eine ganze Weile ein schwarzbrauner Bentley.«

»Und was bedeutet das?« wollte Cliff wissen.

»Daß wir beobachtet werden.«

Cliff stellte seine Plastiktüte ab und ging ans Fenster.

»Den hab' ich bemerkt. Sitzt eine verdammt hübsche Puppe drin. Soll ich mal runter und sie fragen, ob ich ihr weiterhelfen kann?«

»Nein«, entschied Chavari. »Lassen wir sie warten. Und wenn wir aufbrechen, hänge ich sie mühelos ab. Komm mal her, Cliff! Ich zeige dir, wo wir nachher tätig werden!«

Er stand auf und trat an den Schreibtisch, wo er eine Karte ausgebreitet hatte. Cliff näherte sich zögernd.

»Mit Landkarten hab' ich's noch nie so richtig gehabt«, wandte er ein.

»Macht nichts!« wehrte Chavari ab. »Hier ist Genf. Da geht die Autobahn nach Lausanne. Wir fahren bis Nyon und biegen dort auf den Pas de l'Echelle ab. Diese Straße bringt uns direkt in die Berge hinauf und zur Grenze. Auf der anderen Jura-Seite fahren wir hinunter, erreichen die Talstraße und dieses Dörfchen. Da findet alles statt.«

»Und wo gehen, die … Träger über die Grenze?«

»Ungefähr drei Kilometer weiter westlich. Hier. Wenn sie auf unserer Seite herunterkommen, sind sie schon in der Schweiz. Unbehelligt. Und dort warten die Wagen, die dann die einzelnen Lieferungen weiterbringen, nach Zürich, in die Ostschweiz, sogar bis ins Tessin hinunter. Eine Weile wurde das Tessin aus Italien und über den Luganer See direkt versorgt. Aber da ist uns die Polizei zu munter geworden. Das Loch ist jetzt zu.«

»Gut«, urteilte Cliff. »Aber nimm einmal an, du kannst den Bentley nicht abhängen, und er folgt uns. Oder Walker findet heraus, wo du wohnst, und er setzt sich auf unsere Spuren. Was dann?«

Chavari lächelte. »Das wäre die einfachste Lösung. Komm mit!« Er zog ihn am Ärmel mit sich über den Flur bis zu einer Abstellkammer neben der Küchentür. Dort zog er den Vorhang auf. Eine

Regalwand wurde sichtbar, mit Besen und Staubsauger und Schrubbern behangen.

»Soll ich saubermachen?« fragte Cliff verdutzt.

»Ja. Aber nicht hier und nicht jetzt. Warte!« Chavari packte einen verborgenen Griff und zog. Die ganze Wand schwenkte herum. Dahinter wurde ein zweiter kleiner Raum sichtbar, und da hingen keine Putzgeräte, sondern die modernsten Waffen.

»Hast du besondere Wünsche?« fragte Chavari. »Von der guten, alten Kalaschnikow bis zur modernsten tschechischen Kugelspritze mit Laser-Zieloptik ist alles vorhanden.«

Cliff staunte. »Kommt darauf an, wozu ich's brauche. Eigentlich bin ich mehr ein Scharfschütze. Von diesen Schnellfeuergewehren halte ich nicht so viel. Auf größere Entfernung streuen sie alle wie eine Gießkanne, und sie machen mir alle zuviel Lärm. Selbst die neuesten geräuschgedämpften Modelle.«

Chavari griff sich ein Gewehr und zog es aus der Halterung.

»Wie wär's damit? Japanische Fertigung. Fünf Schuß Stahlmantelgeschosse im Magazin, Nachtsichtglas, automatische Schnellspannung.«

Cliff nahm die Waffe und wog sie in der Hand.

»Das klingt schon besser. Ist sie genau?«

»Alle japanischen Gewehre sind genau, zumindest wenn sie neu sind. Bei täglichem Gebrauch nutzt sich das dann etwas ab, aber wenn du mit den ersten zwei, drei Schüssen triffst, können wir die Knarre sowieso irgendwo in die nächste Schlucht werfen.«

Cliff kniff ihm ein Auge zu. »Walker, nicht wahr?«

»Natürlich. Vielleicht auch noch das Mädchen aus dem Bentley.«

»Um die täte es mir beinahe leid.«

Chavari drückte ihm die Waffe in die Hand, wählte im Regal eine Packung Patronen und ließ das Waffenversteck wieder hinter den Putzmitteln verschwinden.

»Ich weiß nicht, ob du informiert bist, um was es hier geht«, sagte er. »Ich bringe in regelmäßigen Abständen einen Koffer mit Geld nach New York. Aber ich bin nicht der einzige, der das tut. Angenommen, ich flöge hier auf, und dabei käme unsere ganze Organisation zu Schaden, würde das weltweit nicht mehr in Millionen zu beziffern sein. Hübsche Mädchen wie die in dem Bentley gibt es zu Hunderten, hier wie überall. Selbst die hübschesten sind vergleichsweise billig gegenüber dem Geld, das in unserem Geschäft bewegt wird. Und du kannst sie dir leisten, wenn du dich in deinem Job bewährst. Jeden Tag eine andere.«

Cliff blickte begehrlich auf die Waffe. Chavari merkte es und gab sie ihm in die Hand.

»Gewöhn dich schon einmal daran«, riet er. »Es wird vermutlich dunkel sein, wenn du sie zum erstenmal benutzt. Und dann kannst du nicht erst lange nach dem Abzug suchen oder an der Sicherung fummeln.«

»Dann gib mir auch die Patronen!«

»Warum? Das Magazin ist voll. Meine Waffen sind immer geladen!« sagte Chavari, und dabei hatte er plötzlich einen Zug um den Mund, der erbarmungslos war und eiskalt.

In der Schweiz hat alles seine Ordnung, und was irgendwie wichtig erscheint, wird amtlich notiert und festgehalten. Jo Walker kannte sich soweit aus, daß er an diesem Morgen, nachdem er zwei Stunden auf dem Quai du Mont Blanc vor Chavaris Haus Wache geschoben hatte und von Inger Solvay abgelöst worden war, geradewegs zur Handelskammer ging und sich dort bis zum zuständigen Büro durchfragte.

Erfreulicherweise empfing ihn in der Auskunftsstelle eine Frau, die auf den ersten Blick einen sehr patenten Eindruck machte.

»Was können wir für Sie tun, Mr. Walker?« fragte sie in klarstem Oxford-Englisch. »Ich nehme an, Sie kennen unsere Kompetenzen und wissen, worüber wir keine Auskunft geben dürfen?«

»Ungefähr ja. Notfalls werden Sie mich wohl in meine Schranken weisen«, gab er zurück. Sie lächelte und sagte nichts.

»Ich möchte mit einem hiesigen Im- und Exporteur in Geschäftsbeziehung treten«, erläuterte er. »Man hat mir in New York Monsieur Chavari empfohlen, aber ich kenne diesen New Yorker Mittelsmann selbst nicht gut genug, um dieser Empfehlung blindlings zu vertrauen. Ich möchte lediglich wissen, ob hier Nachteiliges über Monsieur Chavari bekannt ist.«

»Chavari ... Könnten Sie mir seine Geschäftsadresse geben?«

»Selbstverständlich. Quai du Mont Blanc.«

Sie hatte zwar ein Computer-Terminal auf dem Tisch, aber jetzt nahm sie eine in Leder gebundene Liste aus der Schublade und blätterte darin. Ihr Gesicht blieb ausdruckslos, als sie aufsah.

»Monsieur Chavari firmiert als Im- und Export-Kaufmann. Über die Art seiner Geschäfte ist hier nichts Näheres bekannt, aber ich finde auch keinen Hinweis auf irgendwelche Dinge, die einen kaufmännisch guten Ruf beeinträchtigen würden. Daneben ist er wohl Teilhaber oder Mitinhaber einer kleinen Spedition in Frankreich, drüben auf der anderen Seite des Jura. Nicht ungewöhnlich für einen Kaufmann, der auf beiden Seiten der Grenze arbeitet. Allerdings können wir darüber keine Handelsauskunft geben, weil diese Spedition mit einer französischen Bank zusammenarbeitet. Genügt Ihnen das, Mr. Walker?«

»Diese Spedition in Frankreich könnte für mich sehr interessant werden. Wo genau ist sie?«

»In Laumont. Dubois Frères heißt es übrigens. Ein altes Unternehmen, hat früher einmal den Warenverkehr über den Col de la Faucille besorgt. Aber man kommt einfacher hin, wenn man von Nyon über Gex nach La Cure hinunterfährt und sich dann nach links wendet. Das ist übrigens mein ganz privater Tip und keine offizielle Auskunft der Handelskammer«, lächelte sie.

»Nehmen Sie meinen ebenso privaten Dank!« verneigte sich Jo im Sitzen. »Ich denke, Sie haben mir sehr geholfen, und ich werde mit Monsieur Chavari Kontakt aufnehmen, so schnell es geht. Das erscheint mir doch recht aussichtsreich!«

»Wir freuen uns immer, wenn wir Kontakte vermitteln können. Viel Erfolg, Mr. Walker!«

Draußen nahm sich Jo ein Taxi und fuhr durch die Stadt zum Savoyer Ufer hinüber. Der Bentley stand einigermaßen gedeckt vor Chavaris Haus, aber Inger Solvay hatte sich von der Sonne aus dem Wagen locken lassen und spazierte am Seeufer auf und ab. Jo ging ihr entgegen und winkte.

»Hallo, Jo!« grüßte sie so erfreut, als hätten sie sich nicht vor wenigen Stunden erst beim Frühstück gesehen. Sie nahm ihn sogar flüchtig in den Arm, wie eine echte französische Schweizerin. Da sie niemanden täuschen mußte, der ihnen vielleicht zusah, fühlte sich Jo angenehm berührt.

»Ich war auf der Handelskammer.«

»Ah, ja?«

»Und ich glaube, ich weiß jetzt, wo heute nacht etwas los sein wird. Kennst du Laumont?«

»Laumont? Irgendwann habe ich den Ort auf der Karte gesehen. Aber wo ist Laumont, und was wird dort passieren?«

»Was da passieren wird, werden wir hoffentlich miterleben. Es gibt dort eine kleine Spedition namens Dubois Frères. Angeblich hat sie schon in grauer Vorzeit Handel in die Schweiz herüber getrieben. Jetzt gehört sie Chavari, wenigstens zum Teil, und der Verdacht liegt nahe, daß auch er Handel treibt. Allerdings verbotenen.«

Inger Solvays Augen glänzten. »Und deinen logischen Schlüssen zufolge muß das heute nacht sein!«

»Genau. Übrigens verläßt gerade der Gorilla das Haus, in dem Chavari wohnt.«

»Du hast ihn erkannt?«

»Ich bin ihm vorhin in der Stadt wiederbegegnet. Kein Zweifel mehr, zumal auch er überrascht war, mich zu sehen. Es ist dieser Cliff, der Handlanger Halbergs, der mich mit seinem Kumpan zusammen in meiner Tiefgarage überfallen wollte.«

»Willst du ihm folgen?«

»Auf die Gefahr hin, daß es eine Falle ist ... Ich würde ihn gern einmal fragen, was er hier in Genf zu suchen hat.«

»Dann viel Glück! Ich stehe hier noch eine Weile Posten für den Fall, daß Cliff nur von Chavari ablenken soll.«

»Wie gut, wenn man zu zweit ist«, meinte Jo. Sie lächelte und zwinkerte ihm zu, als er sich abwandte und die Treppen zur Straße hinaufstieg.

Cliff Carsh spazierte in Richtung Innenstadt. Er kannte sich in Genf überhaupt nicht aus, und das machte ihn nervös. Deshalb hatte er sich für ein Stündchen von Chavari verabschiedet, um einen kleinen Orientierungsgang zu unternehmen. In seinem Job, wo man immer mal plötzlich den Standort wechseln mußte, um sich in Sicherheit zu bringen, war das nötig.

Vor sich sah er den Hügel der Altstadt mit der Kirche von St. Pierre. Aus Kirchen machte er sich überhaupt nichts, aber sie schien ihm ein guter Richtpunkt. Gemächlich stieg er die steilen Gassen hinauf. Dieses Genf schien ihm sehr alt zu sein. Er wußte nichts über die Geschichte der Stadt, aber die kleinen Läden und Bistros unter den Bogengängen, das grobe Pflaster der Straße, die verwinkelten Ecken amüsierten ihn. Nach seiner Meinung gehörte das ganze Viertel einmal gründlich saniert, mit Tiefgaragen und Parkplätzen ausgestattet und überhaupt autofreundlicher gestaltet.

Zu Füßen der Kathedrale lockte ihn das Schild eines »Restaurants sans Alcool«, aber er widerstand schnell der Versuchung, hier ein bißchen gesunde Lebensweise zu probieren. Ein paar Schritte weiter gab es so etwas wie eine Bar, mit Tischen und Stühlen auf dem Bürgersteig. Sie schien vorwiegend von Studenten besucht zu sein. Er ging hinein, stellte sich an die Bar und bestellte seinen ersten Bourbon des Tages. Der Barkeeper schien solche Wünsche auch um diese frühe Stunde gewohnt zu sein. Er fragte lediglich in schnellem Französisch, ob Monsieur den Bourbon mit oder ohne Wasser, vielleicht sogar »on the rocks« wünsche. »On the rocks«, wünschte Cliff und bekam seinen Drink mit ein paar klirrenden Eiswürfeln. Genußvoll schlürfte er ihn, als sich neben ihm ein anderer Gast an die Bar schob.

»Cheers!« sagte Jo Walker freundlich. »Ich hab' dich schon durch diese schöne Stadt irren sehen, Cliff. Gut, daß du endlich diesen zuverlässigen Ankerplatz gefunden hast, wie?«

Cliff machte den Mund zu, der ihm vor Verblüffung offengeblieben war. »Mr. Walker ...«, brachte er mühsam hervor. Dann fischte er in seiner Verlegenheit in der Tasche nach einer Zigarette, brachte sie zerknautscht hervor und ließ sich vom Barkeeper Feuer geben. »Ich wußte gar nicht, daß Sie auch hier sind!« log er. Jo erhob mahnend den Finger.

»Nicht schwindeln, Cliff! Dabei bist du doch extra wegen mir hierhergeflogen! Als diese feurige kleine Schwarzhaarige endlich herausgefunden hatte, wohin ich fliegen wollte, hat sie es gewiß gleich dem guten Miller alias Halberg mitgeteilt. Und der hat dann gesagt: ›Cliff, du fliegst hinterher und paßt auf, daß dieser Walker uns nicht allzu sehr stört!‹ Hab' ich recht?«

Cliff starrte ihn an. Es war ihm unverständlich, wie jemand, der gar nicht in der Nähe gewesen sein konnte, so genau wußte, was der Boß zu ihm gesagt hatte. Und daß ihn Sonja, die Freundin des Bosses, beobachtet hatte, war ihm auch nicht verborgen geblieben!

»Weiß nicht, wovon Sie reden!« murrte er dennoch. »Ich hab' Geschäfte hier. Sonst nichts. Rein zufällig.«

Jo bestellte sich ein Tonic.

»Geschäfte mit Chavari?« fragte Jo schmunzelnd weiter. Jetzt mußte Cliff sehr husten, denn vor Überraschung war ihm ein Stück vom Eiswürfel in die Kehle geraten.

»Woher kennen Sie denn Chavari?« fragte er, als er wieder zu Stimme kam.

»Oh, einer meiner Klienten hat ihm neulich mal eine Million abgenommen. Du erinnerst dich vielleicht! Anschließend wolltest du mich in meiner Tiefgarage killen, was Gott sei Dank völlig in die Hose ging. Na, egal! Cheers, Cliff!«

Cliff hatte zwar nur noch Eiswasser in seinem Glas, aber automatisch hob er es Jo Walker entgegen.

»Übrigens«, fuhr Jo wie beiläufig fort, »falls du immer noch einen Groll gegen mich hegen solltest, Cliff – begrabe ihn! Ich habe der hiesigen Fremdenpolizei einen freundschaftlichen Tip gegeben. Sollte mir etwas passieren, wird sie dich erbarmungslos hochnehmen. Und selbst wenn sie keine Beweise findet, ist die Abschiebung in die USA mit einem lieben Gruß an die dortigen Behörden das mindeste, was dir droht. Und fortan lebst du in New York und Umgebung unter den wachsamen Augen des Gesetzes. Ich glaube nicht, daß das Mr. Halberg sehr gefällt!«

»Habe keine Ahnung, wovon Sie reden!« sagte Cliff.

»War auch nur so dahingesprochen«, sagte Jo leichthin, zahlte, tippte an seinen Hut und ging hinaus in den Sonnenschein.

»Noch einen?« fragte der Barkeeper.

»Nein, danke. Ich habe genug!« antwortete Cliff und holte eine Handvoll dieser merkwürdigen Münzen aus der Tasche, große und kleine. Dann schob er sich hinaus. Zum Teufel, was wußte dieser Walker wirklich? Sah er in Cliff vielleicht schon seinen Killer? Und was noch viel wichtiger war: Was würde Walker tatsächlich gegen ihn unternehmen? Er lief die steile Gasse hinunter und überlegte, ob er Chavari etwas von dieser Begegnung erzählen sollte. Vielleicht war es besser, den Mund zu halten. Und was seinen Auftrag anbelangte, so würde er ihn nach allem, was ihm Chavari mitgeteilt hatte, wohl in Frankreich erledigen, und nicht hier, wo die Fremdenpolizei bereits über ihn informiert war. Er verzog das grobe Gesicht voller Widerwillen. Fremdenpolizei … allein das Wort regte ihn schon auf. Was war das für ein Land, in dem man die Polizei auf Fremde ansetzte! In den USA gab es, soviel er wußte, eine Einwanderungsbehörde. Und wenn man die passiert hatte, konnte man sich frei bewegen und tun und lassen, was man wollte! Dieses verdammte Europa war wohl im Mittelalter stehengeblieben!

Cliff hatte jetzt schon die Nase voll von Europa.

»Sie starten«, meldete Inger Solvay ein paar Stunden später, als es schon dämmrig wurde, über das Telefon. Jo saß in ihrem Wohnzimmer und hatte auf die Nachricht gewartet. »Ich folge also in gehörigem Abstand«, sagte Inger. »Sei im übrigen vorsichtig! Dieser Cliff hat einen länglichen Gegenstand bei sich, in eine Decke gewickelt. Ich wette, es ist eine Long Rifle, aber modernster Bauart!«

»Vielleicht will er Gemsen schießen, oben in den Bergen. Ich fahre jetzt ebenfalls los, über den Col de la Faucille. Irgendwie treffen wir uns dann in Laumont.«

»Ich muß weg. Sonst verliere ich ihre Spur. Bis nachher, Jo!«

Sie hängte ein. Jo legte ebenfalls auf, verließ die romantische kleine Villa und stieg draußen in seinen Leihwagen, einen kleinen, aber wendigen und mit Vierradantrieb ausgestatteten Subaru Justy. Er rollte durch Carouge, überquerte die Rhône in der Stadt und fuhr in Richtung auf den Flughafen. Aber ehe er ihn erreichte, bog er von der autobahnähnlich ausgebauten Zufahrt ab und nahm Kurs auf die Jurakette, die sich dunkel vor ihm erhob. Ein paar Kilometer weiter kam er an die Grenze. Weder die Schweizer noch die französischen Zöllner schenkten ihm besondere Aufmerksamkeit und winkten ihn nach einem kurzen Blick in seinen Paß durch.

Jetzt ging es schon hinauf, über eine gut ausgebaute Straße. Er kam durch Gex, wo auf dem Marktplatz ein hübscher Brunnen plätscherte und im übrigen alles still war, weil das Schweizer Fernsehen anscheinend einen Hit auf dem Programm hatte, und weiter in die Höhe. Zur Rechten leuchteten die roten Flugwarnlichter des Senders auf La Dôle, dem höchsten Berg der Gegend. Und ehe sich's Jo versah, hatte er den Col de la Faucille hinter sich und fuhr ins Tal der Orbe hinunter. Jetzt mußte er eine Abzweigung nach La Cure erwischen, um nach Laumont zu kommen. Die Straßen waren hier anders beschildert als in der Schweiz und noch ganz anders als zu Hause. Er erblickte das Schild in letzter Sekunde, kurbelte das Steuer seines Justy herum und fuhr langsam über die Nebenstraße in die zunehmende Dunkelheit hinein.

Ein paar Kilometer vor ihm mußten sich jetzt schon Chavari und Cliff nähern, und in ihrem Gefolge Inger Solvay. Nur daß Chavari und Cliff nichts von dem geplanten Treff wußten und wohl auch keinen Verdacht geschöpft hatten, wenn sie Inger allein in ihrem Bentley hinter sich bemerkt hatten. Deren Tarnung schien tatsächlich gut zu sein. Wenngleich Chavari dem schwarzbraunen Bentley vor seinem Haus bemerkt hatte, schien er nicht beunruhigt. Schließlich wohnten noch andere Mietsparteien dort …

Jo kam nach Laumont hinein. Es war ein Dorf, und ein französisches außerdem. Bemerkenswert, wie eine Reihe von hohen Bergen solche Unterschiede schaffen und bewahren konnte! Da war nichts von Schweizer Sauberkeit und Ordnung; auf den Höfen sah Jo große Misthaufen, und die Häuser waren von den harten Wintern und heißen Sommern grau gegerbt. Eine Straßenbeleuchtung gab es nur in großen Abständen. Das einzige einladende Licht leuchtete vor der Dorfkneipe. Jo fuhr seinen Justy in die grob gepflasterte Gosse und stieg aus. Die Luft war herb und klar. Es roch nach irgendwelchen fritierten ländlichen Köstlichkeiten. Er bekam augenblicklich großen Appetit. Kurz entschlossen stieß er die Tür zur Gaststube auf und trat in den verräucherten Raum. Von drei Tischen wandten sich ihm neugierige Gesichter zu. Ein Fremder um diese Stunde mußte einfach Aufmerksamkeit erregen. Auch an der Bar drehten sich drei jüngere Bauern in ihren blauen Arbeitskitteln um. Eine junge Frau mit Nackenknoten und grüner Strickjacke über einem unmodisch langen Rock machte zwei Schritte auf ihn zu.

»Monsieur?« Jo lächelte.

»Es roch so gut draußen, und ich habe Hunger. Kommt der gute Duft aus Ihrer Küche, Madame?«

Der Anflug eines Lächelns huschte auch über ihre Züge.

»Fritierte Schnecken und Pilze in Teig ausgebacken«, sagte sie. »Wenn Sie wollen, bringe ich Ihnen gern eine Portion. Dazu einen Malvoisie, ein Viertel?«

»Gern. Klingt verlockend.«

Sie nahm ein bunt gewürfeltes Tischtuch, breitete es über einen Holztisch in der Ecke, stellte einen Reklame-Aschenbecher von Cynar darauf und legte auch gleich das Besteck dazu.

»Bitte, Monsieur!«

Jo setzte sich. Die Gespräche in der Gaststube wurden wieder aufgenommen. An der Bar drehte es sich offenbar um etwas, das hier heute nacht im Gange war. Der eine hatte mehrere Wagen gesehen, die in den Hof von Dubois gefahren waren, durchweg Wagen aus verschiedenen Gegenden. Ein anderer hatte auch ein Schweizer Fahrzeug bemerkt. Sie rätselten herum, was in der kleinen Spedition vor sich ging. Jeden Monat einmal ein solches Treffen … und das ausgerechnet in Laumont!

»Ich habe gehört, daß sie da importierte Pornos abholen!« sagte ein blonder Großer und stieß seine Gauloise in den Aschenbecher. »Rémy hat mir erzählt, daß bei Dubois die Verteilzentrale für ganz Südfrankreich wäre. Da müßte man mal im Lager herumstöbern, was?«

Die drei lachten.

»Frag doch mal, ob sie keinen Job für dich haben!«

»Ist doch alles verpackt!«

»Na, als Testleser!« Sie wieherten vor Lachen. Auf einem der Tische wurden Trümpfe mit Nachdruck ausgespielt, daß es krachte. Jemand stellte das Radio an, und nun kam auch noch Akkordeonmusik hinzu. Jo fand die Atmosphäre typisch französisch. Es gefiel ihm hier.

Die junge Wirtin brachte ein Glas und die Karaffe mit Wein.

»89er«, sagte sie. »Wir trinken ihn selbst sehr gern!« Jo bekam einen Schluck ins Glas, wie in einem vornehmen Weinrestaurant, probierte und fand den Wein sehr süffig.

»Ausgezeichnet.«

Sie nickte ihm freundlich zu. Die Tür ging auf. Inger Solvay trat ein, sah sich suchend um und zögerte. Die Wirtin kam mit einer Platte voller fritierter Schnecken und gebackener Pilze aus der Küche. Inger schnupperte, dann sprach sie die Wirtin an. Die nickte nur. Sie servierte Jo und sagte: »Hätten Sie etwas dagegen, daß die Dame an Ihrem Tisch Platz nimmt, Monsieur? Wir sind heute abend voll besetzt, und sie möchte ebenfalls speisen!«

»Ganz im Gegenteil! Sagen Sie Madame, daß es mir ein Vergnügen sein wird!«

Inger wurde an seinen Tisch geleitet. Er stand auf und schob ihr den Stuhl zurecht; sie dankte ihm und setzte sich.

»Lassen Sie sich nicht stören, Monsieur!« sagte sie in perlendem Französisch. Die Gespräche ringsum wurden erneut aufgenommen. »Dasselbe, bitte!« wandte sie sich an die Wirtin. Und als die gegangen war, fuhr sie leise und auf amerikanisch fort: »Chavari und Cliff sind in den Hof der Spedition gefahren.«

»Wo ist die? Ich hab' sie noch nicht gesehen!«

»Wenn man von der anderen Seite ins Dorf kommt, gleich links. Zu sehen ist da auch nichts, weil sie das Hoftor geschlossen halten. Aber drinnen ist Licht, und es scheint allerhand loszusein.«

»Das haben mir die Männer an der Bar schon verraten. Sie tippen auf Pornos, die da regelmäßig umgeschlagen werden. Anscheinend ein Gerücht, das Chavari mit Absicht verbreitet.«

Inger bekam ihre Portion, und sie aßen mit Begeisterung.

»Selbst wenn wir keinen Erfolg hätten das Essen allein war die Tour über den Jura wert!« sagte Inger und hob Jo ihr Glas entgegen. Der trank ihr zu und knüllte seine Papierserviette zusammen.

»Dann werde ich mich mal um die Spedition Dubois kümmern«, sagte er und fuhr auf französisch fort: »Wünsche noch guten Appetit, Madame! Ich muß weiter!«

»Bonne nuit!« nickte sie graziös und spießte ein Schneckchen auf die Gabel.

»Sieh dich schon mal im Dorf um!« hatte Chavari gesagt. »Ich wette, Walker treibt sich schon in der Nähe herum! In einer halben Stunde brechen unsere ersten Träger auf. Es wäre gut, wenn er es merkte und sich auf ihre Spur setzte. Ein Stück weiter den Berg hinauf kannst du dann mit deinem Gewehr in Aktion treten!«

Cliff schlenderte die Dorfstraße entlang. Die meisten Häuser waren dunkel. Hinter einigen Fenstern zuckte das bläuliche Licht eines Fernsehers. Nur vor dem Dorfgasthaus standen drei Wagen. Einer mit französischem Kennzeichen, der ihn nicht interessierte, dann ein kleiner Subaru aus Genf... und der schwarzbraune Bentley, der ihm vor Chavaris Wohnung am Quai du Mont Blanc schon aufgefallen war! Aufgeregt machte er ein paar Schritte hin und her. Was konnte das bedeuten? Sollte er Chavari darüber informieren?

Er entschied, daß es besser war, sich selbst und an Ort und Stelle umzusehen. Kurz entschlossen öffnete er die Tür und trat in die Gaststube. Er musterte die Leute, die an den Tischen saßen und an der Theke lehnten. Das waren ganz offensichtlich Einheimische, die ganz gewiß nicht mit einem Bentley bei der Wirtschaft vorfuhren. Erst bei einem zweiten Blick in die Runde bemerkte er die Frau die allein an einem Tisch saß und gerade ihre Mahlzeit beendet hatte. Sie schien ihm eher nach einem Bentley auszusehen. Aber wer war sie?

Unschlüssig trat er von einem Bein aufs andere. Er konnte sie ja wohl kaum fragen, was sie in Laumont suchte und wie sie hieß! Vielleicht wußte die Wirtin etwas. Aber sein Französisch war zu schlecht, als daß er sich an die junge Frau mit dem Haarknoten wenden konnte. Er zerdrückte einen Fluch zwischen den Zähnen. Was für eine verrückte Idee von Halberg, ihn hierherzuschicken! Genauso gut hätte er ihm einen Auftrag bei den Eskimos oder auf Feuerland geben können!

Es blieb ihm nichts; er mußte zu Chavari in die Spedition zurück. Grußlos ging er hinaus. Merkwürdigerweise war inzwischen der Subaru verschwunden. Cliff fühlte sich auf der nächtlichen Dorfstraße plötzlich unbehaglich. Mit langen Schritten strebte er der Spedition zu. Der Lichtschein in ihrem Hof hob die Gebäude aus der tiefen Dunkelheit.

Er schob das schwere Tor einen Spaltbreit auf, so daß er sich hindurchquetschen konnte, und schloß für einen Moment geblendet die Augen. Dann sprang er die steinernen Stufen hinauf, wollte ins Büro, aber er prallte schon im Flur auf Chavari.

»Der Bentley!« stieß er hervor. »Er steht vor der Wirtschaft!«

»Der Bentley? Etwa der schwarzbraune, der in Genf vor meinem Haus ...?«

»Genau! Und in der Wirtschaft sitzt eine Puppe und ißt! Wetten, daß er ihr gehört?«

»Ist sie hübsch? Jung?« fragte Chavari. Cliff nickte heftig.

»Ich hab' sie schon in Genf gesehen. Weiß der Teufel, was sie von mir will. Zuerst dachte ich, sie wäre von der internationalen Rauschgiftfahndung. Aber die Leute bei der Autovermietung sagten, sie hätte den Wagen privat gemietet. Sie heißt Inger Solvay.«

»Was ist das für ein komischer Name?«

»Keine Ahnung. Sie hat in der Wirtschaft gegessen?«

»Ja. So ein komisches, verbrutzeltes Zeug. In Teig gebacken. Roch nicht schlecht.«

»Vielleicht ein Zufall. Es gibt hier ein paar Lokale mit Spezialitäten, für die manche Leute sogar über den Jura fahren. Ich kann dich jetzt nicht entbehren. Es geht gleich los. Aber ich werde jemanden hinschicken, der sie im Auge behält. Hol dein Gewehr. Und mach dich fertig!«

»Was heißt das, fertigmachen?«

Chavari blickte an ihm herunter, als sähe er ihn zum erstenmal. »Du willst doch nicht mit den Slippern auf den Berg? Sieh zu, daß du hier irgendwo ein Paar andere Schuhe findest! Notfalls Gummistiefel!«

Brummend ging Cliff wieder hinaus. Das hätte ihm Chavari auch in Genf sagen können, wo man passende Stiefel kaufen konnte!

Chavari folgte ihm, verschwand jedoch in einem Lagerraum, an dessen Rampe ein blauer Lieferwagen mit der Aufschrift »Dubois Frères« stand. Die anderen Fahrzeuge waren ziemlich durcheinander im Hof abgestellt.

Zwei junge Männer schulterten gerade ihre Rucksäcke. Sie waren zweckmäßig für eine nächtliche Tour über den Jura gekleidet, mit Kniebundhosen, festen Schuhen und Windjacken.

»Hallo«, sagte Chavari kurz. »Ihr startet jetzt. Das verabredete Lichtzeichen drüben ist viermal kurz mit der roten Lampe blinken. Nach einer Minute wiederholen. Klar?«

»Klar. An der alten Stelle?«

»Natürlich. Es sieht dort vielleicht etwas anders aus, weil man einige Bäume gefällt hat. Laßt euch dadurch nicht irremachen. Und noch etwas: Es kann sein, daß hinter euch geschossen wird. Das geht euch nichts an. Kümmert euch nicht darum.«

»Kann man erfahren, wer da schießt? Und warum?« fragte der eine und hängte sich eine Taschenlampe an den Gürtel.

»Nein. Man wird euch damit einen neugierigen Schnüffler vom Leib halten.«

»Na, schön! Solange es nicht unser Dorfpolizist aus La Grange ist! Das ist nämlich ein netter Mann!«

»Der ist es bestimmt nicht!« beruhigte ihn Chavari und schob die beiden zur Tür, die hinten aus dem Grundstück hinausführte. »Cliff!« rief er in den Hof hinein. Cliff kam herbeigestiefelt. Irgend jemand hatte ihm ein Paar Gummistiefel geliehen, und weil sie ihm zu groß waren, ein zweites Paar Socken. Deshalb war sein Gang ein wenig schwerfällig. In der Hand trug er das schwarz schimmernde Gewehr.

»Laß ihnen fünfhundert Yards Vorsprung. Halte die Augen offen! Und bring mir die Flinte wieder heil mit nach Hause!«

»Und wenn Walker nicht auftaucht?«

»Dann kommst du zurück und wartest, bis die zweite Trägergruppe loszieht. Er ist in der Nähe. Ich weiß es!«

»Das ist dein Wort, Chavari! Nicht meins!«

»Deshalb bin ich hier auch der Boß!« gab Chavari zurück. »Los jetzt!«

Cliff setzte sich in Bewegung. Als die Tür hinter ihm zuschlug, fühlte er sich auf einmal sehr allein. Der schmale Fußweg bergan schimmerte im ungewissen Licht des mit Sternen übersäten Nachthimmels. Er lauschte. Außer dem leichten Wind in den Baumkronen hörte er nichts. Die beiden Träger mußten rüstig zugeschritten sein und sich schon ein ganzes Stück weit vor ihm befinden. Murrend legte er sich das Gewehr über die Schulter und stapfte bergan.

Jo sah ihn losziehen und grinste. Das hier war kein guter Job für einen New Yorker Gangster, der sich allenfalls einmal zwischen den grünen Hügelchen des Central Parks verirrte, und das auch möglichst nicht bei Nacht. Er ließ ihm einen gehörigen Vorsprung. Dann glitt er aus der Astgabel über der Hintertür, wo er gehockt und Chavaris letzte Hinweise an Cliff deutlich mitgehört hatte. Bedachtsam folgte er dem Gangster bergauf. Allerdings vermied er dabei den mit Kies und Geröll bedeckten Weg und setzte seine Füße auf die Grasnarbe an seinen Rändern.

Cliff ging das Unternehmen viel zu schnell an. Die Träger vor ihm stiegen langsam, aber stetig die Bergflanke hinan und schafften dabei mehr als Cliff, der bald stehenbleiben und verschnaufen mußte. Jo kam ihm dabei näher und hörte sein heftiges Atmen.

Cliff setzte sich wieder in Bewegung. Seine dicken Gummisohlen knirschten auf dem Kies. In der Nachtstille hörte Jo die Schritte, auch das gelegentliche Husten Cliffs und manchmal einen unterdrückten Fluch. Langsam holte Jo auf und kam ihm näher. Ganz offensichtlich suchte Cliff freies Schußfeld, während sich der Weg durch dichtes Gestrüpp bergauf zog.

Schließlich mündete er auf einer Bergwiese. Jetzt hieß es vorsichtig sein. Jo blieb stehen. Über die freie Fläche würde er nicht weitergehen. Er verbarg sich hinter dem krummen Stamm einer alten Arve und kniff die Augen zusammen. Cliff war nicht mehr als ein Schatten vor dem Dunkel des Waldrands. Jetzt verschmolz er völlig damit. Dort also wollte er auf Jo Walker warten, das Gewehr im Anschlag und den Finger am Drücker!

Jo löste sich von dem Baumstamm, überquerte den Weg mit einem Sprung und tauchte ebenfalls ins Dunkel ein. Hier war es wesentlich schwieriger, vorwärts zu kommen. Mit vorgestreckten Armen suchte er Hindernisse auszumachen, ehe er dagegenlief. Der Boden war glatt, aber immer wieder von dicken Wurzeln durchzogen. Der Anstieg zu Cliffs Versteck wurde immer mehr zu einem Versuch, sich durch einen Irrgarten voll heimtückischer Hindernisse zu arbeiten.

An einer Stelle wurde der Wald lichter. Jo konnte auf die Wiese hinausblicken und schätzte, daß er fast schon auf Cliffs Höhe war. Aber wie konnte er herausfinden, wo der Gangster auf dem Anstand saß?

Seine Hände fanden einen dicken Stein. Er trat noch ein paar Schritte zur Seite, so daß ihn keine Bäume hinderten, und schleuderte ihn mit aller Kraft über die Wiese. Drüben, am anderen Waldrand, schlug er ein und rollte noch ein Stück durchs knisternde Unterholz.

Jo hatte nicht darauf geachtet, wo der Stein landen würde. Statt dessen behielt er die Umgebung im Auge. Und tatsächlich war da etwas, ein Stück unter ihm am Hang. Cliff mußte den Aufschlag gehört haben. Er fuhr auf. Ein kleiner Ast brach. Und Jo hörte das Knacken, mit dem Cliff seine Waffe entsicherte. In dieser Stille hätte er einen Floh husten hören können.

Cliff vermutete ihn jetzt drüben am Waldrand. Sein forschender Blick ging über die Wiese, durch die sich der Weg schlängelte. Jo tastete sich vor. Eine dunkle Masse tauchte vor ihm auf. Mit den Händen ertastete er einen Holzhaufen. Waldarbeiter hatten wohl Bäume gefällt und die Astabschnitte aufgeschichtet, nachdem die Stämme zu Tal gefahren worden waren. Er nahm sich einen der Knüppel und bewegte sich weiter vorwärts. Jetzt war er Cliff schon recht nahe.

Aber da passierte es: Unter seinem Fuß brach ein trockener Zweig. Das Krachen war nicht zu überhören. Cliff richtete sich auf und drehte sich um.

Jo sah seine Silhouette. Und er sah, wie sich die Mündung des Gewehrs hob und auf ihn zu wanderte.

Vermutlich wäre jeder andere davongelaufen, hätte versucht, der tödlichen Bedrohung durch Flucht zu entkommen. Jo tat das Gegenteil. Geduckt stürmte er vor, im Zickzack. Er stieß sich mit der Schulter an knorrigen Ästen, seine Füße rutschten ab, er stolperte über einen dicken Stein. Immer lichter wurde der Wald, und um so deutlicher mußte er für Cliff zu erkennen sein.

Und Cliff zog durch. Der Schuß krachte durch den nächtlichen Bergwald, sein Echo kam vom gegenüberliegenden Hang zurück. Den Bruchteil einer Sekunde vorher glitt Jo aus und stürzte. Cliff war ein glänzender Schütze. Er hatte ein wenig vorgehalten, und die Kugel schlug genau da ein, wo Jo mit dem nächsten Sprung gelandet wäre. So aber riß sie nur den Waldboden auf und blieb im moosigen Untergrund stecken.

Jo kam sofort wieder hoch. Den Knüppel in der Faust, stürzte er vor, warf sich nach links, gewann ein paar Yards an Höhe und schwenkte wieder nach rechts. Abermals peitschte der Knall eines Schusses durch die Nacht. Dicht an Walkers Schulter wurde ein Ast splitternd vom Stamm gerissen und davongeschleudert. Jo war jetzt so nahe, daß er das Mündungsfeuer gesehen hatte. Es zeigte ihm genau, wo sein Gegner stand. Im Sprung hielt er inne, reckte sich hoch und schleuderte den schweren Knüppel. Sausend fuhr die primitive Waffe durch die Luft. Cliff schrie auf. Es war mehr ein Laut der Überraschung als ein Schmerzensschrei. Jo machte sich keine Illusionen, daß er ihn damit außer Gefecht gesetzt hätte. Aber zumindest mußte Cliff so irritiert sein, daß er nicht gleich wieder zum Schuß kam. Jo warf sich nach vorn und stürmte auf den Gangster zu.

Cliff Carsh mühte sich, das Gewehr wieder in Anschlag zu bringen. Der Knüppel mußte es getroffen und ihm fast aus den Händen geschlagen haben. Aus dem letzten Sprung heraus packte Jo den Lauf. Sein Anprall war so heftig, daß Cliff mit herumgerissen wurde und das Gewehr fahren ließ.

Es war eine einzige Bewegung, mit der Jo sich um die eigene Achse drehte, das Gewehr hochschwang und den Kolben auf Cliffs Kopf krachen ließ. Cliff brach mit einem ächzenden Laut zusammen und schlug schwer auf den Boden.

Jo tat ein paar tiefe Atemzüge. Dann sicherte er die Waffe und lehnte sich gegen einen Baum. Er beugte sich zu dem Bewußtlosen hinunter, fühlte seinen Puls und zog ihm das Hemd aus dem Hosenbund. Er riß es in Streifen, die er zu verläßlichen Stricken zusammendrehte. Darauf wälzte er den Gangster herum, zog ihm die Arme auf den Rücken und fesselte seine Handgelenke aneinander. Das letzte Stück Stoff bekam Cliff als Knebel in den Mund. Er sollte die nächste Trägergruppe nicht warnen können.

Jo trat einen Schritt auf die Wiese hinaus. Chavari hatte gewiß die beiden Schüsse gehört und würde annehmen, daß Walker erledigt war. Und jetzt schickte er wohl die zweite Trägergruppe auf ihren Weg über den Berg. Jo entschied, daß noch Zeit für eine Zigarette war. Das Gras zu seinen Füßen war schon taunaß, Waldbrandgefahr bestand sicher nicht. Voller Behagen sog er den Rauch ein, der ihm fast so erquickend erschien wie die reine Waldluft an diesem Jura-Abhang.

Inger Solvay hatte sich mit herzlichem Dank für das delikate Abendessen von der Wirtin verabschiedet.

»Haben Sie's noch weit?« fragte die Frau mit dem Nackenknoten und brachte sie zur Tür.

»Ich muß noch über den Paß, nach Nyon hinunter, und wenn ich da kein Hotel finde, bis Genf.«

»Dann wünsche ich gute Fahrt! Seien Sie vorsichtig, es ist allerhand Verkehr heute nacht auf der Straße nach St. Cergue hinauf. Weiß der Himmel, was bei Dubois wieder einmal veranstaltet wird!«

»Ich werde darauf achten!« Inger winkte ihr noch einmal abschiednehmend zu und stieg in ihren Bentley. Sie wendete auf der Dorfstraße und fuhr in Gegenrichtung davon.

Aber am Ortsausgang trat sie auf die Bremse, lenkte von der Straße herunter und stellte den Bentley hinter einer Hecke ab, die eine Weide von der Straße trennte. Als sie die Tür öffnete und die Füße ins Gras setzte, spürte sie die Nässe. Gelassen griff sie hinter sich, nahm ein Paar solidere Schuhe aus einem Beutel und wechselte sie gegen ihre Slipper. Und dann griff sie ins Handschuhfach und steckte einen gefährlich schimmernden Colt ein. So bewaffnet ging sie ein Stück die Dorfstraße zurück, bis sie an ein Gäßchen kam, das zwischen den Höfen nach hinten führte. Dort gelangte sie auf einen schmalen Wirtschaftsweg. Wenig später wurde es heller um sie herum. Die Lichter der Spedition Dubois hoben den geteerten Weg aus dem Dunkel, einen Gartenzaun und die Gebäude, deren Fenster hinter den zugezogenen Vorhängen ebenfalls erleuchtet waren.

Es interessierte sie außerordentlich, was im Haus vorging. Mit einer gekonnten Flanke, die man der eleganten jungen Frau nicht ohne weiteres zugetraut hätte, setzte sie über den Zaun. Sie stapfte durch die Gemüsebeete und reckte sich, um durch eines der Fenster hineinzuschauen. Aber die Gardinen waren so vorgezogen, daß sie jeden Einblick verwehrten, Beim nächsten Fenster erging es ihr nicht anders, und erst beim dritten hatte sie Glück. Ein Spalt war offen, und als sie sich auf die Zehenspitzen stellte, konnte sie in ein Wohnzimmer blicken.

Ein Mann, den sie nicht kannte, saß bequem zurückgelehnt auf einem Sofa und hielt ein Weinglas in den Händen. Chavari hatte einen kleinen Koffer auf den Tisch gelegt und packte gerade gebündeltes Geld hinein. Inger war im richtigen Moment gekommen. Die Dealer hatten ihm den Erlös aus der letzten Lieferung gebracht und dafür neue Ware erhalten. Chavari hatte kassiert und bereitete sich darauf vor, die Beute in Sicherheit zu bringen. Wieviel es war, konnte sie nicht einmal schätzen. Aber das würde mit etwas Glück festzustellen sein.

Ihre Finger, die sich auf die Fensterbank gekrallt hatten, lösten sich, und sie trat einen Schritt von der Hauswand zurück. In diesem Augenblick rollte oben am Berg über dem Dorf der Knall eines schweren Kalibers durch die Nacht. Sie fuhr zusammen. Waren Cliff und Jo Walker aufeinandergetroffen? Langsam ging sie zum Weg zurück. Ihr Herz schlug ihr auf einmal bis zum Hals. Und dann krachte es noch einmal wie bei einem Galafeuerwerk am Nationalfeiertag.

Inger Solvay wurde von Unruhe gepackt. Es machte sie nervös, daß sie nicht wußte, was da oben passierte. Dieser Cliff hatte ein Gewehr und zweimal geschossen. Jo Walker war ihres Wissens unbewaffnet. Wenn er Cliff nicht hatte überwältigen und entwaffnen können, ehe der zum Schuß kam, sah es schlecht für Jo aus. Gab es für sie irgendeine Möglichkeit, in den Kampf einzugreifen?

Auf der Rückseite des Hauses ging eine Tür auf. Zwei Männer mit Rucksäcken traten ins Licht. Und Chavari.

»Wahrscheinlich begegnet ihr einem Mann mit einem Gewehr«, sagte er. »Das ist einer von uns. Es hat sich so ein verdammter Schnüffler in der Gegend herumgetrieben, und ich habe ihn losgeschickt, den Burschen auszuschalten. Ihr könnt jetzt unbesorgt losgehen. Die beiden Schüsse eben dürften so etwas wie Cliffs Erfolgsmeldung gewesen sein!«

»C'est bien, Monsieur!« sagte einer der beiden Bergsteiger, und sie setzten sich in Bewegung. Chavari blickte ihnen eine Weile nach, bis sie hinter der ersten Wegbiegung verschwanden. Dann ging er in den Hof zurück und zog die Tür hinter sich zu.

Inger Solvay wußte auf einmal, was sie jetzt tun mußte. Sie flankte abermals über den Gartenzaun und folgte den Männern, die mit ruhigen, gleichmäßigen Schritten bergauf marschierten. Ihre rechte Hand hatte sie in der Hosentasche, und ihre Finger waren um den Kolben des Colts geschlossen. Wenn es sein mußte, würde sie den beiden bis auf die Paßhöhe folgen und noch weiter, bis sie auf Jo Walker traf.

Jo Walker untersuchte die Waffe, mit der Cliff zweimal auf ihn geschossen hatte. Es war ein Präzisionsgewehr; drei Kugeln befanden sich noch im Magazin. Vielleicht entsprach es nicht den neuesten Entwicklungen; es hatte keinen Nachtlichtsucher und schon gar nicht etwa eine Laser-Zieloptik, war jedoch für den Zweck optimal, für den es Cliff gewählt hatte. Aber wem gehörte es? Cliff konnte es kaum mit dem Flugzeug aus den USA mitgebracht haben. Das kann man zwar machen, wenn man eine Waffe als Sondergepäck deklariert, aber damit wird sie aktenkundig, und das mußten Walkers Gegner unter allen Umständen vermeiden. Vielleicht verfügte Chavari hier über die nötigen Verbindungen, um seine Helfer zu bewaffnen. Das würde die Schweizer Polizei sehr interessieren ...

Jo machte das Gewehr schußfertig. Er gedachte keineswegs, auf Chavaris Träger zu schießen. Aber einschüchtern konnte er sie damit, wenn es nötig wurde. Und sie mußten bald auftauchen.

Cliff regte sich noch nicht. Er schnaufte in seiner Bewußtlosigkeit, aber sie dauerte noch an. Jo war sich gar nicht bewußt, so fest zugeschlagen zu haben. Vielleicht hatte der Gangster einen empfindlichen Schädel – was ihn für seinen Beruf nicht gerade geeignet machte!

Jo nahm die Waffe auf und trat an den Waldrand. Der Weg durch die Wiese lag als heller Streifen vor ihm im schwachen Licht des Sternhimmels. Je länger er sich hier oben aufhielt, um so schärfer wurden seine Augen für die Einzelheiten der Szene. Er sah im Tal die spärlichen Lichter von Laumont und erkannten den hell erleuchteten Hof der Spedition. Weiter hinten im Tal fuhr ein Auto über die Straße nach La Cure und zog die Spur seiner roten Rücklichter durchs Dunkel.

Da, wo der Weg aus dem Wald kam, erspähte Jo eine Bewegung. Zwei dunkle Gestalten waren aufgetaucht und bewegten sich jetzt auf ihn zu. Jo hörte sie miteinander sprechen. Dann blieben sie stehen. Der eine holte etwas aus der Tasche und machte sich mit den typischen Handbewegungen daran, seine Pfeife zu stopfen. Jo sah das Flämmchen des Feuerzeugs und meinte sogar, die ersten Rauchwölkchen entschweben zu sehen. Dann gingen die beiden Männer weiter. Lauter wurden ihre Stimmen. Sie witterten keine Gefahr und sorgten sich nicht darum, daß sie jemand hören könnte. Weiter oben, je näher sie der Grenze kamen, würden sie schon leiser werden und vorsichtiger. Aber hier fühlten sie sich wohl noch ganz wie zu Hause.

Als sie auf seiner Höhe waren, rief ihnen Jo ein kräftiges »Halt!« hinüber. Wie erstarrt blieben sie stehen. Der mit der Pfeife faßte sich als erster. Er nahm sie aus dem Mund und wandte sich dem Waldrand zu, wo Jo Walker gut gedeckt stand.

»Eh, Sie!« rief er zurück. »Wir sind Chavaris Leute!«

»Das weiß ich! Nehmt die Hände hoch, und kommt auf den Waldrand zu!«

»Warum? Was soll das? Ich sagte doch, daß wir für Chavari unterwegs sind!«

»Eben deshalb. Hier spricht Jo Walker. Internationale Rauschgiftfahndung. Bewegt euch! Sonst mache ich euch Beine!«

Die beiden Bergsteiger blickten sich betroffen an. Sie warfen sich ein paar Worte zu, die Jo nicht verstehen konnte, dann verließen sie den Pfad und kamen langsam auf den Waldrand zu.

Jo hatte eine üble Ahnung und nahm das Gewehr auf.

»Wo sind Sie?«

»Immer geradeaus!« gab Jo zurück. Sie wollten seinen Standort ausmachen. Ganz klar! Was hatten sie vor?

Jo merkte es, als sie sich plötzlich trennten. Jeder machte einen Sprung zur Seite und warf sich ins hohe Gras. Und schon blitzte es auf, ein Schuß knallte, und neben Jo fetzte eine Kugel ins Geäst.

Er hatte nicht damit gerechnet, daß die Träger bewaffnet waren. Es konnte sich auch höchstens um Pistolen handeln, wahrscheinlich Erbstücke aus der Familie. Aber gefährlich konnten sie gerade deshalb werden, weil solche Altertümchen meist sehr ungenau schießen und unkontrollierbar streuen.

»Werft die Waffen weg, steht auf, und kommt sofort her!« befahl Jo. »Ich bin auch bewaffnet, aber ein bißchen besser!«

Wieder schoß der Mann in der Wiese. Diesmal lag der Schuß weit schlechter, aber nun griff auch der zweite Mann ein. Sein Schießprügel machte einen Krach, als hätte er am Abzug eines großkalibrigen Stutzens gezogen, wie ihn in früheren Kriegen die Gebirgsschützen führten. Jo hörte das Geschoß vorübersausen. Er schüttelte den Kopf. Damit konnte man Bäume fällen!

»Letzte Warnung«, sagte er. Die Antwort war ein weiterer Knall aus der Pistole und eine Kugel, die vor Walkers Füßen in die Erde schlug und ihn mit Steinchen und Tannennadeln überschüttete. So konnte es nicht weitergehen. Wenn der Teufel wollte, fand eine Kugel noch ins Ziel, und das würde Jo Walker heißen!

Er hatte das Mündungsfeuer gesehen, hob das Gewehr und zielte ein ganz klein wenig weiter nach links und tiefer. Wenn der Schütze Linkshänder war, hatte er Pech gehabt und würde den Schuß voll abbekommen. Hielt er die Pistole jedoch in der Rechten ... Jo schoß. Das Gewehr hatte einen gedämpften Rückstoß, und Jo hörte die nächste Kugel aus dem Magazin in den Lauf klicken. Aus der Wiese kam ein undefinierbarer Laut, etwas zwischen Fluch und klagendem Schmerzensseufzer.

»Bist du getroffen, André?« fragte der andere besorgt.

»Merde!« hörte Jo die Antwort. »Meine Schulter! Ich kann den Arm nicht mehr bewegen! Knall ihn ab, den Hund!«

Der Gebirgler-Stutzen war inzwischen wohl nachgeladen, Krach und Kugel und Feuerschein fuhren zugleich aus dem Lauf. Jo duckte sich unwillkürlich. Der Baumstamm hinter ihm erzitterte unter dem Einschlag, und das Echo kam in Wellen von den umliegenden Bergen zurück.

»Mein Gott!« murmelte Jo. »Muß ich dem zweiten Mann denn auch noch beweisen, daß er keine Chance hat?«

Er wandte sich zu der Stelle, wo der Schütze lag. Aber was war das? Eine weitere dunkle Gestalt war urplötzlich aufgetaucht, stand in der Wiese und hatte den Arm nach dem Mann im Gras ausgestreckt. Und Jo hörte eine wohlbekannte Stimme: »Schluß jetzt, Bursche! Ich habe einen Colt in der Hand, und wenn ich abdrücke, bist du ein Krüppel! Steh auf!«

Wie kam Inger Solvay plötzlich hierher? Im Gras war eine Bewegung. Der Schütze erhob sich schwerfällig, ein kurzläufiges Gewehr in der Hand. Inger griff danach und nahm es ihm ab. Er leistete keine Gegenwehr.

»Inger, Vorsicht! Da liegt noch einer, und er hat eine Pistole!« rief Jo, das Gewehr im Anschlag. Der Mann mit der Pfeife war vielleicht, obwohl verletzt, imstande und wechselte die Pistole in die gesunde Hand, um einen Kameraden freizuschießen!

Aber Inger hatte ihn schon gesehen. Sie winkte ihm nur mit dem Colt, und er erhob sich. Dabei preßte er die Linke auf die getroffene Schulter und stöhnte.

»Da hinauf! Zu dem Mann mit dem Gewehr!« kommandierte Inger. Sie setzten sich schwerfällig in Bewegung. Inger folgte ihnen, den Colt immer noch im Anschlag. Sie gedachte kein Risiko einzugehen.

»Legt ab!« sagte Jo mit gespielter Freundlichkeit, als sie vor ihm standen. Sie zogen sich die Riemen ihrer Rucksäcke von den Schultern und ließen das Gepäck auf den Waldboden gleiten. Jo löste die Verschnürung eines Rucksacks und zog gleich die Schnur aus den Ösen.

»Umdrehen!« Der Bursche gehorchte. »Hände auf den Rükken!«

Jo packte die Handgelenke und schnürte sie verläßlich zusammen. Der andere sah, was ihm blühte, und sagte: »Mit mir können Sie das aber nicht machen, Mann! Ich bin verletzt! Sie haben mir die Schulter zerschossen! Bringen Sie mich zu einem Arzt, sonst verblute ich noch!«

»Tatsächlich?« meinte Jo ironisch. »Inger, würdest du wohl einmal nachsehen, wie lange dieser Rauschgiftschmuggler noch zu leben hat?«

Inger trat vor den Mann hin, schälte ihn aus Jacke und Hemd und betrachtete die Wunde. Es konnte keine Rede davon sein, daß Walker ihm die Schulter zerschossen hatte. Die Kugel war glatt durch den Muskel gegangen, hatte vielleicht das Schlüsselbein gestreift, aber das Schultergelenk unverletzt gelassen. Sie zog ihm das Unterhemd über den struppigen Kopf und machte einen kunstgerechten Verband daraus.

»Wir kommen dir entgegen und binden dir die Hände nicht auf dem Rücken, sondern vorn zusammen«, sagte sie, nahm Jo die bereitgehaltene Schnur aus den Händen und fesselte ihn.

»Mir ist kalt! Kann ich wenigstens die Jacke haben?« bettelte er. Inger hängte sie ihm über die Schultern.

»Wenn mein Kollege ein bißchen weiter nach rechts gehalten hätte, wäre dir noch viel kälter«, bemerkte sie. »Das wäre dann nämlich die Todeskälte, die dir allmählich durch den Körper heraufkröche!« Er schauerte zusammen und schwieg.

»Wie viele kommen noch?« fragte Jo.

Der Unverletzte blickte auf. »Wie meinen Sie das?«

»Junge – einen Trupp haben wir laufenlassen, damit die Schweizer Polizei auch etwas zu tun kriegt. Euch haben wir geschnappt, und jetzt will ich wissen, wie viele Schmuggler-Teams noch heute nacht den Berg heraufkommen!«

»Ich habe keine Ahnung«, behauptete der junge Mann, der mit dem großen Kaliber durch den Wald geballert hatte. Jo trat einen Schritt auf ihn zu.

»Märchen«, sagte er, »kannst du deinen Mitgefangenen im Gefängnis erzählen. Dazu habt ihr ein paar Jahre Zeit. Ich will's jetzt genau wissen. Sonst ziehe ich euch an den gefesselten Armen am nächsten Baum hoch und lasse euch bis morgen früh da hängen, während wir warten. Ich kann dir sagen, das ist eine außerordentlich unangenehme Art, die Zeit zu verbringen! Ich habe schon große, starke Männer dabei weinen sehen!«

Der Junge preßte die Lippen aufeinander. Dann kam er wohl zu der Einsicht, daß ihm niemand sein schweigendes Heldentum bezahlen werde.

»Eine Mannschaft ist noch hinter uns«, sagte er. »Zwei Kameraden.«

»Na, siehst du! Dafür darfst du jetzt auch mit beiden Füßen auf der Erde bleiben!« Er kniete neben den Rucksäcken nieder und durchsuchte sie flüchtig. Eines der Rauschgiftpakete wog er in der Hand. Unter der Plastikfolie schimmerte das weiße Pulver. »Insgesamt zwanzig Kilo pro Rucksack«, schätzte er. »Mal sechs ... da wundert es mich nicht, daß Chavari mit einer Million im Koffer zwischen Genf und New York pendelt. Bekommst du vom Schatzamt eine Prämie, wenn du die Beute präsentierst, Inger?«

Sie lächelte melancholisch und schüttelte den Kopf.

»Da es bei uns um die hinterzogene Steuer geht, die wir wohl nie eintreiben können, gibt es keine Belohnung.«

»Für mich auch nicht«, stimmte Jo zu. »Ich habe leider vergessen, das mit meiner Auftraggeberin auszumachen. Aber wenn ich ihr diesen Cliff zu Füßen lege, ist sie schon zufrieden. Und ich bin's, wenn ich Halberg hinter Gittern weiß. Ich glaube, da kommt neue Kundschaft, Inger!«

»Ich hol' sie herauf!« sagte sie und warf einen prüfenden Blick auf das volle Magazin ihres Colts. Dann wandte sie sich um und ging mit ruhigen Schritten über die Wiese zum Weg hinab, wo der letzte Zweiertrupp herankam. Die beiden Schmuggler folgten ihr mit großen Augen.

»Monsieur«, sagte der Mann mit der Schulterwunde, »das sollte sie aber nicht machen!«

»Warum nicht?« fragte Jo zurück.

»Das sind Maurice und Henri. Die ... Schlimmsten aus unserem Dorf! Ziemliche Raufbolde, wenn ich es mal so sagen darf!«

Jo packte ihn bei der gesunden Schulter und drehte ihn vollends herum, so daß er über die Wiese blicken konnte. »Dann schau dir mal an, wie sie das macht!«

Sie sahen Inger auf den Weg treten und die beiden Schmuggler erwarten. Die kamen unbekümmert und selbstbewußt näher. Als sie nur noch drei Schritte von ihr entfernt waren, hörten sie Inger Solvay laut und deutlich »Halt!« sagen. Mehr nicht. Die beiden Männer blieben stehen. Was nun folgte, wurde etwas leiser ausgehandelt.

Man vernahm nur die Stimmen, konnte aber nicht die Worte verstehen. Jedenfalls sahen die beiden Burschen neben Jo fassungslos, wie ihre Kollegen zögernd die Hände im Nacken verschränkten, sich wieder in Bewegung setzten, aber dabei die Richtung änderten und zu ihnen heraufkamen. Inger folgte ihnen und ließ dabei den Colt vergnügt um den ausgestreckten Zeigefinger kreisen.

»Das gibt's doch nicht!« murmelte der Junge neben Jo.

»Kannst sie ja mal fragen, was sie ihnen gesagt hat!« meinte Jo und trat vor.

»Bonsoir, Messieurs!« begrüßte er sie. »Legen Sie ab! Und vermeiden Sie jede Bewegung, die meine Kollegin nervös machen könnte. Ihr Colt ist nicht ganz in Ordnung: Die Abzugsfeder, wissen Sie? Beim leisesten Druck gibt sie nach. Der letzte, der das nicht glauben wollte, liegt auf dem Hauptfriedhof von Chicago!« Er nahm ihnen die Rucksäcke ab und stellte sie zu den anderen. Dann zog er auch hier die Schnüre heraus und fesselte die beiden Männer, die noch kein Wort gesagt hatten und einen merkwürdig verängstigten Eindruck machten. Dabei waren sie muskulös und von bester Kondition. Inger mußte ihnen einen heillosen Schrecken eingejagt haben.

»Ich meine, wir könnten jetzt gehen, wenn dieser Cliff endlich aufwacht!« sagte Jo und stieß den Gangster mit der Fußspitze an. Prompt schlug Cliff die Augen auf und sandte Jo einen haßerfüllten Blick.

»Na, komm auf die Beine, mein Junge«, forderte ihn Jo auf. Cliff zauderte, dann zog er die Füße an und mühte sich hochzukommen.

»Mann, Walker!« brummte er. »Was haben Sie mit mir gemacht? Mein Kopf ist wie ein rohes Ei, aus dem jemand Sahne schlagen will!«

»Sahne schlägt man nicht aus Eiern«, belehrte ihn Jo. »Wenn du so eine weiche Birne hast, hättest du besser einen sitzenden Beruf erlernt. Jetzt wirst du sowieso darauf umgeschult! Los geht's! Du nimmst die Spitze. Chavari erwartet dich sicher schon voller Sehnsucht! Jeder nimmt seinen Rucksack und folgt ihm!«

Die Schmuggler hatten Schwierigkeiten, die schweren Rucksäcke in den auf dem Rücken gefesselten Händen zu halten, aber sie schwiegen. Nur als sie den Weg erreichten, wandte sich einer aus dem letzten Trupp fragend an Inger.

»Wo sind denn all die anderen?« fragte er.

»Welche anderen?« fragte sie unschuldig.

»Sie haben gesagt, das ganze Tal wäre umstellt!«

Inger gab ihm einen Schubs. »Natürlich«, nickte sie. »Von Mr. Walker und mir! Mach, daß du weiterkommst!«

Die meisten Wagen waren schon aus dem Hof der Spedition Dubois Frères verschwunden. Chavari saß im Wohnzimmer und trank ebenfalls ein Glas Wein. Nervös blickte er auf seine Rolex.

»Ich verstehe nicht, wo Cliff bleibt!« sagte er. »Er hat zweimal geschossen. Das bedeutet doch, daß er auf Walker getroffen ist. Kannst du dir das erklären, Jacques?«

Sein Kompagnon zuckte mit den Achseln.

»Es gibt viele Erklärungen, Chavari! Vielleicht ist er in der Dunkelheit mit dem Fuß umgeknickt und kann nicht mehr laufen! Oder er hat den Rückweg verfehlt und irrt durch den Wald! Du sagst, er kommt aus New York. Also hat er keine Ahnung, wie es hier im Jura bei Nacht aussieht!«

»Aber wenn ihm so etwas zugestoßen wäre, brauchte er doch nur ein paarmal in die Luft zu schießen! Was ein Notsignal ist, dürfte er schließlich wissen!«

Aber Jacques zuckte nur noch einmal mit den Achseln und schenkte aus der fast leeren Flasche ein.

»Du kannst ja fahren, Chavari! Wenn dein Cliff auftaucht, lade ich ihn in den Wagen und schaffe ihn nach Haus! Oder gleich zum Flugplatz, wenn du ihn nicht mehr sehen willst!«

»Natürlich will ich ihn sehen! Ich muß doch wissen, was mit diesem Walker ist! Halberg hat mich ausdrücklich vor ihm gewarnt. Er hätte sieben Leben, wie eine Katze, hat er gesagt.«

Draußen im Vorraum war Gepolter. Sie fuhren hoch und blickten sich an. Die letzten Dealer saßen im Schuppen und tranken Kaffee, ehe auch sie starteten. Wer lärmte da herum?

Das Rätsel löste sich augenblicklich. Die Tür wurde aufgestoßen, und Cliff taumelte herein. Ohne Waffe, aber mit zerkratztem Gesicht und einem dicken Schulterverband. Total erschöpft lehnte er sich gegen den Türpfosten.

»Es ist aus, Chavari. Tut mir leid, aber es ist aus.«

»Was ist aus?« fragte Chavari und sah sich beunruhigt um. Cliff hob die gesunde Hand und wies mit dem Daumen hinter sich.

»Walker steht draußen und ein Mädchen von der internationalen Drogenfahndung. Und sie haben vier deiner Leute bei sich. Überwältigt und gefesselt. Mitsamt den Rucksäcken.«

»Was?« Es war ein Schrei, den Chavari ausstieß.

»Ja. Mich haben sie hereingeschickt, um dir das zu sagen.«

Jacques hatte plötzlich einen Revolver in der Hand. Er sprang auf, daß der Sessel gegen die Wand flog, stieß Cliff zur Seite und öffnete die Tür einen Spalt. Sogleich knallte es draußen. Die Kugel fetzte ein Stück Holz aus der Türfüllung, dicht über seinem Kopf. Er zog ihn ein, schmetterte die Tür zu und schloß sie ab. Dann wandte er sich um, und in seinen Augen flackerte es.

»Weg hier!« zischte er. »Du zuerst, Chavari, mit dem Geld! Ich halte sie auf, bis du im Wagen bist!«

»Wie stellst du dir das vor?«

Jacques wies auf die zweite Tür auf der gegenüberliegenden Seite des Zimmers.

»Die Treppe führt in den ersten Stock. Los doch! Irgendwie kommst du oben aus dem Fenster und in den Garten. Von da mußt du den Wagen erreichen, während ich die beiden hier beschäftige!«

Chavari riß den Koffer an sich und stürzte zur Tür.

»Versuch's nicht über den Paß!« sagte Jacques noch. »Den lassen sie wahrscheinlich als erstes sperren, wenn sie's nicht schon getan haben. Du mußt in Frankreich bleiben! Fahr über Bellegarde! Von da sind es noch knapp hundert Kilometer bis Lyon, und von da kommst du mit der Air Inter morgen früh weiter!«

Chavari nickte nur und verschwand. Jemand klopfte heftig an die andere Tür.

»Aufmachen und mit erhobenen Händen herauskommen!«

Jacques blickte Cliff an. Der Mann schien regelrecht fertig zu sein. »Hast du eine Waffe?«

Cliff schüttelte den Kopf. »Walker hat sie mir abgenommen.«

»Verdammt! Was für einen Waschlappen hat Chavari da engagiert?« Jacques nahm den Revolver hoch und schoß dreimal in die Türfüllung. Sofort wurde von draußen geantwortet.

Ein Colt bellte auf. Die schweren Geschosse stanzten das Schloß samt Klinke aus der Tür. Ein Fußtritt aus guter Deckung heraus ließ sie auffliegen.

»Aus dem Weg, Cliff!« donnerte Walker. Jacques hatte den Finger am Abzug. Aber in dem Moment, als er abdrückte, wankte Cliff ins Schußfeld und fing sich die Revolverkugel ein. Zugleich sprang Jo ins Zimmer, richtete eine Pistole auf Jacques, und wie ein Wirbelwind war Inger Solvay auf einmal im Raum, hielt tief und zog durch. Der Knall ihres Colts schien die engen Wände bersten zu lassen. Jacques fühlte, wie ihm die Beine unter dem Körper weggerissen wurden. Der Dielenboden kam auf ihn zu, und er schlug schwer auf.

»Wo ist Chavari?« herrschte Jo den armen Cliff an, der sich mit schmerzverzerrtem Gesicht jetzt auch den rechten Arm hielt, von dem das Blut tropfte. Cliff machte nur eine Kopfbewegung nach draußen. Ein Motor heulte auf. Jo ließ die Pistole sinken die er einem der Gangster abgenommen hatte.

Auch Inger hörte den davonfahrenden Wagen.

»Hinterher?« fragte sie. Jo schüttelte den Kopf.

»Nein. Der kommt nicht weit. Ich brauche ein Telefon!«

»Im Vorraum steht eins!«

»Gut. Kümmere du dich um die Männer, die im Schuppen eingesperrt sind! Am besten scheuchst du die ganze Bande in den Keller, zusammen mit unseren Gefangenen.«

»Mit Vergnügen!«

Jacques lag wimmernd auf dem Boden. Mit beiden Händen versuchte er, das Blut zu stoppen, das ihm aus einer großen Wunde im Oberschenkel lief. Jo schenkte ihm nur einen Blick, dann ging er hinaus und begann zu telefonieren. Es dauerte eine Weile, bis er in La Cure den zuständigen Beamten fand, der in dieser Nacht über den Frieden in diesem Zipfel Frankreichs zu wachen hatte. Aber dann ging es verhältnismäßig schnell und unkompliziert. Der Mann versprach, die Paßstraße sperren zu lassen und die Schweizer Kollegen zu informieren, daß da außerdem gerade zwei Rauschgiftschmuggler von der Jurahöhe herabstiegen. Und er schickte zwei Kollegen mit einem Transporter los, der die Gefangenen abholen sollte.

»Eh, Monsieur le Commandant – wir könnten hier auch einen

Arzt brauchen und einen Krankenwagen!« fügte Jo noch hinzu. Auch das wurde ihm zugesagt, und befriedigt legte er auf.

Inger kam herein und rieb sich die Hände.

»Alles versorgt! Sie sind in einem fensterlosen Keller vereint. Ich habe abgeschlossen, und bis sie abgeholt werden, können sie sich mit dem Faß Wein vergnügen, das da liegt.«

»Die Polizei ist auf dem Weg. Sieh doch mal zu, daß uns Chavaris Kompagnon nicht verblutet!«

»Mach' ich!«

»Und schick' mir bitte Cliff heraus!«

»Auch das!« Inger schien von unbändig guter Laune erfüllt.

Wenig später taumelte Cliff herein. Jo wies auf einen Stuhl, und der Gangster ließ sich darauffallen. Er war ziemlich geschafft.

»Räuberischer Überfall«, sagte Jo. »Bedrohung mit einer tödlichen Waffe. Die Franzosen haben noch ziemlich rückständige Gefängnisse, Cliff! Nichts von modernem Komfort im Strafvollzug wie bei uns. Du kriegst einen blauen Anzug, Holzpantinen und einen Blechnapf. Das Wasser läuft, von den Wänden, nachts pfeifen die Ratten hinterm Klosetteimer.«

Cliffs Schultern zuckten.

»Auf der anderen Seite könnte man sagen, daß du uns auf die Spur der Schmuggler gebracht hast, und deine Auslieferung in die USA beantragen, wegen der Entführung meiner Assistentin April Bondy.«

Cliff blickte auf. Ein Hoffnungsschimmer stahl sich in seine trüben Augen.

»Das setzt natürlich eine weitere vertrauensvolle Zusammenarbeit voraus, Cliff! Wo ist Chavari?«

Cliff brachte nur noch eine matte Handbewegung zustande.

»Weg, mit dem Wagen. Oben durchs Fenster.«

»Und er hat den Geldkoffer bei sich?« Cliff nickte. »Wohin will er?«

»Dieser Jacques hat etwas von Lyon gesagt. Der Paß wäre wohl schon zu, und er sollte in Frankreich bleiben!« Cliffs Kopf sackte nach vorn, und er bekam ihn nur mit Mühe wieder hoch. Inger schlenderte herein.

»Dem Dicken da drin geht es schlecht«, sagte sie. »Ich habe wohl die Beinschlagader getroffen, und er verliert viel Blut.«

»Ein Arzt ist unterwegs. Der Krankenwagen auch.«

»Na, gut. Was legt er sich auch mit mir an?« sagte sie eiskalt und achselzuckend. »Und Cliff? Ihm läuft ebenfalls das Blut aus dem Ärmel!«

Sie machte einen Schritt auf ihn zu und nahm ihm die verschmutzte Jacke von den Schultern. Der Hemdsärmel war blutdurchtränkt.

»Das war dein Kumpel!« sagte sie, riß den Ärmel der Länge nach auf und seufzte. »Die schießen hier alle mit Kalibern, um einen Bullen umzulegen! Ob das wieder zusammenwächst? Ich werd's sicherheitshalber abbinden!« Sie drückte Cliffs Oberkörper gegen die Stuhllehne und zog ihm den Hosengürtel aus den Schlaufen. Damit band sie ihm den Oberarm ab. Aus ihrer Tasche nahm sie ihren Lippenstift, und nach einem schnellen Blick auf die Uhr schrieb sie ihm die Uhrzeit damit auf die nackte Haut. Danach würde sich der Arzt bei seinen weiteren Maßnahmen richten können.

Vor dem Fenster flackerte auf einmal Blaulicht.

»Die Kollegen in Uniform!« lächelte Inger. »Ich werde sie mal begrüßen und ihnen unsere Beute übergeben!«

Auch Jo stand auf, machte ein paar Schritte auf den Schreibtisch zu und nahm auf dem lederbezogenen Drehsessel Platz. Während draußen wieder Leben auf dem Hof der kleinen Spedition einkehrte, zog er die Schubladen nacheinander auf und untersuchte den Inhalt. Es gab nichts von Bedeutung. Die Geschäfte des Unternehmens schienen sich tatsächlich auf ein paar gelegentliche Möbeltransporte und die Anfuhr von Expreß- und Stückgut vom Bahnhof in Bellegarde zu beschränken.

»Walker!« murmelte Cliff auf einmal, nachdem er ihm lange genug zugesehen hatte. »Wenn Sie mir helfen, daß ich zu Hause vor ein faires Gericht komme und vor Halberg sicher bin …«

»Ich glaube, das kann ich dir zusagen.«

»Ehrenwort?«

»Ich geb' dir darauf mein Wort!«

»Na, gut. Ich muß es Ihnen glauben. Vorhin, als es um die Abrechnung mit den Kleinverteilern ging, hat dieser Jacques unter der Tischplatte herumgefingert. Und daraufhin konnte er sie zurückschieben!«

Jo faßte unter die Schreibtischplatte. Seine Hand fand einen verborgenen Knopf mit einem Federzug, und als er ihn betätigte, wurde die Platte vor ihm auf einmal beweglich. Er lehnte sich dagegen und schob sie ein ganzes Stück vor. In der Öffnung, die sich auftat, lagen ein paar dünne Akten. Jo nahm sie heraus und blätterte sie durch. Es war die komplette Buchführung der Organisation, mit den Adressen der Rauschgifthändler, ihren Umsätzen und Gewinnen.

»Danke, Cliff!« sagte Jo. »Das dürfte dein Strafmaß nachhaltig verringern!« Er legte die Akten zusammen, fand eine Plastiktüte und stopfte sie hinein.

Die Tür ging auf, und ein schlanker, hochgewachsener Zivilist trat ein. Er warf einen Blick auf Cliff und einen zweiten auf Jo.

»Commissaire Lunet«, stellte er sich vor. »Wer von Ihnen ist Monsieur Walker?«

»Dreimal dürfen Sie raten«, sagte Jo, lehnte sich zurück und schlug die Beine übereinander.

»Dann tippe ich auf Sie. Eine hübsche Strecke, die Sie uns da gelegt haben!«

»Wenn Sie es so waidmännisch ausdrücken wollen, Commissaire! – Wie kommen Sie so schnell hierher?«

Lunet verzog die dünnen Lippen zu einem angedeuteten Lächeln.

»Ich gehöre an sich nach Paris. Aber ich hatte in der Gegend zu tun, die hiesigen Kollegen wußten das und haben mich aus dem Bett geholt, als Ihre Meldung einlief. Das dürfte uns allerhand Papierkrieg ersparen.«

»Papierkrieg dürfte es dennoch jede Menge geben«, wandte Jo ein. »Die Sache spielt in die Schweiz hinüber und bis nach New York, von den südamerikanischen Connections einmal gar nicht zu reden.«

Lunet nickte. »Genau das meinte ich. Meine Aufgabe ist die internationale Koordination der Rauschgiftbekämpfung. Der Fall ist also bei mir in den besten Händen!«

Allmählich dämmerte es Jo, warum dieser Commissaire so eifrig war. Er gedachte einiges von den Lorbeeren einzusammeln, die Jo und Inger vom Baum geschüttelt hatten. Aber ihm konnte das nur recht sein. Er hatte sowieso kein Verlangen danach, sich durch die unterschiedlichen Kompetenzen zu arbeiten, um den europäischen Teil des Falles aufzurollen. Und auf den damit verbundenen Ruhm wollte er gern verzichten, wenn er dafür Gelegenheit bekam, seine ganz private Verbindung zum US-Schatzamt ein wenig auszubauen und in angenehmer Umgebung zu genießen. Er schlug mit der flachen Hand auf den Plastikbeutel.

»Wenn Sie mir eine Empfangsbestätigung geben, händige ich

Ihnen gern auch die komplette Buchführung dieser Rauschgiftspedition aus«, sagte er.

Lunet machte große Augen. »Die haben Sie auch schon?«

»Mit allen Adressen und Telefonnummern hier und in der Schweiz. Sie und Ihre Genfer Kollegen werden zu tun bekommen.«

Lunet biß sich auf die Lippen. Er gedachte den Fall zu einem großen Erfolg für sich zu machen. Aber er würde ihn nicht allein feiern können.

»Der Haupttäter ist aber entkommen?« erkundigte er sich scheinheilig. Jo schüttelte den Kopf.

»So würde ich das nicht sehen, Commissaire. Wir haben ihn an der langen Leine. Wir wissen, wo er ist, wohin er sich begeben wird und wo wir ihn einkassieren können. Er soll uns nur noch seine Hintermänner überführen helfen.« Er stand auf. »Dürfen wir es Ihnen überlassen, hier weiter aufzuräumen, Commissaire? Ihre Kollegen auf der anderen Seite der Grenze sind schon informiert.«

Lunet zog sich das Jackett straff und reckte sich. »Und ob, Monsieur Walker! Zumal der Fall in ein Stadium getreten ist, wo er nun wirklich in professionelle Hände gehört! Darin stimmen Sie mir doch wohl zu?«

Jo war schon an der Tür und nickte. »Sicher. Ich war schon immer mit der Maschinenpistole besser als mit der Schreibmaschine!«

Inger Solvay war mit ihrem Bentley hinter Jo Walkers Justy hergefahren. Das Tal entlang, dann die Serpentinen hinauf zur Grenze. Auf der anderen Seite ging es hinunter nach Nyon, dort auf die Autobahn und ohne Halt durch bis nach Genf und dort zum Flughafen. Im Osten wurde der Himmel schon grau, als Jo vor dem Schalter des Autoverleihs hielt und ausstieg. Inger stoppte hinter ihm, schwang die Beine ebenfalls aus dem Wagen und reckte sich in der kühlen Luft dem anbrechenden Morgens. Jo gab den Leihwagen zurück und kam zu ihr.

»Kannst du mir wohl einmal sagen, was du hier willst, Jo Walker?« fragte sie aggressiv. »Chavari ist über Bellegarde nach Lyon unterwegs, und du fährst seelenruhig in Gegenrichtung davon und lockst mich auch noch hinter dir her! Ich habe einen Rauschgifthändler zu fangen und werde nicht dafür bezahlt, daß ich ihn entkommen lasse!«

Jo nahm ihren Arm und führte sie in das breit hingelagerte Hauptgebäude, wo ihn anscheinend die Cafeteria magisch anzog. Sie fanden einen Tisch und waren die einzigen Gäste um diese frühe Stunde.

»Was heißt entkommen?« nahm er erst hier wieder das Gespräch auf. »Davon kann doch nun wirklich keine Rede sein, Liebes! Wir geben ihm lediglich eine Gelegenheit, seinen Flug nach New York selbst zu bezahlen, anstatt die amerikanischen Steuerzahler mit seinen Überführungskosten zu belasten!«

»Was?«

Jo bestellte eine Menge Kaffee und zwei Bourbon und beugte sich vor.

»Chavari hat die Million, schätzungsweise, in seinem Koffer. Er muß sie in New York abliefern. Nach der ersten Panne mit dem gestohlenen Koffer kann er sich keine zweite leisten. Also ist er wohl dem Rat seines Kompagnons Jacques gefolgt und über Bellegarde auf französischem Gebiet nach Lyon gefahren. Die französische Polizei mit ihrem arroganten Commissaire habe ich darüber bewußt nicht informiert. Chavari nimmt sich also die Frühmaschine der Air Inter nach Paris und fliegt von dort im Lauf des Vormittags nach New York weiter. Wir aber nehmen die erste Maschine hier von Genf und sind schon zu Haus, wenn er eintrifft.«

Der Kaffee wurde gebracht und der Bourbon. Inger Solvay zögerte nur kurz, dann ergriff sie das Glas und kippte den Whisky nach der langen Nacht.

»Und du glaubst, daß ich mit dir fliege?«

»Das wirst du müssen!« nickte Jo. »Du mußt nämlich einen Rauschgifthändler schnappen!«

»Hm.« Inger überlegte. »Dann sollte ich wohl zweckmäßigerweise jetzt meinen Colt deklarieren, einen Dauerparkplatz für den Bentley suchen und eine Zahnbürste kaufen, während du die Tickets besorgst?«

»Genau! Bis auf die Zahnbürste. An Bord wirst du sie nicht brauchen, und in New York sind sie billiger!«

Als sie auf dem John-F.-Kennedy-Airport in New York landeten, befand sich Chavari noch hoch über dem Atlantik. Sie hatten anderthalb Stunden Vorsprung.

»Es lohnt nicht, irgend etwas anderes zu unternehmen«, sagte Jo und legte seinen Arm um Ingers Schultern, als sie durch den Zoll kamen. »Gehen wir essen?«

»Schon wieder? Das Menü im Flugzeug war zwar keine kulinarische Offenbarung, aber ...«

»Ein paar nette Kleinigkeiten in der V.I.P-Lounge«, lockte Jo, und sie willigte ein. Sie fanden einen Platz mit Aussicht auf den Flugsteig A, wo die internationalen Flüge andockten, und Jo wählte mit Genuß aus der umfangreichen Spezialitätenkarte.

»Für Champagner ist es noch zu früh?« fragte er. Inger nickte.

»Wenn wir Chavari hinter Gittern wissen, könnten wir ein Gläschen trinken. Vorher nicht. Da bin ich abergläubisch.«

»Gut. Beschränken wir uns auf einen leichten kalifornischen Landwein. Malvoisie gibt es hier ja leider nicht.« Er gab die Bestellung auf. Das Essen kam, Inger zeigte einen ungebrochenen Appetit, und als sie schließlich zum abschließenden Espresso noch eine Zigarette geraucht hatten, wurde es Zeit, der Ankunft des Fluges aus Paris beizuwohnen.

Sie fuhren hinunter in die Ankunftshalle und postierten sich an zwei verschiedenen Punkten, von denen sie sich gegenseitig im Blickfeld hatten. Die Landung wurde bekanntgegeben, aber dann dauerte es doch noch eine ganze Weile, bis die ersten Passagiere auftauchten. Eine alte Dame mit Blumenhut, eine junge Frau mit zwei kleinen Mädchen. Und Chavari. Jo sandte Inger einen Blick hinüber, und sie nickte.

Chavari ging merkwürdig steif durch die Halle zu einer Telefonzelle. Er wirkte irgendwie hölzern in seinen Bewegungen. Jo schlenderte hinter ihm her, gut gedeckt durch die vielen Leute, und amüsiert bemerkte er, daß Chavari diesmal seinen Geldkoffer durch ein Kettchen gesichert hatte, das im Ärmel seines Jacketts mündete. Er war noch so, wie er in Laumont aufgebrochen war, ohne Mantel und Hut und ohne jegliches Gepäck, von dem Köfferchen abgesehen.

Inger kam von der anderen Seite. Sie standen nebeneinander, aber niemand hätte geahnt, daß sie zusammengehörten. Chavari telefonierte. Dann kam er aus der Zelle und schien mißgelaunt. Halberg hatte wohl niemanden, der ihn abholen konnte, und jetzt war er auf ein Taxi angewiesen. Für jemanden, der zu Hause einen Lamborghini fuhr, allerdings eine Zumutung!

Jo und Inger stiegen zwei Wagen hinter ihm in ein Yellow Cab.

»Hinter Ihrem Kollegen mit dem 1046er her!« befahl Jo.

Der Fahrer sah ihn ein bißchen schräg an. »Ohne daß er es merkt, wie?«

»Natürlich. Gibt eine Prämie extra, wenn du das schaffst!«

»Phhh ...«, machte der Fahrer und gab Gas. Es ging die wohlbekannte Strecke über den Van Wyk Expreßway nach Flushing hinauf und dort auf den Long Island Expreßway quer durch Queens. Jo war froh, daß Chavari sich hier doch wohl nicht so gut auskannte und den Helikopter-Service genommen hätte. Ihn dabei zu verfolgen, wäre schwieriger gewesen.

Im Queens-Midtown-Tunnel schloß der Fahrer etwas näher auf. Sie konnten Chavari durchs Heckfenster sehen.

»Halberg wird sich doch nicht ausgerechnet ins Waldorf Astoria zurückgezogen haben?« unkte Inger. Tatsächlich bog das Taxi in die Park Avenue ein, und wenig später stoppte es vor dem Riesenhotel.

»Halt!« sagte Jo. »Laß uns hier heraus!« Er legte einen Zehndollarschein zu, woraufhin der Fahrer die Welt nicht mehr verstand. Solche Aufträge bekam er fast alle Tage. Daß sie weniger einem Taxi und einem Fahrgast als einem Millionenkoffer gefolgt waren, konnte er ja nicht wissen.

Jo und Inger betraten die weite Halle des Hotels. Chavari stand schon an einem Counter und erkundigte sich wohl nach Halbergs Zimmernummer.

»Gar nicht so dumm von Halberg«, urteilte Jo. »In diesem Laden fällt er garantiert nicht auf, und er hat jede Bequemlichkeit, die er sich wünschen mag. Bis hin zum persönlichen Telefax oder einer Funkverbindung irgendwohin. Warten wir mal ab, wo Chavari ihn trifft!«

Chavari ging zu den Lifts und wartete, bis er eine leere Kabine bekam. Sie folgten dem Anzeiger und sahen ihn bis zum 14. Stock hinauffahren.

»Jetzt nur noch die Zimmernummer!« meinte Jo, begab sich ebenfalls zum Counter und erhielt die Auskunft, daß Mr. Halberg in 1466 wohnte.

»Hast du deinen Colt geladen?« fragte er Inger. Sie nickte.

»Meinst du, daß wir ihn brauchen?«

»Wenn die beiden allein sind, wohl nicht. Aber vielleicht hat sich Halberg ein paar neue Gorillas angeschafft. Komm!«

Chavari klopfte an und trat ein. Zwei wuchtige Burschen erhoben sich von ihren Stühlen und kamen ihm entgegen. Der eine hatte eine feuerrote Narbe, die ihm schräg übers ganze Gesicht lief. Dem anderen platzten beinahe die Ärmel über den Muskelpaketen. Ohne ein Wort tasteten sie ihn ab. Chavari verzog angewidert das Gesicht. Der Narbenmann öffnete die Tür zum Salon.

»Sie können hinein. Halt! Den Koffer!«

Chavari hielt ihn eisern fest. »Halberg!« sagte er so laut, daß man es im Salon hören konnte. »Pfeifen Sie endlich Ihre Gorillas zurück! Ich habe ja noch gutmütig mitgespielt, als sie mir die Figur betatschten. Aber der Koffer geht sie ja nun wirklich nichts an!«

Halberg tauchte auf, in brokatfarbenem Hausmantel mit einem weißen Seidentuch um den Hals.

»Das ist okay!« sagte er und lud Chavari mit einer Handbewegung ein, näherzutreten. »Sie kommen etwas überraschend, mein Lieber! Aber da Sie den Koffer bringen, seien Sie mir willkommen!«

Chavari ging zum Tisch, legte das Köfferchen darauf, löste die Sicherheitskette mit einem Schlüssel, den er aus der Brieftasche nahm. Dann klappte er ihn auf. Halberg blickte ihm über die Schulter und machte erstaunte Augen.

»Was ist das?« fragte er. »Schweizer Franken und französische Francs? Warum diesmal keine US-Dollars?«

»Weil keine Zeit mehr zum Umwechseln war«, gab Chavari kurz Auskunft. »Sie haben mir diese Niete Cliff geschickt, und der hat alles vermasselt. Und zwar so gründlich, daß Sie das Europa-Geschäft vorerst in den Wind schreiben können. Ich selbst bin mit knapper Not davongekommen. Ich konnte nicht einmal mehr von Genf abfliegen, sondern mußte über Lyon und Paris, weil die Grenze zu war.«

Halberg war blaß geworden. Er mußte sich setzen. »Berichten Sie!«

»Wir hatten gestern abend unser Treffen in Laumont, wie gewöhnlich. Ich habe es darauf ankommen lassen, daß Walker unsere Spur aufnahm, denn ich wollte Cliff eine Gelegenheit geben, ihn auszuschalten. Eines meiner teuersten Gewehre habe ich ihm zur Verfügung gestellt. Das ist nun auch verloren. Walker ist nämlich prompt darauf hereingefallen und uns gefolgt, aber dann hat Cliff Mist gemacht. Walker konnte ihn überwältigen und vier von meinen Kurieren abfangen.«

»Und? So reden Sie doch schon, Chavari!«

Chavari hob die Schultern. »Was er sonst noch angerichtet hat, weiß ich nicht. Ich mußte mit dem Koffer aus dem Fenster springen und mit dem Wagen türmen. Möglicherweise hat er die Polizei zu Hilfe geholt und den ganzen Laden hochgehen lassen. Rufen Sie Jacques an! Ich hatte noch keine Zeit dazu!«

Kopfschüttelnd langte Halberg nach dem Telefon. Chavari gab ihm die Nummer; er wählte und horchte eine Weile in den Hörer. Dann weiteten sich seine Augen, und er legte wortlos auf.

»Das war nicht Jacques«, sagte er gepreßt. »Das war die Polizei! Den Ton kenne ich! Die sitzen jetzt da und durchstöbern jeden Winkel der Spedition!«

»Genau, wie ich befürchtet habe! Geben Sie mir den Apparat!«

Er bekam ihn und wählte seine eigene Nummer in Genf. Es war für ihn kaum noch eine Überraschung, daß dort abgenommen wurde und eine amtlich klingende Stimme sogleich nach seinem Namen fragte.

»Henri Dunant, vom Roten Kreuz!« sagte er wütend und schmetterte den Hörer auf die Gabel.

»Bei Ihnen auch?« fragte Halberg.

Chavari nickte. »Bei mir auch. Nur daß sie da nichts finden. Meine ganzen Geschäftsunterlagen habe ich auf Computer-Disketten codiert und geschützt. Aber wenn sie Jacques' Schreibtisch auseinandernehmen, können Sie unsere ganze Organisation für die Schweiz und Ostfrankreich abschreiben!«

»Verdammt! Konnten Sie denn nichts gegen Walker unternehmen, zum Teufel?«

»Was denn?« gab Chavari ebenso wütend zurück. »Ich bin nicht Ihr Gun-man, sondern Ihr Europa-Geschäftsführer, und ich hatte einen Koffer mit einer baren Million in der Hand, den ich hier abliefern mußte! Warum schicken Sie mir so ein untaugliches Subjekt wie Cliff, der Walker anziehen mußte wie das Aas den Geier? He?«

»Wenn Sie zu dämlich sind, mit einem New Yorker Privatschnüffler fertigzuwerden! Sie haben ein zweitesmal kläglich versagt, Chavari!«

Chavari sprang hoch und baute sich drohend vor Halberg auf.

»Wer ist hier dämlich? Und wer hat versagt? Da liegt die Million, aber Sie sitzen hier wie die fette Made im Speck und lassen andere für sich arbeiten, ohne jede Ahnung, wie es draußen wirklich zugeht! Sie haben mich ruiniert, Halberg! Wissen Sie das? Ich kann mich in Genf nicht mehr sehen lassen! Meine Existenz ist zum Teufel!«

Dabei war er Halberg immer näher gekommen und stand nun über ihn gebeugt und bohrte ihm einen wilden, flackernden Blick in die furchtsam aufgerissenen Augen. Halberg streckte ihm abwehrend die Hände entgegen, aber Chavari schlug sie zur Seite.

»Fassen Sie mich nur nicht an, Halberg! Meine Geduld ist zu Ende!«

Halberg griff in die Brusttasche seines Hausmantels. Dort trug er einen kleinen, silbernen Revolver mit sich, mehr ein etwas makabres Schmuckstück als eine Waffe. Aber in seiner augenblicklichen Bedrängnis hoffte er, Chavari damit zur Vernunft bringen zu können. Seine beiden Bodyguards wollte er noch nicht rufen, so lange der offene Geldkoffer auf dem Tisch stand. Wie verführerisch eine bare Million sein kann, wußte er nur zu gut. Er konnte die niedliche Waffe ergreifen und zog sie halb hervor, als Chavari sie erblickte.

Dessen Zorn steigerte sich auf mehr als das Doppelte. Halberg bedrohte ihn auch noch mit einer Schußwaffe? Das war der Dank dafür, daß er ihm den Koffer voll Geld gegen alle Widerstände noch nach New York gebracht hatte? Er packte zu und erwischte Halbergs Handgelenk. Der warf sich in seinem Sessel zurück und wollte Chavari die Füße in den Unterleib stoßen. Irgendwie mußte er dabei an den Abzug gekommen sein. Der Schuß löste sich mit einem peitschenden Knall. Auf Chavaris Stirn erschien plötzlich ein kleines, dunkles Loch.

Chavari sah seinen Gegner erstaunt an. Dann löste sich sein Griff. Er brach in die Knie und fiel über Halberg und riß ihn mit sich zu Boden.

Jo und Inger nickten sich zu. Das war unverkennbar ein Revolverschuß gewesen. Inger drückte auf die Zimmerklingel. Sofort wurde die Tür aufgerissen. Ein bulliger Typ mit einer roten Narbe im Gesicht starrte ihnen entgegen.

»Was wollen Sie? Wir haben jetzt keine Zeit!« schrie er.

Jo trat zwei Schritte vor und schob ihn zur Seite. Aber der Kerl nahm sogleich Boxerstellung ein, um Jo mit einer rechten Geraden niederzustrecken. Nur hatte er dabei nicht mit Inger Solvay gerechnet, die ihren Colt beim kurzen Lauf packte und ihm den Kolben gegen die Schläfe schlug. Er brach zusammen wie von einem gekonnt ausgeteilten K. o. getroffen. Inger stieg über ihn hinweg und fand sich einem zweiten Muskelberg gegenüber, der Jo mit beiden Fäusten am Hals gepackt hatte und zudrücken wollte. Hier wurde ihr Eingreifen allerdings nicht mehr nötig. Jo, der gegen solche Umklammerungen allergisch war, riß sein Knie hoch und traf nur zu gut. Der Gorilla stieß einen hellen Schrei aus, ließ los und preßte beide Hände auf die höchst empfindliche Stelle, wo ihn Jo getroffen hatte. Er krümmte sich vor Schmerz zusammen. Inger hieb ihm im Vorbeigehen die Handkante ins Genick, und damit war er endgültig außer Gefecht gesetzt.

Gemeinsam drangen sie in den Salon vor. Die Szene erschien anfangs sehr unübersichtlich. Dann erkannten sie Halberg, der sich mühte, unter dem leblosen Chavari hervorzukommen. Er strampelte mit den Beinen, riß den Sessel dabei um und schrie unablässig nach Jerry und Lou.

Jo ging mit ein paar langen Schritten hin, hob Chavaris leblosen Körper an und zog Halberg unter ihm hervor.

»Hören Sie auf zu schreien!« fuhr er Halberg an. »Wenn Sie mit Jerry und Lou Ihre beiden Bodyguards meinen – die sind im Augenblick etwa unpäßlich! Was ist das denn hier?« Er tippte mit der Fußspitze gegen den silbernen Revolver auf dem Teppich. Inger beugte sich interessiert darüber, dann ging ihr Blick zu dem Loch in Chavaris Stirn, aus dem jetzt das Blut in einem schmalen Streifen rann.

»Warum haben Sie ihn umgebracht, Halberg? Wo er Ihnen doch gerade wieder eine Million in den Schoß legen wollte!«

Halberg saß auf dem Boden und sah gar nicht mehr gut aus. Seine Frisur war verwüstet, der Hausmantel klaffte und ließ ein billiges Unterhemd sehen, und er mußte sich mit beiden Händen stützen.

»Das ... war ein ... Unfall!« stammelte er.

»Aber nein!« schüttelte Jo den Kopf. »Wir haben doch beide gehört, wie Sie sich gestritten haben! Und Sie können sich darauf verlassen, daß wir das vor Gericht bezeugen werden!«

Halberg wurde noch blasser. Seine Augen gingen zu dem offenen Millionenkoffer.

»Machen Sie keinen Unsinn, Walker!« brabbelte er. »Das Geld da ... Sehen Sie es sich an! Ich zahle Ihnen, was Sie wollen, wenn Sie Ihre Aussage ... Ich meine ...«

»Brauchst du Geld?« fragte Jo seine Gefährtin. Die hatte den Telefonhörer schon in der Hand.

»Nein«, antwortete sie. »Wozu?«

»Dann ruf das Headquarter an, Captain Tom Rowland von der Mordkommission. Er soll sich Halberg holen kommen!«

Halbergs Augen sprühten nun blanken Haß. Seine Hand tastete nach dem Revolver, der noch immer auf dem Boden lag. Jo kickte ihn vorsichtig ein Stück weiter weg. Die Fingerabdrücke darauf waren wichtig.

»Lassen Sie das, Halberg! Sie sind am Ende. Al Capone stolperte seinerzeit über eine plumpe Steuerhinterziehung, als man ihn seiner zahllosen anderen Vergehen wegen nicht belangen konnte. Ihr Rauschgift-Imperium mag nach allen Seiten abgesichert sein, Halberg. Aber wegen dieses Mordes, und wenn es auch nur ein Totschlag sein sollte, werden Sie sitzen! Bis Sie so schwarz werden, wie Ihre Seele immer schon war! Was ist, Inger?«

»Er kommt selbst und läßt dich grüßen!« sagte sie, blickte verächtlich auf den ramponierten Drogenboß hinunter und nahm mit spitzen Fingern die Patronen aus ihrem Colt.

Aus für die Geier

Staub kratzte in der Kehle, die Arme schmerzten von der Knochenarbeit im engen Stollen. Der Mann lag auf dem Rücken knapp unter dem gewachsenen Fels. Er konnte nur mit Meißel und Fäustel arbeiten. Ein Steinbrocken löste sich und prallte knapp neben seinem Kopf auf.

Sekundenlang schloß er die Augen, dann hämmerte er verbissen weiter. Da schien der Meißel plötzlich durch Papier zu stoßen, so leicht ging es.

»Schätze, Boß, wir sind durch«, keuchte der Mann.

Irgendwo dröhnte es. Das Geräusch schwoll an, der Stollen schien zu vibrieren. Dann ebbte das Dröhnen ab.

»Was ist, Eddie?« Ein Krächzen drang durch den Staub.

»Ich bin durch!«

»Na, endlich! Sieh zu, daß du das Loch vergrößerst! Beeil dich!«

Knurrend arbeitete Eddie weiter. Jetzt ging es besser. Die Gesteinsbrocken polterten auf der anderen Seite hinunter, sobald er sie losgeschlagen hatte. Er spürte den Luftzug, der ihm durch das Loch entgegenströmte. Es war keine gute Luft. Sie stank nach Kloake und irgendwie chemisch.

Als er einen ganzen Betonklotz durch das Loch schob, hörte er ihn ins Wasser klatschen.

»Licht!« rief er. »Ich brauch Licht, Boß!«

»Schrei doch nicht so!«

Wo er die Füße hatte, glomm eine Taschenlampe auf.

»Kannst du die Lampe nehmen? Oder soll ich kommen?«

»Gib sie her! Hier ist kein Platz für zwei.« Eddie beugte sich zurück, soweit es ging. Mit den Fingerspitzen konnte er die Handlampe greifen. Er richtete ihren Strahl auf das Loch. Es war groß genug, um einen Mann durchzulassen.

Mit vorgestreckten Armen schob er sich auf die Öffnung zu und stieß sich dabei mit den Füßen ab. Dann war er auch schon mit Kopf und Schultern hindurch. Er leuchtete umher. Wie geplant, befand er sich in einer Betonröhre, die fast zur Hälfte von einem quirlenden, bräunlichen Wasserstrom gefüllt war, auf dem allerlei Unrat trieb.

Eddie leuchtete senkrecht hinunter. Da war ein Absatz, direkt über dem Wasser. Vielleicht zwei Yards breit. Er würde darauf stehen können. Vorsichtig schob er sich zurück, faltete sich in der engen Röhre zusammen und brachte die Füße nach vorn.

»Was ist los, Eddie?«

»Wir sind im Kanal. Ich steige hinunter.«

»Ist da Wasser?«

»Würd's nicht gerade Wasser nennen, Boß. Eine stinkende Brühe. Aber am Rand kann man stehen.«

»Geh vor! Ich folge dann.«

»Na, klar doch!«

Mit den Füßen voran kroch Eddie hinaus. Als er über der Kante des Lochs hing, das er in die Wandung des Kanals geschlagen hatte, tastete er mit den Zehen. Aber er war noch zu hoch. Er stieß sich ab und ließ sich hinunterrutschen. Er hatte das schmale Band aus Beton ja gesehen – es war tiefer, als er geschätzt hatte. Aber er setzte auf und fand einen festen Stand.

Der Lichtstrahl huschte an der gewölbten Wand hinauf.

»Du kannst folgen, Boß.«

Zuerst erschien ein Paar schmutzige Schuhe, dann folgten die Hosenbeine, die dabei hochrutschten und ehemals weiße Socken und bleiche Haut sehen ließen.

»Richtig so, Eddie?«

»Genau. Einfach fallen lassen.«

Er griff zu, als der Mann neben ihm aufprallte, und hielt ihn fest. Der Boß schwankte mit geschlossenen Augen.

»Alles okay, Boß.«

Zögernd öffnete der Mann die Augen, nahm Eddie die Lampe aus der Hand und ließ den Lichtfleck umherhuschen. Er strich über das schäumende Schmutzwasser, wanderte an den Wänden hinauf und blieb ein Stück weiter oben hängen. Der Lichtkegel hob eine Stahlplatte aus dem Dunkel.

»Da!« sagte er, vor plötzlicher Erregung heiser. »Das ist es! Der Einstieg! Genau, wie ihn mir Black Jones beschrieben hat, ehe er die

Augen für immer schloß. Was für ein Glück, daß er die Lippen auseinanderbrachte, ehe Jackie Holloway entlassen wird. Wir holen uns den Kram, und wenn wir durch diese Scheiße da müssen. Drüben gibt es Steigeisen. Du gehst vor, Eddie! Ich komme wieder nach!«

Eddie spürte, wie ihm der Gestank der Abwasser die Kehle jucken ließ. Da hinein? War der Boß verrückt geworden?

»Da passe ich«, sagte Eddie angewidert und schüttelte den Kopf.

Der Boß blickte ihm kalt in die Augen. »Du willst nicht?«

»Nein.«

»Dann steig hinauf und verschwinde. Aber sofort. Ich kenne genug Leute, die für einen Anteil an drei Millionen durch die Scheiße schwimmen. Durch echte Scheiße, Eddie. Nicht nur durch ein bißchen dreckiges Wasser.«

Eddie druckste herum. Er blickte hinunter in die kreiselnde Flut und versuchte zu erkennen, was da alles herantrieb. Drei Millionen! Er hatte keine Vorstellung, wieviel Geld das war. Aber auch nur ein Anteil davon würde wohl mehr sein, als er auf lange Sicht ausgeben konnte.

»Du leuchtest mir, Boß?«

»Natürlich.«

»Und du kommst dann sofort nach?«

»Meinst du, ich laß dich unseren Schatz allein da herausholen? Daß du mit den Klunkern durch irgendein Kanalloch verschwindest?«

Das verstand Eddie. Natürlich würde ihn der Boß jederzeit in irgendeiner Klemme allein lassen. Aber nicht mit drei Millionen vor der Nase.

Eddie atmete ein paarmal tief durch. Ob das Wasser kalt war? Zögernd ging er in die Hocke und streckte die Beine vor. Eine kleine Welle schwappte ihm in den Schuh. Kalt war es nicht. Aber ekelerregend.

»Verdammt, du sollst hier kein Schönheitsbad nehmen!« schimpfte der Boß.

Eddie gab sich einen Ruck und ließ sich ins Wasser rutschen. Es ging ihm bis zur Brust. Die Strömung trieb sehr stark. Aber Eddie war schon froh, daß ihm nichts ins Gesicht oder gar in den Mund spritzte.

Der Lichtkegel wanderte vor ihm über die Wasseroberfläche. Ein Klumpen irgendeiner klebrigen Masse trieb auf ihn zu. Er wich aus, und dabei verloren seine Füße auf dem glitschigen Untergrund fast den Halt. Etwas Weiches stieß gegen seine Beine.

Mit weit aufgerissenen Augen arbeitete er sich durch die stinkende Flut. Ganz dicht vor ihm schwammen ein aufgequollener Tampon und ein Pappteller vorbei, an dem noch Reste von Kartoffelchips und Ketchup klebten. Der Pappteller wurde von einem kleinen Strudel herumgewirbelt. Ihm wurde ziemlich flau im Magen. Aber selbst wenn er sich übergeben mußte – was machte das hier schon?

Er spürte ein Kribbeln an den Beinen. Es wurde stärker und kroch an seinem Körper hoch. Jetzt war es schon ein brennendes Jucken.

»He, Boß!« rief er.

»Ja?« tönte es hallend zurück.

»Weißt du genau, daß hier nichts im Wasser ist?«

»Was denn?«

»Na, irgendein chemisches Zeug. Meine Haut brennt am ganzen Körper. Ich glaube, ich halte das nicht lange aus.«

»Quatsch! Das bildest du dir nur ein!«

Eddie hielt die Hände noch immer krampfhaft über dem Wasserspiegel. Aber jetzt wurde der Juckreiz zu stark, vor allem zwischen den Beinen. Er überwand seinen Ekel, tauchte die rechte Hand ins Wasser und wollte sich kratzen. Aber sobald seine Finger den nassen Hosenstoff und die Haut darunter berührten, wurde das Jucken zu einem heißen Schmerz.

Er spürte, wie ihn die Panik packte. Er warf sich herum und stemmte sich gegen die Strömung.

»Was hast du denn?« fragte der Boß und leuchtete ihm ins Gesicht.

»Ich muß hier raus!« stieß Eddie atemlos hervor. »Hilf mir!«

»Bist du verrückt?«

»Steig ins Wasser, wenn du mir nicht glaubst!« Eddies Finger packten den Absatz und krallten sich an den Beton.

Kopfschüttelnd griff der Boß zu und half ihm herauf. Das Wasser lief Eddie aus der Hose. Er verbreitete einen üblen, ätzenden Gestank. Mit zitternden Fingern löste er den Gürtel und riß sich die Hose herunter.

»Da! Sieh dir das an!« stöhnte er.

Der Boß hielt die Lampe auf Eddies nackte Beine gerichtet. Die Haut war brennend rot. Wo er sich zu kratzen versucht hatte, war die Haut sogar aufgeplatzt.

»Oh, wie das brennt! Bring mich hier weg, Boß. Ich muß ins Krankenhaus. Ich bin verbrannt. Das war Säure.«

Der Boß verschränkte die Hände.

»Los! Hineintreten! Ins Loch und durch den Tunnel. Im Keller wartest du auf mich. Ich komme sofort nach!«

Er half Eddie hinauf. Als der durch die Öffnung verschwunden war, sprang er hoch. Seine Hände griffen an den rauhen Beton. Fast hätte er wieder losgelassen, so schmerzte es ihn. Aber er biß die Zähne zusammen und zog sich hoch. Seine Füße kratzten an der Wand, fanden keinen Halt, er mußte mit der Linken höher greifen und alle Kraft zusammennehmen, um in das Loch zu gelangen.

Im Tunnel ließ er sich heftig atmend zusammensinken. Dann nahm er die Lampe aus dem Mund und leuchtete seine brennenden Hände an. Wo er Eddies nasse Schuhe angefaßt und das schmutzige Wasser aufgenommen hatte, waren sie rot. Die Handflächen juckten und brannten.

»Verdammt!« flüsterte er heiser. »Was ist das? Säure? In einem Kanal?« Er hätte seine Hände am liebsten sofort in Eiswasser getaucht. Aber hier gab es kein Eiswasser. Und Eddie hatte bis zur Brust in der beißenden Brühe gesteckt! Jetzt verstand er, warum der arme Kerl in solcher Panik umgekehrt war.

»Mein Gott!« murmelte er. »Den frißt's womöglich bei lebendigem Leib auf. Wie soll ich den nur nach Haus bringen, wenn er vielleicht noch zu schreien anfängt?«

Seine Hand tastete zur Hosentasche, wo er den Revolver stecken hatte. Notfalls würde er die Notbremse ziehen müssen. Wie nannte man das bei den Jägern? Gnadenschuß?

»Drei Millionen!« schnaubte der wuchtige Mann im blauen Nadelstreifenanzug und tigerte in seinem gediegen eingerichteten Büro hin und her. »Drei Millionen Versicherungswert, das heißt bei unseren Versicherungsprämien, daß der Glitzerkram mindestens fünf Millionen wert ist. Und die will ich haben, Walker.«

Jo lehnte sich in dem schweren Ledersessel zurück. Er hatte es nicht zum erstenmal mit Jarnes P. Goldstein zu tun. Die »Great Eastern Mutual Insurance« wußte, wen sie auch in scheinbar aussichtslosen Fällen rufen mußte – Jo Walker, als »Kommissar X« weit über die Ostküste der Vereinigten Staaten bekannt und von einem fast schon sagenhaften Ruf.

»Sie haben also gezahlt?« fragte er kühl.

Goldstein unterbrach seine stürmische Wanderung und ballte die Hände.

»Natürlich! Was blieb uns übrig? Bei einer Kundin wie Missis Lattimer? Ihr Mann ist mit einigen seiner Firmen bei uns versichert und sie mit ihrem ganzen Schmuck und den Autos und einem Dutzend Pelzmänteln der obersten Preisklasse. Wir mußten einfach zahlen, als der Tresor in der Villa leer war. Schmuck für drei Millionen Versicherungswert, wie gesagt. Aber ich habe unsere Gesellschaft abgesichert, Walker. Eigentumsübertragung an den gestohlenen Wertgegenständen. So schlau bin ich schließlich auch! Wenn Sie das Zeug wiederbeschaffen, gehört es der Great Eastern Mutual. Und wir haben unsere Auslagen wieder.«

Er rieb sich die Hände. Jo betrachtete ihn amüsiert.

»Und warum haben Sie sich gerade jetzt entschlossen, mich damit zu beauftragen, Mister Goldstein?«

Der Versicherungsdirektor hockte sich vorsichtig auf die Lehne eines anderen Sessels. Unter seinem Gewicht war das Möbel schon öfter gekippt. Sein Gesicht glänzte.

»Jackie Holloway wird morgen entlassen, vorzeitig, wegen guter Führung. Sie hat immerhin ihre ganze Bande ans Messer geliefert, während sie einsaß. Nick Bellamy, den Knacker, Paul Desieux, der die Alarmanlagen in Lattimers Villa ausschaltete, Black Jones, den Fahrer – so etwas wird von unserem Bewährungsausschuß belohnt. Nur wo die Beute versteckt ist, das hat sie nicht gesagt. Und das sollen Sie herauskriegen, Walker.«

Jo steckte sich eine Pall Mall an.

»Sie glauben, daß sich die Holloway ihre Beute aus dem Versteck holt, sobald sie in Freiheit ist?«

Goldstein lächelte schlau. »Wovon sollte sie sonst leben? Bei der Entlassung aus dem Knast kriegt sie schätzungsweise einhundertfünfundzwanzig Dollar ausbezahlt.«

»Ja, die Löhne fürs Mattenflechten sind nicht sehr attraktiv«, meinte Jo. »Verglichen mit drei Millionen, die irgendwo vergraben liegen.«

Goldstein stand auf. »Vergraben oder in einem Schließfach oder in einem hohlen Baum versteckt. Kümmern Sie sich darum. Die Entlassung ist morgen nachmittag um fünfzehn Uhr. Das habe ich von jemandem aus dem Gefängnis erfahren. Aber rechnen Sie damit, daß Sie nicht allein auf Jackie Holloway am Gefängnistor warten.«

»Hat ihr Freund ihr etwa die Treue gehalten?« spottete Jo.

»Weiß nicht, ob sie einen hatte. Aber die Konkurrenz dürfte ebenfalls an der Beute interessiert sein. Daß sie ihre Bande verpfiffen hat, war wochenlang das Tagesgespräch in der Branche der Diebe, Knakker und Schränker. Daß drei Millionen dahinterstecken, ist auch weithin bekannt. Rechnen Sie mit harten Auseinandersetzungen, Mister Walker. Wenn es um drei Millionen geht, holen auch die bravsten und vorsichtigsten Ganoven ihren Ballermann aus dem Schrank.«

»Weiß denn sonst jemand vom Zeitpunkt der Entlassung?« fragte Jo naiv.

Goldstein zuckte mit den Achseln. »Ich habe dem Mann, der mir den Termin verraten hat, fünfzig Bucks in die Hand gedrückt. Und ich nehme an, daß jeder andere gleiche Auskunft für den Preis erhalten konnte. Daß die Holloway entlassen wird, stand jedenfalls in den Zeitungen.«

Jo drückte seine Zigarette aus.

»Hat Ihre Versicherung schon versucht, mit der Holloway ins Geschäft zu kommen? Rückkauf der Beute zu ermäßigtem Preis? Es dürfte auch für eine fähige Gangsterchefin nicht einfach sein, den Schmuck loszuwerden und genug dafür zu kassieren.«

Goldstein nickte schmerzlich. »Haben wir. Aber das Weib ist stahlhart. Sie hat uns ausrichten lassen, daß sie nicht interessiert sei und lieber behielte, was sie hat.«

»Na, schön«, sagte Jo Walker gleichmütig. »Dann gibt's eben Krieg!«

Als es dreimal an die Tür klopfte, erhob sich Benson halb aus dem Sessel.

»Mach auf, Larry!« sagte er.

Aus einem anderen Sessel stand ein langer, schmaler Bursche auf und schlurfte hinaus. Benson hörte die Stimme des Arztes und nahm die Hände aus der Waschschüssel mit kaltem Wasser. Sie waren noch immer rot verbrannt und schmerzten.

Der Arzt trat ein. Schwarz gekleidet, mit einem altmodischen Köfferchen, hätte er in jedem Western überzeugend mitspielen können. Auch was seine Patienten betraf, hatte Doc Murphy manche Ähnlichkeit mit dcn Knochensägern der alten Tage. Wenn es im

Viertel etwas zu behandeln gab, was nicht an die Öffentlichkeit dringen sollte, war er ein zuverlässiger Helfer.

»Na?« fragte er leutselig statt einer Begrüßung. »Pfoten verbrannt? Zu hastig in der Nase gebohrt?«

Jim Benson hielt ihm seine Hände entgegen.

»Bin in eine schmutzige Brühe geraten. Seitdem juckt's wie verrückt, und wenn ich irgendwo drankomme, tut's verdammt weh, Doc.«

Murphy betrachtete die verätzte Haut, schob die Ärmel an Bensons Handgelenken zurück und sagte: »Nur an den Händen?«

»Bei mir schon, Doc. Aber der arme Eddie Collins war mit von der Partie und ist bis zur Brust da hineingeraten.«

»Ach? Wo ist er? Ich höre ihn gar nicht brüllen. Müßte er eigentlich.«

»Wir haben ihm 'ne Flasche Brandy gegeben, ihn ausgezogen und in die Badewanne mit kaltem Wasser gelegt. Kommen Sie.«

Er ging dem Arzt voran ins Badezimmer. Eddie lag mit glasigen Augen in der randvollen Wanne. Seine Haut war blaurot verfärbt, und er zitterte, daß die Wasseroberfläche kleine Wellen schlug. Doc Murphy nahm die Schnapsflasche und hielt sie gegen das Licht. Sie war fast leer. Er grinste.

»Jeder Richter würde Sie wegen schwerer Körperverletzung einlochen, Benson. Und das ist es auch, was Sie mit dem armen Kerl gemacht haben. Aber der Teufel soll mich holen, wenn es in seinem Zustand nicht genau richtig war. Jetzt muß er natürlich schleunigst aus dem Wasser und ins nächste Hospital.«

»Aber was ist das denn eigentlich, Doc? Können Sie mir erklären, was da so brennt?«

Doc Murphy nahm einen Rezeptblock aus der schwarzen, abgegriffenen Ledertasche und einen antiquierten Füllhalter.

»Wenn Sie mir nicht sagen wollen, wo und in welches schmutzige Wasser Sie geraten sind, muß ich raten. Und ich tippe auf eine Lauge. Nicht sehr stark konzentriert, sonst würden Sie nämlich brüllen wie die Stiere. Aber der hier muß unbedingt stationär behandelt werden. Die Haut ist zu mehr als zwei Dritteln beschädigt. Hier würde er Ihnen eingehen wie eine Primel, Benson. Hat er Geld, oder bezahlen Sie die Kosten?«

Benson winkte ab. »Woher soll er etwas haben, Doc? Ein Fall fürs Sozialamt. Aber was ist mit meinen Händen?«

»Ich schreibe Ihnen eine Salbe auf. Legen Sie einen Verband an oder lassen Sie ihn sich anlegen. Der junge Mann hier kann Sie dreimal täglich verbinden. Ein paar Tage lang werden Sie wenig Freude haben, wenn Sie etwas anfassen, aber das vergeht wieder. Hier ist das Rezept und hier die Einweisung. Halt, ich muß noch einen Namen eintragen. Wie heißt der verätzte Schwimmvogel?«

»Eddie Collins. Die Sozialversicherungsnummer muß ich erst suchen.«

»Dann tragen Sie sie ein. Ich schicke die Ambulanz. Und Ihnen die Rechnung. Bis später, Benson.«

Der Arzt schwenkte sein Köfferchen und ging hinaus. Larry schloß die Tür hinter ihm und kehrte ins Wohnzimmer zurück.

»Kein Brandy mehr da?« fragte er. »Ich könnte einen brauchen. Eddie sieht fürchterlich aus, Boß.«

»Er wird schon wieder gesund werden. Nimm den Chevy und hol mir die Salbe, Larry. Ich muß so schnell wie möglich wieder in Ordnung sein. Wir haben nicht mehr viel Zeit.«

»Wollen Sie denn noch einmal hinunter in diesen verdammten Kanal?«

»Unsinn. Da kommt keiner durch. Aber Jackie Holloway wird einen anderen Weg zu ihrem Schatz kennen. Den muß sie uns zeigen.«

»Jackie sitzt doch«, entgegnete Larry verwundert.

Benson grinste. »Was meinst du, warum ich so wild hinter den Klunkern her war? Jackie wird entlassen, vorzeitig, wegen angeblich guter Führung. Weil sie ihre Freunde verpfiffen hat. Und wenn sie draußen ist, wird sie als erstes nach ihrer Beute sehen wollen. Dann greifen wir sie uns. Und ich heiße nicht Schlächter Benson, wenn ich nicht in 'ner halben Stunde aus dem verdammten Weibsstück herauskriege, wie man an die Beute gelangt.« Er lachte häßlich auf.

Larry lief ein Schauer über den Rücken. »Wann wird sie denn entlassen, Boß?«

»Wahrscheinlich morgen. Ich erfahr's nachher. Sag den anderen Bescheid, daß ich sie brauche. Den genauen Zeitpunkt gebe ich noch bekannt. Und sieh zu, daß die beiden Chevys in Ordnung und aufgetankt sind.«

»Wird erledigt. Soll ich nicht lieber warten, bis die Ambulanz eintrifft?«

»Quatsch! Ich will die Salbe haben. So schnell wie möglich.«

Um 14.55 Uhr fuhr ein leeres Yellow Cab die Straße entlang und hielt vor dem Gefängnistor. Der uniformierte Wächter an der schmalen Tür neben der verschlossenen Einfahrt blickte zu dem Fahrer hinüber, unternahm aber nichts, obwohl hier Halteverbot war. Anscheinend hatte man ihn informiert.

Jo Walker sah auf die Borduhr seines 230 SLK Kompressor. Noch zwei Minuten. Ob noch jemand auf Jackie Holloway wartete? Als er an der langen Reihe geparkter Wagen vorbeigerollt war, hatte er nichts bemerkt.

Der Wächter drehte sich auf dem Absatz herum und legte die Hand an die Pistolentasche. Die Tür öffnete sich lautlos. Jackie Holloway trat hinaus in die Freiheit und blinzelte im hellen Sonnenlicht.

Jo hatte sie sich anders vorgestellt. Aber er war angenehm überrascht. Ob Ganovin oder nicht, Jackie Holloway sah sehr gut aus. Groß, schlank, blond und gekleidet in ein schwarzes Kostüm, trug sie eine kleine Reisetasche in der Hand. Mit der anderen, deren Fingernägel Jo über die ganze Straße hinweg rot leuchten sah, setzte sie sich eine Sonnenbrille auf und ging zu dem Yellow Cab. Der Fahrer stieß von innen die Tür auf. Sie warf die Reisetasche auf den Rücksitz und stieg vorn ein.

Jo startete seinen Motor. Drüben knallte die Tür zu, und das Taxi bewegte sich langsam aus der Parkposition heraus auf die Straße. Auch Jo fuhr los. Startete irgendwo noch ein dritter Wagen oder ein vierter? Ein schneller Blick in die Spiegel zeigte Jo, daß er offenbar Jackie Holloways einziger Begleiter war. Aber das konnte sich schnell ändern. Nur ein Vollidiot hätte ausgerechnet vor dem Gefängnistor versucht, Jackie abzufangen.

Aus der ersten Seitenstraße rollte ein Streifenwagen heraus und drängte sich zwischen das Taxi und Walkers Mercedes. Jo mußte bremsen und fluchte verhalten. Ungeschickter hätten die Blauen das kaum anstellen können.

Die Straße wurde breiter und durch einen Mittelstreifen geteilt. Der war nicht mehr als ein langgezogenes Stück verdorrte Grasfläche, mit niederen Randsteinen eingefaßt und etlichen Reklametafeln bestückt.

Wahrscheinlich entdeckte Jo als erster die beiden schwarzen Chevys, die auf der Gegenfahrbahn heranjagten. Und er hatte den Fuß auf der Bremse, als der erste herumgerissen wurde, mit einem

Sprung über den Mittelstreifen flog und kreischend bremste. Er rutschte genau auf das Taxi zu. Der Fahrer versuchte noch nach rechts auszuweichen, aber der Chevy bohrte sich doch noch in die linke Seite und schob das Yellow Cab quer zur Fahrbahn.

Der zweite Chevy hatte das gleiche Manöver ausgeführt, allerdings etwas später. Auch er krachte auf die Fahrbahn, aber zwischen dem Cab und dem verfolgenden Polizeiwagen. Die Cops hatten nicht so schnell geschaltet, und sie erwischten den heranschleudernden Chevy voll am Heck.

Aus dem ersten Chevy sprangen zwei Männer. Einer hielt eine Pistole in der Hand. Sie rannten auf das Taxi zu. Jo hieb brutal den Gang hinein und trat das Gaspedal bis zum Anschlag durch. Sein SLK vollführte einen Satz nach vorn; Jo riß das Steuer herum. Die Reifen sprangen auf den Mittelstreifen. Vor ihm wuchs eine verwitterte Reklametafel auf. Unter dem Anprall seiner soliden Bugverkleidung klappte sie ins Gras, die Räder ließen das dünne Sperrholz knackend zersplittern. Und dann war Jo auch schon auf der Höhe des querstehenden Cabs. Auf der anderen Seite stürmten die beiden Männer aus dem Chevy heran.

»Stehenbleiben!« schrie einer der Cops. Er hing halb aus dem Seitenfenster seiner verklemmten Tür und fuchtelte mit der Dienstpistole.

Jo hätte beinahe gelacht. Er drückte auf die Hupe.

Inzwischen hatte sich auch der Taxi-Driver auf seine Aufgabe besonnen. Er sprang aus dem Wagen, eine silbrig glänzende Spraydose in der Hand. Im Heranstürmen schoß der Chevy-Mann. Jo hörte den Knall und sah den Fahrer taumeln.

Aber da wurde die Beifahrertür aufgestoßen. Lange Beine unter einem hochgerutschten Rock schwenkten heraus. Geduckt warf sich Jackie Holloway aus dem Wagen. Ihr Blick flog zu Jo Walker. Dann riß sie ihre Reisetasche hoch und schleuderte sie dem Mann mit der Pistole entgegen. Sie hatte gut gezielt.

Mit ein paar federnden Sprüngen brachte sie das Taxi hinter sich. Jo hielt ihr die Tür auf. Sie warf sich in den Wagen und prallte gegen Jo, der augenblicklich die Kupplung losließ. Die Tür flog im Anfahren zu. Polternd gelangte der SLK auf die Straße.

Jo hörte heftiges Atmen neben sich, schaltete hoch und bog fast auf zwei Rädern nach rechts ein. Die enge Straße führte an einer fast endlosen Fabrikmauer entlang. Auf der linken Seite standen verwahrloste Mietshäuser. Der SLK bretterte über das holprige Pflaster.

Jo wagte einen schnellen Seitenblick. Jackie Holloway bot ihm das Profil, weil sie starr nach vorn sah. Der Fahrtwind im offenen Wagen wehte ihr blondes Haar nach hinten. Ihre Lippen waren fest zusammengepreßt.

Vollbremsung, in eine Gasse zwischen hohen Lagerhäusern hinein, Vollgas. Ein Mann im Overall mit irgendwelchen Papieren in der Hand warf sich zwischen die geparkten Trucks, die Rechnungen und Lieferscheine flatterten hinter dem davonrasenden SLK in der Luft.

Flackerndes rotes Blinklicht vor Eisenbahnschienen im Pflaster. Zum Bremsen zu spät. Die Diesellok war schon halb auf der Fahrbahn, als Jo davor das Industriegleis kreuzte. Kreischend griffen die Druckluftbremsen, und das Signalhorn brüllte ganz überflüssig auf.

Der SLK querte schon einen riesigen Abstellplatz, röhrte zwischen Sattelschleppern und Kühlwagen, donnerte an den hohen Wänden gestapelter Container vorbei, huschte unter einer sich senkenden schwarzgelben Schranke hindurch, daß Jo instinktiv den Kopf einzog, und gewann die mehrspurige Abfahrt aus diesem Industriegelände.

Aber Jo hielt den Fuß auf dem Gaspedal. Sie rasten auf ein Turnpike zu, die Schilder wischten vorüber, Jo schoß in eine Abfahrt, zog den SLK jaulend und kreischend durch die enge Kurve, gab auch auf der Einfädelspur noch einmal Gas und drückte den Wagen zwischen einem Lieferwagen und einem Tankzug hindurch auf die mittlere Fahrbahn. Dort ließ er ihn im dichten Verkehr mitschwimmen und wandte sich seiner blonden Begleiterin zu.

»Wohin wollten Sie eigentlich, Jackie?«

Sie sah ihm voll ins Gesicht. In ihren grauen Augen tanzten helle Funken. Dann lachte sie und strich sich die Haare aus der Stirn.

»Keine Ahnung. Da ich nun auch mein letztes Gepäck los bin, werde ich auf das Waldorf-Astoria wohl verzichten müssen.«

»Keine Kreditkarten? Kein Geld?«

Das Lachen erlosch, und zwischen ihren Augen erschien eine böse Falte. »Sie wissen doch, woher ich komme! Übrigens – Presse? Oder Resozialisierungsverein?«

»Versicherungsdetektiv.«

»Ach, du lieber Gott! Der Schmuck, nicht wahr? Sie glauben immer noch, ich hätte ihn?«

Jo nickte. Eine Weile fuhren sie schweigend inmitten der Wagenschlangen.

Dann sagte Jackie Holloway: »Ich hätte Appetit auf einen Kaffee. Können wir irgendwo halten?«

»Natürlich können wir«, erwiderte Jo, wandte sich zurück und sah, daß die Lücke groß genug war. Er zog den SLK hinüber. »An der nächsten Abfahrt dürfte eine Cafeteria sein. Ich lade Sie ein, ja?«

»Gern«, antwortete sie schlicht.

»Aber mehr kann ich vermutlich nicht tun.«

»Auch klar. Sie haben schon mehr getan, als Ihre Gesellschaft von Ihnen verlangt hat, nicht wahr?« Sie stellte es ganz sachlich fest.

Jo blinkte sich nach rechts in die Ausfahrt hinein. Auf dem Parkplatz der Cafeteria ließ er den 230 SLK ausrollen.

Jackie Holloway schwang ihre langen Beine aus dem Wagen, und nebeneinander gingen sie zu der Terrasse über dem Highway. Einige Leute blickten auf, als sie an ihnen vorbeischritten.

Jo war sicher, daß ihre Neugier Jackie galt. Nicht, weil sie heute aus dem Gefängnis entlassen worden war. Ihr Bild war bei der Verurteilung nur ein paarmal in den Zeitungen erschienen und sicher längst vergessen. Aber sie sah verdammt gut aus. Mancher Mann mochte ihn beneiden. Jo beneidete sich in diesem Moment nicht.

Von der Selbstbedienungsbar nahmen sie sich Kaffee mit und setzten sich an einen Tisch am Rand der Terrasse. Unter ihnen rauschte der Verkehr sechsspurig vorbei.

»Wo sind wir überhaupt?« fragte Jackie.

»Das da unten ist der Bruckner Expreßway. In der Richtung, in der wir unterwegs waren, gelangt man zur Triborough Bridge, in der anderen zur Bronx hinauf.«

»Aha.«

»Ich kann Sie gern noch ein Stück mitnehmen, Jackie.«

»Danke. Aber ich glaube, ich bleibe hier und rufe jemanden an, der mich abholt.«

»Wie Sie wollen. Haben Sie schon eine Adresse, unter der ich Sie notfalls erreichen kann?«

»Mich erreichen? Wozu denn?« Mißtrauen glomm in ihren Auge auf.

Jo beugte sich vor. »Ich habe Ihnen schon gesagt, daß ich mich um die Juwelen kümmern soll, die verschwunden sind, seit Sie sie aus der

Lattimer-Villa herausgeholt haben. Das ist mein Auftrag. Daneben habe ich so eine Ahnung, als wären auch noch andere Leute daran interessiert. Zum Beispiel jene, denen Sie gerade entwischt sind. Drei Millionen locken jeden Geier an, Jackie.«

»Lieb, daß Sie weiterhin meinen Retter spielen wollen. Aber ich weiß ja noch nicht einmal, wie Sie heißen, tapferer Ritter.«

»Wenn ich mich erst noch vorgestellt hätte, wären wir wohl etwas zu spät vom Tatort verschwunden. Ich bin Jo Walker.« Er nahm seine Karte aus der Tasche und schob sie ihr zu.

Ihre Augenbrauen hoben sich. »Kommissar X? Welche Ehre für ein armes Mädchen wie mich.«

Jo ging nicht auf ihren Ton ein. »Geben Sie mir wenigstens eine Telefonnummer, Jackie.«

Sie überlegte. Dann schrieb sie eine Nummer auf die hektographierte Speisekarte.

»Da werden Sie zwar nicht mich erreichen, aber jemand, der eine Verbindung zu mir herstellen kann. Wenn ich es möchte«, fügte sie bedeutungsvoll hinzu.

Jo faltete das Blatt zusammen und steckte es ein. »Ich werde Sie schon nicht belästigen, nur weil im Crotona Park die Nachtigallen schlagen. Kann ich Sie hier allein lassen, Jackie?«

»Mit einer Smith & Wesson in der Tasche wäre mir wohler«, gab sie zu. »Aber bereiten Sie sich keine Sorgen um mich, Jo. Ich werde bald in Sicherheit sein. Danke fürs Abholen. Und fürs Retten!«

»Gern geschehen.« Jo nickte und stand auf.

Benson hatte sofort gesehen, daß einer seiner beiden Chevrolets nicht mehr fahrbereit war. Der 230 SLK verschwand heulend in der Ferne. Aus dem Fenster des Streifenwagens drohte noch immer der Cop mit seiner Pistole. Sein Fahrer hing, anscheinend bewußtlos, über dem Steuer.

»Zu Lars in den Wagen!« schrie Benson.

Juke Milford steckte die Waffe ein, flankte über den Kühler und rannte los. Bill Biskins brauchte etwas länger, bis er begriff, dann lief auch er geduckt auf den zweiten Chevy zu. Benson griff in den Hosenbund. Nach seiner Meinung war es sinnlos und gefährlich, einen Zeugen am Leben zu lassen, der den Überfall gesehen und die Autonummern vermutlich erkannt hatte.

Mit einem Ruck riß er den Colt herum, zielte über den hochgehaltenen Unterarm und schoß. Der Polizist im Wagenfenster wurde gegen den Rahmen geschleudert. Seine Waffe klirrte auf den Beton der Fahrbahn. Aber Benson schoß noch einmal. Jetzt war er ziemlich sicher, daß es keinen Zeugen mehr gab.

Der Chevy flog auf ihn zu. Er riß die hintere Tür auf und warf sich hinein.

»Au! Verdammt noch mal, Boß!« protestierte Biskins, dem er den Kopf dabei rammte. Larry zog den Wagen in einer engen Schleife herum und preschte los. Hinter ihnen sangen schon die ersten Polizeisirenen.

»Macht Platz! Dies ist ein Wagen für fünf Personen!« fauchte Benson. »Oder soll ich auf deinem Schoß sitzenbleiben, Juke?«

»Wohin, Boß?« fragte Larry von vorn.

»Zur Bronx. Und dann hältst du an einer Telefonzelle. Ich muß diese beiden Wagen als gestohlen melden.«

»Gute Idee.«

»Quatsch nicht! Du sollst autofahren, verdammt noch mal! Hört alle zu: Der Mann in dem Mercedes, der die Holloway mitgenommen hat, ist ein gewisser Jo Walker.«

»Kommissar X.« Milford nickte.

»Du kennst den Burschen, Juke?«

»Wer kennt den nicht?«

»Ich. Aber ich möchte ihn kennenlernen und fragen, wohin er die Holloway gebracht hat. Hast du seine Adresse, Juke?«

»Ja. Das heißt, ich kenne das Haus. Gegenüber von Musie's Bar.«

»Dann steigst du in der Bronx aus und fährst mit Biskins hin. Schaut euch gründlich in Walkers Nest um. Vielleicht hat er die Holloway gleich als Bettkätzchen eingestellt. Wenn nicht, bringt ihr ihn mit.«

»Wohin?«

»Zu mir in die Wohnung.«

Sie wurden durcheinandergeschleudert, als Larry eine Kurve in Schräglage nahm. Von den Polizeisirenen war nichts mehr zu hören.

»Bist du wahnsinnig, Larry? Soll uns der nächste Motorrad-Cop an die Seite winken und fragen, ob wir vielleicht einen Betriebsausflug unternehmen, du Affe? Wir haben doch die Kugelspritzen noch im Kofferraum!« wütete Benson.

Larry zog den Kopf ein und ging mit dem Tempo herunter.

»Welchen Wagen sollen wir nehmen, Boß?« fragte Juke Milford.

Benson fuhr zu ihm herum. »Bin ich Henry Ford II? Soll ich dir etwa einen Schlitten kaufen? Mann, die Straßen stehen voll von Autos, die im Moment niemand braucht. Such dir eins aus, das du fahren kannst.«

Larry jagte den klapprigen Chevy nach Bronx hinein, fand eine Telefonzelle und ließ die Karren ausrollen.

»Raus mit euch!« bellte Benson. Er kletterte als erster aus dem Fond und trampelte seinen Kumpanen dabei rücksichtslos auf die Füße.

»Larry, du bringst die MPi's nach Haus, fährst den Wagen dann auf den Parkplatz und läßt ihn da offenstehen. Vergiß nicht, die Zündkabel herauszureißen und die Fingerabdrücke abzuwischen. Klar?«

»Und du, Boß?«

»Wir treffen uns in der Wohnung. Ich werde diesen Walker verhören, und wenn ich ihm alle Knochen brechen muß.«

Jo war sicher, daß Jackie hinter ihm herblickte, als er seinen Mercedes auf dem Highway einfädelte und in Richtung Triborough davonschoß. Aber er hielt sich auf der rechten Spur, nahm die nächste Abfahrt und rollte in die Tankstelle.

»Volltanken?« fragte der Mann im Overall gewohnheitsmäßig. Jo schüttelte den Kopf.

»Später. Ich will den Wagen eine Weile hier unterstellen und dafür einen anderen mieten.«

Der Tankwart hielt den Kopf schief und betrachtete den SLK.

»Wenn ich diesen Schlitten hätte, würde ich ihn nirgendwo unterstellen und schon gar keinen anderen mieten«, brummte er. »Aber was soll's? Ich rede mich noch um mein Geschäft! Und Sie werden schon Ihre Gründe haben, wie?«

Jo grinste. »Wenn mich meine Frau zufällig in dem Wagen sieht, weiß sie, daß ich wieder im Lande bin, und hetzt ihre Anwälte hinter mir her, wegen der Unterhaltszahlungen«, lautete seine glaubwürdige Antwort.

Der Tankwart nickte mitfühlend. »Schlimme Sache, so was. Ich hätte einen Camaro für Sie. Total unauffällig. Und noch ziemlich neu. Kommen Sie!«

Jo rollte langsam hinter ihm her zur Garage, stellte seinen SLK ab und wechselte in einen cremefarbenen Camaro. Er empfing die

Wagenpapiere, zahlte mit seiner Kreditkarte, und zwei Minuten später war er schon wieder auf der Gegenfahrbahn unterwegs.

Der Platz auf der Terrasse war leer. Soviel sah er schon, als er auf den Parkplatz einbog. Er blieb im Wagen sitzen und wartete. Jackie hatte telefonieren wollen, jemanden anrufen, der sie abholen sollte.

Sie trat aus dem Restaurant und hatte ein kleines Tablett mit einem Glas in der Hand. Das trug sie zu dem Tisch, an dem sie beide gesessen hatten. Wahrscheinlich gönnte sie sich jetzt erst mal einen doppelten Scotch. Darauf deutete das Glas hin. Kaffee oder einen Milchshake hätte sie im Pappbecher erhalten. Und nach den Jahren der Haft hatte sich Jackie einen Scotch wohl verdient.

Jo richtete sich auf eine längere Wartezeit ein. Der Camaro roch irgendwie desinfiziert. Er hoffte, daß nicht gerade ein Pestkranker als letzter den Wagen gefahren hatte. Er schaltete das Radio ein. Der eingestellte Sender brachte eine Tennisreportage.

Da Jo so etwas lieber life oder wenigstens im Fernsehen erlebte, tippte er auf den Suchlauf und kriegte die top ten der Woche herein. Ohne großes Interesse hörte er sich an, welches Popsternchen gerade auf dem Weg zu einer Goldenen Schallplatte war. Und dann wurde er aufmerksam.

Jackie hatte ihr Glas ausgetrunken und hob ruckartig den Kopf. Über die Terrasse ging ein schlanker, hochgewachsener Mann, dunkel und gut gekleidet, und er marschierte zielstrebig auf Jackies Tisch zu. Das war aber schnell gegangen! Der Bursche mußte in der Nähe wohnen.

Jo kniff die Augen zusammen und sah, wie sich Jackie zögernd erhob. Der Große sagte etwas und verzog dabei den Mund, und dann hatte er sie auf einmal im Arm. Jo sah nur, wie Jackie ihre Hände auf seinen Rücken legte und ihn an sich drückte.

Als sie sich voneinander lösten, deutete der Große fragend zum Restaurant, aber Jackie schüttelte den Kopf. Er reichte ihr den Arm, und sie kamen fast in gerader Linie auf Jo Walker in seinem Camaro zu. Erst eine Wagenreihe vor ihm schwenkten sie ab und stiegen in einen schwarzen Cadillac.

»Direkte Not wird sie wohl nicht leiden«, murmelte Jo und sah den Caddy zur Ausfahrt rollen.

Er startete seinen Leihwagen und folgte in sicherem Abstand. Es ging auf den Bruckner Expreßway, wie gehabt. Die Tankstelle, wo Walkers SLK stand, flog vorüber.

An der East 134th Street wechselte der Caddy auf den Interstate Highway 278, aber nur für ein kurzes Stück bis zum Randalls Island Park, und dann ging es über die Brücke zum Roosevelt Drive hinüber.

Jo vergrößerte den Abstand. Als der Caddy zwischen der Madison und der Fifth Avenue vor einem Haus am Mount Morris Park in der Tiefgarage verschwand, hielt Jo ebenfalls an. Er hatte nicht damit gerechnet, daß Jackie Holloway in den Slums von Harlem untertauchen würde.

Daß sie bei jemandem in der teuersten Gegend von ganz New York einen Unterschlupf fand, war allerdings eine Überraschung. Sein Blick ging nach oben, ganz hoch hinauf bis zu den obersten Stockwerken, wo sich hier und da das windzerzauste Grün eines Dachgartens oder Penthouses zeigte.

Drei Millionen. Vielleicht sogar fünf, je nach Wiederverkaufswert. Und dann noch so aussehen wie Jackie Holloway! Jo fand die Wohnlage doch einigermaßen angemessen.

Jetzt mußte er nur noch herausfinden, wer der Große im Cadillac war. Aber das bot keine Schwierigkeiten. Er hatte die Autonummer.

Der Türsummer ging, und April Bondy drückte auf den Öffner. Für halb sechs hatte sich der Vertreter einer EDV-Beraterfirma angesagt, mit dem April ohne Jo Walkers Wissen Kontakt aufgenommen hatte.

Aber es war kein EDV-Berater, der eintrat. April blickte auf und ließ die Augen von dem kleinen Dicken zu dem dicken Großen gehen. Sie hatte die beiden Figuren noch nie gesehen. Vertrauenerweckend sahen sie auch nicht aus. Schon gar nicht, als der Kleine plötzlich den Mund zu einem breiten Grinsen auseinanderzog.

»Da haben wir ja das Schätzchen, Juke«, quetschte er mit hoher Stimme hervor. »Da brauchen wir gar nicht erst nach diesem verdammten Walker zu suchen.«

Der Größe nickte. »Glück gehabt, Bill.« Und zu April gewandt. »Bereite uns keine Schwierigkeiten, Mädchen, wir nehmen dich nämlich mit, klar?«

»Ihr habt ja wohl ’nen Vogel!« protestierte April. »Was soll das überhaupt heißen? Habt ihr euch in der Hausnummer geirrt?«

»Bestimmt nicht, Jackie. Du wirst jetzt brav mit uns gehen. Sonst rollen wir dich in den Teppich ein und bringen dich mit dem Kopf nach unten in den Lift.«

»Jackie? Ich heiße April Bondy.«

Juke Milford und Bill Biskins sahen sich an.

»April!« Biskins kicherte. »Sie will uns in den April schicken. Mädchen, wir haben doch längst Juli! Na, los!«

Er trat einen Schritt auf April zu und packte sie am Arm. Aber das löste bei April eine Abwehrreaktion aus, mit der Bill Biskins nicht gerechnet hatte. Ihr Arm zuckte hoch. Biskins spürte plötzlich einen Klammergriff an seinem Handgelenk, der ihn herumriß.

Ein schriller Schmerz in seiner Schulter ließ ihn mit der Drehung mitgehen. Dann verlor er auf einmal den Boden unter den Füßen, das Zimmer stand kopf, der Aktenschrank raste auf ihn zu, und er krachte dagegen, daß die dünne Schranktür zersplitterte.

Juke Milford hatte die überraschende Gegenwehr des blonden Mädchens mit ansehen müssen. Für einen Augenblick empfand er so etwas wie Hochachtung. Aber er kehrte sehr schnell in die Wirklichkeit zurück, als sich April nun ihm zuwandte.

Zischend vor Zorn sprang sie ihn an. Aber Milford war nicht so dumm wie sein Kumpan. Er fing sie ab, und ehe sie zu einem Judogriff ansetzen konnte, riß er ihr den Arm brutal auf den Rücken, daß sie aufschrie. Sein Arm legte sich um ihre Kehle und drückte zu. April konnte nur noch röcheln.

»Willst du jetzt brav sein, Jackie Holloway?« fragte er.

April wollte den Kopf schütteln, konnte ihn aber kaum bewegen.

Eiskalte Wut stieg in dem Gangster hoch. Er tastete auf dem Schreibtisch herum. Seine Hand fand die Glasschale mit den Kugelschreibern, Heftklammern und anderem Kram. Es war eine schwere Glasschale, länglich geformt, mit abgerundeten Kanten. Der Kleinkram flog auf den Boden, als er sie packte.

Sein Würgegriff löste sich. Ein gurgelnder Schrei brach aus Aprils Kehle. Dann knallte er ihr die Schale von hinten auf den Kopf, und augenblicklich war sie still. Ihre Knie knickten ein. Er rührte sich nicht, um April aufzufangen. Sie schlug der Länge nach auf den Boden.

Biskins rappelte sich mühsam auf und rieb sich den Schädel. Er sah auf April Bondy hinunter.

»Verdammte Wildkatze!« schimpfte er. »Ich dachte, im Knast hätten sie ihr die Krallen gestutzt.«

»Sieht nicht so aus. Faß an!«

»Willst du sie einfach so hinuntertragen, Juke?«

»Was sonst? Wir können sie doch nicht in einen Koffer packen. Nimm die Beine!«

Sie hoben die Bewußtlose auf und trugen sie hinaus. Die Tür ließen sie offen.

Jo sah, daß die Tür offen war. Er blieb ruckartig stehen, nahm langsam die Automatic aus der Tasche und entsicherte sie. Seine Gedanken jagten sich. Was lag im Moment an? Wer konnte Interesse daran haben, in sein Büro einzudringen? Und wo war April?

Er schlich bis an den Türrahmen. Dann hob er die Waffe und war mit einer einzigen Drehung im Büro. Sichernd warf er sich nach rechts und nach links. Nichts. Kein Schuß, der sich krachend löste, kein Schlag aus dem Hinterhalt, keine Falle, die über ihm zuschlug. Das Büro war leer.

Er steckte die Pistole wieder ein. Dann sah er die zertrümmerte Schranktür, die verstreuten Kugelschreiber und Büroklammern auf dem verrutschten Teppich und die gläserne Schale.

Er bückte sich und betrachtete sie. An einer Ecke klebte etwas getrocknetes Blut mit blonden Haaren. Seine Lippen preßten sich zusammen. Er ahnte, was geschehen war. Und er rekonstruierte den Vorfall ziemlich genau: Jemand hatte April im Büro überfallen. Vermutlich zwei Leute, denn mit einem wäre das Mädchen fertig geworden.

Sie hatte sich gewehrt und einen der Kerle gegen den Schrank geschleudert. Der zweite hatte sie wohl mit der Glasschale niedergeschlagen, und zusammen hatten sie April dann weggebracht. Wohin? Und warum?

Erpressung war denkbar. Jo wußte, wo sich Jackie Holloway befand. Jedenfalls mußten das die Gangster annehmen, denen er mit ihr davongefahren war. Vielleicht wollte man dieses Wissen aus ihm herauspressen, indem man ihm seine Assistentin lebend dagegen anbot? Dann mußte bald der fällige Anruf erfolgen. Falls nicht, gedachte Jo unterdessen einiges zu unternehmen.

Er ließ alles liegen, wie es war, und ging in sein Zimmer ans Telefon. Er wählte seine ganz private Connection ins Headquarter und hatte Glück. Shirley war noch im Dienst. Er gab ihr die Nummer des Cadillac durch.

»An mich erinnerst du dich auch nur, wenn du was von mir haben willst«, schmollte Shirley.

Jo lachte. »Völlig richtig, mein Schatz. Du wirst dich wundern, was ich demnächst wieder mal von dir haben will!«

»Wirklich? Oder sagst du das nur so?«

»Ich erinnere mich recht genau an manches, was du hast. Und das ist noch genauso verlockend wie im Frühling, als wir uns kennenlernten.«

»Weißt du, daß du mich schon wieder ein bißchen verrückt machst, Jo? Nur weil du das so sagst?«

»Was kann ich dafür?«

»Das sage ich dir dann, wenn es soweit ist. Hier habe ich die Kennzeichen-Anfrage. Setz dich hin!«

»Ich sitze.«

»Benedict C. Cowan. Mount Morris Park. 67 ist die Hausnummer. Eine von den besten in dieser ohnehin schon stinkfeinen Gegend. Mein Gott, Jo, mußt du denn immer ganz oben anfangen?«

»Bei dir schon, Shirley. Was mit diesem Cowan ist, weiß ich nicht. Ist er ganz oben?«

»Anscheinend liest du keine Zeitungen. Jedes Mädchen, das auf die Bühne oder vor die TV-Kamera möchte, träumt davon, von Benny Cowan versehentlich überfahren zu werden oder eines Morgens in seinem Briefkasten aufzuwachen. Er hat drei Fernsehgesellschaften und ein paar Plattenfirmen an der Hand, ganz abgesehen von seinen sonstigen Geschäften.«

»Und die wären?« forschte Jo die unerwartet gute Nachrichtenquelle weiter aus.

»Alles mögliche. Er verkauft Allwetterjäger nach Saudi Arabien und Plastikspielzeug an die Krauts, steckt wahrscheinlich auch im Zigarettengeschäft und hat mit Weizen zu tun, der an die dritte Welt geht.«

»Interessanter Bursche. Dann brauche ich noch zwei Chevys. Die erste Nummer endet auf 674 AD, von der zweiten habe ich leider nur die Ziffern erkennen können: 778. Sie gehören möglicherweise demselben Besitzer.«

»Farbe?«

»Des Besitzers?«

»Nein. Der beiden Chevys. Wenn du schon sonst nichts weißt, hilft mir das vielleicht ein bißchen, beziehungsweise meinem Computer, der die Autos von New York unter anderem auch nach Farben sortiert enthält.«

»Beide schwarz.«

»Ich ruf dich wieder an. Es kann etwas dauern.«

»Danke. Bis bald, Shirley!«

Er legte auf. Was ihm das Mädchen über Cowan erzählt hatte, klang wahrscheinlich. Einen solchen Haufen Geld, wie ihn Cowan offenbar besaß, erwirbt man am leichtesten, wenn man es bei seinen Geschäften nicht allzu genau nimmt. Und dazu paßte auch das Interesse an einer Ganovenlady, die Schmuck für drei Millionen versteckt hielt.

Das Telefon ging. Shirleys Computer schien in Hochform zu sein.

»Benson heißt der Eigentümer, Jo. Aber du brauchst dich wohl nicht zu beeilen. Beide Wagen sind vorhin als gestohlen gemeldet worden. Von Benson.«

»Wo wohnt der arme Kerl denn?«

»37, Harrison Boulevard. Klingt nicht übel, ist aber eine erbärmliche Gegend da oben, wo New York allmählich zur Bronx wird. Halb unter der Washington Bridge, falls du weißt, wie es da aussieht.«

»Weiß ich. Habe da mal eine Nacht verbracht, ehe ich dich kennenlernte.«

»Mit wem, du Wüstling?«

»Mit ein paar Pennbrüdern, von denen einer ein paar gestohlene Handgranaten des neuesten Typs in der Manteltasche hatte. Vergiß es, Shirley. Ich sah schlimm aus und stank wie eine ganze Deponie.«

»Du scheinst anschließend gebadet zu haben«, meinte sie. »Ich muß aufhören. Da ist offenbar irgendwo eine Razzia. Die Nachfragen stapeln sich schon auf meinem Tisch. Melde dich mal wieder, ja?«

»Bald, Baby!«

Benson. Wo hatte er den Namen schon einmal gehört? Er glaubte ihn zu kennen – in Verbindung mit einem Zusatz, wie er in Gangsterkreisen üblich war. Boxer Benson? Catcher Benson? Nein. Jo starrte beinahe ein Loch in die Wand seines Büros. Und dann hatte er es: Schlächter Benson!

Und nach aller logischen Wahrscheinlichkeit befand sich April Bondy in den Händen dieses Schlächters Benson. Er seufzte.

April war schon eine Weile wach. Aber sie hütete sich, das zu zeigen. Erst sollte der hämmernde Kopfschmerz etwas nachlassen, damit sie klare Gedanken fassen konnte. Wahrscheinlich war es der Große gewesen, der ihr irgend etwas auf den Kopf geschlagen hatte.

Sie wußte aus Erfahrung, daß die Konzentration auf etwas anderes manche Kopfschmerzen abflauen läßt. Also stellte sie sich in allen Details vor, was sie mit dem Großen tun würde, wenn sie erst wieder frei und vielleicht mit ihm allein war. Das stimmte sie jetzt schon zufrieden, und fast hätte sie gelächelt.

»Hol einen Eimer Wasser, Larry!« knurrte eine Stimme ganz in ihrer Nähe. »Ich bin es leid, zu warten, bis es der Puppe paßt, endlich aufzuwachen!«

April begriff, daß sie gemeint war. Sie sollte also einen Eimer Wasser über den Kopf kriegen. Nicht sehr angenehm. Aber vielleicht half es. Sie schwitzte ohnehin in der stickigen Luft, die zudem nach Schweiß, Brandy und Chips aus ranzigem Fritieröl stank. Jemand schlurfte hinaus und kam gleich darauf zurück.

»Soll ich, Boß?«

»Natürlich! Oder willst du erst doch die Nachrichten im Fernsehen abwarten? Du kommst bestimmt nicht darin vor.«

April hatte auf den kalten Guß gewartet, aber dann erfolgte er doch überraschend. Sie schrak zusammen, prustete und riß die Augen auf. Wohin hatte man sie verschleppt? Das war kein Zimmer, sondern eine dämmerige, stinkige Höhle mit zwei ungemachten Betten, einem Tisch voller Essensreste und Abfall und einem Schrank, der halb offenstand und ein noch größeres Durcheinander in seinem Innern ahnen ließ.

Vor ihr saß umgedreht auf einem Stuhl ein fetter Bursche, der das Doppelkinn auf die übereinandergelegten Unterarme stützte. Hinter ihm stand eine Zaunlatte von Kerl, der den tropfenden Wassereimer noch in der Hand hielt.

»Na, Jackie?« sagte der Dicke und leckte sich über die Lippen.

April räusperte sich. Dann sagte sie mit klarer Stimme: »So haben mich die beiden Idioten in Walkers Büro auch schon angeredet. Was meinen Sie eigentlich damit? Ich heiße nicht Kennedy-Onassis, sondern Bondy. Und mein Vorname ist April. Falls Sie darüber Witze reißen wollen, dann tun Sie's gleich, damit wir's hinter uns haben.«

Benson hatte amüsiert zugehört. Jetzt bildete sich eine kleine Falte auf seiner gewölbten Stirn.

»So? Du willst also nicht Jackie Holloway sein, Mädchen?«

»Ob ich's will oder nicht, ich bin's nicht.«

»Und wie willst du das beweisen?«

»Wenn sich die beiden Idioten nicht benommen hätten wie die Nilpferde, hätte ich ihnen meinen Paß gezeigt. Wahrscheinlich wäre uns allen dadurch viel erspart geblieben. Aber wenn sich der Gedanke nun mal bei Ihnen festgesetzt hat, daß ich Jackie Holloway bin – haben Sie kein Foto von ihr? Soviel ich weiß, ist sie einen ganzen Fuß größer als ich und ein völlig anderer Typ.«

Benson dachte nach. Allmählich dämmerte ihm der Verdacht, daß sich Biskins und Milford vielleicht geirrt haben könnten. Er stand auf und ging zum Schrank. Als er die Tür aufzog, fielen ein Baseballschläger und ein Bündel von schmutziger Wäsche heraus. Er griff in das Durcheinander und warf eine ölverschmierte Hose auf den Boden, einen mottenzerfressenen Pelzmantel, drei Turnschuhe, und dann brachte er einen Waschmittelkarton zutage. Auf dem Boden hockend, wühlte er in den Papieren, die der Karton enthielt.

Triumphierend zog er ein verknittertes Zeitungsblatt hervor und hielt es ins schwache Licht der Lampe. Seine Augen gingen von der Zeitung zu April Bondy und wieder zurück.

Dann stand er ächzend auf, holte Luft und brüllte: »Juke! Biskins!«

Wenig später schob sich Juke Milford herein. »Biskins holt etwas zu trinken«, erklärte er.

Benson hielt ihm die Zeitung vors Gesicht. »Du solltest mir Jackie Holloway holen, du Affe! Das hier ist Jackie Holloway. Und nun schau dir an, wen du mir hergebracht hast. Kannst du mir das erklären?«

Milford starrte das Zeitungsfoto an und dann April Bondy. Achselzuckend sagte er schließlich: »Scheint kleiner Irrtum passiert zu sein, Boß. Jedenfalls hockte sie in Walkers Höhle, und blond ist sie auch.«

Benson schnaufte. »Hast du irgendeine Vorstellung, wie wir die wieder loswerden können?«

»Wer ist sie denn, wenn nicht die Holloway.«

Benson fuhr zu April herum. »Ich habe diesem dämlichen Kloß ja gleich gesagt, wie ich heiße und daß ich Jo Walkers Assistentin bin«, erklärte April.

»Na, dann behalten wir sie doch, Boß. Wenn dieser Walker das kleine Miststück wiederhaben will, soll er uns dafür Jackie Holloways Adresse geben«, schlug Milford vor.

Benson bewegte kauernd seine Kiefer, als hätte er eben einen schönen Brocken in den Mund gesteckt. Dann grinste er und nickte. »Manchmal denkst du sogar, wenn man dich vors Schienbein tritt, Juke. Gute Idee. Such mir die Nummer von diesem Walker heraus, dann rufe ich ihn an und erzähle ihm, was wir mit seinem Schätzchen alles anstellen, wenn er nicht mit der Adresse rausrückt.«

April zerrte an ihren Fesseln. »Zuerst bindet ihr mich mal los«, verlangte sie. »Glaubt nur nicht, daß ihr bei Walker über das ›Good evening, Sir‹ herauskommt, solange ich an diesem Stuhl gebunden bin.«

»Wie soll er das denn erfahren?« fragte Benson verblüfft.

April lächelte kühl. »Er wird nach mir fragen.«

»Ach?«

»Ja. Vor einiger Zeit hat jemand schon mal den gleichen miesen Trick versucht wie ihr. Jo hat sehr schnell herausgefunden, wo die Ganoven saßen. Jetzt sitzen sie auch, aber in Leavenworth. Und der Wiederaufbau ihres Homes hätte nicht mehr gelohnt«, gab sie absichtlich an. Sie wollte Benson reizen, damit er am Telefon vielleicht unvorsichtig wurde.

Larry erschien mit einem Zettel und legte ihn stumm auf den Tisch neben das Telefon.

Benson zögerte. Dann sagte er: »Binde sie los, Larry. Ich brauch sie vielleicht am Telefon.«

Larry hob die Augenbrauen, trat dann aber hinter ihren Stuhl und löste die Knoten der Stricke. Benson wählte Walkers Nummer.

»Walker.« Es klang wie leises Donnergrollen aus dem Hörer.

»Schön, daß ich Sie gleich erreiche. Ich hab' hier Ihr Mäuschen. Die blonde Sekretärin.«

»Na, und?« fauchte Jo zurück.

»Ich meine ja nur, vielleicht möchten Sie das Mädchen zurückhaben? Womöglich sogar unbeschädigt?«

»Was ich möchte, tut überhaupt nichts zur Sache. In der Tinte sitzen Sie, Benson. Sie sind doch Butcher Benson?«

Benson schluckte und wurde fahl. »Wie kommen Sie darauf?«

»Sie haben sich wie ein Anfänger benommen. Nun hören Sie zu, was ich Ihnen sage: Wenn April Bondy auch nur ein Haar gekrümmt wird, verbiege ich Ihnen ganz persönlich das Rückgrat, daß Sie von jetzt an nur noch durchs Leben kriechen können. Wenn ihr jemand etwas antut, bin ich bei Ihnen, und zwar bevor die Polizei erscheint und einsammelt, was dann noch übrig ist. Geben Sie mir Miß Bondy an den Apparat!«

Verdattert hielt Benson den Hörer hin, und April nahm ihn.

»Hallo, Jo?«

»Hallo, April! Alles in Ordnung?«

»Ziemlich.«

»Paß auf: Du sagst Benson jetzt, daß er dir ein Taxi bestellt und bezahlt, bis hierher ins Büro. Dann vergessen wir, was er mit dir angestellt hat. Wie er mit der versuchten Entführung Jackie Holloways klarkommt, ist dann seine Sache. Er hat seine beiden Chevys als gestohlen gemeldet, deshalb haben wir im Augenblick keine Beweise. Aber das braucht er ja nicht zu wissen. Klar?«

»Und wenn nicht, Jo?«

»Wenn du in einer halben Stunde nicht hier bist, komme ich mit allem, was ich auf den umliegenden Revieren mobilisieren kann. Aber ich wette, er läßt dich laufen. Bis nachher.«

April legte auf. Benson starrte sie an.

»Ein Taxi«, verlangte sie schlicht. »Und zwar im voraus bezahlt bis zu Walkers Büro. Wenn ich in einer halben Stunde bei ihm bin, verzichtet er darauf, dieses Home in Schutt und Asche zu legen. Andernfalls – ich hatte den Eindruck, daß er verdammt wütend ist, Benson. Überlegen Sie sich die Sache, aber schnell.«

Benson überlegte. Dann griff er zum Hörer und bestellte ein Taxi. Milford riß die Augen auf.

»Boß, ist das dein Ernst? Bist du verrückt geworden?«

Benson schmetterte den Hörer auf die Gabel und hielt die Hand auf.

»Zehn Dollar, für das Taxi. Meinst du, ich lege mich mit jemandem wie Walker an, nur weil du, eine Sache versiebt hast? Daß sie mich wegen Kidnapping suchen und einbuchten, wenn ich gerade hinter der größten Sache her bin, die in den letzten zehn Jahren gelaufen ist?«

Milfords langgezogene Miene nahm einen grüblerischen Ausdruck an.

»Vielleicht nicht schlecht, wenn ... Hier sind zehn Bucks!« Er grub das Kleingeld aus der Tasche und hielt es Benson hin.

Der schüttelte den Kopf. »Du bringst das Mädchen zum Taxi und zahlst. Mich sieht keiner dabei.«

»Schlauer Fuchs, wie?« knurrte Milford. Er nahm April beim

Arm. Sie schüttelte seine Hand ab und ging vor ihm hinaus. Ungehindert. Benson blickte ihr nach.

Auf der Straße mußten sie eine Weile warten, bis ein Taxi erschien. Milford zahlte, und April stieg ein, ließ aber die Tür offen. Milford ging um den Wagen herum.

»Ist noch was?« fragte er.

April holte aus und trat ihm mit ihrem spitzen Schuh gegen das Schienbein, daß er aufjaulend in die Knie ging. »Jetzt nicht mehr«, sagte sie zufrieden und zog die Wagentür zu.

Jackie verließ in einem von Cowans Bademänteln das Bad.

»Schrecklich«, sagte sie. »Ich muß mir das Nötigste neu kaufen. Auf der anderen Seite ist das aber auch eine Chance, halbwegs up to date auszusehen. Vorausgesetzt, du legst mir das Geld vor, Benny.«

»Ich habe dir bei Sak's ein Konto eröffnet. Du brauchst die Rechnungen nur abzuzeichnen.«

»Du bist ein Schatz!«

»Der mit dir einen anderen Schatz heben möchte. Können wir bald fahren?«

»Ich ziehe mich nur noch schnell an.«

Sie verschwand wieder, und Cowan starrte auf seine Zeitung, ohne auch nur eine Zeile in sich aufzunehmen. Drei Millionen Versicherungswert! Wie er die Versicherungen einschätzte, war der wirkliche Wert des Schmucks noch viel höher. Es fragte sich allerdings, was man auf dem Hehlermarkt dafür erhalten konnte. Er hatte ausgezeichnete Verbindungen nach Europa, nach Antwerpen und Amsterdam. Dort saßen die fähigen Fachleute, die ein Schmuckstück so umschmelzen konnten, daß noch ein Gewinn heraussprang. Mehr zumindest, als die Steine brachten, wenn man sie einzeln anbot.

Je nachdem, wie der Schmuck aussah, konnte es ein gutes Geschäft werden. Und Jackie Holloway hatte er noch als Dreingabe. Das heißt, er hatte sie noch nicht. Aber er würde sie bald haben. Vermutlich noch in dieser Nacht. Aber erst mußten sie sich um die Beute kümmern.

Jackie erschien in ihrem schwarzen Kostüm. Noch hatte sie nichts anderes. Cowan begleitete sie hinaus und zum Lift in die Tiefgarage.

»Brauchen wir irgend etwas, um an das Versteck zu gelangen?

Werkzeug oder Ausrüstung?« fragte er, als der Cadillac aus der Ausfahrt auf die Straße hinausglitt.

»Wenn alles noch so ist, wie ich es verlassen habe, dann brauchen wir nur einen Kanaldeckel zu öffnen.«

»Gut. Wohin, Jackie?«

»Nach Englewood hinüber. Am besten über die George-Washington-Bridge. Das kostet zwar fünfzig Cents, aber ich denke, sie lohnen sich.«

»Dort bist du einfach in einen Kanal eingestiegen und hast die Beute zurückgelassen?« fragte Cowan verwundert.

Jackie lachte kurz auf. »Ganz so einfach nicht. Es ist ein besonderer Kanal, weißt du. Er fließt aus einem Stahlwerk und führt ziemlich aggressive Abwässer. Sie brauchen das dort, um den Stahl irgendwie zu veredeln. Man kann nicht hindurch, ohne sich die Haut zu verätzen. Deshalb war das Versteck so sicher.«

»Ich hoffe, du hast einen Zugang, der nicht durch diese Abwässer führt?« fragte Cowan unsicher.

Jackie nickte. »Das ist mein Trumpf. Sieh zu, daß wir irgendwo diese Passaic Expreßway verlassen.«

»Die nächste Abfahrt ist am Overpeck Creek.«

»Okay.«

Sie rollten durch die geschwungene Ausfahrt.

»Rechts ab in die Teaneck Road. Durch bis zur Cedar Lane.«

Cowan folgte der Anweisung. Jackie blickte mit zusammengekniffenen Augen aus dem Seitenfenster.

»Hier hat sich aber verdammt viel verändert«, murmelte sie. »Damals war das alles öde und leer, bis auf ein paar Fabriken. Und drüben am Creek war ein Erholungsgebiet.«

»Das gibt es auch jetzt noch«, sagte Cowan. »Aber drum herum sind einige Siedlungen entstanden. Einschließlich Hochhäusern und Supermärkten und Drive ins.«

»Verdammt!«

Cowan warf Jackie einen nachdenklichen Blick zu.

»Fahr jetzt langsamer. Und versuch nach rechts einzubiegen. Irgendwo hier. Da hinten sind die Schornsteine vom Stahlwerk. Ich muß mich erst orientieren.«

Cowan bog in eine stille Straße mit lauter Einfamilienhäusern ein. Sie weitete sich zu einem kleinen Platz, daran schloß sich ein Geschäftsviertel mit höheren Häusern, Parkplätzen und Grünanlagen.

»Stop!« sagte Jackie.

»Na, erkennst du die Gegend wieder?« fragte Cowan gespannt.

Jackie schüttelte den Kopf. »Nein. Aber es muß hier sein. Da vorn die große alte Akazie ...«

Sie öffnete die Tür, stieg aus und spazierte über das Pflaster des Platzes. Vor dem schönen Baum blieb sie stehen. Man hatte ihn mit einem Gitter umgeben. Cowan trat neben sie.

»Dieser Baum ist alles, an das ich mich noch erinnere. Aber damals stand er am Rand einer großen Wiese, auf der manchmal Schafe weideten, und in einer Ecke hatten sich die Jungen von der Cedar Lane einen Baseballplatz eingerichtet. Mein Gott, und jetzt haben sie die ganze Gegend zubetoniert!«

»Und deinen Einstieg ins Kanalnetz auch?« fragte Cowan ahnungsvoll.

Jackie zuckte mit den Schultern und drehte sich langsam um. »Ich weiß nicht. Er war da, wo jetzt dieser Supermarkt steht. Es kann natürlich sein, daß man den Kanal benutzt hat. Die Abwasser aus dem Supermarkt dürften der Brühe, die ohnehin hindurchfließt, nicht geschadet haben.«

»Wie soll es also weitergehen?«

Jackie warf noch einen Blick auf die alte Akazie, auf die Schornsteine des Stahlwerks, dessen Silhouette sich hinter den Wohnhäusern irgendwie drohend erhob, und auf den Supermarkt.

Dann nickte sie. »Das ist es. Genau. Ich muß hinein.«

»Wo hinein?«

»In den Supermarkt. Ich muß herausfinden, ob es eine Verbindung zu dem alten Kanal gibt. Und wo sie mündet. Vielleicht besteht die frühere Möglichkeit noch, trockenen Fußes zu meinem Versteck zu gelangen.«

»Bei Tag und während der Geschäftszeit dürfte das kaum möglich sein. Du kannst dich schlecht als Inspektorin des Gesundheitsdienstes ausgeben. Die Leute haben Ausweise, und es dauert wahrscheinlich zu lange, so eine Identitätskarte zu besorgen oder zu fälschen. Also wirst du nachts hinein müssen.«

»Natürlich. Ich brauche jemanden, der mir die Türen öffnet und die Alarmanlage ausschaltet«, sagte sie, als handele es sich darum, eine Putzfrau zu engagieren.

Cowan lachte trocken auf. »Vielleicht sogar noch heute nacht?«

Sie vollführte eine schnelle Drehung auf ihrem Absatz und

blickte ihm unter zusammengezogenen Augenbrauen direkt ins Gesicht.

»Selbstverständlich«, sagte sie. »Ich will die Ware haben und so schnell wie möglich in Geld umsetzen. Unter anderem auch deshalb, weil schon andere Leute hinter mir her sind. Die Burschen, die mich heute nachmittag kidnappen wollten, dieser Walker, der zwar ein anständiger Kerl zu sein scheint, aber sicher seinen Auftrag sehr ernst nimmt und vielleicht auch der Fahrer des blauen Mustang da drüben. Schau nicht hin!« ergänzte sie hastig, als sich Cowan nach dem Wagen umdrehen wollte.

»Ein blauer Mustang?«

»Er ist seit der Washington Bridge hinter uns. Zwar hat er eine andere Abfahrt vom Highway genommen, aber hier tauchte er wieder auf. Er steht auf dem Parkplatz des Supermarkts und beobachtet uns.«

»Dann wollen wir ihn doch mal fragen, was er will«, sagte Cowan.

»Willst du dich mit ihm anlegen?« fragte Jackie verwundert. Sie kannte Cowan als jemanden, der sich selbst noch nie die Finger beschmutzt hatte.

Auch jetzt schüttelte er den Kopf. »Natürlich nicht. Komm in den Wagen, ich rufe jemanden an, der sich darum kümmert. Wir können so lange da drüben in der Snack Bar warten und einen Kaffee trinken.«

Sie stiegen wieder in den Cadillac. Cowan nahm den Telefonhörer auf und tippte ein paar Zahlen ein.

»Randers? Cowan hier. Ich brauche Sie in Englewood. Sofort. Wenn Sie auf der Höhe der Cedar Lane von der Teaneck Road nach rechts abbiegen, gelangen Sie in ein Neubaugebiet. Auf dem Parkplatz des Supermarkts steht ein blauer Mustang. Der Fahrer hat mich seit einiger Zeit verfolgt. Ich möchte wissen, was er will und vor allem, für wen er arbeitet. Beeilen Sie sich! Bericht sofort an mich. Wahrscheinlich bin ich in der Snack Bar auf der anderen Seite des Parkplatzes, sonst erreichen Sie mich über Telefon im Wagen. Klar?«

Er legte auf und lächelte Jackie an.

»Eine funktionierende Organisation gestaltet das Leben leichter und läßt einem Zeit für angenehmere Dinge, Jackie.«

»Wie meinst du das, Benny?«

»Ich zeig's dir. Am besten fangen wir mit einem Kaffee an, und was der Abend dann noch bringt, werden wir sehen.«

»Für mich einen Ausflug in die Kanalisation«, sagte Jackie. »Das steht fest.«

Cowan zuckte zusammen.

Tiny Tim erledigte für Jo Walker manchmal Aufträge, für die Kommissar X weder Zeit noch Lust noch das nötige Personal hatte. Im übrigen betrieb Tiny Tim eine Agentur, die sich der Beobachtung von untreuen Ehemännern, verdächtigen Geschäftsleuten und unzuverlässigen Angestellten widmete.

Als Jo ihn am Nachmittag angerufen und ihn um die Beobachtung von Jackie Holloway gebeten hatte, war er begeistert eingestiegen. Er wußte noch, wer Jackie Holloway war. Und er übernahm den Fall selbst, anstatt einen seiner Männer zu beauftragen.

Eine halbe Stunde später lag er auf der Lauer, und als Jackie mit Benny Cowan im Caddy auftauchte, folgte er. Unauffällig, wie er meinte.

Die beiden hatten sich in dem abendstillen Geschäftszentrum umgesehen, waren scheinbar ziellos umhergeschlendert und wieder in den Wagen gestiegen. Tim sah, wie Cowan telefonierte. Jetzt stiegen sie wieder aus und spazierten über den leeren Parkplatz zu einer Snack Bar, die noch geöffnet hatte.

Tim runzelte die Brauen. Das Lokal schien ihm weder für Benny Cowan noch für Jackie Holloway angemessen. Wenn sie dort dennoch einen Kaffee tranken, der nach aller Erfahrung dünn und mies sein mußte, dann sicher nicht des Kaffees wegen. Warteten Sie auf etwas oder jemanden?

Tim sprach auch diese Beobachtung auf das Band im Handschuhfach. Das kleine Mikrophon war an der Steuersäule befestigt und ließ ihm in brenzligen Situationen die Hände frei. Durch seine Telebrille sah er, wie sich Jackie und Cowan an einen Fenstertisch setzten.

Wenig später brachte die schwarze Bedienung zwei Becher Kaffee. Vielleicht war Jackie noch aus dem Gefängnis die üble Brühe gewohnt. Sie nahm einen Schluck. Cowan betrachtete seinen Becher angewidert und ließ ihn unberührt stehen.

Die beiden unterhielten sich. Mit der nötigen Ausrüstung, über die er natürlich verfügte, hätte Tim auch hören können, was sie sagten. Aber sein Auftrag lautete lediglich auf Beobachtung. Deshalb hatte er die teuren Richtmikrophone und alles andere zu Hause gelassen.

Ein wenig war er auch im Lippenlesen geübt, aber hier war die Entfernung zu groß. Er gab es auf, lehnte sich zurück und entspannte sich. Irgend etwas würde passieren, und bis dahin konnte er ruhen.

Es passierte, als noch keine Viertelstunde verstrichen war. Unbemerkt war ein Mercury der neuesten Bauart auf den Parkplatz gerollt Seine Lichter gingen aus, mit dem letzten Schwung blieb er vor Tims blauem Mustang stehen. Zwei Männer sprangen heraus.

Sofort war Tim hellwach. Seine Nackenhaare sträubten sich. Augenblicklich wurde ihm klar, was geschehen war: Cowan mußte ihn bemerkt und seine Männer bestellt haben, damit sie ihm den lästigen Beobachter vom Hals schafften.

Er tippte instinktiv auf den Schalter der das Mikrophon aktivierte. Dann wollte er die Zentralverriegelung seines Wagens schließen, aber das schaffte er nicht mehr.

Die Tür auf der Fahrerseite wurde aufgerissen, eine kräftige Faust packte ihn am Hemd und zerrte ihn heraus. Tim taumelte und konnte sich nicht auf den Beinen halten. Seine Knie schlugen auf den harten Beton, die Hände suchten vergebens nach einem Halt.

Jetzt war auch der andere Mann über ihm. Er packte ihn am Kragen, riß ihn hoch und gab ihm einen Stoß, daß er mit dem Rücken auf die Kühlerhaube des Mustangs prallte. Tim wußte, daß er jetzt wehrlos war. Er bot den beiden Kerlen die ungeschützte Vorderseite seines Körpers dar – von den Haaren über den Bauch bis zwischen die Beine. Sie konnten zuschlagen, wohin sie wollten.

Er pumpte seinen Brustkasten voll Luft und spannte die Muskeln über der Magenpartie an. Aber der Mann hinter ihm faßte ihm ins Haar, zog seinen Kopf hoch und knallte ihn auf die Kühlerhaube, daß das Blech eine Delle kriegte und laut aufdröhnte.

»Sieh ihm mal in die Brieftasche, Dick«, sagte er.

Die Finger des anderen glitten unter Tims Jacke und leerten ihm die Taschen. Was er bei sich trug, flog auf den Boden. Nur die Brieftasche behielt der Kerl in der Hand.

Ein paar Geldscheine flatterten davon, die Bilder von Liza und den Kindern wurden achtlos herausgerissen und fallen gelassen.

Dann hatte er den Führerschein gefunden und die Lizenz des Staates New York zur Ausübung des Detektivgewerbes.

»Ein Schnüffler«, sagte Dick Randers. »Na, so was! Wo der Chef doch gerade Schnüffler gar nicht leiden kann. Wer hat dich beauftragt, Kleiner?«

Tim preßte die Lippen zusammen.

»Gib ihn mir mal«, verlangte Randers.

Tim wurde hochgerissen und Randers direkt in die Arme geschleudert. Von den Haarwurzeln strahlte brennender Schmerz über den ganzen Kopf.

»He!« rief Randers. »Er greift mich an, der Bursche! Das hast du doch gesehen, Albert?«

»Würde ich mir nicht gefallen lassen, Dick.«

Randers ließ es sich auch nicht gefallen. Er gab Tim eins in die Magengrube, daß sich der kleine Mann schlagartig zusammenkrampfte. Mit einem Kinnhaken richtete ihn Randers wieder auf. Ein Wimmern drang aus Tims Kehle. Er konnte es nicht unterdrücken.

Notdürftig versuchte er seinen Leib vor dem nächsten Schlag zu schützen. Aber der erfolgte nicht. Statt dessen fuhr Randers' linkes Knie hoch und traf Tim zwischen die Beine. Jetzt wurde aus dem Wimmern ein hoher Schrei.

»Aber doch bitte nicht so laut! Die Leute hier schlafen schon!« Albert grinste mit breitem Mund unter der dicken, zerschlagenen Nase. Unter seinem T-Shirt wölbten sich die Muskelpakete.

»Du hast recht. Wir nehmen ihn lieber mit. Zu Hause können wir ihn an die nächste Steckdose anschließen und weiterfragen. Faß an!«

Tim wollte sich strampelnd wehren, aber das tat ihm zu weh. Hilflos mußte er sich über den Beton schleifen lassen. Sie warfen ihn in den Kofferraum ihres Mercury. Dann stiegen sie ein und fuhren davon.

Der blaue Mustang stand mit offener Fahrertür auf dem leeren Parkplatz. Cowan und Jackie schlenderten heran, und Cowan gab der Tür einen Tritt, daß sie zuschlug.

»Was nun?« fragte Jackie.

»Sie haben ihn mitgenommen und werden ihn daheim systematisch befragen. Meist dauert es keine Viertelstunde, bis sie erfahren, was ich wissen will.«

»Ach was!« Jackie winkte mit einer ungeduldigen Handbewegung ab. »Ich möchte wissen, wie ich jetzt in diesen Supermarkt gelange. Du willst doch wohl nicht selbst Hand anlegen und die Gitter auseinanderbiegen?«

Cowan duckte sich etwas unter der kriminellen Energie, die er dieser Frau gar nicht zugetraut hatte. Wenn es nach ihm gegangen wäre, hätten sie jetzt einen netten Abend in irgendeiner hübschen Bar verbracht und dabei weiter überlegt, was zu tun sei. Hinterher wären sie ins Bett gegangen, und morgen beim Frühstück wäre immer noch Zeit gewesen, das Nötige zu veranlassen.

»Lieber Himmel«, sagte er, »müssen wir denn unbedingt noch heute nacht diese Konsumbude stürmen? Ich weiß gar nicht, ob ich jetzt noch die Leute erreiche, die wir brauchen. Außerdem wird es langsam kühl.«

Jackie blickte ihn abschätzend an. »Versuch's über das Telefon in deinem Wagen«, riet sie. »Und wenn dir wirklich kalt wird – dein Caddy hat ja wohl eine Klimaanlage.«

Cowan knurrte.

»Drei Millionen«, sagte Jackie Holloway nur.

Tim war nicht bewußtlos. Die Schmerzen wühlten in seinem Körper, aber er wußte, daß sie vorübergehen würden. In seinem Job hatte er schon manchmal Prügel bezogen, hauptsächlich in den ersten Jahren, als er noch härtere Aufträge als Beobachtungen übernommen hatte. Er massierte die schmerzenden Stellen, so gut er in dem engen Kofferraum konnte. Dann untersuchte er das Schloß. Mit diesem neuen Mercury kannte er sich noch nicht aus, aber bald merkte er, daß die Hersteller keineswegs alles an diesem Typ neu konstruiert hatten. Das Kofferraumschloß entsprach dem, was schon seit Jahren eingebaut wurde und Tiny Tim zumindest im Prinzip vertraut war.

Also tastete er seine Taschen ab, fand das Schweizer Offiziersmesser und klappte im Dunkeln das richtige Werkzeug heraus. Der Wagen war neu, deshalb konnte er die richtigen Schrauben noch ohne Schwierigkeiten lösen. Vorsichtig drückte er die Sicherungsfeder zur Seite und hob die Kofferraumklappe ein wenig an. Die plötzliche Helligkeit blendete ihn.

Sie mußten schon wieder auf der anderen Seite des Hudson sein. Broadway? Es sah ihm mehr nach der Nicholas Avenue aus. Und dann erkannte er auch den dunklen Streifen des St. Nicholas Park, an dem sie vorüberfuhren. An der 12th Street wechselte der Mercury auf die linke Spur.

Ging es vielleicht zu Cowans Haus am Mount Morris Park? Dann wurde es höchste Zeit auszusteigen.

Die Gangster hatten etwas von einer Steckdose erwähnt. Nach dem, was sie bisher schon mit ihm angestellt hatten, zweifelte Tim nicht daran, daß sie ihn auch mit elektrischem Strom foltern würden, um den Namen seines Auftraggebers zu erfahren.

Davor hatte er nun wirklich Angst. Er hatte von einigen Leuten gehört, die man auf diese Weise zum Reden gebracht hatte und die seitdem unter sehr häßlichen Lähmungen litten, nicht mehr richtig sprechen konnten und bei der kleinsten Gelegenheit vor Angst schlotterten.

Sie fuhren auf der 12th Street auf der Mittelspur. Rechts und links eine Kette von Wagen. Hinter ihnen donnerte ein Kühlzug. Tim maß den Abstand mit den Augen. Nach aller Erfahrung befand sich dahinter kein anderer Wagen. Sie versuchten alle, den Truck auf der rechten oder linken Seite zu überholen. Niemand hat gern Dieselgestank, der von der Klimaanlage in den Wagen gesaugt wird.

Außerdem war Tim jetzt schon fast alles egal. Nur keine Elektrofolter! Der Truck-Driver würde bestimmt bremsen, und was sich hinter ihm befand, fuhr dann eben drauf – und nicht mehr weiter.

Tim schob die Kofferraumklappe hoch, schwang die Beine hinaus und den Oberkörper hinterher. Er hielt sich an dem scharfkantigen Blech der Heckverkleidung. Offenbar wurde er gesehen. Das Mehrklanghorn des Kühlzugs schrie auf, seine Bremsen griffen zischend. Grell von den Doppelscheinwerfern angestrahlt, stieß sich Tim mit den Füßen ab. Sie setzten auf, schleiften über die Fahrbahn. Und dann ließ er los.

Im Fallen rollte er sich zusammen. Der Asphalt stauchte ihm die Schultern auseinander, er überschlug sich ein paarmal und streckte sich gerade noch rechtzeitig, als der mächtige Bug des Trucks über ihm war.

Dann rollten rechts und links von ihm die mächtigen Reifen des Kühlzugs schmatzend vorbei. Die Bremsen schrien auf, der Anhänger geriet etwas aus der Spur.

Tim hielt den Kopf schützend zwischen den Armen. Hinter dem Truck radierte ein kleiner Lieferwagen schräg über die Straße. Der Kühlzug gelangte zum Stehen. Tim wälzte sich auf den Bauch, stemmte sich hoch und warf sich zwischen zwei dunklen Limousinen hindurch auf den Kühler eines geparkten Daimler. Seine ausgestreckten Beine erhielten einen Stoß, der ihn herumfliegen ließ. Er rutschte ab, gewann den Bürgersteig und taumelte in einen Hauseingang.

»Junge, hast du's aber eilig!« sagte eine whiskyrauhe Frauenstimme. Der Duft eines aufdringlichen, billigen Parfüms drang ihm in die Nase, und ein weicher Arm legte sich um ihn und half ihm hoch.

»Weh getan?«

Tim schüttelte den Kopf. Auf der Straße beschimpften sich ein paar Fahrer, der Lieferwagen setzte zurück, der Fahrer des Kühlzugs blickte kopfschüttelnd aus seinem Führerhaus und startete seinen Motor, den er bei dem plötzlichen Bremsmanöver abgewürgt hatte.

»Der ist weggelaufen!« hörte Tim jemanden rufen. »Nichts passiert!«

»Du hast verdammt Glück gehabt, Junge«, sagte die Frau. »Woll'n wir das jetzt ein bißchen bei mir oben feiern?«

Tim sah ihr in das verwüstete Gesicht.

»Tut mir leid«, er schüttelte den Kopf, »nett, daß Sie mir geholfen haben. Aber ich hab's tatsächlich eilig. Ist hier irgendwo 'ne Telefonzelle?«

»Kannst bei mir telefonieren. Keine Angst, ich tu' dir schon nichts. Außerdem wär's wirklich gut, wenn du dir den Dreck aus dem Gesicht waschen würdest. Und das Blut aus der Nase.«

Tim nickte. Die Frau schloß die Haustür auf, und sie fuhren mit einem klapprigen Lift in ihre Wohnung hinauf.

»Erst telefonieren«, verlangte Tim. Die Frau nickte und schob ihm das Telefon über den Tisch. Tim wählte Jo Walkers Nummer. Es läutete nur dreimal, dann war Jo am Apparat.

»Tim hier. Ich bin überfallen worden und sollte gefoltert werden. Konnte gerade noch aus dem Wagen springen. Kannst du mich abholen?«

»Natürlich. Wo?«

»12th Street East. Wie ist die Hausnummer?« fragte er die Frau. Die hatte inzwischen die Kaffeemaschine angeworfen.

»67. Ich bin Linda Morris.«

»Hab's mitgehört«, sagte Jo. »Bin in einer Viertelstunde dort. Sonst alles okay, Tiny?«

»Na, so halbwegs. Ich denke, wir kriegen heute nacht noch zu tun.«

»Darauf kannst du dich verlassen«, sagte Jo grimmig und hängte ein.

Er war in Rekordzeit dort. Linda Morris betrachtete ihn prüfend. Dann bot sie auch ihm einen Kaffee an. Tim trug ein paar Pflaster im Gesicht und hatte sich auch eins über das Hemd geklebt, von dem alle Knöpfe abgerissen waren.

»Hab so'n bißchen mitgekriegt, was passiert ist«, sagte Linda. »Scheußlich, was heute alles los ist. Da ist das Fernsehen manchmal nichts dagegen. Wißt ihr, unsereiner erfährt ja 'n bißchen mehr als andere Leute, die abends die Tür hinter sich abriegeln.«

»Ich find's großartig, daß Sie meinem Freund gleich geholfen haben«, sagte Jo. »Ich meine, Sie hatten doch sicher auch etwas anderes vor? Kann ich Ihnen den Verdienstausfall ersetzen?«

»Quatsch!« erwiderte die alte Bordsteinschwalbe grob. »Was soll das? Und wer sagt denn, daß ich gerade jetzt 'nen Kunden gekriegt hätte? Außerdem finde ich, daß wir armen Schweine uns gegenseitig helfen müssen. Sonst tut's ja doch keiner.« Sie räumte die Tassen zusammen und stellte sie in der kleinen Küche auf die Spülmaschine. »So, jetzt geht's weiter, Jungens! Ich hab mir mein Frühstück noch nicht verdient, und ihr habt ja auch noch was vor, wie ich gehört habe.«

Sie verabschiedeten sich vor der Haustür, und Tim kroch zu Jo in den SLK, der am Straßenrand stand.

»Zigarette, Tiny?«

»Danke, nein. Hab's vor einem Vierteljahr aufgegeben. Kannst du mich nach Englewood hinüberbringen? Da steht vielleicht noch mein Wagen, wenn sie ihn nicht inzwischen angezündet haben.«

»Nette Leute scheinen das nicht zu sein, auf die ich dich diesmal angesetzt habe«, brummte Jo und fuhr los. »Erzähl mal.«

Tim berichtete. Beim letzten Teil seiner Erinnerungen wurde sein Gesicht hart. »Irgendwann werde ich denen die Prügel heimzahlen.«

Jo warf einen skeptischen Seitenblick auf den kleinen Mann.

»Wenn es unbedingt sein muß, helfe ich dir. Ich bin auch dagegen, daß man meine Freunde aus dem Wagen holt und zwischen die Beine tritt. Vom Anschluß an eine Steckdose gar nicht zu reden. Aber meinst du, daß Cowan und Jackie Holloway noch dort sind?«

»Ganz bestimmt. Sie hätten ja abfahren und diesen Dick und seinen Freund Albert ihre Arbeit tun lassen können, als sie über mich herfielen. Aber ich habe zwischendurch gesehen, daß sie in der Snack Bar saßen und zusahen, wie ihre Gorillas auf mich einschlugen.«

»Dann wollen wir uns mal nach ihnen umsehen«, meinte Jo und zog seinen Silbergrauen die Abfahrt auf die Teaneck Road hinunter. »Weise mich bitte ein. Ich war noch nie in dieser Gegend.«

»Jackie schien auch ein bißchen verwirrt, Jo.«

»Kannst du dir vorstellen, was sie hier wollte?«

»Natürlich. Ich bin fast sicher, daß sie hier ihre Beute versteckt hat, ehe sie eingebuchtet wurde. Das war vor etwas mehr als drei Jahren. Damals gab es dieses ganze Wohnviertel noch nicht. Hoffentlich hat sie die Klunker nicht in einem hohlen Baum untergebracht, den man nachher abgeholzt hat.«

Sie fuhren durch die stillen Straßen mit den Bungalows, hinter deren Fenstern kaum noch Licht war. Die Straßen waren leer, denn fast jedes Haus hatte eine Garage. Tim hob die Hand, als sie in das Geschäftszentrum gelangten.

»Fahr durch, Jo! Der Caddy steht noch immer da!«

Jo gab Gas, glitt über den Parkplatz und auf der anderen Seite in eine Einkaufsstraße. Dort hielt er an. Die Geschäfte waren längst geschlossen, nur das Schaufenster einer Modeboutique leuchtete in fahlem Blau, und vereinzelt malten einige Lichtreklamen ihre bunten Schriftzüge ins Dunkel.

»Neben dem Caddy steht aber noch ein alter Studebaker«, bemerkte Jo. »Bei deinem blauen Mustang. War der vorhin schon da?«

»Nein. Dick und Albert sind in einem Mercury unterwegs. Das müssen andere Leute sein.«

»Von Cowan und Jackie ist nichts zu sehen?«

»Nein.«

»Dann werden wir jetzt nachschauen, wo sie sind und was sie treiben.«

Sie schlenderten über die Straße bis zu ihrer Einmündung auf den Parkplatz und hielten sich dort im Schatten, um erst einmal die Lage zu peilen.

»Auf den ersten Blick gibt es hier keine Attraktionen außer dem Supermarkt. Die Snack Bar hat inzwischen auch schon geschlossen.« Jo strich sich gedankenvoll das Kinn. »Geh du hinten herum und sieh nach, ob alles in Ordnung ist. Nach deinem Wagen sehen wir später, auch nach deinen Papieren. Ich schaue mir die Vorderseite, die Eingänge und die Laderampe an. Aber laß dich nicht wieder auf eine Prügelei ein, Tiny!«

Tiny Tim zog eine Grimasse. »Hab' für heute genug davon. Treffen wir uns wieder beim Wagen?«

»Ja. Spätestens in einer halben Stunde.«

Jo drückte sich im tiefen Schatten der Häuser entlang und schlich dann an einem Bretterzaun bis zur Vorderseite des Supermarkts. Als er die breiten Glastüren erreichte, probierte er die großen Türknäufe auf die Gefahr hin, eine Alarmanlage auszulösen. Hier gab es keine Gitter, also war wohl eine Infrarot-Anlage installiert.

Aber keine Sirene heulte auf, keine Scheinwerfer gingen an. Etwas beunruhigt probierte Jo auch noch die nächste Tür – und sie schwang nach innen.

Verblüfft blieb Jo stehen, den halbgeöffneten Türflügel in der Hand. War das dem Nachtwächter noch nicht aufgefallen? Oder hatte jemand die Tür erst vor kurzem geöffnet?

Kurz entschlossen ging Jo durch den gläsernen Windfang. Auch die Innentür war nicht verschlossen. Als er den großen, niederen Raum betrat, umfing ihn sogleich die typische Atmosphäre eines SB-Markts, der Geruch nach Lebensmitteln, nach Kunststoffreinigern und feuchter Erde aus der Blumenabteilung.

Sichernd blickte er sich um. Er wollte weitergehen, als er zu seinen Füßen ein dunkles Bündel bemerkte. Durch die Türen fiel nur wenig Licht, und es gab nur kleine Lämpchen wie verstreute Leuchtpunkte, wo die Notbeleuchtung über den Ausgängen brannte.

Er beugte sich nieder. Seine Hände strichen über Stoff, einen Riemen und fanden ein Gesicht. Es war stoppelbärtig und faltig. Vor allem aber war es kalt. Tastend untersuchte Jo den Schädel. Feuchtes Haar. Eine klaffende Wunde am Hinterkopf. Als er seine Hand zurückzog, war sie blutig. Nachdenklich stand er aus der Hocke wieder auf.

Jemand war in den Supermarkt eingedrungen und hatte den Wächter erschlagen. Aber es gab keine Hinweise auf einen Einbruch. Das Büro war dunkel und verschlossen. Niemand bewegte sich zwischen den Regalen.

Ein leichter Luftzug streifte Jo Walkers Gesicht. Er witterte wie ein Jagdhund. Die Luft roch modrig, war kühl und feucht. Kellerluft. Seit wann hatte ein Supermarkt denn einen Keller? Die Hallen wurden doch einfach auf die grüne Wiese gesetzt. Selbst richtige Fundamente waren den meisten Unternehmern noch zu teuer. Sie bauten einfach eine zweite Halle daneben, die als Lager diente, und installierten eine Kühlanlage, die ihnen zuverlässiger erschien als jedes kostspielige Kellergewölbe.

Auf leisen Sohlen ging Jo dem Luftzug entgegen. Er schlich an den Regalen mit Haushaltswaren vorbei, gelangte in die Lebensmittelabteilung und vermied die aufgetürmten Pyramiden aus Konservendosen. Die Fototheke schloß sich an, dann ein Zeitschriftenstand. Hier änderte der Luftzug seine Richtung. Er schien von unten zu dringen.

Jo trat hinter den Counter, auf dem noch die Zeitungen vom Vortag auslagen. Ein schwacher Lichtschimmer auf dem Boden ließ ihn gerade noch rechtzeitig zurückweichen – sonst wäre er in das Loch gestürzt, das sich hier unvermutet auftat.

Er kniff die Augen zusammen. Zerstreutes, ungewisses Licht, das von unten schimmerte, ließ einen Schacht erkennen, betoniert und mit Steigeisen.

Jo hockte sich an den Rand und lauschte. Waren da nicht sehr entfernt Stimmen? Sie rückten näher. Auch das schwankende Licht wurde stärker. Jo zog sich hinter den Counter zurück und sah sich nach einer guten Deckung um. Die anschließende Konfektionsabteilung bot gefüllte Kleiderständer.

Er drängte sich zwischen die Herrenmäntel, die auf einer Stange hingen, und achtete darauf, daß seine Füße unten nicht zu sehen waren. Das wäre ein Filmgag gewesen, reif für einen Slapstick-Streifen.

Nicht weit entfernt sagte eine Frauenstimme: »Helfen Sie mir hinauf, Jerry! Dieser verdammte enge Rock ...«

Und eine Männerstimme antwortete: »Ich habe Ihnen ja vorhin schon geraten, ihn auszuziehen!«

»Das könnte Ihnen so passen!« spottete Jackie, ergriff die Hand und ließ sich über die letzten beiden Steigeisen auf den Boden ziehen.

»Hal?« fragte der Mann in den Schacht hinunter.

»Komme schon! Will nur das Schott wieder verriegeln. Sonst haben die morgen den Bach im Teppichlager.«

Jackie Holloway stand keine drei Yards von Jo Walker entfernt.

»Gräßlicher Gestank«, sagte sie. »Bis ich den wieder aus der Nase habe!«

Jerry ging ein Stück den Gang hinunter. Etwas klirrte. Dann kehrte er wieder zurück und hatte eine Sprayflasche in der Hand. »Nehmen Sie das, Jackie.«

»Was ist das?« fragte sie mißtrauisch.

»Irgendwas aus Frankreich. Eau de toilette. Jedenfalls besser als der Duft im Kanal.«

Jackie nahm die Flasche und schoß sich eine Duftwolke über die Figur.

»Na, viel besser ist das auch nicht. Vor allem die Mischung mit dem Gestank ist scheußlich. Duschen gibt's hier wohl nicht? Ich hätte Lust, mich gleich neu einzukleiden.«

»Vielleicht gibt es Duschen fürs Personal«, sagte Jerry. »Aber wir müssen sehen, daß wir hier verschwinden. Mister Cowan wird schon ungeduldig sein.«

»Mister Cowan wird warten müssen, bis ich wieder da bin. Wie schätzen Sie unsere Chancen ein, Jerry?«

»Schlecht, Jackie. Wir müßten sprengen. Aber dann laufen wir Gefahr, daß der Explosionsdruck den hinteren Teil der Halle hochhebt. Außerdem kann der Schacht vollaufen, wenn das Loch nicht sehr exakt aufgeht. Und dann ersaufen wir wie die Ratten.«

»Sie übertreiben, Jerry!« protestierte Jackie. »Sie haben selbst gesagt, daß es sich höchstens um eine Mauer aus Kalkzementsteinen handeln kann. Die reißt uns jeder Maurer mit der Spitzhacke ein.«

»Sicher. Und dann wird er auch gleich unter den Trümmern begraben. Man kann die Gebäudelast doch nicht abfangen. Und beim Sprengen hebt sich die Halle und sackt dann wieder herunter, wahrscheinlich mit der ganzen Abteilung für Gartengeräte und Hobbybedarf.«

»Na, schön. Das ist unser Risiko. Und was das Wasser betrifft - haben Sie schon mal was von Neoprenanzügen und Atemgeräten gehört?«

»Habe ich, Jackie. Aber auch von Abwasserströmungen, die in den Kanal drücken würden und alles mitreißen, was ihnen im Weg ist. Kanäle müssen ein Gefälle haben, und je nach Wassermenge trifft da allerlei zusammen. Ich kann es nicht ändern. Leider. Und das werde ich auch Mister Cowan sagen müssen, wenn er mich fragt. Gibt es denn wirklich keinen anderen Zugang?«

Der zweite Mann stieg herauf, schob Jerry ein Stück zur Seite und schloß die Klappe über dem Schacht.

»Was meinen Sie, Hal?« fragte Jackie. »Jerry ist der Ansicht, daß es zu gefährlich sei.«

»Hm.« Hal rieb sich die Hände an der Hose trocken. »Gefährlich ist es. Da hat er recht.«

»Aber?« hakte Jackie sofort ein.

»Man könnte versuchen, mit dem Preßlufthammer die Mauer aufzuschlitzen und einen Unterzug einzulegen. Dann kann man darunter abräumen. Natürlich gibt das verdammt viel Lärm und braucht auch seine Zeit.«

»Also geht es doch!« triumphierte Jackie. »Gehen wir zu Cowan! Er soll entscheiden, ob er uns weiterhelfen kann. Sonst packe ich das alleine an.«

Sie entfernten sich in Richtung Ausgang.

»Was tun wir mit dem Wächter?« fragte Hal.

»Liegenlassen«, riet Jackie kalt. »Wir sind nicht für die Abfallbeseitigung in diesem Laden zuständig.«

»Ich meine, wir sollten ihn doch wegräumen und die Spuren verwischen. Wenn hier ein toter Wächter gefunden wird, dann bewachen sie das Gebäude besonders. Und dann wird's schwierig, noch einmal ungesehen hier einzudringen. Wenn Sie wollen, Miß Holloway.«

»Natürlich will ich! Also schafft ihn weg!«

Hal und Jerry verständigten sich mit einem vielsagenden Blick. Dann nahmen sie den Toten auf und trugen ihn hinaus. Sie ließen auch Jackie hinaus, ehe Jerry die Tür wieder ordnungsgemäß verschloß.

»Ich gehe schon zu Cowan hinüber und wecke ihn auf«, sagte Jackie und entfernte sich über den Parkplatz. Cowan hatte es abgelehnt, sie in den Supermarkt zu begleiten, und lieber die Liegesitze seines Caddy umgelegt, um ein Stündchen zu schlafen.

»Und was jetzt mit diesem Kerl?« brummte Jerry.

»Da drüben ins Gebüsch! Irgendwann findet man ihn ja doch.«

»Meinetwegen. Faß an!«

Sie trugen den Wächter zum Zaun und warfen ihn ohne jedes Gefühl zwischen die Sträucher. »Hoffentlich ist der neue Wächter genauso alt und tapperig«, war Jerrys Nachruf.

Jo hatte mitgekriegt, wie Jerry die Tür abschloß. Ärgerlich verließ er sein Versteck. Jetzt mußte er sich einen anderen Ausgang suchen. Er überlegte, ob er einen der Notausgänge nehmen sollte, die von innen stets zu öffnen waren. Aber wenn er ihn dann offenließ und jemand hereinschlüpfte und den Supermarkt ausräumte, dann hatte er das zu verantworten.

Sein Blick ging nach oben. Eine der Luftklappen auf dem Dach war halb offen. In der Werkzeugabteilung gab es bestimmt eine Leiter! Er tappte durch den finsteren Riesenladen, fand eine ausziehbare Leiter und stellte sie auf. Die Luftklappe ließ sich ohne Mühe von innen ganz öffnen.

Jo schwang sich auf den Rahmen, genoß die frische Luft, auf dem Dach, kletterte dann ganz hinaus und ließ die Luftklappe zufallen. Das Personal würde sich zwar wundern, warum da eine Leiter stand, und wenn man den toten Wächter fand, würde das Rätsel noch größer werden, zumal weder etwas in der Kasse noch im Warenbestand fehlte. Aber das war nicht Jo Walkers Sorge.

Jo huschte über das flache Dach. Ob sich Tiny Tim noch unten herumtrieb? Er wollte sich gerade aufrichten, als ein Polizeiwagen auf den Parkplatz einbog. Die Beamten fuhren leise und hatten nicht einmal ihre bunten Lichter eingeschaltet. Der Caddy und der Mustang interessierte sie nicht und auch nicht der Wagen, mit dem Jerry und Hal erschienen waren.

Sie bremsten vor dem Eingang, und zwei Polizisten sprangen heraus. Sie probierten die Türen. Als sie alle drei Portale verschlossen fanden, teilten sie sich und liefen zu den Ecken des Gebäudes.

Jo überlegte. Hatte jemand die Polizei alarmiert? Sicher nicht. Aber er wußte, daß es Alarmanlagen gab, die automatisch an die nächste Polizeistation meldeten, wenn der Wächter nicht in der vorgeschriebenen Zeit seine Stechuhren gedrückt hatte. Das mußte es sein.

Er wollte den Polizisten schon auf dem Dach zur Rückseite des Flachbaus folgen, um zu sehen, was sie dort trieben, als einer zurückkehrte. Jo unterdrückte einen Fluch. Er hielt Tiny Tim im Polizeigriff und schob ihn vor sich her. Als sie bei dem Streifenwagen anlangten, stieß er in seine Trillerpfeife. Dann drängte er Tim in den Fond des Wagens. Jo hörte, wie Handschellen zuschnappten.

Hatte der arme Kerl aber ein Pech in dieser Nacht!

Der zweite Polizist stürmte um die Ecke. Sie unterhielten sich kurz, dann stiegen sie ein und fuhren davon. Jo sah hinter ihnen her. Als sie in einer Seitenstraße verschwunden waren, erwachten auch die beiden Gangsterwagen auf dem Parkplatz zum Leben. An dem Cadillac glommen die Scheinwerfer auf, und er schaukelte durch die Schlaglöcher zur Straße. Der Studebaker folgte.

»Wird Zeit, daß hier jemand für Ordnung und Aufklärung sorgt«, murmelte Jo und ging zum Dachrand. Er ließ sich nieder, hielt sich an der Dachrinne und sprang. Federnd setzte er auf und hielt sich im Schatten, als er zu seinem Wagen lief.

»Sie wünschen?« fragte der Wachhabende hinter dem Computer des Precinct und blickte Jo forschend an.

»Den Chef dieses Reviers, bitte!«

»Das bin ich. Was kann ich für Sie tun?«

Der Mann war Sergeant. Jo bezweifelte, daß er tatsächlich über dieses Polizeirevier herrschte.

»Sie können den Lieutenant oder Captain wecken. Es geht um den Gefangenen, den Ihr Streifenwagen soeben eingeliefert hat.«

»Was wissen Sie denn davon?«

»Alles.« Jo klappte seine Lizenz auf und legte sie vor den Beamten auf den Counter. »Der Mann ist einer meiner Mitarbeiter und befand sich auf der Rückseite des Supermarkts, um Spuren eines Verbrechens zu sichern, ehe wir Ihnen Nachricht geben konnten.«

»Ach? Wie nett von Ihnen! Na, dann werde ich tatsächlich mal dem Sheriff Bescheid sagen. Freuen wird ihn das nicht, mein Lieber. Das kann ich Ihnen jetzt schon verraten.«

»Ich bin nicht da, um Sheriffs bei Nacht zu erfreuen«, knurrte Jo. »Wieso überhaupt Sheriff?«

»Sie sind hier auf dem Land, Mister. Auch wenn es nicht so aussieht. Und hier sorgt ein leibhaftiger Sheriff für Ordnung.« Er telefonierte. Dann sah er wieder auf. »Setzen Sie sich. Es wird ein Weilchen dauern. Sheriff Wilson war schon zu Bett gegangen.«

Jo blickte auf die Uhr. »Ich werde seine Zeit stoppen. Vermutlich gibt es hier eine ganze Menge Leute, die sich dafür interessieren, wie schnell ein Sheriff im Einsatz sein kann, wenn es nötig ist.«

Der Sergeant sagte nichts. Die Minuten verstrichen. Als der Sheriff vorfuhr, blickte Jo wieder auf die Uhr.

»Siebzehn zwölf und dreißig Hundertstel. Nicht gerade überragend. Vielleicht sollte er regelmäßig trainieren.«

Sheriff Wilson trat ein, beleibt, rotgesichtig und wütend. »Was ist los, verdammt noch mal?« blaffte er statt einer Begrüßung.

Jo stand langsam auf. »Ich will's Ihnen gern erzählen«, sagte er.

Wilson starrte ihn an. »Wer ist das?«

»Ein Schnüffler aus New York. Walker heißt er«, gab der Sergeant schnell Auskunft.

»Und der muß mich mitten in der Nacht sprechen?«

»Muß oder muß nicht.« Jo lächelte. »Ich kann auch ein paar Jungs von der Presse herholen und ihnen zeigen, was alles passiert, während der Sheriff schläft und seine Streifenbeamten die falschen Leute einsperren.«

»Was meint er damit?« fragte Wilson, der es anscheinend immer noch nicht über sich bringen konnte, mit Jo direkt zu sprechen.

»Wagen drei hat eine verdächtige Person am Supermarkt aufgegriffen, Sir. Sie sind mal hingefahren, weil der Alarm ansprach. Sie wissen doch, wenn der Wächter eine Runde ausgelassen hat und eine halbe Stunde verstrichen ist, geht das automatisch.«

»Ja, natürlich. Und?«

»Wir haben ihn erst mal eingesperrt. Hat keine Papiere! Behauptet, sie wären ihm von Gangstern abgenommen worden.«

»Was zu beweisen ist«, sagte Jo. »Irgend etwas davon muß noch bei einem blauen Mustang auf dem Parkplatz des Supermarkts liegen. Der Mann ist Mitarbeiter von mir und dort überfallen worden.«

Wilson schnaubte.

»Kommen Sie mit in mein Büro! Ich denke, Sie werden mir noch ein bißchen mehr erzählen müssen, Freundchen!«

Er schob Jo vor sich her in das Büro hinter dem Counter. Dort feuerte er seinen Hut auf den Schrank, ließ sich in den wuchtigen Ledersessel fallen und zeigte nur stumm auf einen Stuhl vor dem Schreibtisch. Dann nahm er ein Taschentuch aus der Hosentasche und fuhr sich damit über die Stirn und das verschwitzte Gesicht.

»Also?«

Jo nahm Platz, stellte fest, daß es im ganzen Zimmer keinen Aschenbecher gab, und steckte sich deshalb eine Zigarette an.

»Mein Mitarbeiter und ich beobachteten eine Gruppe von verdächtigen Leuten, die sich in der Gegend des Supermarkts herumtrieben. Wir arbeiten übrigens im Auftrag der Great Eastern Mutual Insurance. Dabei wurde mein Mitarbeiter hinterrücks überfallen und entführt. Es gelang ihm, sich unterwegs zu befreien und mich zur Hilfe zu holen«, spulte Jo eine stark vereinfachte Darstellung der Ereignisse herunter. »Als wir zu dem Supermarkt zurückkehrten, um seinen Wagen sicherzustellen, beobachteten wir, wie zwei Männer und eine Frau das Gebäude verließen und einen Mann ins Gebüsch warfen.«

»Und?«

»Vermutlich liegt er da noch. Wir konnten uns nicht mehr um den Mann kümmern, weil Ihre Männer auftauchten und meinen Mitarbeiter festnahmen. Und mich interessierte mein lebender Kollege natürlich auch mehr als ein unbekannter Toter.«

»Woher wußten Sie, daß der Mann tot war?« fragte der Sheriff scharfsinnig. Er steckte sich eine Zigarre an und warf das Streichholz auf den Boden. Offenbar war er keinen Aschenbecher gewohnt.

»Das wußte ich gar nicht. Ich nahm es an, weil die Männer mit ihm umgingen wie mit jemandem, der nicht mehr aufwachen wird«, erwiderte Jo.

Der Sheriff griff nach dem Telefon und wies den Sergeanten im Office an, die Streifenwagenbesatzung noch einmal zum Supermarkt zu schicken.

»Sie sollen das Gebüsch durchsuchen. Angeblich liegt da eine Leiche. Ich will sie haben«, sagte er fauchend und schmetterte den Hörer auf die Gabel. »Weiter!« forderte er Jo Walker auf.

»Weiter ist da nichts.«

»O doch, Freundchen! Ich möchte wissen, hinter wem Sie her waren. Der Fall interessiert mich. Der Supermarkt liegt auf meinem Gebiet.«

Jo überlegte. Er hatte keinen Grund, dem Sheriff etwas zu verschweigen. Es ging um Mord. Wenn James P. Goldstein die Schmuckstücke haben wollte, mußte Jo Walker eben schneller sein als die Polizei. Aber verschweigen durfte er nichts.

»Jackie Holloway«, sagte er.

Der Sheriff blies eine Rauchsäule in die Luft und trommelte mit den Fingern auf die Schreibtischplatte.

»Hab's mir beinahe gedacht.«

»Wieso?«

»Seit Jahren hält sich hartnäckig das Gerücht, die Holloway hätte ihre Beute irgendwo hier versteckt, ehe sie in den Knast ging. Tatsächlich gibt es jemanden, der sie hier gesehen hat. Lassen Sie die Finger davon, Walker.«

»Ich habe einen Auftrag, Sheriff.«

»Trotzdem! Ich will's nicht. Das ist mein Fall. Ich werde nächstes Jahr pensioniert und möchte nicht in den sogenannten Ruhestand, ohne der Holloway die Klunker abgejagt zu haben. Verstehen Sie?«

»Ja. Sicher. Trotzdem bearbeite ich den Fall weiter.«

»Dann kriegen Sie eine Menge Ärger, Walker.«

»Mag sein.«

Der Sheriff blickte ihn durchdringend an.

»Wer waren die Männer, die mit der Holloway im Supermarkt waren? Und was wollten sie dort?«

»Sie waren mit einem Cadillac und mit einem Studebaker erschienen. Die Wagen standen noch auf dem Parkplatz, als Ihre Männer Jagd auf meinen Mitarbeiter veranstalteten. Aber die haben sich ja nicht einmal um dessen blauen Mustang gekümmert.«

Der Sheriff kniff die Lippen zusammen. Das Telefon ging. Er horchte in den Hörer und warf ihn wieder hin.

»Sie haben die Wahrheit gesagt«, gab er zu. »Der Nachtwächter des Supermarkts. Man hat ihm den Schädel eingeschlagen. Jetzt möchte ich wissen, was die Leute da gesucht haben. Ich lasse den Marktleiter und ein paar seiner Angestellten holen. Sie müssen sofort nachsehen und vielleicht auch eine Inventur vornehmen. Verdammte Scheiße! Wo wohnt die Holloway?«

»Als sie sich von mir verabschiedete, wartete sie auf einen Freund, der sie abholen sollte«, sagte Jo. »Vielleicht geht etwas über ihren Freundeskreis aus den alten Akten hervor?«

Der Sheriff stand auf und warf dabei fast seinen Sessel um. »Danke für den Tip, wie ich meinen Job tun soll!« sagte er giftig.

Auch Jo stand auf. »Kann ich meinen Mitarbeiter mitnehmen?«

»Meinetwegen. Wenn sich herausstellt, daß er doch den alten Mann umgebracht hat, kriege ich ihn ja jederzeit über Sie.«

»Darauf können Sie lange warten«, erwiderte Jo ebenso giftig. »Auch wenn Sie's nicht glauben wollen: Wir arbeiten auf der anderen Seite. Auf Ihrer!«

»Ich lach mich tot!« erklärte der Sheriff und trat auf seine Zigarre.

»Na, was ist?« fuhr Benson die beiden Männer an, die ihn aus seinem Halbschlaf weckten.

Juke Milford ließ sich in einen ausgeleierten Sessel fallen, Bill Biskins blieb an den Türrahmen gelehnt stehen.

»Ich glaube, wir haben sie, Chef.«

»Wo?«

»Wir haben diesen Walker beschattet. Er fuhr plötzlich los, holte den kleinen Schnüffler Tim ab, und sie fuhren zur anderen Seite hinüber, nach Englewood. Da sind Sie an einem Supermarkt herumgeturnt, aber was wichtiger ist: Auf einmal kam da die Holloway heraus. Und raten Sie mal, mit wem.«

Benson griff nach der Whiskyflasche. »Ich zieh dir damit den

Scheitel gerade, wenn du mit mir mitten in der Nacht ein Ratespiel veranstalten willst.«

Milford grinste. »Sie ist ja noch halbvoll, Chef. Wäre die reinste Verschwendung! Jerry und Hal waren bei ihr. Die Jungs von Benny Cowan.«

»Verdammt! Und?«

»Sie schmissen den toten Supermarktwächter ins Gebüsch und gingen zu ihren Wagen. Dann tauchte die Polizei auf und kassierte Tiny Tim. Keine Ahnung, warum. Wir haben uns ganz ruhig verhalten und sind hinter Cowan und den beiden anderen her, als die dann abbrausten.«

»Wohin?«

»Zu Cowans Burg am Mount Morris Park.«

»Und da sind sie jetzt noch?«

»Vermutlich. Jerry und Hal, Dick Randers und der starke Albert haben ja eine Unterkunft im Dachgeschoß von Cowans vornehmer Bude. Damit er sie immer zur Hand hat.«

Benson stand auf. Er nahm ein Schnellfeuergewehr von der Kommode und fuhr sich mit der anderen Hand durchs Haar.

»Hin!« sagte er nur.

Biskins stieß sich vom Türrahmen ab. »Jetzt noch, Chef? Ich bin verdammt geschafft.«

»Weil du zuviel säufst. Nehmt die Kugelspritzen mit. Wir sind zu dritt, die anderen zu viert. Die heben wir aus, und dann holen wir uns die Holloway. Denkt dran: drei Millionen.«

»Für jeden?«

»Quatsch nicht! Ihr wüßtet ja gar nicht, wie man drei Millionen ausgibt, 'ne halbe genügt auch schon, damit ihr euch bis an euer Lebensende jeden Tag auf die feine Tour besaufen könnt. Und das Geld liegt fast schon vor unserer Nase. Dieser Supermarkt ist keine dreihundert Yards von der Stelle entfernt, wo ich mit Eddie in den Kanal gestiegen bin. Ich wette, die Holloway kennt einen anderen Einstieg, wo man nicht durch die Giftbrühe muß. Und den wird sie uns jetzt verraten. Los!«

»Wohin?« fragte Tiny Tim, als er vor dem Polizeirevier in Walkers silbergrauen Flitzer stieg.

»Zu Benny Cowan und Jackie Holloway«, sagte Jo und steckte den Zündschlüssel ins Schloß.

»Jetzt noch?«

»Warum nicht? Ich habe gegen Jackie ein Druckmittel in der Hand. Zwar glaube ich nicht, daß sie den Wächter totgeschlagen hat. Aber das brauche ich ihr nicht auf die Nase zu binden. Die Polizei wird bald ermittelt haben, wo sie Jackie findet. Und dann wird sie erst mal zusammen mit ihren beiden Freunden unter Mordanklage eingebuchtet. Keine Aussicht, den Schatz zu heben.«

Tim lächelte. »Und du willst ihr ein Angebot unterbreiten?«

»Will's wenigstens versuchen. Die Beute gegen ihre Freiheit.«

»Darauf geht die niemals ein, Jo.«

»Vielleicht doch. Sie weiß inzwischen, wie der Knast von innen aussieht. Und Jerry und Hal werden ihr gern die Alleinschuld zuschieben, um ihren eigenen Hals zu retten. Zwei Stimmen gegen eine – da ist sie vor jedem Gericht verloren. Wenn ich ihr das verklickern kann, habe ich eine gute Chance.«

Er fuhr los. Die Straßen waren nicht gerade leer, das sind sie in New York nie. Aber sie gelangten doch sehr schnell voran und schafften den Weg über die Washington Bridge bis vor Cowans Haus am Mount Morris Park in einer Viertelstunde.

»Und nun? Willst du einfach klingeln und hineingehen, Jo? Denk dran, daß auch Cowans Männer irgendwo in diesem Haus untergebracht sind. Wenn du ihm oder der Holloway lästig fällst, ruft er sie zur Hilfe und läßt dich erst mal verprügeln. So wie sie sich an mir ausgetobt haben.«

Jo streckte die Hand nach dem Türgriff aus, hielt jedoch in der Bewegung inne. Aus Richtung Madison Avenue tauchte ein alter Ford Falcon auf, fuhr an der Reihe geparkter Wagen langsam vorbei, fand eine Lücke und wurde umständlich hineinrangiert. Die Türen öffneten sich; und drei Männer stiegen aus. Alle drei trugen dunkle Regenmäntel und hielten den linken Arm merkwürdig steif gegen den Körper gepreßt.

»Sieh mal an! Die auch?«

»Wer ist das?« fragte Tim und beugte sich vor.

»Benson mit seiner Crew. Die Leute, die Jackie Holloway vom Gefängnis abholen wollten. Und denen ich einen Strich durch die Rechnung gezogen habe. Offenbar haben sie doch herausgekriegt, wo Jackie untergekrochen ist.«

Die drei Männer versammelten sich vor dem luxuriösen Hauseingang. Zwei hielten Wache und blickten aufmerksam nach beiden

Seiten der Straße. Der dritte, Juke Milford, beschäftigte sich mit den Schlössern. Er hatte eine ganze Weile zu tun. Endlich ging die bronzene Panzerglastür auf.

»Ich nehme nicht an, daß er die Tür von innen wieder sorgsam verschließt«, sagte Jo.

»Warum?«

»Weil ich jetzt auch ins Haus will. Es gefällt mir nicht, was die Kerle unter ihren Regenmänteln tragen. Wartest du hier auf mich, Tim?«

Tim reckte sich empört aus seinem Sitz. »Sehe ich so aus, als ließe ich dich mit ein paar schießwütigen Verrückten allein?«

Jo musterte ihn lächelnd. »Nein, Tiny. Du bist ein furchtloser, großer und starker Kämpfer, und wie ich dich kenne, brennst du darauf, mit mir in den Krieg zu ziehen.«

»Was heißt Krieg?« maulte Tim. »Zwei von den Burschen in dem Haus da drüben haben mich verprügelt. Ich bin weder groß noch stark, aber ich möchte nicht, daß jeder glaubt, er könne mit mir tun, was er will.«

»Verstehe«, sagte Jo. »Gehen wir.«

»Unterm Dach, sagst du?« fragte Benson, als sie in der dunklen Halle standen. An den Wänden brannte nur die schwache Nachtbeleuchtung, und an den Lifts waren die Anzeigetafeln hell.

»Hab's mal gehört. Sie sollen ihr Home im obersten Stockwerk haben«, erwiderte Juke.

»Gut. Haltet die Waffen bereit. Wir fahren hinauf und schalten erst mal diese Kerle aus. Dann haben wir bei Cowan und der Holloway leichtes Spiel.«

Er trat an einen der Lifts und drückte den Rufknopf. Alle Kabinen waren irgendwo oben in dem hohen Gebäude. Eine setzte sich in Bewegung und glitt nach unten. Ein Glockensignal zeigte an, daß sie die Halle erreicht hatte.

Benson drängte sich mit seinen Männern hinein. Neben einigen Knöpfen der vierzehn Etagen waren kleine Namensschilder. Beim zwölften beispielsweise stand auf einem goldeloxierten Schild. »B. Cowan.« Neben dem obersten Knopf nichts. Benson drückte drauf. Der Lift schwebte nach oben.

»Ob wir da einfach reinkommen?« fragte Biskins.

»Wart's ab!« fuhr ihm Benson über den Mund. »Hauptsache, du hast den Finger am Abzug, wenn es soweit ist.«

Mit einem Ruck hielt der Lift. Die Türen glitten auseinander. Sie sprangen hinaus, nach rechts und links. Vor ihnen gab es nur einen Eingang, eine hell gestrichene Wohnungstür. Benson deutete auf die Linse des Spions, hinter der Licht schimmerte.

Milford verstand. Von der Seite trat er an die Tür, holte sein Kaugummi aus dem Mund und klebte es auf das Glas. Dann blickte er den Chef fragend an. Benson nickte.

Sie hörten es drinnen summen, als Milford auf den Klingelknopf drückte. Eine Tür klappte in der Wohnung. Schritte näherten sich. Jetzt wollte der Mann in der Wohnung wahrscheinlich durch den Spion blicken und merkte, daß der zugeklebt war.

»Zum Teufel, wer ist da?« fragte er laut.

»Ich«, antwortete Benson und versuchte dabei vergeblich, seiner Stimme einen hohen, weiblichen Klang zu geben. »Jackie! Schließt auf! Schnell!«

Nach einer kurzen Pause wurde drinnen ein Schlüssel im Schloß herumgedreht. Eine Kette klirrte. Milford hob sein Sturmgewehr unterm Mantel an.

Aber die Tür ging nicht langsam auf, sondern wurde urplötzlich aufgerissen. Strahlend helles Licht fiel heraus und auf Benson, Milford und Biskins. Dick Randers stand breitbeinig in der Türöffnung, einen 38er Special in der Faust. Und er schoß, ohne zu zögern.

Der erste Schuß ging neben Benson in die Wand und riß einen ganzen Placken Verputz heraus. Der zweite war schon besser gezielt. Bill Biskins schrie auf. Seine Hand fuhr zur Brust. Er wollte etwas sagen, aber das ging in dem kurzen Feuerstoß aus Milfords Sturmgewehr unter. Dick Randers klappte zusammen wie ein Taschenmesser und wurde in die Diele zurückgeschleudert, wo er gegen die Wand prallte und zu Boden rutschte.

»Bill, was ist?« fragte Milford und ließ die Waffe sinken.

»Quatsch nicht!« fuhr ihn Benson an. »Hinein in die Bude!«

Aber Milford ließ sich nicht beirren. Er hockte sich neben Biskins auf den Boden. Der fleckige Pullover hatte auf der Brust einen weiteren Fleck, und der breitete sich immer weiter aus. Biskins' Lippen bewegten sich, doch er brachte keinen Ton heraus.

»Bill ist getroffen, Chef«, sagte Milford.

Der stand schon auf der Schwelle der Gangsterwohnung und winkte ungeduldig mit seiner Waffe. »Ja doch! So was passiert schon mal. Laß ihn liegen.«

Milford zauderte. Sollte er nicht wenigstens versuchen, Biskins zu verbinden und das Blut zu stoppen? Biskins hustete. Schaumiges Blut trat auf seine Lippen. Milford stand auf. Soviel wußte er auch: Das war ein sicheres Zeichen für einen Lungenschuß. Und den konnte man hier nicht behandeln. Vielleicht war es möglich, die drei anderen Kerle in der Wohnung schnell zu erledigen und dann eine Ambulanz zu rufen.

Mit drei langen Schritten war er bei Benson in der Diele.

Der deutete auf eine Tür. »Dahinter sind sie. Ich habe gehört, wie abgeschlossen wurde.«

»Das werden wir gleich haben«, sagte Milford grimmig. »Gib mir Feuerschutz, Chef!«

Er ging bis zur Wand zurück. Dann nahm er kurzen Anlauf, sprang mit vorgestrecktem Bein gegen die Tür und schlug krachend auf den Boden. Das Türschloß hatte gehalten. Mühsam rappelte er sich hoch und rieb sich das gestauchte Fußgelenk.

»Weg da, Juke! Das muß man anders hinfummeln.« Benson zielte und zog den Abzug durch. Eine Kugelserie fetzte krachend aus dem Lauf. Die Geschosse prallten zum größten Teil ab und pfiffen als Querschläger weiter. Milford griff sich an die Wange, von der plötzlich das Blut troff.

»Mist! Die Tür ist stahlverstärkt!« fluchte Benson.

Milford deutete auf die Tür daneben. »Versuchen wir's da!«

Benson schwenkte mit dem Lauf herum. Wieder das schnelle Stakkato der Schüsse, ohrenbetäubend – und erfolgreich! Holzsplitter flogen, das Türschloß verbog sich unter den Einschlägen, und dann wurde es aus der Türfüllung gerissen, die nach innen aufging.

Milford hatte seine Waffe im Anschlag, als er sprang. Mit einem Satz war er in dem dunklen Zimmer und preßte sich gegen die Wand. Seine Hand tastete nach dem Lichtschalter. Die Lampe an der Decke strahlte auf und beleuchtete ein Schlafzimmer mit zwei Betten und einem Kleiderschrank, dessen Türen offenstanden.

»Weiter!« sagte Benson.

Die Verbindungstür sah nicht sehr massiv aus. Milford versuchte es noch einmal auf die konventionelle Tour und warf sich dagegen. Sie klaffte, wurde jedoch noch vom Schloß gehalten. Er trat gerade noch rechtzeitig zurück. Auf der anderen Seite knallte es, und wo er eben noch gestanden hatte, war ein Loch in der dünnen Türfüllung. Benson schüttelte ärgerlich den Kopf und schickte eine Garbe aus seinem Sturmgewehr durch die Tür. Milford trat noch einmal dagegen. Sie riß aus den Angeln und klappte ins Zimmer.

Der Raum war dunkel. Sie wichen augenblicklich zur Seite. Auch jetzt keine Sekunde zu spät, denn aus der Finsternis leckten gelbe Flammenzungen, und es knallte. Die Kugeln pfiffen zwischen ihnen hindurch und schlugen in die Wand über den Betten.

Benson hob das Sturmgewehr und gab Dauerfeuer. Dabei bewegte er die Mündung von links nach rechts und bestrich das ganze Zimmer.

Als die Schüsse verhallten, hielt er den Kopf schief und lauschte. Jemand stöhnte.

»Geh mal hinein und schalte das Licht ein, Juke!«

»Hast du sie alle erledigt, Chef?« wollte der sich vergewissern.

Benson lachte kurz auf. »Da lebt keine Fliege mehr!«

Milford stieg über die Trümmer der Tür. Er stieß sich das Knie an einem umgestürzten Sessel, trat auf etwas Weiches und erreichte die Stahltür, an der sie sich die Zähne ausgebissen hatten. Daneben war der Lichtschalter. An der Decke zuckte eine Leuchtröhre auf. Ihr Licht beschien ein Chaos. Die schnellen Kugeln, die auf tausend Yards noch einen Menschen töten konnten, hatten das Mobiliar zersiebt und durcheinandergeworfen.

Dazwischen lagen Jerry und der starke Albert. Jerry hatte es die ganze Brust aufgerissen. Albert war noch bei Bewußtsein und blickte zu Milford auf. Seine Hand bewegte sich trotz der schweren Verletzungen ganz langsam zu seinem Hosenbund. Milford sah interessiert zu.

Die Finger legten sich um den Kolben des Colts. Fast waren sie schon zu schwach, ihn hervorzuziehen. Alberts Gesicht verzerrte sich in der übergroßen Anstrengung. Aber während seine Wangen immer bleicher wurden und schon einfielen, brachte er den Colt zitternd in die Höhe und richtete ihn mit einem haßerfüllten Blick auf Milford.

»Gut gemacht, Junge«, sagte Milford und nickte anerkennend.

In dem Moment, da Alberts Daumen die Sicherung zurückschob, drückte Milford auf den Abzug. Die Geschosse drangen in Alberts Körper ein und nagelten ihn buchstäblich auf den Boden. Seine Augen wurden groß und schlossen sich dann. Die Arme fielen zur Seite, und er streckte sich.

»Guter Mann gewesen, dieser Albert«, sagte Milford. »Aber er hat Pech gehabt. Und jetzt ist er tot. Der da auch, Chef?«

»Zuverlässig, Juke. Wo ist der vierte Mann?«

»Nachsehen!« Juke Milford drehte den Schlüssel herum und öffnete die Tür, aber auf der Diele war niemand außer Dick Randers, der noch immer so lag, wie er an der Wand heruntergerutscht war. Und Bill Biskins draußen am Lift. Aber auch der gab kein Lebenszeichen mehr von sich.

»Juke!«

»Ja, Chef?« Juke ging in das Zimmer zurück. Benson stand an einer offenen Tapetentür.

»Hier scheint's ins Treppenhaus zu gehen. Wie heißt der Kerl, der uns entwischt ist?«

»Hal.«

Benson trat ins Treppenhaus und lauschte. Es war nichts zu hören. Von unten wehte es kühl herauf.

»Sollen wir hinunter, Juke?«

»Sicher. Aber nur bis zum zwölften Stock, zu Cowan. Entweder ist er dort, dann erledigen wir ihn an Ort und Stelle. Oder er ist ganz verschwunden, dann kann er uns auch nicht mehr stören!«

»Logisch! Komm!«

»Was ist mit Bill, Chef?«

»Ich kann ihm jetzt nicht helfen. Wenn wir fertig sind und er dann noch lebt, lassen wir ihn ins Hospital bringen. Tut mir leid, Juke. Aber es geht nicht anders.«

Juke nickte trübsinnig. Es ging auf einmal gar nicht mehr so sehr um Bill Biskins als um die Überlegung, daß ihn Benson genauso zurücklassen würde, wenn ihm etwas passierte. Der dachte nur noch an die Beute. An drei Millionen. Alles andere war unwichtig geworden. Juke Milford würde daran denken müssen. Ab sofort und ohne Pause.

»Hörst du das?«

Tiny Tim erstarrte mitten in der Bewegung und lauschte. »Maschinenpistole?«

»Nein. Ich tippe auf das neue Sturmgewehr der Army. Das NATO-Modell. Eine MPi schießt langsamer. Hört sich so an, als wären Benson und seine Kerle zur Sache gekommen.« Jo zog Tim mit sich zu den Liften. Für sein Gefühl dauerte es unendlich lange, bis eine Kabine auftauchte. Und dann schien der Lift in Zeitlupe nach oben zu fahren.

»Hast du etwas zum Schießen dabei, Jo?«

Jo nahm seine Automatic heraus. Auch er wäre nur sehr ungern unbewaffnet einem Schützen entgegengetreten, der ein Sturmgewehr in der Hand hatte. Der Lift hielt ruckend an. Jo wartete, bis die Türen auseinanderglitten, und wollte aussteigen. Aber er stoppte und hinderte Tim mit ausgebreitetem Arm daran, den Lift zu verlassen.

»Teufel! Den hat's erwischt«, sagte Tim leise und beugte sich zu Bill Biskins, der direkt vor dem Lift lag. »Aber es ist noch Leben in ihm. Obwohl ich keinen Pfifferling mehr für ihn geben würde. Die Kugel scheint ihm die Lunge zerrissen zu haben.«

»Jeder Mensch hat zwei Lungenflügel. Theoretisch reicht einer zum Überleben. Die Wohnung ist offen. Wir müssen ein Telefon finden.«

Aber beim ersten Schritt aus der Kabine und über den bewußtlosen Biskins hinweg stockte Jo schon wieder. Und aus Tims Kehle drang ein unterdrückter Laut der Überraschung. Jo wandte sich zurück.

»Kennst du den, Tiny?«

»Ja. Dick Randers. Das ist der Bursche, der mich auf dem Parkplatz vermöbelt hat und an eine Steckdose anschließen wollte. Verflucht, ich habe ihm die Pest an den Hals gewünscht. Aber doch nicht das! Der hat ja mindestens fünf Kugeln eingefangen.«

»Das ist so bei den modernen Sturmgewehren«, sagte Jo kühl. »Man sollte es sich dreimal überlegen, ehe man vor eine solche Kugelspritze tritt. Vierhundert Schuß in der Minute und tödlich auf tausend Yards.« Er ging zu der offenen Tür. Verwundert betrachtete er die Einschüsse in der Wand, dann den leeren Türrahmen. Zwei zögernde Schritte brachten ihn in das angrenzende Zimmer.

»Tiny?«

»Ja? Noch mehr?«

»Leider, ja. Sieh dir das an!«

Tim schüttelte sich unwillkürlich, als er die Verwüstung und die Leichen der beiden Gangster sah. Dann fiel sein Blick auf die offene Tapetentür.

»Sie sind durchs Treppenhaus geflohen, Jo!«

»Ja. Aber ich will erst telefonieren. Hast du einen Apparat gesehen?«

»Nein. Vielleicht gibt es einen in der Küche. Die haben wir noch nicht durchsucht!«

Sie gingen in die Diele zurück und fanden die Küchentür unverschlossen. Die Küche sah aus, als wäre darin ein faulendes Lebensmittellager explodiert. Überall Speisereste, vermischt mit Papptellern und Pappbechern, dazu jede Menge schmutziger Papiertücher, mit denen die Gangster wohl notdürftig ihre Töpfe ausgewischt hatten.

Jede verkommene Junggesellenküche wäre dagegen ein Musterhaushalt gewesen. Jo fand das Telefon auf dem Boden zwischen leeren Flaschen und Konservendosen, aus denen es faulig und säuerlich roch. Mit langem Arm zog er den Apparat an sich heran und wählte den Notruf.

»... Lungendurchschuß mit starkem Blutverlust. Akute Lebensgefahr. Aber geben Sie auch dem Leichenfuhrwesen Nachricht, daß sie mit drei Zinksärgen anrücken. Es hat Tote gegeben. Gangsterkrieg. Die Mordkommission rufe ich selbst an. Bye!«

Er tippte auf die Gabel und wählte gleich darauf die Polizei.

»Walker. Wer hat heute nacht Dienst? Captain Fowler oder Bradley? Bradley? Ausgezeichnet. Verbinden Sie mich bitte.«

In Lower Manhattan hätte er seinen Freund Tom Rowland rufen können, im Dienst oder notfalls aus dem Bett heraus. Hier oben waren andere Kommissionen zuständig, aber er hatte Glück gehabt. Mit dem bärbeißigen Bradley verband ihn eine lange Bekanntschaft, und er konnte darauf hoffen, daß seine Wünsche erfüllt wurden, wenn es sich einrichten ließ.

»Captain Bradley? Walker wieder mal am Apparat. Ich bin im Haus Mount Morris Park 64. Im obersten Stockwerk liegen drei Tote. Gangsterkrieg zwischen den Leuten Benny Cowans und der Benson-Bande, glaube ich. Vermutlich sind die Täter noch im Haus. Können Sie vorsorglich zwei Streifenwagen schicken?«

Bradley schnappte erst mal nach Luft.

»Die letzten Wochen waren schön«, sagte er dann klagend. »Kein Anruf von Jo Walker, nichts als der normale Mord und Totschlag. Und jetzt gleich drei Tote auf einmal! Die Wagen sind unterwegs, Walker. Und ich komme selbst. Bleiben Sie da, ja? Irgend jemand sollte mir schon erklären, was eigentlich passiert ist.«

»Das weiß ich doch selbst nicht so genau«, sagte Jo.

Jackie Holloway stand im Bad und rührte sich nicht. Sie hatte genau gehört, daß es Schüsse aus einem Sturmgewehr waren, deren Echo aus dem Gitter der Lüftungsanlage zu ihr gedrungen war. Was war da oben los? Hatte jemand ihren Unterschlupf entdeckt, und war er an Benny Cowans Leute geraten?

Cowan klopfte an die Tür. »Kommst du, Jackie?«

»Gleich, Benny! Bei manchen Frauen dauert es etwas länger.«

»Meist bei den schönsten«, sagte Cowan. »Ich werde noch einen Schluck trinken.«

»Aber nicht zuviel«, mahnte Jackie und horchte wieder zu dem Luftschacht hinüber. Erneut war geschossen worden. Sie unterschied einen Pistolenknall und eine Serie aus dem Gewehr. Eine Gänsehaut lief ihr über den Rücken. Vom Haken nahm sie einen dunkelblauen Bademantel Benny Cowans. Sie hatte noch nicht das großzügig eingeräumte Konto bei Sak's nutzen können.

Das Kostüm war mittlerweile schmutzig und stank nach Kanalisation und Eau de toilette zugleich. In schwarzem Slip und knappem BH konnte sie sich nicht überwinden, dieses Kostüm wieder anzuziehen.

Schnell legte sie sich den Bademantel um die Schultern und trat aus dem Bad. Barfuß ging sie über den weichen Teppich der großen Diele, als sie plötzlich auf der rechten Seite eine Bewegung verspürte. Sie raffte den Bademantel zusammen und drehte sich vorsichtig um. Eine Tür, die als Notausgang ins Treppenhaus führte, hatte sich geöffnet.

Erleichtert atmete sie aus. Hal stand da und starrte sie an. Hal, den sie ohnehin ausersehen hatte, ihr bei der Schatzsuche behilflich zu sein. Hal, der als einziger eine Möglichkeit angedeutet hatte, unbeschadet die Kanalisation unter dem Supermarkt zu überstehen.

»Hallo, Hal! Noch nicht schlafen?« fragte sie leise.

Aber Hal legte trotzdem den Finger auf die Lippen und winkte ihr mit der anderen Hand. Sie ging ein paar Schritte auf ihn zu. »Was ist denn?«

»Benson ist oben. Mit noch einem und mit 'nem Sturmgewehr. Er hat Jerry, Albert und Randers umgelegt.«

Jetzt erst sah Jackie, daß seine Augen vor Angst flackerten. Auch ihr war der Schreck in die Beine gefahren, aber sie bemühte sich, Haltung zu bewahren.

»Und? Glaubst du, daß sie dir folgen?«

Hal nickte. Er ergriff ihre Hand und zog sie zur Tür. In der tiefen Stille des Treppenhauses vernahmen sie deutlich die Schritte, welche die Betonstufen hinunterstiegen.

»Die wollen Sie, Miß Holloway. Und Ihre Beute! Die schrecken vor nichts zurück.«

»Den Eindruck habe ich auch.« Sie überlegte. Ihre Gedanken rasten. In aller Schnelligkeit mußte sie ihre ganzen Pläne ändern.

In dieser Situation verlor Cowan für sie schlagartig an Bedeutung. Sie kannte ihn gut genug – er würde sie nicht schützen können, wenn ihm Benson mit seinem Sturmgewehr entgegentrat. Und dann war seine fernere Hilfe auch nichts mehr wert.

Jerry war tot, Randers und Albert standen nicht mehr zur Verfügung. Was sollte sie mit einem angstschlotternden Millionär? Jetzt brauchte sie einen Fachmann für Mauerdurchbrüche, keinen anderen. Mit dem war möglicherweise noch etwas zu retten.

»Los, Hal!« Sie zog ihn mit sich durch die Diele.

»Aber wohin? Die sind doch überall!«

»Unsinn! Wir gelangen schon hier heraus. Wenn du mir hilfst, Hal.«

Sein zugleich angstvoller und treuer Hundeblick war mehr als ein Versprechen. Sie huschten zur Wohnungstür, ohne daß Cowan Verdacht schöpfte. Jackie schloß sie fast lautlos hinter ihnen. Dann holte sie alle Lifts auf einmal nach unten.

»Deine Schuhe!«

»Was?«

»Ausziehen! Ich brauche etwas, um die Lifts hier zu stoppen.«

Er begriff. Die drei Kabinen erschienen nacheinander. Jackie öffnete die Türen und schob Hals Schuhe dazwischen, so daß sie nicht wieder zufallen und die Kabinen sich in Bewegung setzen konnten. Dann drängte sie Hal in die dritte und tippte auf den untersten Knopf.

»Aber wo sollen wir denn nur hin, Miß Holloway?« Hals braune Augen waren eine einzige Frage.

»Erst mal in die Tiefgarage«, erwiderte sie trocken.

Aber sie erschrak doch ein wenig, als der Lift am Erdgeschoß vorbeisummte und sie die Halle für einen Moment hell erleuchtet sah. Es war ihr sogar, als hätte sie die Uniformen von Polizisten erkannt. Natürlich – die Schießerei konnte nicht unbemerkt geblieben sein.

Sie waren in der Tiefgarage. Jackie zauderte für einen Moment. Sollte sie Benny Cowans Cadillac nehmen? Oder lieber den etwas weniger auffälligen Mercury? Sie entschied sich für den Mercury.

Auf bloßen Füßen lief sie über den kalten Beton und zerrte Hal hinter sich her. Als sie sich hinters Steuer warf, ging der Bademantel vollends auf, und Hal riß die Augen auf.

»Glotz nicht so! Hast du noch nie eine Frau gesehen? Schließ die Tür und schnall dich an. Vielleicht wird's gleich etwas lebhaft.«

Routiniert wie ein professioneller Autoknacker startete sie den Motor ohne Zündschlüssel. Leise ließ sie den Wagen zur Ausfahrt auf die Straße rollen. Das Licht hatte sie noch nicht eingeschaltet. Sie spähte zum Eingang des Hauses. Auf der Straße stand ein Streifenwagen, leer. Gerade wurde die Haustür aufgerissen, und ein Streifenpolizist stürzte nach draußen. Der andere war wohl schon auf dem Weg nach oben.

Jackie gab Gas. Der Mercury schoß wie eine Rakete aus der Auffahrt und auf die Straße. Wie wild kurbelte sie das Steuer herum. Das rechte Vorderrad rumpelte über den Bordstein, daß sie beide durchgeschüttelt wurden.

Vor ihnen tauchte ein geparkter japanischer Kleinwagen auf. Jackie erwischte ihn noch mit der Stoßstange, und der Anprall war so heftig, daß der Kleine auf den Bürgersteig flog und gegen die Hauswand prallte. Aber Jackie gewann die Straße.

Der Polizist hinter ihnen blies völlig überflüssigerweise in seine Trillerpfeife.

»Affe!« knurrte Jackie. »Wenn schon, dann hätte er schießen sollen!«

Hals Unterkiefer klappte nach unten. »Auf uns?«

Jackie raste über eine Rote-Ampel-Kreuzung.

»Wenn er uns schon stoppen wollte! Aber keine Angst. Er hat ja nicht.«

Hal sank etwas in sich zusammen. Dann wagte er doch wieder einen Blick nach links. Der Bademantel war Jackie von der rechten Schulter gerutscht. Und bei der wilden Kurbelei hatte auch der BH nachgegeben. Hal konnte die Augen nicht von Jackies straffer Brust mit der langen dunklen Spitze lösen, die in dem dahinjagenden Wagen aufregend vibrierte.

»Du kannst mir den BH wieder hochziehen«, sagte Jackie und verbiß sich ein Lächeln. »Mir wird's langsam kalt da vorn.«

Milford blieb urplötzlich stehen, und Benson prallte gegen ihn.

»Was ist los, du Idiot?« bellte er.

»Still! Der Lift geht, Chef!«

»Na und?«

»Hier oben?«

Die Feuertreppe verlief direkt neben dem Liftschacht, und deutlich vernahmen sie das Surren.

»Weiter«, sagte Benson grob und stieß Milford in den Rücken, daß der beinahe das Gleichgewicht verlor. Er nahm gleich drei Stufen auf einmal.

»Die Tür zum Zwölften ist offen, Chef. Da ist der Bursche bestimmt hinein.«

»Um so besser. Hast du noch genug im Magazin?«

»Für Cowan reicht's!«

Benson näherte sich vorsichtig der Wohnungstür. Er war zwar sicher, den größten Teil der Bande ausgeschaltet zu haben, aber er wußte nicht, wer alles in der Wohnung war. Dann winkte er Milford mit der Waffe.

Sie standen in der Diele. Milford schnupperte. Hinter einer verglasten, zweiflügeligen Tür war Licht. Auf leisen Sohlen tappte er dorthin und spähte um die Ecke.

Benny Cowan saß, in einen seidenen Hausmantel gehüllt, vor dem Kamin. Elektrische Flackerkerzen. täuschten ein Feuer vor, für das es sowieso zu warm war. In der Hand hielt er einen großen Cognacschwenker, in dem er den goldbraunen V.S.O.P. kreisen ließ.

»Deck mir den Rücken!« zischte Benson. »Bleib hier, falls noch jemand aufkreuzt. Ich werde mit ihm reden.«

Milford nickte und lehnte sich an die Wand. Dabei ließ er die Hand mit der Waffe lässig nach unten hängen. Aber Benson wußte, daß er sie schnell genug hochkriegte, wenn jemand auftauchte. Er drückte auf die Klinke und trat ins Zimmer.

»Na, fertig?« fragte Cowan, ohne den Kopf zu wenden.

»Beinahe«, sagte Benson.

Cowan fuhr herum. »Sie? Was wollen Sie hier?«

»Mich ein bißchen mit Ihnen unterhalten, Cowan. Bleiben Sie sitzen.«

Cowan starrte ihn an. Er kannte Benson. Irgendwie kannten sich alle Gangster der Stadt, die über eine gewisse Bedeutung hinausragten. Aber er hatte Benson immer verachtet. Ihm fehlte der Zug ins Große, den sich Cowan gern selbst zuschrieb. Benson war ein Gelegenheitsgangster, ein Mann für den Hafen.

Was wollte er jetzt von ihm, mit einem Sturmgewehr in der Hand? Cowans Blick ging zur Alarmklingel, mit der er seine Leute aus dem Obergeschoß herunterrufen konnte. Benson bemerkte es und verzog den Mund.

»Wenn Sie nach Ihrer Dienerschaft läuten wollen, Cowan – lassen Sie's bleiben. Die Burschen waren verdammt angriffslustig, und ich habe sie beruhigen müssen. Für immer, übrigens.« Er hockte sich auf die Lehne des zweiten tiefen Ledersessels am Kamin. »Will keine großen Reden schwingen, Cowan. Wo hat die Holloway ihre Klunker versteckt, und wie holt man sich die?«

Cowan schüttelte den Kopf. »Das weiß ich nicht.«

»Aber, Cowan! Das Herzchen wird Ihnen doch erzählt haben, wo der Schatz versteckt ist.«

»Ich habe sie mit ein paar Leuten zusammengebracht, die ihr helfen sollen. Um mehr habe ich mich nicht gekümmert.«

»Sie waren nicht mit in diesem Supermarkt?«

»Ich habe in meinem Wagen geschlafen und überhaupt nichts mitgekriegt.«

»Das soll ich Ihnen glauben?«

»Fragen Sie doch Jackie selbst!«

»Wo ist sie denn?«

»Sind Sie ihr nicht begegnet? Eben war sie noch im Bad. Ich dachte, sie wäre es, als ich jemanden eintreten hörte.«

Benson winkte mit dem Lauf seiner Waffe. »Gehen Sie vor. Wir sehen nach.«

»Das interessiert mich aber nun wirklich selber«, sagte Cowan, trank seinen Cognac aus, stellte das Glas auf den Kaminsims und ging voran. Als er Milford auf dem Flur sah, stutzte er, sagte aber nichts. Sie blickten in alle Räume. Von Jackie keine Spur außer ihrem schwarzen Kostüm, das im Badezimmer zusammengeknüllt lag. Dafür fehlte aber einer der Bademäntel Cowans.

»Das verstehe ich nicht«, murmelte er.

Benson wollte etwas sagen, aber da knallte in der Diele ein Schuß. »Juke! Was ist?«

»Da hat einer seine neugierige Nase um die Ecke gesteckt!« rief der zurück.

Benson erschrak. Waren sie nicht allein hinter Jackie Holloway her?

»Stell fest, wer das ist!« befahl Benson.

Milford lachte ärgerlich auf. »Wie meinen Sie das, Chef? Soll ich ihn fragen?«

»Wenn du dich nicht traust, schließ die Tür einfach zu und komm her!«

Tatsächlich klappte die Tür, und Milford erschien.

»Wer war da?«

»Keine Ahnung. Konnte in der Dunkelheit nichts erkennen. Anscheinend ist jemand die Treppe hinuntergestiegen und wollte zu uns in diese Wohnung.«

»Polizei?«

»Sicher nicht. Bullen rieche ich auf hundert Yards.«

Benson überlegte. Hier war nichts mehr zu holen. Cowan wußte wahrscheinlich nichts. Er war genau Typ, der im Wagen blieb und sich nicht die Finger beschmutzte.

»Gehen wir, Juke! Ich habe eine Ahnung, wo wir sie finden! Schlafen Sie gut, Cowan. Ich glaube, Sie haben eben drei Millionen verloren.«

Cowan brach zusammen, als ihn Kommissar Bradley mit hinaufnahm und ihm die Toten zeigte, damit er sie identifizieren konnte. Der Mann mit dem Lungenschuß, der nicht zu seinen Leuten gehörte, wurde von der Ambulanz abgeholt. Er gab kaum noch Lebenszeichen von sich, und der Notarzt schnitt ein skeptisches Gesicht.

Jo nahm Cowan beiseite. »Wo ist Jackie, Cowan?« Cowan starrte ihn nur an. »Sie ist in Gefahr, Cowan!«

Cowan nickte. »Ich weiß. Sie hat sich davongestohlen, aber Benson ist hinter ihr her. Und er hat den Supermarkt erwähnt. Den kennt er also auch.«

»Was ist da? Der Einstieg zum Versteck?«

Cowan ließ sich auf den einzigen Stuhl sinken, der noch halbwegs intakt war. »Mir ist es egal«, murmelte er müde. »Ich habe geglaubt, mit Jackie ... Ach, lassen Sie mich doch in Ruhe, Walker!«

Jo sah ein, daß mit Cowan nichts mehr anzufangen war. Er verabschiedete sich von Bradley und winkte Tiny Tim.

»He!« rief Bradley. »Sie sind mir aber noch einen Bericht über die Hintergründe schuldig, Walker! Sie holen mich nicht aus dem Bett, damit ich den Tatort aufräume und keine Ahnung habe, was eigentlich geschehen ist.«

»Morgen früh, Bradley!« Jo winkte ab und ging mit Tim zum Lift.

»Was hast du vor, Jo?« fragte der Kleine, als sie abwärts fuhren.

»Überleg mal«, forderte der ihn auf. »Durch den Supermarkt geht es in die Kanäle, und Jackie hat eine Möglichkeit gefunden, dort hinzugelangen, ohne durch die ätzende Giftbrühe zu müssen. Dieser Jerry meinte zwar, es ginge nicht, aber sein Kollege Hal rechnete sich doch eine Chance aus. Jerry haben wir oben gefunden. Aber Hal nicht. Ich denke mir, daß sich Jackie den einzigen Helfer gekrallt hat, der ihr jetzt noch etwas nutzt, und unterwegs zum Supermarkt ist.«

»Aber da trifft sie doch auf die Polizei«, wandte Tim ein. Sie hatten das Erdgeschoß erreicht. In der Halle stand ein Polizist, der Jo Walker kannte. So konnten sie ungehindert hinaus und zum Wagen.

»Das glaube ich eben nicht. Sheriff Wilson hat den Toten abholen lassen, und die Polizisten haben den Tatort abgesucht, aber nichts gefunden. Er will zwar eine Inventur vornehmen lassen, aber so schnell geht das nicht. Wenn Jackie im Moment irgendwo sicher vor der Polizei ist, dann in dem Supermarkt.«

Sie stiegen ein, und Jo startete. Der Wagen, mit dem Benson und seine beiden Knechte hergefahren waren, stand auch nicht mehr an seinem Platz. Hatte es Benson irgendwie geschafft, aus dem Haus zu fliehen? Jo dachte nicht weiter darüber nach. Das war falsch. Aber das kapierte Jo Walker erst, als es schon zu spät war.

»Nimm einmal an, sie hat Hal dabei. Er meinte, man könnte ein Loch in irgendeine Wand stemmen und so in die Kanalisation gelangen. Alles Werkzeug, das er dazu braucht, findet er im Supermarkt. Er braucht sich nur zu bedienen. Wie ich Jackie inzwischen kenne, wird sie ihn anspornen. Für eine dicke Belohnung geht auch ein Bursche wie Hal im Morgengrauen an die Arbeit.«

»Kann sein. Mein Gott, was ist das für eine Frau! Jetzt sind es gerade zwölf Stunden, daß sie in Freiheit ist. Und was hat sie alles angestellt! Wenn sie diese Energie auf legale Geschäfte anwenden würde, wäre sie in einem halben Jahr Millionärin«, sagte Tim.

Jo grinste und fuhr die Seitenscheibe herunter, um schon wieder einmal den Brückenzoll zu bezahlen. Allmählich meinte er fast, allein für die Mittel zuständig zu sein, mit denen die Washington Bridge unterhalten wurde.

»Aber auf ihre Weise hofft sie eben, nicht eine Million, sondern drei zu gewinnen. Und nicht in einem halben Jahr, sondern an einem Tag.«

»Mit dem Risiko, sich dabei das Genick zu brechen«, ergänzte Tim.

Jackie parkte den Wagen auf dem Ladehof des Supermarkts, wo er nicht sogleich auffallen würde. Sie raffte den Bademantel vor der Brust zusammen und lief barfuß, wie sie war, an der fensterlosen Gebäudefront entlang zur Vorderste. Hal folgte ihr wie ein getreues Hündchen. Vor dem Portal wartete sie auf ihn.

»Öffne die Tür!«

»Da ist ein Polizeisiegel dran!«

»Na und? Oder kannst du nicht?«

Verbissen ging Hal an die Arbeit. Wie sein Kollege Jerry ein paar Stunden zuvor, schaffte er das Schloß in Rekordzeit. Sie drangen ein.

»Wieder abschließen, Jackie?«

»Nein. Wir wollen uns auch diesen Fluchtweg offenhalten. Du suchst dir jetzt in der Werkzeugabteilung aus, was du brauchst, um durch die Wand zu stoßen. Ich denke, es ist alles vorhanden. Ich muß mir etwas zum Anziehen besorgen. Aber verzichte auf Licht. Vielleicht haben sie schon einen Ersatzwächter gefunden, oder der Boß sieht nach seinem Supermarkt.«

Sie trennten sich. Jackie huschte durch die Regalreihen in die Textilabteilung. Was hier angeboten wurde, entsprach zwar keineswegs ihrem Geschmack, und unter normalen Umständen hätte sie nur angewidert abgewinkt. Aber für eine Tour durch die Kanäle mochte es reichen.

Sie warf den Bademantel achtlos zu Boden, fuhr in ein Paar Jeans von der Stange und suchte sich einen Gang weiter eine Khakibluse aus solidem Stoff ohne alle Verzierungen. Sie paßte. Brauchte sie noch etwas? Gerade noch fiel ihr auf, daß sie nichts an den Füßen hatte.

Aus einem Korb nahm sie ein Fünferpäckchen Socken, zog ein Paar über die Füße und warf die anderen weg. Als sie in Richtung des Zeitungsstandes weiterlief, durchquerte sie die Gartenabteilung und fand Gummistiefel, die ihr nützlich schienen. Der erste war zu groß, der zweite rieb an der Ferse, aber das dritte Paar paßte, und jetzt fühlte sie sich perfekt ausgerüstet.

Hal wartete hinter dem Counter mit den Zeitungen. Er hatte die Luke schon geöffnet.

»Alles da, Hal?«

Er nickte. »Hab mir einen Elektrohammer ausgeliehen. Da unten sind Steckdosen. So geht es schneller. Außerdem habe ich einen verstellbaren Türsturz aus Aluminium gefunden. Wußte gar nicht, daß es so etwas gibt. Den baue ich ein, wenn es notwendig ist.«

»Wie sieht es mit Licht aus?« erkundigte sich Jackie, ohne Hal für seine Initiative zu loben.

»Zwei Handlampen und eine Kabeltrommel. Können Sie davon wohl etwas tragen, Jackie? Ich schaff's nicht allein.«

»Natürlich. Steig hinunter, ich reiche die Sachen nach und folge dann selbst. Soll ich die Luke hinter uns zuziehen?«

»Das wäre gut. Ganz ohne Lärm wird es nicht abgehen.«

»Hinter dem Supermarkt führt eine Bahnlinie vorbei. Bald werden die ersten Züge fahren. Dann fällt es nicht auf, wenn es unten laut ist.«

Hal war schon unten. Jackie reichte ihm das Werkzeug hinunter, kletterte dann hinterher und zog hinter sich den Lukendeckel zu. Wer genau hinsah, würde vermutlich merken, daß hier jemand in die Unterwelt des Supermarkts eingestiegen war. Aber bis dahin gedachte Jackie mit ihrer Millionenbeute längst über alle Berge zu sein.

»Hier entlang, Jackie. Vorsicht, der Gang ist sehr niedrig.«

Jackie tastete in der völligen Finsternis umher und fand die gewölbten Wände. Vor sich hörte sie Hal über den Boden tappen und bald darauf durch das fußhohe Wasser, das die Sohle des Kanals füllte.

Jackie vermied es, darüber nachzudenken, was das wohl für Wasser war – Abwasser aus den Toiletten des Supermarkts oder irgendeine gärende Brühe aus den Gullys. Angenehm roch es jedenfalls nicht mehr in dem engen Rohr. Aber für drei Millionen ließ sich auch diese Luft atmen. Besser als der gesiebte Ozon in jeder Gefängniszelle.

»Chef, die Tür ist ja offen!« wunderte sich Milford. Zögernd schob er die Glastür des Supermarkts auf und setzte einen Fuß hinein.

Benson betrachtete das Polizeisiegel. »Kann noch nicht lange hersein, daß sie hier ist«, stellte er fest.

»Wer? Die Holloway?«

»Natürlich. Wer hätte um diese Zeit wohl sonst etwas hier zu suchen, wofür er ein Polizeisiegel brechen müßte? Wir müssen aufpassen. Vielleicht lauert sie noch drinnen.«

»Warum sollte sie?« fragte Milford leichthin und ging voraus.

Benson folgte und hielt sein Sturmgewehr schußfertig in beiden Händen.

»Und was jetzt, Chef? Wir sind zwar drinnen, aber ich habe keine Ahnung, wo das Weibsstück sein könnte.«

»Irgendwo geht es hinunter, Juke. In einen Kanal oder so etwas. Wir teilen uns und suchen die Gänge ab.«

»In dieser Dunkelheit? Ich sehe nicht die Hand vor Augen.«

»Irgendwo wird es Taschenlampen und Batterien geben. Wer sie zuerst findet, sagt dem anderen Bescheid. Los, trödle nicht herum!«

Juke setzte sich langsam in Bewegung. Mit dem Fuß tastete er immer erst den Boden ab, ehe er den nächsten Schritt tat. Er hatte Angst, in einen offenen Kanal zu stürzen, der sich unvermutet vor ihm befand. Er spürte fast schon den plötzlichen Sturz ins Leere und sah sich mit dem Kinn oder dem Hinterkopf auf die eisenharte Kante des Kanaleinstiegs prallen, wobei er sich vermutlich das Genick brechen würde.

Ob Benson auch so etwas dachte? Oder war er so berauscht von der Aussicht auf die Beute, daß er blindlings losmarschierte? Juke Milford hätte es gern gewußt. Er bewunderte Benson manchmal ebensosehr, wie er ihn haßte.

»Juke!« tönte es leise von links.

Milford änderte die Richtung. Er vernahm irgendwelche Geräusche, und dann blitzte eine Taschenlampe auf und wies ihm den Weg. Ein ganzer Berg von silbrig glänzenden Taschenlampen war auf einem Tisch aufgeschichtet.

»Sogar mit Batterien«, sagte Benson und wies auf den Ramsch, als hätte er ihn selbst billig in Hongkong eingekauft.

Juke nahm sich eine, knipste sie an, aber nichts geschah. Wütend warf er sie auf den Boden.

»Das habe ich mir fast gedacht!«

»Nimm eine andere. Es sind genug da.«

Die zweite tat's. Er marschierte wieder zu dem Gang zwischen den Regalen zurück, wo er mit der Suche nach dem Einstieg begonnen hatte. Jetzt war es leichter und versprach auch mehr Erfolg, weil er seitlich unter die Tische leuchten konnte.

Plötzlich gab es drüben auf Bensons Seite ein Geräusch, als stürze ein ganzer Haushalt zusammen. In der Stille wirkte das Scheppern und blecherne Klappern dreimal so laut wie normal. Milford blieb wie erstarrt stehen.

»Benson?« fragte er halblaut, als wieder Ruhe herrschte.

»Ja!« tönte es kurz und wütend zurück.

»Was war das?«

»Bratpfannen«, zischte Benson zornig. »Bin mit dem Ärmel an einem ganzen Stapel Bratpfannen hängengeblieben.«

»Hoffentlich hat's keiner gehört.«

Ein paar Sekunden war Schweigen. Dann fragte Benson mit einem gefährlichen Unterton: »Hast du den Kanal, Juke?«

»Gleich«, sagte Milford und knipste seine Lampe wieder an.

Sie gingen über den Parkplatz auf den Supermarkt zu.

»Ganz schön frech von dem Kerl, seinen Wagen mitten auf den Platz zu stellen«, sagte Tiny Tim und wies auf Bensons Ford Falcon. »Außerdem wette ich, daß die Karre gestohlen ist.«

»Wahrscheinlich. Jackie Holloway hat den Mercury von Cowans Leuten übrigens da hinten auf dem Ladehof geparkt. Auch nicht sehr einfallsreich.«

Tim packte Jo am Ärmel. »Hast du das gehört, Jo? Jetzt schlagen sie den ganzen Supermarkt zusammen!«

»Klang mehr, als wäre jemand im Dunkeln gegen einen Haufen Blechtöpfe gerannt.«

Er schlug Tim auf die Schulter, und sie liefen los. Daß die Tür offen war, wunderte sie nicht. Drinnen flankten sie über die Kassenbarrieren und blieben vor einem Tisch mit aufgeblasenen Plastikpuppen stehen.

»Da hinten ist Licht, Jo.«

»Weiter links auch. Benson und Milford suchen das Loch, in dem Jackie verschwunden ist.«

»Wo ist es denn?« fragte Tim neugierig.

»Viel weiter hinten. Außerdem hinter einem Verkaufstisch. So können sie lange suchen.«

Sie hatten die Tür weit offengelassen. Der kühle Nachtwind strich in den Supermarkt. Die obersten der leichten Puppen schwankten hin und her. Die trübe Parkplatzbeleuchtung schien herein und ließ die Schatten von Yogi Bär und Dagobert Duck über die Wände zucken. Jo sah es, dachte sich aber nichts dabei. Auch Tiny Tim fand den Geistertanz der Puppen lediglich amüsant.

Benson tauchte urplötzlich neben Milford auf. »Du hattest die Tür doch geschlossen?« raunte er.

»Na klar!«

»Jetzt ist sie offen. Der Wind läßt da vorn die Puppen tanzen.«

»Verdammt!«

»Laß deine Lampe hier brennen, am besten gegen die Decke gerichtet. Und schleich dich von da drüben an. Wir nehmen sie zwischen zwei Feuer. Das ist eine bewährte Taktik.«

»Wen denn überhaupt?« fragte Milford unwillig. Es war ihm sehr unbehaglich, durch den dunklen Supermarkt einen Gegner anschleichen zu müssen, den er nicht kannte.

»Ich nehme an, es ist wieder dieser verdammte Walker. Und allein ist er sicher nicht. Wahrscheinlich hat er Polizei mitgebracht. Er nimmt's sehr genau mit dem, was er darf und was nicht.«

»Und wir knallen ihn einfach ab?«

»Warum nicht? Mit drei Millionen steht uns die Welt offen. Wir müssen nur noch aus dem Weg räumen, was uns daran hindern kann. Gehen wir.«

Er nahm sein Sturmgewehr und verschwand im Dunkeln. Auch Milford ließ seine Waffe von der Schulter in die Hand gleiten und entsicherte sie. Gegen Walker rechnete er sich eine gute Chance aus. Aber wenn er Cops mitgebracht hatte, konnte die Sache leicht schiefgehen.

Polizistenmörder werden womöglich noch gnadenloser verfolgt als andere. Keine Polizeitruppe der Welt läßt es zu, daß einer von ihnen getötet wird und der Mörder straflos davonkommt. Milford hatte von Fällen gehört, in denen ein Polizistenmörder noch nach zehn Jahren gejagt und geschnappt worden war.

Ein fahrbarer Kleiderständer geriet ihm in den Weg. Er stieß ihn an, und er rollte ein Stück den Gang hinunter. Hatte der vorhin auch schon hier gestanden? Milford verhielt den Schritt und lauschte. Nichts war zu hören, nicht einmal Bensons Schritte. Und wo war der Gegner? Die Puppen bewegten sich gerade wieder unter einem Windstoß und rieben sich leise scheuernd aneinander. Ein langbeiniger Roadrunner verlor das Gleichgewicht und fiel hinunter, tippte ein paarmal auf den Boden und legte sich dann auf die Seite.

Schimmerte gleich dahinter nicht ein helles Gesicht? Milford blieb reglos stehen. Ob es sich bewegte? Dann konnte es nur Walker oder einer der Cops sein.

Benson versuchte es mit einem uralten Trick. Wahrscheinlich hatte er ihn aus dem Kino. Western und Krimis waren die einzigen Filme, die er sich gelegentlich ansah. Über die Ladentheken flog ein heller Sonnenhut. Er segelte in einer flachen Flugbahn durch die Luft und landete auf den Kassen.

Als Milford wieder zu dem hellen Fleck hinüberblickte, war er verschwunden. Also doch ein Gesicht! Von hier aus konnte er nicht erkennen, was sich da drüben tat. Er mußte sich noch ein paar Schritte weiter vorwagen. Langsam und mit gespannter Aufmerksamkeit setzte er einen Fuß vor den anderen.

Aber auch Benson hatte etwas gesehen. Außerdem war er hochgradig nervös. Sein Zeigefinger fand den Abzug eigentlich eher, als er es wollte. Der Feuerstoß peitschte quer durch den Raum. Milford sah das Mündungsfeuer. Er wußte nicht, wer da schoß, aber die Kugeln schlugen links und rechts von ihm ein. Er empfing einen Schlag gegen die linke Brustseite, der ihn herumwarf.

Und da zog auch er durch, fast automatisch. Vielleicht ahnte er, daß er bald keine Waffe mehr halten konnte, denn wo er getroffen worden war, loderte der Schmerz nach anfänglicher Gefühllosigkeit wie eine Flamme auf.

Sein Sturmgewehr spuckte Feuer und eine ganze Serie der bösartigen kleinen Geschosse. Dabei beschrieb die Mündung einen Bogen, der an den Kassen begann, die kleinen Regale voller Mitnahmeartikel durch den Raum schleuderte und eine ganze Reihe von Einschlägen in die Plastikwand des Verkaufsraums stanzte.

Milford konnte sich nicht erinnern, den Finger vom Abzug genommen zu haben. Aber seine Waffe schwieg. Der dunkle Raum mit den hellen Fensterflächen der Türen stand merkwürdig schräg vor seinen Augen. Und dann wurde es um ihn herum Nacht.

Daß er zu Boden stürzte, merkte er schon nicht mehr. Ein paar Großpackungen Hundefutter riß er mit sich. Sie gingen auf und überschütteten ihn mit einem Regen getrockneter Fleischstückchen und Fischbrocken. Juke Milford war tot.

Jo Walker tauchte langsam mit der schußbereiten Automatic in der Faust hinter einer Kasse auf. Tim lag neben ihm auf dem Boden, den Kopf in beiden Armen vergraben.

Der plötzliche Feuerüberfall hatte sie wie ein Blitz aus heiterem Himmel überrascht. Erst jetzt wurde Jo klar, daß die beiden Gangster versehentlich aufeinander geschossen hatten. Und einer zumindest war getroffen worden.

Er hatte gesehen, wie der Mann herumgerissen wurde und dann zu Boden kippte. Und der andere? Jo lauschte. Etwas knarrte. Dann gab es ein Geräusch, als würde etwas über den Boden geschleift. Ein Tischchen klirrte und schien zu wackeln.

Und dann war Benson hoch. Geduckt stürmte er vorwärts auf die Kassen zu.

»Stop, Benson!« rief Jo.

Im Laufen wandte Benson den Kopf und schleuderte das Sturmgewehr in Walkers Richtung. Der brauchte sich nicht einmal zu ducken, so schlecht hatte Benson gezielt. Jetzt packte er eine der Barrieren mit beiden Händen und wollte sich darüberschwingen.

Jo zielte und hielt tief. Der Schuß donnerte aus dem Lauf und holte Benson von den Beinen.

Der Gangster knickte ein, sank zu Boden und hielt sich noch ein paar Sekunden an der verchromten Metallstange. Dann verließ ihn die Kraft auch in den Händen. Er ließ los, kippte um und blieb auf dem Rücken liegen.

»Du kannst aufstehen, Tim«, sagte Jo. Tim rappelte sich mühsam hoch. »Und schau doch bitte mal nach, wo die Lichtschalter sind. Wir sollten hier endlich Licht haben und sehen, was eigentlich alles passiert ist.«

Während Tim nach einem Schalter suchte, ging Jo mit der entsicherten Pistole in der Hand zu Benson hinüber. Er sah seine Augen, die ihm angstvoll entgegenstarrten.

»Walker!« flüsterte Benson heiser.

»Ja, Walker«, bestätigte Jo. Er hob die Hand mit der Waffe, um sich die Haare aus der Stirn zu streichen. Benson mißdeutete die Bewegung und begann zu zittern.

»Nicht schießen, Walker! Ich bin verletzt, ich bin wehrlos.«

»Wann hätten Sie jemals danach gefragt?« entgegnete Jo. »Aber seien Sie unbesorgt, ich hebe Sie für den Richter auf.«

Flackernd gingen die langen Reihen der Leuchtröhren unter der Decke an.

Vielleicht hatte Tim ein paar Schalter zu viel umgelegt: Eine lebensgroße Südseeschönheit im knappen Bikini begann sich unter einer Plastikpalme zu drehen, an der Wand pries eine farbige Leuchtschrift ein Babypuder an und wechselte zu der Mitteilung, daß glückliche Mütter gesunde Kinder hätten, und in der Spielzeugabteilung fuhr ein kleiner Streifenwagen mit täuschend echt klingender Sirene im Kreis.

»Ah, das erinnert mich daran, daß ich den Sheriff anrufen muß«, sagte Jo.

Er stieg über ein paar zerfetzte Tischchen, umgekippte Regale und verstreute Warenkartons und gelangte in das Büro des Marktleiters, wo ein Telefon stand. Sofort hatte er wieder den Sergeanten des Sheriffs am Ohr, und nach ein paar kräftigen Worten wurde das Gespräch zu Sheriff Wilson durchgestellt.

»Hallo, Sheriff«, sagte Jo gut gelaunt. »Ich hoffe, Sie sind nicht schon wieder zu Bett gegangen? Walker am Apparat.«

»Ist ja wohl meine Sache, wann ich mich hinlege, wie? Hätte Ihr Anruf nicht bis morgen Zeit gehabt?«

»Das müssen Sie beurteilen, Sheriff. Ich bin mal wieder im Supermarkt. Jetzt gibt es noch einen Toten abzuholen. Ich nehme an, es ist dieser Milford. Benson hat ihn wohl irrtümlich erschossen, nachdem die beiden drüben in Manhattan ein Blutbad angerichtet hatten.«

»Benson?«

»Wenn Sie Näheres wissen wollen, rufen Sie Captain Bradley an, Mordkommission Manhattan III. Ich wollte Ihnen nur sagen, daß ich Benson hierhabe. Den können Sie auch abholen lassen, wenn Sie wollen. Oder soll ich jemand anderen anrufen? Ich weiß ja, daß Sie nicht gern gestört werden.«

»Der Teufel soll Sie holen, Walker! Bleiben Sie am Tatort, ich komme selbst. Und daß Sie mir da nichts verändern, klar?«

»Nein, sicher nicht. Hier ist bereits genug verändert worden«, sagte Jo und legte leise auf.

Hal griff wieder nach dem Elektrohammer.

»Die Decke habe ich jetzt abgefangen«, erklärte er Jackie, die an der Wand lehnte und eine Zigarette rauchte. »Jetzt breche ich die

Wand durch. Ich fange hoch genug an, aber genau weiß ich natürlich nicht, wo das Wasser auf der anderen Seite steht. Kann sein, daß einiges davon hereinströmt. Stellen Sie sich lieber auf die Stufe da.«

»Schon gut.« Jackie winkte ab. »Beeil dich, Hal! Wenn es draußen erst hell ist, sieht es schlecht um unser Entkommen aus. Und ich fürchte, daß das Stahlwerk mit Beginn der Frühschicht wieder mehr Lauge in den Kanal entläßt.«

»Wieso eigentlich?« fragte Hal und legte das Anschlußkabel in saubere Schlingen, damit es sich nicht verwirrte. »Wieso dürfen die das?«

»Ich habe mir sagen lassen, daß der Kanal des Stahlwerks schon immer da war. Er ging in den Hackensack River, und dort konnte sich die Lauge verdünnen. Damals dachte kein Mensch an Umweltschutz. Als diese Neubausiedlung errichtet wurde, hat man die Kanalisation in den alten Kanal geleitet. Vielleicht dachte man, die Abwässer würden sich mit den ätzenden Laugen vermischen und sie ungefährlicher werden lassen. Vielleicht hoffte man auch, daß dieses alte Stahlwerk irgendwann einmal abgerissen würde.«

»Na, egal«, murmelte Hal und setzte den Elektrohammer an.

Es war nicht gerade ein Profigerät, das der Supermarkt seinen Kunden zur Freizeitbeschäftigung anbot. Aber da es sich auch nur um eine Mauer aus Kalksandstein handelte, tat er seinen Dienst. Hinterher würde man ihn wegwerfen müssen. Aber das hatte Hal ohnehin vor.

Das harte Knattern und Hämmern füllte den Raum. Jackie blickte gebannt auf die Mauer. Wenn sie fiel, mußte nach ihren Berechnungen der Weg frei sein zu dem Versteck, in dem die Beute wartete. Hals ganzer Oberkörper vibrierte, und an den Schläfen trat eine Ader stark hervor.

Ins Schmettern des Hammers mischte sich ein Dröhnen. Einer der Frühzüge donnerte über die Gleise und übertönte für kurze Zeit die Geräusche des Hammers. Ein Steinbrocken fiel polternd und aufstaubend hinunter. Hal ließ den Hammer sinken.

»Verdammt! Die Mauer ist aus doppelten Steinen hochgezogen!«

Er setzte den Hammer schräg an und stemmte einen Schlitz in die Mauer, der oben begann und sich schnell nach unten fraß. Dahinter wurde die zweite Steinlage sichtbar. Jetzt war Hal über dem Boden angelangt, auf dem das Wasser stand.

Er warf sich gegen den Griff des Hammers und ließ ihn seitwärts arbeiten. Wahrscheinlich wollte er gleich ein ganzes Stück der Mauer zum Einsturz bringen, um schneller vorwärts zu kommen.

Jackie sah ihm kopfschüttelnd zu. Sie verstand nicht viel von dieser Arbeit, aber etwas störte sie.

»Hal!« Ihr Ruf ging im Hämmern unter.

Plötzlich zog sich ein Riß durch die Wand aus weißen Steinen. Hal schien ihn nicht zu bemerken. Wütend drückte er mit seiner ganzen Körperkraft gegen den Hammergriff. Der Riß verbreitete sich. Die ersten Brocken lösten sich und polterten hinunter. Entsetzt bemerkte Jackie, daß auch die zweite Mauerschicht dahinter in Bewegung geriet. Sie wurde regelrecht in den Raum gedrückt und wölbte sich wie eine Blase. Jackie sprang auf den erhöhten Absatz neben dem Kanal und krallte sich an die Wand.

Und dann brach die Mauer.

Ein armdicker Wasserstrahl schoß zwischen den Steinen hervor, riß einige mit sich, wurde dicker. Er hatte einen solchen Druck, daß er Hal den schweren Hammer aus den Händen riß. Er wollte sich in Panik zurückwerfen, aber da erweiterte sich das Loch in der Mauer urplötzlich.

Ein breiter Wasserschwall toste aus der Mauer und brachte Hal zum Straucheln. Jackie stand schon auf den Zehenspitzen und war dennoch von unten bis oben durchnäßt. Eine der Handlampen erlosch, wurde gegen die Tunnelwand geworfen und zersplitterte. Immer höher stieg das rauschende Wasser.

Jackie hatte den Eindruck, daß ihr die Luft knapp würde. Wie sollte sie hier herausfinden? Wenn der Kanal hier schon soviel Wasser führte, dann war auf der anderen Seite gewiß kein Durchkommen. Und was war das für ein Wasser? Es roch stechend faulig. Hatte das Stahlwerk etwa schon seine Laugen abgelassen?

Von Hal war nichts mehr zu sehen. Nur die kreiselnden Fluten, in denen im schwachen Schein der etwas entfernt aufgehängten Lampe unkenntlicher Unrat trieb. Vergebens versuchte Jackie, das schaumig bräunliche Wasser mit den Augen zu durchdringen. Wo war Hal geblieben?

Zum erstenmal seit vielen Jahren hatte Jackie Holloway wieder Angst. Ihr Herz klopfte, sie bangte um ihr Leben und gar nicht mal mehr um die drei Millionen.

»Mann, siehst du aber aus«, sagte Tiny Tim und musterte Jo, der in der Abteilung für Berufskleidung eine achselhohe Gummihose gefunden und angezogen hatte.

»Das ist mir egal. Ich möchte jedenfalls nicht in die stinkende Brühe und mir die Haut verätzen lassen, nur um meinen Auftraggebern ein paar Schmuckstücke aus Jackies Versteck zu holen. Wenn der Sheriff erscheint, erzähl ihm irgend etwas. Alles begreift er doch nicht so schnell.«

»Okay, okay. Aber wie gelangst du da wieder raus? Soll ich dir helfen, wenn du in einer halben Stunde nicht wieder da bist?«

»Laß die Nase aus diesem Loch, Tiny. Du ersäufst ja schon, wenn es mir nur bis zum Nabel geht.«

Jo ließ sich in den Schacht hinunter. Seine Füße patschten ins Wasser, und als er auf dem Boden stand, ging es ihm bis an die Knie. Vorhin war der Kanal doch noch trocken gewesen? Plötzlich keimte ihm der Verdacht, daß Jackie schon weiter war, als er gedacht hatte. Die Wand, von der sie gesprochen hatte – war sie etwa schon durchbrochen? Eilig watschelte er in der hinderlichen Hose vorwärts. Die Handlampe hielt er hoch.

Der Kanal bog ab. Das Dreckwasser umspielte bereits seine Hüften. Auf einmal verfing sich sein Fuß in einer Leine oder einem Kabel. Mühsam brachte er ihn hoch. Es war ein Elektrokabel. Als er es zu sich heranzog, holte er eine Lampe aus dem Wasser, deren Glas zersplittert war. Ein Zeichen, daß wohl nicht alles so abgelaufen war, wie Jackie Holloway geplant hatte.

Jo warf sich gegen die Strömung, die jetzt stärker zu spüren war. Etwas stieß gegen ihn und brachte ihn fast zum Straucheln. Mit der Linken packte er zu, fühlte einen Körper, zog und sah für einen Moment ein bläulich angelaufenes Gesicht, dem wirres Haar in die Stirn hing.

Dann wurde die Last zu schwer, er mußte den Mann loslassen. Hal? Was war schiefgegangen, was hatte den Mann ins Wasser gerissen, vielleicht auch mit dem Kopf irgendwo gegengeworfen und umgebracht?

Jetzt sorgte sich Jo um Jackie. Wenn die Flut schon einen kräftigen Mann mit sich riß, dann hatte auch Jackie keine Chancen. Seine Hand strich durchs Wasser, er fürchtete, noch einen leblosen Körper zu entdecken – den Körper einer Frau.

Aber dann erfaßte der Lichtstrahl seiner Lampe die zerborstene

Mauer. Das Wasser stand jetzt auf beiden Seiten gleich hoch. Von Jackie keine Spur. Er arbeitete sich bis zu dem breiten, gezackten Loch vor.

»Jackie!« rief er.

Es hallte seltsam dumpf. Der Strahl seiner Lampe strich über das Wasser, das mit beträchtlicher Strömung teils durch das Loch herein, zum größten Teil jedoch weiter durch den Hauptkanal strudelte.

Und dann sah er Jackie.

Sie mußte sich durch die Fluten gearbeitet haben und hing nun an einer Steigleiter, die auf der anderen Seite nach oben führte. Das Gesicht hatte sie ihm zugewandt. Mit der freien Hand vollführte sie eine Bewegung, als solle er zu ihr kommen.

»Brauchst du Hilfe?« vergewisserte er sich und lauschte dem Echo seiner Stimme nach.

Jackie nickte. »Ich kriege den Deckel nicht allein auf!« rief sie ihm zu.

Jo stieg über den Mauerrest. Sogleich packte ihn die viel stärkere Strömung. Wie hatte Jackie das geschafft? Er lehnte sich schräg gegen das heranbrausende übelriechende Wasser. Noch lief es ihm nicht oben in die Achselhose hinein. Aber er hatte schwer zu arbeiten, um nicht weggerissen zu werden und dabei auch noch weiterzuwaten. Jackie verfolgte sein langsames Vorgehen, und ihre Lippen bewegten sich, als zähle sie seine Schritte.

Allmählich ging es von der Tunnelsohle aufwärts. Noch vier Schritte, und Jo konnte das unterste Eisen der Steigleiter packen. Er zog sich hoch, spürte einen gewissen Auftrieb, bis er mit halbem Körper aus dem Wasser war, und konnte über sich das zweite Eisen ergreifen.

Das Wasser floß von ihm ab. Dicker, klebriger Schleim haftete an den gesteppten Gumminähten. In Jo Walkers Kehle stieg etwas hoch, aber er kämpfte es nieder. Jetzt war keine Zeit für Übelkeit. Jackie hatte sich an die Seite gedrückt Auf einmal waren sie sich so nahe wie noch nie zuvor.

»Hallo, Jackie!« sagte er.

Die Spannung in ihren Zügen löste sich, und sie lächelte. »Hallo, Jo! Du hattest gesagt, ich solle dich anrufen, wenn ich in Schwierigkeiten wäre.«

»Ich hatte eher an einen telefonischen Anruf gedacht. Aber du hattest Glück, daß ich gerade in der Nähe war. Was ist los?«

»Die Mauer ist geborsten. Hal hatte dummerweise einen Schlitz unten angesetzt. Das Wasser hat ihn mitgerissen. Ich konnte nichts mehr für ihn tun.«

»Ich weiß«, sagte Jo. »Ich habe ihn gefunden. Aber was gibt's hier?«

Jackie wies mit dem Kopf nach oben.

»Als ich die Sachen damals versteckte, konnte ich den Kanal von oben öffnen. Unter dem Deckel ist eine Nische, einigermaßen geschützt. Darin liegt eine wasserdichte Tasche.«

»Warum holst du sie nicht?«

Jackie starrte ihn an.

»Ich wollte erst beide Hände frei haben, um den Deckel zu lüften. Es muß da immer noch einen Ausstieg geben. Vielleicht in einen Keller oder auf eine Straße. Du weißt doch, daß sie das ganze Gelände bebaut haben.«

»Und warum gehst du nicht durch den Kanal zurück?«

»Riechst du es nicht? Das Stahlwerk muß seine Laugen schon abgepumpt haben. Der Kanal ist voll mit ätzendem Gift. Wir müssen nach oben hinaus. Hilfst du mir?«

»Versuchen wir es.«

Gemeinsam stiegen sie die letzten Stufen höher. Jo spürte Jackies Körper, der sich an ihn preßte. Ihr heißer Atem traf ihn. Dann verständigten sie sich mit einem Blick und stemmten die Hände von unten gegen den alten Kanaldeckel. Er bewegte sich nicht um Haaresbreite.

»Mit den Händen geht es nicht. Noch eine Stufe, Jackie, dann können wir ihn vielleicht mit den Schultern anheben.«

Auf seiner Seite knirschte der schwere gußeiserne Deckel und hob sich tatsächlich ein wenig an.

»Noch mal, Jackie, und dann gleich etwas zur Seite schieben.«

Jackie stöhnte und biß sich auf die Unterlippe, daß sie blutete. Aber jetzt rückte der Deckel auf beiden Seiten zugleich in die Höhe: Jo stemmte sich ab und konnte ihn auf den Rand drücken.

»Das hätten wir!« Jo preßte seine Schultern gegen die Einfassung des Schachts, packte den Deckel mit beiden Händen und schob ihn noch ein Stück zur Seite. Über ihm war es stockfinster. Kühle Kellerluft ließ vermuten, daß sie sich tatsächlich unter einem der neuen Häuser befanden.

»Und jetzt die Beute, wie?« Er lächelte die junge Frau an, hielt sich nur mit einer Hand fest und stand auf einem Bein, um sie vorbeizulassen.

Aber Jackie schüttelte den Kopf. »Nein«, sagte sie. »Erst du!«

Und damit stieß sie ihm die Finger der gespreizten Hand ins Gesicht. Sie wollte seine Augen treffen, und warf sich mit voller Wucht gegen ihn. Aber Jo hatte eine Ahnung gehabt, daß dieses Treffen nicht in schöner Harmonie enden würde.

Jackie hatte ihn schon einmal verabschiedet, als sie ihn nicht mehr brauchte. Sie hatte Cowan zurückgelassen, als er nutzlos wurde. Und Hal war in der Giftbrühe ertrunken, nachdem er Jackie seine Dienste geleistet hatte. Sollte es ihm genauso ergehen?

Er nahm die Bewegung im Ansatz wahr und klammerte sich fest. Zugleich rückte er zur Seite. Jackies Angriff ging ins Leere. Aber sie hatte sich nur auf Jo Walker konzentriert und nicht auf ihre eigene Sicherheit. Ihr Körper flog an Jo vorbei und prallte gegen die Schachtwand.

Mit einem Schrei schlug sie ihre Hände gegen den glatten Beton, als wolle sie sich daran festhalten. Geistesgegenwärtig packte Jo zu. Er kriegte den Stoff des Khakihemds zu fassen, seine Finger gruben sich hinein, aber das Gewebe riß unter Jackies Gewicht.

Sie stürzte nach unten, und nur ein Fetzen Stoff blieb in Walkers Hand zurück.

Jo hörte ihren Körper ins Wasser klatschen, das bis zu ihm heraufspritzte. Ihr gellender Schrei erstickte in einem Gurgeln, das schnell verstummte. Jo stand wie erstarrt auf den Steigeisen. Ein Spritzer hatte sein Gesicht getroffen, im Mundwinkel. Ganz in Gedanken versuchte er ihn abzulecken. Sofort begann seine Zungenspitze zu brennen.

»O Gott!« stöhnte er.

Irgendwie schaffte er es, mit der Hand in die Achselhose und an die Tasche zu gelangen. Er rieb seinen Mund mit dem Taschentuch ab, befeuchtete es mit Spucke und rieb weiter. Das Brennen blieb.

Wütend warf er das Taschentuch ins Wasser. Er tastete herum, fand die Nische, und seine Finger ergriffen eine Tasche aus wasserdichtem Stoff. Sie war schwer. Eisern hielt er sie fest, als er aus dem Schacht stieg.

Drei Millionen!

Es wäre ein Witz gewesen, wenn sie ihm jetzt entglitten und zurück in den Kanal gefallen wären.

Er sog die Kühle ein. Ein Luftzug wehte von rechts. Sehr vorsichtig bewegte er sich in diese Richtung.

Plötzlich stieß seine Stirn an kaltes Metall. Er tastete die Fläche ab. Es war eine feuersichere Tür. Statt einer Klinke hatte sie einen Drehknopf. Ohne viel Hoffnung drehte Jo. Aber der Mechanismus funktionierte. Kratzend schob sich die Zunge im Schloß zurück.

Er trat mit dem Fuß dagegen, und die Tür ging auf. Fahles Morgendämmern drang herein, und Jo blickte auf eine völlig unbekannte Straße. Die lange Doppelreihe von Häusern lief schnurgerade auf die dunkle Silhouette des Stahlwerks zu, das den Horizont verstellte.

Jo trat aus der Tür und stapfte ein paar schwerfällige Schritte über den Beton. Neben ihm bremste fast lautlos ein Wagen. Ein Yellow Cab. Der Fahrer lehnte sich aus dem Fenster.

»Na, Bruder?« fragte er und grinste breit. »Fertig mit der Nachtschicht?«

»Völlig fertig«, erwiderte Jo, öffnete die Wagentür und ließ sich zum Entsetzen des Fahrers, schmutzig wie er war, in die Polster fallen.